AMELIE FRIED

PARADIES

ROMAN

HEYNE

Verlagsgruppe Random House FSC® N001967

3. Auflage

Copyright © 2018 by Amelie Fried
Copyright © 2018 by Wilhelm Heyne Verlag, München,
in der Verlagsgruppe Random House GmbH,
Neumarkter Straße 28, 81673 München
Umschlaggestaltung: Eisele Grafik · Design, München,
unter Verwendung einer Illustration von Berry2046 / Bigstock
Satz: Schaber Datentechnik, Austria
Druck und Bindung: CPI books GmbH, Leck
Printed in the Czech Republic

ISBN 978-3-453-27047-3

www.heyne.de

Für Peter Probst, in Liebe und Dankbarkeit

Er war nicht nur leichtsinnig genug, mich zu heiraten, und nachsichtig genug, es bis heute mit mir auszuhalten. Er hat mich ermutigt, mit dem Schreiben zu beginnen, und er ist an meiner Seite, wenn ich ihn brauche. Dieses Buch würde es ohne ihn nicht geben.

Die frühe Morgensonne lässt das Meer glitzern. Das Motorboot fährt ein Stück an der Küste entlang, wendet und fährt wieder zurück. Mehrmals wiederholt es das Manöver, schließlich stoppt es. Nun schaukelt es vor der Insel auf den Wellen und gerät dabei immer wieder gefährlich nahe an ein Felsmassiv, das sich hoch über dem Ufer auftürmt. Die dreiköpfige Besatzung hat sichtlich zu kämpfen, das Boot in Position zu halten. Schließlich gibt einer der Männer ein Zeichen, gleich darauf rast der Anker in die Tiefe. Einen Moment verharren alle, dann hebt der Bootsführer den Daumen.

Am nahe gelegenen Strand hockt eine Gruppe Männer und Frauen zusammen und beobachtet mit einem Fernglas, das vom einen zum anderen gereicht wird, jede Bewegung des Bootes. Ihre Gesichter wirken übernächtigt, die Mienen angespannt. Hie und da geht jemand nervös ein paar Schritte den Strand entlang, vorbei an den beiden Polizisten, die an ihrem Auto lehnen, vorbei an einem wartenden Krankenwagen, um sich kurz darauf wieder zu den anderen zu gesellen. Hände greifen nach Händen, Arme legen sich tröstend um Schultern. Manche blinzeln verstört in die immer kräftiger werdende Sonne oder wischen sich verstohlen die Augen.

Ein Mann auf dem Boot trägt einen Taucheranzug. Er schlüpft in seine Flossen und setzt sich eine Maske auf die Stirn. Er kontrolliert die Pressluftflasche, schwingt sie sich auf den Rücken und schnallt sie fest. Prüfend blickt er in das dunkle Wasser. »Profundidad?«, fragt er. »Tiefe?«

Der Bootsführer wirft einen Blick auf sein Display und bewegt den Daumen auf und ab.

»Zwölf bis fünfzehn Meter.«

Der Taucher hakt ein langes Seil, das zu einer Acht aufgerollt auf dem Boden liegt, an seinem Anzug fest. Der dritte Mann überprüft die Halterung des Seils am Boot, dann streift er ein Paar kräftige Handschuhe über, nimmt das Seil in die rechte Hand und wickelt es sich um den Unterarm. Der Taucher vergewissert sich mit einem Blick zu ihm und dem Bootsführer.
»Listo?«

Zweifaches Nicken.

Der Taucher schiebt die Maske über die Augen und nimmt das Mundstück zwischen die Zähne. Dann hockt er sich auf den Rand des Bootes und lässt sich rückwärts ins Wasser fallen.

Petra

Ihr Kopf tauchte ins kühle Wasser, die Stimmen um sie herum wurden leiser, ihre Arme und Beine bewegten sich rhythmisch, trugen sie durch die leichte Brandung. Sie spürte die Sonne auf dem Gesicht, schmeckte das Salz, fühlte ihren Körper und das Meer. Langsam ließ sie den Kopf tiefer unter Wasser sinken, bis sie ein dumpfes Pulsieren vernahm, von dem sie sich vorstellte, es sei der Herzschlag der Erde.

Kurze Zeit später lag sie im warmen Sand und spürte eine Hand auf ihrer Haut, ein zärtliches, planvolles Kreisen mit den Fingern, das ihre Neugier weckte. Wem gehörte die Hand, wohin würde sie wandern? Ein zartes Prickeln durchfuhr sie, und sie hielt die Lider geschlossen, weil sie den Moment so lange wie möglich festhalten wollte.

»Meine Damen und Herren, wir haben unsere Reiseflughöhe erreicht, bitte bleiben Sie während des gesamten Fluges angeschnallt, da es jederzeit unerwartet zu Turbulenzen kommen kann.«

Ernüchtert schlug Petra die Augen auf und seufzte. Sie griff in ihre Handtasche, die sie zwischen den Füßen abgestellt hatte, und holte einen Prospekt heraus. Zum hundertsten Mal studierte sie den Text und die Bilder, die eine heftige Sehnsucht in ihr hervorriefen.

Eine Woche im Paradies lautete die Überschrift, und darunter stand:

Hier zählen nur Sie! Wählen Sie aus unserem Wohlfühlangebot: Selbsterfahrung, Körperarbeit, Entspannung, Erholung. Sie wohnen im sympathischen, familiären Hotel Paraíso direkt am Meer, das alle Annehmlichkeiten (Pool, Wellnessbereich, Wassersport) bietet. Jeden Morgen erwartet Sie ein sensationelles Frühstücksbüfett, abends werden Sie mit köstlichen pescetarischen und vegetarischen (auf Wunsch auch veganen) Gerichten verwöhnt.

Unsere Kursleiter betreuen Sie professionell und individuell. Ob Yoga, Meditation, Achtsamkeitstraining, Körpererfahrungen oder ein psychologisch unterstützendes Gespräch – Sie entscheiden, was Ihnen guttut. Und was immer Sie in dieser Woche finden – sich selbst oder andere, geistige Anregung, körperliche Entspannung, seelische Ruhe oder von allem etwas –, Sie werden am Ende nicht mehr der Mensch sein, als der Sie angekommen sind.

Jedes Mal wenn sie den letzten Satz las, erschauerte sie ein wenig. Er klang vielversprechend und bedrohlich zugleich. Wollte sie denn eine andere werden? Oder wollte sie wieder die werden, die sie mal gewesen war? Ging das überhaupt, zu einer früheren Version seiner selbst zurückzukehren? Oder konnte man nur die derzeitige Version optimieren?

Die Stewardess mit dem Getränkewagen hatte ihre Reihe erreicht.

»Was möchten Sie trinken?«

Das ältere Ehepaar neben ihr klappte geschäftig die Tische herunter. Petra wettete mit sich selbst, dass sie Tomatensaft bestellen würden. Bingo! Aus den Augenwinkeln beobachtete sie, wie der Mann die kleine Plastiktüte aufriss, die mit dem Tomatensaft gereicht wurde. Er nahm die Papierserviette heraus und legte sie zur Seite, öffnete nacheinander die Tütchen mit Salz und Pfeffer, streute sie über seinen Saft und den seiner Frau und rührte sorgfältig um. Die zweite Tüte steckte er ein. Genauso machte er es mit dem

Knabberzeug. Er zählte die Cracker ab, legte die Portion für seine Frau auf die Papierserviette und verstaute die zweite Tüte in seinem Rucksack. All das geschah, ohne dass er und seine Frau ein Wort miteinander gewechselt hätten, wie ein lange eingeübtes Ritual. Petra unterdrückte den Drang zu lachen. Oder zu weinen. Sie wusste es nicht so genau.

Wurden alle Ehen irgendwann so ... lächerlich? Die Ehepartner so berechenbar? Kannte man sich irgendwann so gut, dass Kommunikation überflüssig wurde, weil man sowieso wusste, was der andere sagen würde, wenn er etwas sagen würde? Vielleicht erklärte das, warum so viele alte Paare kaum mehr miteinander sprachen. Vielleicht gab es irgendwann tatsächlich nichts mehr zu sagen.

Sie fragte sich, wie Matthias und sie auf einen Beobachter wirkten. Ob sie auch so seltsame Gewohnheiten entwickelt hatten?

Die Akribie, mit der ihr Mann beispielsweise einen Fisch zerlegte, die Zunge in den Mundwinkel geklemmt, mit einer Entschlossenheit, als gälte es, seinen schlimmsten Feind zu besiegen, fand sie schon erheiternd. Am Schluss reihte er die Gräten der Größe nach am Tellerrand auf, blickte triumphierend hoch und sagte: »Den Kerl hätten wir erledigt.« Jedes Mal sagte er diesen Satz, und als Petra ihn einmal vorweggenommen hatte, war er eingeschnappt gewesen. »Du findest mich also langweilig«, hatte er schmollend gesagt, und nur mit Mühe war es ihr gelungen, ihn davon zu überzeugen, dass es nicht so war.

Wenigstens sprachen sie noch miteinander, wenn auch weniger als früher. Wie hatten sie sich immer über Paare mokiert, die im Restaurant saßen und sich nichts zu sagen hatten! Die eine ganze Mahlzeit hindurch schwiegen, sich manchmal nicht einmal ansahen. Niemals würde ihnen das passieren, hatten sie einander versichert. Und nun passierte es doch manchmal.

Es war kein feindseliges Schweigen, eher ein einvernehmliches: weil so vieles schon gesagt war, weil sie sich auch ohne Worte verstanden, weil nicht ständig etwas Neues passierte, worüber sie sich austauschen könnten. Nein, dachte Petra, ihr Schweigen war kein Zeichen von Entfremdung, es zeigte vielmehr, wie nahe sie sich waren. Ihr schien es eher ein Zeichen von Liebe zu sein, wenn man den anderen nach so langer Zeit immer noch gerne um sich hatte, mit all seinen Spleens und Eigenheiten.

Sie blickte auf die Fotos in dem Prospekt vor ihr und träumte sich wieder weg ins Paradies. Eine Woche ganz für sich – ohne Haushalt, Kinder, Mann und Job –, das hatte es noch nie gegeben. Allein die Vorstellung, nicht einkaufen und kochen zu müssen, erfüllte sie mit Euphorie, ganz zu schweigen von den unzähligen anderen Pflichten ihres Alltags, denen sie für sieben wunderbare Tage entrinnen würde. Sieben Tage! So lange, wie Gott gebraucht hatte, die Welt zu erschaffen.

Für einen Augenblick hatte sie die erschreckende Fantasie, dass im Hotel Paraíso alle nackt herumlaufen würden, wie es sich fürs Paradies gehörte. Aber dann beruhigte sie sich damit, dass in der Broschüre nirgendwo etwas von FKK zu lesen war.

Sie hatte noch nie verstanden, warum manche Leute so scharf darauf waren, sich vor anderen auszuziehen. Außer Matthias und ihrem Gynäkologen hatte noch kein Mann sie nackt gesehen. Mit sechzehn hatte sie Matthias kennengelernt, mit zweiundzwanzig wurde sie schwanger, und sie hatten geheiratet. Nie wäre sie auf den Gedanken gekommen, das Kind nicht zu bekommen. Auch Matthias hatte keine Sekunde gezögert. Er fand es *super,* Vater zu werden, wobei seine Begeisterung für diese Rolle, wie sich bald herausstellte, eher theoretischer Natur war. Praktisch hatte er sich all die Jahre wenig an der Erziehungsarbeit beteiligt. »Frag lieber Mama« war seine Standardantwort, wenn eines seiner Kinder mit einem Anliegen zu ihm kam, das mit Mühe verbunden war. Zwischendurch überkamen ihn spontane Anfälle von Vaterliebe. Dann balgte er sich mit den Kindern, lud sie zu Pizzagelagen ein oder las ihnen stundenlang vor.

Als Eva zur Welt kam, war Petra dreiundzwanzig und mitten im Studium. Drei Jahre später hatten sie Marie bekommen, sechs Jahre später Simon. Ein Nachzügler. Ungeplant. Und zu einem Zeitpunkt, der ungünstiger nicht hätte sein können.

Damals war gerade ein Seitensprung von Matthias aufgeflogen, und Petra hatte beschlossen, ihn zu verlassen. Bevor sie ihre Entscheidung in die Tat umsetzen konnte, stellte sich heraus, dass sie ein Kind erwartete. Sie blieb.

Nun war Simon dreizehn und legte es darauf an, alle Rekorde im Pubertieren zu schlagen. Mal kam er mit einem Vollrausch nach Hause, mal durften sie ihn wegen des Besitzes von Marihuana bei der Polizei abholen. Einmal hatten sie ihn in den Armen eines deutlich älteren Mädchens erwischt, das ihm Sachen beibringen wollte, die er mit dreizehn noch nicht kennen sollte. Er war launisch und faul, unzuverlässig und unverschämt. Kurzum, er setzte alles daran, ihnen das Leben schwer zu machen, wie um ihnen zu sagen: Ihr wolltet mich nicht? Das sollt ihr büßen.

Kinder waren schlimmer als die CIA, sie wussten alles. Nie hatten Matthias und sie damals vor den Mädchen über Trennung oder Scheidung gesprochen, und dennoch hatte Eva, die Achtjährige, sie zielsicher mit unangenehmen Fragen gelöchert:

Lasst ihr euch scheiden?
Müsst ihr dann Lose ziehen, wer mich und wer Marie kriegt?
Darf ich Papa besuchen, wenn er woanders wohnt?
Wenn er eine neue Frau hat, muss ich dann Mami zu ihr sagen?
Kriegt Papa dann auch neue Kinder?

Marie, damals fünf, hatte eine Strichmännchenfamilie gemalt. Links Matthias, groß, mit braunem Haarschopf und Brille. Daneben sie, Petra, nur ungefähr halb so groß, an der Hand Eva. Und am äußersten Bildrand ein kleines, gekrümmtes Wesen, halb Kind, halb Gnom, dem große Tränen aus den Augen rannen. Es hatte Petra das Herz zerrissen.

Als die Krise überwunden und Simon ein Jahr alt gewesen war, hatte Petra Marie das Bild gegeben und sie gefragt, ob sie ihren kleinen Bruder mit draufmalen wolle. Marie hatte singend ein Baby auf einer bunten Decke gezeichnet, das wie ein Schutzengel über der Familie zu schweben schien. Petra hatte das Bild rahmen lassen und im Eingangsbereich des Hauses aufgehängt.

Sie richtete den Blick aus dem Fenster und betrachtete die wattige Wolkenlandschaft, durch die sie gerade flogen. Es war unglaublich, wie kompakt die Wolken wirkten. Als könne man sich in sie hineinfallen lassen wie in ein Daunenbett. Dabei war da nichts, nur Luft.

Genau wie damals, als Matthias' Betrug aufgeflogen und alles, worauf sie vertraut hatte, nur eine Täuschung gewesen war. Seine Liebe, seine Loyalität, seine Verlässlichkeit. Sie hatte sich fallen lassen in das Daunenbett ihrer Beziehung und war ins Bodenlose gestürzt.

Petra lehnte den Kopf zurück und schloss wieder die Augen, aber sie konnte sich nicht mehr entspannen. Dann fing der Mann neben ihr zu schnarchen an. Sie öffnete die

Augen und bedachte ihn mit einem strafenden Blick, aber er schlief tief und fest, den Kopf nach hinten gelehnt, den Mund geöffnet. Seine Frau knuffte ihn zwischendurch unauffällig in die Seite, dann war er kurz ruhig, bevor er von neuem zu sägen begann.

Petra stellte sich vor, wie die Nächte dieses Paares verliefen. Er schnarchte, sie warf sich schlaflos herum. Jedes Mal wenn sie gerade am Einnicken war, fing er wieder an. Irgendwann würde sie ihn fragen, ob er sich vorstellen könne, im Gästezimmer zu schlafen, und er wäre empört.

Du liebst mich also nicht mehr!
Aber ich kann neben dir nicht schlafen!
Andere Frauen halten das auch aus, du bist einfach zu empfindlich.
Viele Frauen leiden darunter, dass ihre Männer schnarchen.
Eine Ehe ohne gemeinsames Schlafzimmer ist keine Ehe.

Kein Wunder, dass Frauen schneller altern als Männer, dachte Petra. Erst können sie nicht schlafen, weil sie sich um ihre Neugeborenen kümmern müssen. Dann können sie nicht schlafen, weil sie sich Sorgen um ihre Pubertierenden machen, die nicht zur vereinbarten Zeit nach Hause kommen. Und schließlich können sie nicht schlafen, weil ihre Männer – die in all den Jahren über sämtliche Störungen selig hinweggeschlafen haben – zu schnarchen beginnen.

Es hatte ihr große Bauchschmerzen bereitet, Matthias um getrennte Schlafzimmer zu bitten. Schließlich wollte sie ihn nicht verletzen. Alle ihre Freundinnen mit schnarchenden Männern (also alle mit Männern) hatten sie vorgewarnt. Zu ihrer Überraschung hatte Matthias sofort eingewilligt und war widerspruchslos in Evas Zimmer gezogen, die gerade ihr Studium in einer anderen Stadt begonnen hatte. Damit war er der einzige Mann in ihrem Freundeskreis, der aus dem Thema Ehebett keine Grundsatzfrage gemacht hatte. Zuerst war sie erleichtert gewesen, aber inzwischen fragte sie sich, ob das wirklich ein gutes Zeichen war.

Mit seinem Auszug aus dem ehelichen Schlafzimmer war ihre Sexualfrequenz drastisch gesunken. Fast so, als hätten sie zuvor nur miteinander geschlafen, weil es so einfach gewesen war. Weil es genügt hatte, die Hand auf die andere Bettseite zu schieben, um Bereitschaft zu signalisieren. Nun schien es, dass der Gang von einem Zimmer ins andere ein fast unzumutbarer Aufwand war.

Nicht dass es Petra viel ausgemacht hätte. Sie hatte schon seit Jahren nicht mehr sonderlich viel Lust auf Sex. Meistens war sie einfach zu müde nach diesen übervollen Tagen, die morgens um halb sieben begannen und abends um elf endeten. Tagen, an denen sie kaum eine Minute Zeit für sich fand zwischen Unterricht, Lehrerkonferenzen, Heftkorrekturen, Einkaufen, Kochen, Hausaufgabenbetreuung, Aufräumen, Waschen und Putzen.

Aber das abendliche Kuscheln, die körperliche Nähe, der Kuss vor dem Einschlafen – das alles fehlte ihr. Und sie war gekränkt über die Leichtigkeit, mit der Matthias auf dieses langjährige Ritual verzichtete. Er hatte sich in sein eigenes Reich zurückgezogen, als hätte er nur auf die Gelegenheit gewartet.

Matthias ging morgens aus dem Haus und kam abends spät wieder, wenn er nicht ohnehin auf Geschäftsreise war. Was in der Zwischenzeit zu Hause los war, interessierte ihn nicht besonders. Aufgabenteilung nannte er das.

Wenn sie darüber diskutieren wollte, breitete er die Arme aus und sagte gönnerhaft: »Wir können gern tauschen. Ich reduziere auf halbtags und übernehme den Haushalt, und du arbeitest Vollzeit.« Damit war das Thema durch. Ihr

Gehalt als Lehrerin betrug nur einen Bruchteil von seinem, sie würden kaum davon leben können.

Wenn sie die Weiterbildung machen könnte, die ihr angeboten worden war, sähe die Sache allerdings bald anders aus. Dann würde sie in zwei, drei Jahren Schulleiterin sein und deutlich mehr verdienen als heute. Aber das hieße, dass Matthias für diese Zeit im Job zurückstecken müsste. Deshalb: keine Weiterbildung, kein Schulleiterposten.

Beim Gedanken daran stieg eine Hitzewelle in ihr hoch und breitete sich in ihrem Körper aus. Sie riss sich die Strickjacke herunter und fächelte sich Luft zu. Das kam in letzter Zeit häufiger vor, offenbar bahnte sich bei ihr der Wechsel an. Sie war sechsundvierzig. Doppelt so alt wie ihre ältere Tochter, die ihr die T-Shirts aus dem Schrank klaute, gemeinsam mit ihr zu Popkonzerten ging und ihr damit die Illusion verschaffte, selbst noch jung zu sein.

Die Vorstellung, nicht mehr fruchtbar zu sein, machte ihr nichts aus. Aber als Frau nicht mehr wahrgenommen zu werden, das tat weh. Die Männer begannen durch sie hindurchzusehen, als wäre sie nicht vorhanden, vor allem wenn sie mit ihren Töchtern unterwegs war. Gerade neulich hatte sie es erlebt: Sie war mit Eva in einem Café verabredet und wie immer als Erste da gewesen. Zehn Minuten lang hatte sie versucht, den Kellner auf sich aufmerksam zu machen – keine Chance. In der Sekunde, in der Eva sich neben sie gesetzt hatte, stand der Kerl am Tisch, saugte sich mit seinem Blick an ihrer Tochter fest und fragte mit umwerfendem Lächeln: »Was kann ich für euch tun?«

Fast hätte sie ihm gesagt, er könne sich zum Teufel scheren. Aber dann hatte sie einen Cappuccino und ein Tiramisu bestellt und sich mit dem Gedanken getröstet, dass sie – wenn Männer sie sowieso nicht mehr sahen – ab jetzt wenigstens essen würde, worauf sie Lust hatte. Es war dann allerdings Eva gewesen, die sich den größten Teil einverleibt hatte. Eva konnte essen, was und so viel sie wollte, während Petra ein Tiramisu nicht mal ansehen konnte, ohne zuzunehmen. Es war einfach ungerecht.

»Wir haben unsere Reiseflughöhe verlassen und befinden uns im Landeanflug. Bitte kehren Sie zu Ihren Sitzen zurück, klappen Sie die Tische hoch und bringen Sie Ihre Lehne in eine aufrechte Position.«

Petra schrak auf, sie musste eingenickt sein. Kurz fragte sie sich, warum sie in einem Flugzeug saß und wohin sie unterwegs war, dann fiel es ihr wieder ein. Sie war auf dem Weg ins Paradies.

Matthias hatte sie mit der Reise überrascht, und sie war glücklich gewesen. Das erste Mal seit Jahren würden sie wieder zu zweit wegfahren! Aber eines Abends war er nach Hause gekommen und hatte ihr mitgeteilt, dass er nicht mitkommen könne, in seiner Firma gehe es drunter und drüber. In letzter Zeit schien er viel beruflichen Stress zu haben, war oft angespannt und nervös. Also versuchte sie, so rücksichtsvoll wie möglich zu sein.

Matthias hatte nach dem Studium eine Beratungsfirma gegründet. Er und seine Mitarbeiter erklärten den Managern großer Firmen, wie sie noch mehr Leistung aus ihren Mitarbeitern rausholen konnten oder wie man ihnen am besten schlechte Nachrichten beibrachte: dass die Firma ans andere Ende der Stadt umziehen und der Weg zur Arbeit für die meisten deutlich länger werden würde; dass es Umstrukturierungen geben würde – eine freundliche Umschreibung dafür, dass am Ende die meisten Mitarbeiter etwas machen müssten, wozu sie keine Lust hatten; oder dass sie leider gefeuert würden. Ach, nein: freigestellt.

Ausgerechnet Matthias, der bei Streit verstummte oder das Weite suchte, der kaum über seine Gefühle sprechen konnte und das, was ihn beschäftigte, mit sich selbst ausmachte – ausgerechnet dieser Mann brachte anderen bei, besser zu kommunizieren. Und offenbar machte er es gut, denn seine Firma war erfolgreich. Es war zum Lachen.

Petra hatte ihr Studium, Deutsch und Sozialkunde für Lehramt, trotz der Kinder zu Ende gebracht. Nach einer längeren Pause arbeitete sie seit einigen Jahren wieder, wenn auch nicht Vollzeit. Oft wurde sie als Schwangerschaftsvertretung eingesetzt, zusätzlich gab sie Deutschunterricht in einer Übergangsklasse für junge Migranten. Sie liebte ihren Beruf, aber im Moment konnte sie Erholung wirklich gut gebrauchen.

Das Flugzeug befand sich im Sinkflug, nur noch wenige Minuten bis zur Landung. Plötzlich wurde sie ganz aufgeregt. Wie würden die anderen Teilnehmer sein? Die Gruppen seien nicht größer als zwanzig Personen, hatte der Veranstalter versprochen. Petra fand das ganz schön viel, immerhin die Größe einer Schulklasse.

Hoffentlich hatte sie eine nette Zimmergenossin. Man konnte zwischen Einzel- und Doppelzimmer wählen, und als klar war, dass sie allein reisen würde, hatte sie sich für ein Doppelzimmer entschieden. Sie war noch nie allein verreist und fürchtete, keinen Anschluss zu finden. Außerdem war die Reise schon teuer genug.

Die Rollbahn kam in Sicht, und die ersten Palmen tauchten in der Ferne auf. Ihr Herz machte einen glücklichen Hüpfer. Palmen! Sonne! Meer!

Das übliche Gedränge begann. Alle versuchten, sich auf den Gang zu schieben, obwohl die Türen noch gar nicht geöffnet waren. Petra blieb sitzen, sie hatte keine Eile. Sobald sie ihren Koffer hätte, würde sie sich nach dem Bus zum Hafen erkundigen. Hoffentlich würde ihr jemand Auskunft geben können, obwohl sie kein Spanisch konnte. Das Paradies befand sich auf einer nahe gelegenen Insel, daher stand ihr noch eine einstündige Überfahrt mit dem Schiff bevor, auf die sie sich schon freute.

In die Gruppe am Strand kommt Bewegung. Diejenigen, die am Boden hocken, springen erwartungsvoll auf, das Fernglas wird nach oben gerissen, Arme deuten in Richtung Boot, wo sich das Seil unaufhaltsam aus seiner ordentlichen Achterform löst, durch die Hände des Seilführers rast und in der Tiefe verschwindet, bis es zum Stillstand gekommen ist.

Die Polizisten werden unruhig, das Schnarren ihrer Funkgeräte ist das einzige Geräusch, das die Stille durchschneidet.

Der Seilführer und der Mann am Steuer blicken konzentriert auf die Stelle, an der das Seil die Wasseroberfläche durchschneidet und man ihm noch einige Meter mit dem Blick folgen kann. Ein Daumen zeigt in die Höhe.

»Er ist unten.«

Nach einer Weile wandert das Seil ein Stück vom Boot weg, kommt näher und entfernt sich wieder, eine kontinuierliche Zickzackbewegung, mit der die Suche am Meeresboden vonstattengeht.

Die Gruppe am Strand wirkt inzwischen wie erlahmt. Fast bewegungslos kauern die Leute am Boden, starren aufs Wasser. Die Sonne steigt höher, es wird immer heißer. Schweißperlen auf Stirnen und Oberlippen, vergebliches Umherblicken auf der Suche nach Schatten. Eine halb volle Plastikflasche mit Wasser macht die Runde. Eine Frau lässt sich in den Sand fallen, verbirgt das Gesicht in den Händen, weint. Ein Sanitäter kommt aus Richtung des Krankenwagens, spricht mit der Frau, deutet auf den Krankenwagen.

Nach einigen Minuten ein kräftiges Rucken am Seil, der Taucher kommt an die Oberfläche. Er nimmt das Mundstück heraus, schiebt die Maske hoch, schüttelt den Kopf.

Er klettert an Bord, nimmt die Flasche ab.

Die Männer beraten. Schließlich werden Seil und Anker eingeholt. Der Bootsführer startet den Motor und bringt das Boot vorsichtig mehr nach rechts und noch näher ans Ufer, so nah an das Felsmassiv wie nur möglich. Er ankert erneut, wirft einen Blick aufs Display.

»Immer noch zehn Meter.«

Der Taucher macht sich wieder bereit, gleich darauf verschwindet er erneut in der Tiefe.

Die Atmosphäre am Ufer ist zum Zerreißen gespannt. Die Frauen sitzen zusammen, trösten sich gegenseitig. Die Männer stehen einzeln herum, scharren mit den Zehen im Sand oder ziehen abwesend an ihren Zigaretten. Keiner blickt den anderen an, als könnte jeder Blick etwas verraten, was besser ungesagt bliebe.

Auf dem Boot wischen sich die Männer den Schweiß von der Stirn. Der Seilführer zieht einmal kurz am Seil, ein kurzes, zweimaliges Rucken ist die Antwort. Wieder vergehen einige Minuten.

Plötzlich scheint das Seil lebendig zu werden, es tanzt hin und her, zweimal, dreimal. Die Männer halten die Luft an und blicken ins Wasser. Luftblasen steigen auf, unter der Wasseroberfläche wird etwas sichtbar, etwas Dunkles und etwas Helles, das zusammenzugehören scheint. Als es höher steigt, zeichnet sich ein Körper ab, um den weißer Stoff wabert. Ein zauberhaftes, unbekanntes Meerestier.

In die Gruppe kommt Bewegung, alle springen auf, recken den Kopf, versuchen, etwas zu erkennen. Die Polizisten verlassen ihren Wagen und nähern sich dem Ufer, die Sanitäter folgen ihnen. Alle starren über das glitzernde Wasser, hinüber zu dem dümpelnden Boot.

Der Taucher hebt den Körper scheinbar mühelos aus dem Wasser, die Männer auf dem Boot packen ihn und ziehen ihn hinein. Der weiße Stoff fällt in sich zusammen und schmiegt sich um den Körper der toten Frau.

Anka

Je weiter sich das Schiff vom Festland entfernte, desto besser fühlte sie sich. *Nur weg,* hatte es während der letzten Wochen in ihr getönt, und endlich war sie unterwegs, mehr auf der Flucht als im Urlaub. Sie stellte sich an die Reling und starrte in den schaumigen Streifen, den das Schiff hinter sich zurückließ. Die Häuser an der Küste wurden kleiner, bald war nur noch eine verschwommene Linie im Dunst zu erkennen. Sonst nur Wasser, wohin sie blickte.

Wie war es ihr bloß gelungen, ihr Leben derartig in die Scheiße zu fahren?

Sie war sechsunddreißig und hatte nichts von dem erreicht, was sie sich vorgenommen hatte. Beruflich war sie in einer Sackgasse gelandet. Aus den angeblich tollen Aufstiegschancen in der Firma für Biokosmetik, in der sie sich seit Jahren abrackerte, war nichts geworden. Immer noch stand auf ihrer Visitenkarte *Regionalleiterin/Direktvertrieb,* was im Klartext hieß, dass sie als Vertreterin durch die Gegend reiste, um ihren Kunden Produkte zu verkaufen, die sie ebenso gut im Internet bestellen konnten. Das war auch der Grund, warum es der Firma schlecht ging. Die Eigentümer, zwei Brüder namens Hartmann, hatten die Entwicklungen des E-Commerce nicht verschlafen, sondern bewusst ignoriert. *Der persönliche Kontakt zum Kunden ist durch nichts zu ersetzen,* so der gebetsmühlenartig wiederholte Glaubenssatz der Hartmänner. Blöd nur, dass die Kunden das anders sahen.

Ihre Mutter war begeistert gewesen, als sie den Job bekommen hatte. Immer wieder hatte sie von der Avon-

Beraterin erzählt, die früher zu ihnen nach Hause gekommen war und ihnen all die wundervollen Cremes und Lotionen präsentiert hatte. Anka betonte gern, dass sie nicht für einen großen Konzern tätig sei, sondern Produkte vertreibe, für deren Herstellung keine Tiere gequält würden und deren Inhaltsstoffe aus biologischem Anbau stammten. Sie selbst verwendete die Produkte allerdings nicht. Sie glaubte an die Wirkung von Chemie, nicht an die der Natur. Aber bio lag im Trend. Hatte sie wenigstens gedacht. Nun zeigte sich, dass sie besser bei einem Großkonzern angeheuert hätte als bei dem kleinen, feinen Unternehmen, das vor lauter Idealismus kurz vor der Pleite stand. Sie hoffte, die Eigentümer würden das Steuer noch herumreißen können.

Die Frage war, wie weit sie als Einzelhandelskauffrau überhaupt kommen konnte. Wieso hatte sie nicht wenigstens studiert? Immerhin hatte sie das Fachabitur. Aber ihr war es wichtiger gewesen, möglichst schnell Geld zu verdienen, damals, als sie jung war und gedacht hatte, das Wichtigste seien tolle Klamotten, schicke Autos und wilde Nächte in exklusiven Clubs.

Der Bekanntenkreis, den sie sich in jener Zeit aufgebaut hatte, war längst in alle Winde verstreut. Die Frauen waren verheiratet und interessierten sich nur noch für ihren Nachwuchs, die Männer waren mit ihren Karrieren beschäftigt. Durch Ankas ständige Reiserei fiel es ihr schwer, Freundschaften zu pflegen, und so saß sie an ihren freien Abenden und Wochenenden meist allein zu Hause. Auch aus ihrem Traum von einer Familie war nichts geworden. Mit untrüglichem Instinkt suchte sie sich unter allen Männern, die frei herumliefen, immer die Nieten aus.

Mit Anfang zwanzig hatte sie sich in Harry verliebt, der sie mit Geschenken überschüttet und wie eine wertvolle

Trophäe in seinem Sportcabrio herumgefahren hatte. Als er eines Tages plötzlich pleite gewesen war, hatte sie herausgefunden, dass er an Spielsucht litt.

Dann war Anton gekommen, ein Unternehmersohn, der sie angebetet und auf Händen getragen hatte. Leider besaß er eine Neigung zur Zwanghaftigkeit und faltete vor dem Zubettgehen nicht nur seine Hose auf Bügelkante, sondern saugte mit dem Handstaubsauger das Laken ab. Ein Leben mit ihm konnte sie sich, trotz aller materiellen Vorzüge, nicht vorstellen.

Auf Anton folgte Mike. Bei ihm hatte einfach alles gestimmt. Er war erfolgreicher Manager in einem Elektronikkonzern und auf dem Weg in den Unternehmensvorstand. Völlig überraschend hatte ihn seine langjährige Freundin verlassen, und wie die meisten Männer ertrug er es nur schwer, allein zu sein, weshalb er alles daransetzte, diesen Zustand schnellstmöglich zu beenden. Dass eine so attraktive Frau wie Anka auf sein Werben einging, war Balsam für seine gekränkte Seele. Es dauerte nicht lange, bis er ihr einen Heiratsantrag machte. Er wünschte sich eine Familie und war zu Ankas Entzücken der Meinung, eine Mutter müsse nicht sofort in den Beruf zurückkehren, sondern solle sich erst einmal um die Kinder kümmern. Später sei, wenn überhaupt, immer noch Zeit für eine Karriere.

Als Hochzeitsreise hatte sie sich eine Kreuzfahrt und eine Woche in einem Fünfsterneresort auf den Malediven gewünscht – schließlich heiratet man nur ein Mal im Leben! Sie hatte den Luxus in vollen Zügen genossen und gespürt, dass sie endlich den richtigen Mann gefunden hatte. Einen, der sie wirklich liebte, der sie zu schätzen wusste und glücklich machen wollte. Nichts schien ihm zu teuer zu sein, und wann immer sie einen Wunsch äußerte, erfüllte er ihn ihr.

Sie wollte so schnell wie möglich schwanger werden, aber schon während der Flitterwochen zeigte Mike immer weniger Interesse an Sex. Sie tat alles, um ihm zu gefallen und ihn anzutörnen, aber er zog sich immer mehr in sich selbst zurück. Sie hatte die schlimmsten Vermutungen — dass er krank sein könnte, dass seine Exfreundin sich wieder gemeldet hatte, dass es Probleme in der Firma gab —, aber er weihte sie nicht in die Gründe für sein Verhalten ein.

Wenige Monate nach der Hochzeitsreise eröffnete er ihr, dass er sie verlassen würde. Ihre Fixierung auf Luxus sei krankhaft, ihre materiellen Erwartungen seien so groß, dass er Angst habe, sie auf Dauer nicht erfüllen zu können. Er wolle nicht enden wie Ankas Vater, der sich nicht nur für die Hochzeit finanziell auf unverantwortliche Weise übernommen habe, um den Ansprüchen seiner Tochter zu genügen.

Sie war erschüttert gewesen. So schlecht dachte Mike über sie, nur weil sie Freude an schönen Dingen hatte? Wofür verdiente man denn Geld, wenn nicht dafür, sich das Leben angenehm zu gestalten? Ihre Fähigkeit, genießen zu können, hatte sie immer als positive Eigenschaft gesehen, und nun wurde sie ihr so negativ ausgelegt! Dass Mike ihren Vater als Kronzeugen für ihre angebliche Verschwendungssucht benannte, fand sie unerhört. Ihr Vater hatte schon immer alles getan, um sie glücklich zu machen. Aber war das nicht normal, wenn man seine Tochter liebte?

All ihre Versuche, Mike umzustimmen, waren gescheitert. Mit zwei Koffern hatte sie die tolle, teure Wohnung verlassen, die sie gemeinsam eingerichtet hatten, war in ein Zweizimmerapartment gezogen und hatte das Nötigste bei Ikea gekauft.

Dann war sie krank geworden. Nesselfieber. Gastritis. Unerklärliche Kopfschmerzen. Ihrer Verwandtschaft und ihren Kollegen hatte sie erklärt, Mike habe sich auf der Hochzeitsreise als bisexuell geoutet und ihr angekündigt, neben der Ehe sexuelle Beziehungen mit Männern führen zu wollen. Das sei eine unerträgliche Vorstellung für sie gewesen. Alle waren voller Mitgefühl und höchst empört über Mike. Ein Heiratsschwindler sei er, ein gewissenloser Betrüger, der Ankas Leben zerstört habe. Das Mitleid und die Anteilnahme ihrer Mitmenschen waren wie ein warmes Bad, das ihren Schmerz ein wenig gelindert hatte.

Die Hochzeit hatte tatsächlich ein Vermögen gekostet. Ankas Vater hatte extra einen Kredit dafür aufgenommen, damit er seiner einzigen Tochter ein Fest ausrichten konnte, das sich ungefähr so prächtig ausnahm wie eine Hochzeit im englischen Königshaus. Weiß eingedeckte Tische mit Rosenschmuck im teuersten Hotel der Stadt, Fünf-Gänge-Menü, Champagner bis zum Abwinken, eine Liveband, ein Zauberer. Natürlich hatte ihr das gefallen.

Allein ihr Kleid hatte zweieinhalbtausend Euro gekostet. Glücklicherweise hatte sie es bei E-Bay für tausend Euro losbekommen, die sie ihrem Vater zurückgegeben hatte. Trotzdem würde er nun mit seinem geringen Handwerkergehalt jahrelang Schulden abbezahlen und bei jeder Abbuchung daran erinnert werden, welche Enttäuschung sein Kind ihm zugefügt hatte. »Das weiß man doch, ob einer schwul ist!«, hatte er immer wieder verzweifelt ausgerufen. »Das hättest du doch merken müssen!«

Ihr Versuch, der Scheidung zuvorzukommen und die Ehe wegen des Verschweigens bisexueller Neigungen seitens des Ehemannes annullieren zu lassen, war gescheitert. Es hatte keine Beweise und keine Zeugen für ihre Behauptung gegeben, und so war nach Ablauf des Trennungsjahres die Scheidung vollzogen worden. Aufgrund der kurzen Ehedauer hatte der Familienrichter keinen Anspruch auf Unterhalt anerkannt.

Nach dem Termin waren Mike und sie aus dem Gerichtsgebäude gegangen, ohne ein Wort miteinander zu wechseln. Am Fuß der breiten Treppe hatte die Exfreundin von Mike gewartet. »Du Dreckstück«, hatte sie Anka angezischt und vor ihr ausgespuckt.

»Soll ich Anzeige erstatten?«, hatte ihr Anwalt interessiert gefragt, aber Anka hatte nur geschluckt und den Kopf geschüttelt.

Sie wusste, wie mies es war, Mike diese Geschichte anzudichten, aber andererseits, was hätte sie ihrer Familie sagen sollen? Dass er sie für eine verwöhnte Prinzessin hielt, die den Hals nicht vollkriegen konnte? Immer noch, fast zwei Jahre nach dem Scheidungstermin, kränkte es sie zutiefst, dass er zu dieser Einschätzung gekommen war.

Nach all dem Mist, den sie seither mit Männern erlebt hatte (die frustrierenden One-Night-Stands und Affären gar nicht mitgerechnet), und in einem Alter, in dem ihre biologische Uhr nicht tickte, sondern ohrenbetäubende Gongschläge von sich gab, hatte sie es tatsächlich geschafft, erneut danebenzugreifen: Sie hatte sich in einen verheirateten Mann verliebt.

Und so saß sie an ihren freien Abenden und Wochenenden allein zu Hause und wartete. Dass er eine Nachricht schicken würde. Vielleicht sogar anrief. Oder, wie durch ein Wunder, plötzlich vor der Tür stand (was noch nie passiert war). Die Warterei war demütigend, zerrte an ihren Nerven und ließ sie zu einer Person werden, die sie nicht sein wollte: abhängig, schwach, bedürftig. Und das machte sie wütend. Während er zu Hause bei seiner Familie saß, sich von seiner Frau bekochen und von seinen Kindern anhimmeln ließ (zumindest stellte sie sich das so vor), hockte sie herum, außerstande, an etwas anderes als an ihn zu denken, unfähig, etwas mit sich und ihrer Zeit anzufangen.

Am meisten graute ihr vor Feiertagen und Ferien. Dann stürzte sie sich in verzweifelte Aktivitäten, die sie sich eigentlich nicht leisten konnte. Skifahren, Drachenfliegen, Kitesurfen – Hauptsache, sie war abgelenkt. Einmal hatte sie sich beim Snowboarden den rechten Arm gebrochen und sich danach wochenlang gequält, weil sie nicht schlafen konnte und alles so anstrengend und kompliziert war. Heulend saß sie auf dem Klo, weil sie es kaum schaffte, sich den Hintern abzuwischen (man ahnt ja nicht, wie ungeschickt Rechtshänder mit der linken Hand sind).

In dieser Zeit hatte ihr Freund komischerweise kaum Zeit für sie gehabt. Einmal nur hatten sie sich getroffen und waren zum Essen gegangen. Aber als ihm klar geworden war, dass sie keine Lust auf Sex hatte, war er sauer abgefahren und hatte sich zwei Wochen nicht mehr gemeldet.

Anka wusste, dass ihr die Zeit davonlief. Sie wollte ein Kind. Nein, das stimmte nicht. Sie wollte einen Mann und ein Kind. Mit Entsetzen beobachtete sie die alleinerziehenden Mütter in ihrer Umgebung, die ständig angestrengt und gehetzt wirkten, die mit hohen, gepressten Stimmen sagten: »So, Mäuschen, und nun komm bitte zu Mama, wir müssen noch ...«, und das Kind ungeduldig von seinem Spiel wegrissen, weil niemand da war, der es betreuen könnte, während sie verzweifelt versuchten, ihr Leben im Griff zu behalten.

Nein, eine solche Mutter wollte Anka nicht sein, das wollte sie ihrem Kind nicht antun. Außerdem ahnte sie, dass ihr

Vater ihr den ersten, missglückten Eheversuch nur verzeihen würde, wenn sie es doch noch fertigbrachte, einen Mann zu finden und Kinder zu bekommen, »wie jede normale Frau«.

Am Anfang ihrer Affäre mit Jo war sie noch zuversichtlich gewesen, dass alles gut ausginge und es nur eine Frage der Zeit wäre, bis er sich für sie entscheiden würde. Deshalb hatte sie nur gehört, was sie hören wollte, und seinen Versprechungen bereitwillig geglaubt.

Unsere Ehe ist eigentlich am Ende, aber ich muss Rücksicht auf die Kinder nehmen ...

Im Moment geht es meiner Frau nicht gut, ich muss warten, bis sie es verkraften kann ...

Ich habe gerade Probleme im Job, da habe ich einfach die Nerven nicht. Gib mir ein bisschen Zeit ...

Irgendwann wurde ihr klar, dass sie sich trennen müsste, wenn sie nicht jede Selbstachtung verlieren wollte. Massenhaft E-Mails hatte sie geschrieben, in denen sie mit ihm Schluss machte, keine davon hatte sie abgeschickt. Vor jedem Treffen nahm sie sich vor, ihm die Pistole auf die Brust zu setzen: deine Frau oder ich.

Aber dann wollte sie die kostbare gemeinsame Zeit mit ihm nicht verderben. Und irgendwo in ihr schlummerte die Überzeugung, dass sie am Ende bekommen würde, was sie wollte. Schließlich war unübersehbar, wie verrückt er nach ihr war. Er machte ihr Geschenke, lud sie in exquisite Restaurants und Hotels ein und zeigte ihr so immer wieder, wie viel sie ihm bedeutete.

Wenn sie miteinander schliefen, waren sowieso alle Zweifel vergessen. Mit wilder Leidenschaft stürzte er sich auf sie, nahm Besitz von ihrem Körper, flüsterte ihr heiser ins Ohr, wie schön sie sei, wie erotisch, wie unwiderstehlich.

Es schien, als wäre die elende Warterei nur ein wiederkehrender böser Traum, aus dem sie erst erwachte, wenn er das nächste Mal vor der Tür stand. Dann war sie lebendig, fühlte sich bewundert und begehrt. Diese Stunden entschädigten sie für alles, und es kam ihr so vor, als wäre der Preis dafür nicht zu hoch.

Kaum war er weg, kam die Wut zurück. Auf ihn, weil er sie hinhielt, und auf sich, weil sie immer wieder schwach wurde. Nur eine einzige Freundin hatte sie in ihr Liebesschlamassel eingeweiht (sehr viel mehr Freundinnen hatte sie ja auch nicht), und die riet ihr, sich sofort zu trennen. Erst dann würde ihrem Liebhaber klar werden, was er an ihr hätte. Und wenn nicht, sollte sie den Qualen ein Ende machen und sich nicht weiter vertrösten lassen.

»Für Männer ist das eine bequeme Angelegenheit«, sagte die Freundin. »Im Alltag die Ehefrau, zum Vögeln die Geliebte. Und immer eine gute Ausrede, wenn sie keine Lust mehr haben und sich abseilen wollen.«

»Bei ihm ist es anders«, verteidigte Anka ihren Freund. »Er will sich ja trennen. Aber die Kinder sind noch zu klein, und seiner Frau geht's nicht gut. Außerdem hat er gerade solchen Stress in der Arbeit. Ich bin sicher, es ist nur eine Frage der Zeit ...«

»Träum weiter«, sagte ihre Freundin.

Und das tat sie.

Seit fast einem Jahr ging das so, und wenn sie ehrlich zu sich war, musste sie sich eingestehen, dass sie ihrem Ziel keinen Millimeter näher gekommen war. Es lief so, wie es von Anfang an zwischen ihnen gelaufen war. Er bestimmte, wann und wo sie sich trafen, seine Versprechungen und Erklärungen waren immer die gleichen, und manchmal beschlich sie der Verdacht, dass sie doch nur eines dieser bescheuerten Weiber war, die sich von einem Typen ewig einwickeln ließen und entsorgt wurden, wenn sie zu viel Theater machten.

Was für eine Genugtuung es gewesen war, als sie ihm erzählt hatte, dass sie für eine Woche wegfahren würde! Immer wieder hatte sie ihn angefleht, mal mit ihr zu verreisen, wenigstens für ein paar Tage. Nie hatte er es möglich gemacht.

»Aber genau in der Woche wollte ich mir Zeit für uns nehmen«, hatte er behauptet. Einen winzigen Augenblick lang war sie versucht gewesen, ihren Urlaub zu stornieren. Doch dann hatte sie es tatsächlich geschafft zu sagen: »Tja, das ist wirklich schade.« Und nach einem Atemzug hatte sie noch einen draufgesetzt und behauptet, sie sei von einem alten Freund in dessen Ferienhaus nach Spanien eingeladen, zusammen mit einer Gruppe netter Leute. Das klang interessanter als Wellnessurlaub allein. Sollte er sich ruhig fragen, wer dieser alte Freund war.

Ein Tuten ertönte, die Insel kam in Sicht. Anka ging auf die andere Seite des Decks, um besser sehen zu können. Sie seufzte. Eine Woche Ruhe, ein bisschen inneren Frieden finden. Gönn dir was, wenn es sonst schon keiner tut, sagte sie sich. Sie hatte Schulden gemacht, um sich den Urlaub leisten zu können.

Ihr war ein bisschen flau im Magen. Hoffentlich wurde sie nicht seekrank. Tief atmete sie die frische Meeresbrise ein.

Mit einem Mal bemerkte sie die junge Frau, die neben ihr stand. Blondes Strubbelhaar, wache blaue Augen in einem hübschen Gesicht, ein bisschen blass vielleicht.

Suse

»Gehörst du auch zur Gruppe?«, fragte Suse die Frau, die so melancholisch ins Meer starrte. Die musste ja voll den Blues haben. Hoffentlich waren die nicht alle so drauf.

Die Frau blickte verwirrt. »Welche Gruppe?«

»Na, die Burn-out-Muttis auf dem Weg zu sich selbst«, sagte Suse grinsend und streckte die Hand aus. »Suse.«

»Anka«, sagte die Frau, nahm ihre Hand und stellte klar: »Nee, dazu gehöre ich nicht.«

»Bist du nicht im Hotel Paraíso?«

»Doch, schon.«

»Na bitte. Wer bucht denn sonst einen Wellnessurlaub?«

Die Frau guckte entsetzt. »Sehe ich aus wie eine ... wie hast du das genannt ... Burn-out-Mutti?«

»Nein, keine Sorge.« Suse lächelte beruhigend. »Du siehst super aus!«

Die Frau sah wirklich verdammt gut aus. Sie selbst dagegen zurzeit echt beschissen. Zu blass, zu mager, Ringe unter den Augen. Ein echtes Wrack.

Anka schien Komplimente gewohnt zu sein. »Danke«, sagte sie so beiläufig, als würde sie so etwas jeden Tag hören. »Bist du denn eine von denen?«

»Burn-out ja, Mutti nein«, fasste Suse ihren Zustand zusammen. Wobei, Burn-out fand sie schon ganz schön übertrieben. Sie hatte gelacht, als der Arzt den Begriff verwendet hatte. So was kriegten doch nur Manager oder Politiker. Nicht Leute wie sie, die einfach ihre Arbeit machten.

Klar, sie wuppte ihren Job in der Unterkunft mit großem Einsatz, leistete Überstunden, die sie nie bezahlt bekam, und fragte nicht lange, wenn Not am Mann war, sondern packte einfach an. Als sie neulich umgekippt war, hatten sich alle ganz schön erschrocken. Sie selbst auch. Das kannte sie nicht von sich, dass sie schlappmachte, sie war doch kein Weichei. Noch nie hatte sie sich krankschreiben lassen. Und jetzt hieß es: erholen. Dafür sorgen, dass sie wieder auf die Beine kam. Sie wurde schließlich gebraucht.

Ihre Oma hatte ihr die Reise geschenkt. Suse war entsetzt gewesen, als sie gesehen hatte, was die Woche kostete. »Du sollst doch nicht so viel Geld für mich ausgeben«, hatte sie protestiert.

»Nichts da, du brauchst das jetzt«, hatte ihre Oma energisch erklärt. »Außerdem sterbe ich bald, dann erbst du das Geld sowieso.«

»Quatsch, Oma, du und sterben!«, hatte Suse widersprochen. »Du wirst mindestens hundert.« Ihre Oma war wie sie. Nicht totzukriegen.

Aber eine kleine Pause war wohl wirklich nicht schlecht. Bisschen Sonne tanken vor dem Winter, noch mal ins Meer springen, lecker essen und auf der Yogamatte rumliegen und sich wichtig fühlen. Was stand in dem Prospekt? *Hier zählen nur Sie!*

Das hatte es in ihrem Leben bisher selten gegeben, dass nur sie zählte. Meistens zählten die anderen, und zwar *auf* sie. Dass sie da war, dass sie stark war. Suse, der Kumpel, die Unverwüstliche, auf die man sich verlassen konnte.

War ja auch kein Wunder, wenn man als Älteste in einer Familie mit drei kleineren Geschwistern aufgewachsen ist und die Mutter stirbt, kaum dass man sechzehn ist. Wenn der Vater seinen Kummer im Alkohol ersäuft und die Oma der einzig zurechnungsfähige Mensch in der näheren Umgebung ist. Da kann es schon mal vorkommen, dass man selbst nicht so viel zählt, sondern mehr so das große Ganze.

Aber sie hatte es geschafft. Ihr Vater wurde in einem Heim versorgt, seit er sich den letzten Rest Verstand aus dem Hirn gesoffen hatte. Ihre Geschwister waren erwachsen und machten alle was Vernünftiges. Keiner von ihnen hatte angefangen zu trinken. Und sie hatte Abi gemacht und studiert.

Seit drei Jahren arbeitete sie als Sozialarbeiterin in einer großen Flüchtlingsunterkunft am Stadtrand, wo sie für die Neuankömmlinge zuständig war. Für Männer, die alles verloren hatten außer ihrem Leben. Für Frauen, die durch die Schrecken der Flucht verstummt waren. Für Kinder, die mit offenen, entzündeten Füßen ankamen und nicht wussten, was sie mit dem Spielzeug anfangen sollten, das ihnen jemand in die Hand drückte.

Längst hatte Suse aufgehört mitzuleiden, sonst hätte sie den Job nicht machen können. Sie hatte sich darauf verlegt zu funktionieren. Bis zum Umfallen.

Ihre Oma hatte gesagt, es sei sehr aufschlussreich, dass Benni sie gerade jetzt verlassen habe. Und dass man einen Menschen erst richtig kennenlernt, wenn es mal nicht so gut läuft. Dass die meisten Männer nicht gut mit Krisen umgehen könnten. Suses Vater sei das beste Beispiel dafür. Sie solle Benni um Gottes willen vergessen und sich jemanden suchen, der zu ihr hielt, wenn es drauf ankam.

Benni hatte es nicht mal hingekriegt, sie anzurufen, um mit ihr Schluss zu machen. Es war ja auch viel leichter, eine Whatsapp zu schicken.

Bin eine Weile weg, gehe auf Tour mit der Band. Hoffe, bei dir ist bald alles wieder cool. So long, Benni

Hatte ganz schön reingehauen, so abserviert zu werden. Immerhin waren sie ein Dreivierteljahr zusammen gewesen. Benni war eigentlich ein guter Typ, krass kreativ und voller verrückter Ideen, außerdem echt schön mit seinen grünen Augen und dem dunklen Bart. Er hatte was Geheimnisvolles an sich, das sie faszinierte, aber so richtig nahe war sie ihm nie gekommen. Außer beim Sex vielleicht. Da war die Distanz, die sie sonst gespürt hatte, plötzlich weg gewesen. Aber womöglich hatte sie sich das auch nur eingebildet.

Sie hatte ja sowieso keine Lust, sich schon zu binden. Sie war noch jung, erst achtundzwanzig. Na ja, so jung war das vielleicht gar nicht mehr. Die ersten Paare aus ihrem Bekanntenkreis kriegten jetzt Kinder und benahmen sich, als stünden sie unter Drogen. Völlig balla in der Birne. Wahrscheinlich waren es die Hormone. Oder der Schlafentzug. Jedenfalls konnte man mit keinem mehr vernünftig reden. Es war, als hätten sie sich in ein Paralleluniversum verabschiedet, aus dem sie erst mit Volljährigkeit der Kinder wieder zurückkehren würden. Ein Universum, das aus Stilleinlagen, Schnullern, Babyrasseln, Anti-Bläh-Tropfen und zusammenklappbaren Kinderwagen bestand. Und aus dem unaufhörlichen Reden über Babys, deren Persönlichkeit ihre Körpergröße weit zu überragen schien. Sie hießen *der* Finn und *die* Sophie oder *der* Leon und *die* Noa, und sie hatten unglaublich viele Eigenschaften und Besonderheiten und Bedürfnisse. Der Raum, den sie im Leben ihrer Eltern einnahmen, war jedenfalls bedeutend größer als der Raum, den Suse irgendeinem Wesen in ihrem Leben einzuräumen bereit war. Nein, das alles war nichts für sie. Sie wollte schnell wieder fit werden und weiterarbeiten.

Hoffentlich gab es in diesem Paraíso auch ein paar Leute in ihrem Alter. Eine ganze Woche nur mit Burn-out-Muttis abzuhängen wäre ganz schön uncool. Andererseits, wie sagte ihre Oma immer? *Nichts ist erholsamer als Langeweile.*

Sie hatte ihre Entdeckungsreise auf Deck fortgesetzt, aber bevor sie alle drei Stockwerke inspiziert hatte, tutete es wieder. Das Schiff verlangsamte seine Fahrt und steuerte den Hafen an. Ein paar Jachten schaukelten auf dem Wasser, mehrere kleine Boote waren an der Hafenmauer vertäut, und in den Cafés saßen nur wenige Leute. Das weiße Gebäude der Marina hob sich strahlend vom blauen Himmel ab, daneben wiegte sich eine Palme sanft im Wind. Der Anblick war so idyllisch, dass es fast wehtat.

Wie konnte es nur sein, dass manche Orte auf der Welt so schön waren und andere so grauenvoll? Und dass es reiner Zufall war, wo einen das Schicksal fallen ließ: auf einer Karibikinsel, in Syrien, in Duisburg oder New York? Natürlich konnten Menschen an vielen Orten glücklich sein, und Palmen brauchten sie dafür auch nicht unbedingt. Aber manche hatten schon verdammt viel Glück und andere verdammt viel Pech. Und keiner konnte was dafür.

Auf der Treppe, die nach unten zum Ausgang führte, traf sie Anka wieder.

»Wollen wir zusammen ein Taxi nehmen?«, fragte die.

Suse zögerte. »Ich hab nicht so viel Kohle. Gibt's denn keinen Bus?«

»Weiß nicht«, sagte Anka, die offenbar müde war und keine Lust hatte, nach einem Bus zu suchen. »Komm mit, ich lade dich ein.«

Sie wuchteten ihr Gepäck auf die Gangway und schoben es vom Schiff hinunter. Unten warteten Reiseleiter mit Schildern auf Touristen, Einheimische empfingen Freunde oder Verwandte. Menschen umarmten und küssten sich, klopften sich gegenseitig auf die Schulter und kniffen Kindern liebevoll in die Wangen.

Anka seufzte wehmütig. »Wie in meinem Lieblingsfilm *Tatsächlich Liebe*. Kennst du den?«

Suse schüttelte den Kopf. Das letzte Mal, als sie im Kino gewesen war, hatte sie eine Doku über einen afghanischen Jungen gesehen, der es im Radkasten eines Lkws bis nach Deutschland geschafft hatte. Nie im Leben würde sie sich eine dieser Hollywood-Schmonzetten reinziehen.

»Mindestens sieben Mal habe ich den schon gesehen, und jedes Mal muss ich wieder heulen«, erzählte Anka schwärmerisch.

»Du scheinst ja gerne zu heulen«, sagte Suse.

Anka lächelte. »Ja, komisch, im Kino schon.«

Dabei gibt es im Leben viel mehr Grund zum Heulen, dachte Suse. Aber das gibt keiner gerne zu. Vielleicht heulen die Leute deshalb im Kino. Um ihre ganzen ungeheulten Tränen loszuwerden.

Am Taxistand stießen sie fast mit einer Frau zusammen, die in denselben Wagen steigen wollte wie sie. Bestimmt über fünfzig, schulterlanges, braun gefärbtes Haar, enges Kleid mit Raubtiermuster und großzügigem Dekolleté. Dazu hochhackige Sandalen und reichlich Make-up auf der sonnengegerbten Haut. Sie sah, trotz des ätzenden Outfits, nicht übel aus. Sicher war sie als junge Frau ziemlich hübsch gewesen.

Sie strahlte. »Hallo, Mädels, ihr wollt bestimmt auch ins Paradies?«

Suse und Anka nickten stumm.

»Na dann, rein mit euch zwei Hübschen!«

Jenny

Mit Mühe quetschten sie das Gepäck in den Kofferraum des Taxis, wobei Jennys Koffer mit Abstand der größte war. Sie hatte sogar Übergepäck bezahlt, damit sie alle ihre Lieblingsklamotten mitnehmen konnte. Man wusste schließlich nie, wie das Wetter sein würde, in welcher Stimmung man wäre und auf welches Teil man Lust haben würde. Das Einfachste war, für jede Gelegenheit etwas mitzunehmen.

»Wie lange bleibst 'n du hier?«, fragte die blonde junge Frau mit Blick auf den Koffer erstaunt.

»Eine Woche, wieso?«

»Also, mit so viel Gepäck könnte ich ein Jahr überleben.«

»Komm du mal in mein Alter«, sagte Jenny mit nachsichtigem Lächeln.

Sie stiegen ein, Jenny setzte sich auf den Beifahrersitz. Dann drehte sie sich um und streckte den beiden Frauen die Hand hin.

»Ich bin übrigens die Jenny aus Köln. Mein Motto ist: Nimm das Leben nicht so ernst, du kommst ja doch nicht lebend raus! Und wer seid ihr?«

Die beiden Frauen musterten sie befremdet, aber das kannte Jenny schon. Eigentlich ging es ihr fast immer so, wenn sie jemanden kennenlernte. Sie bekam irgendwie nie den richtigen Tonfall hin. Entweder war sie zu ruppig oder zu herzlich, jedenfalls blickten die meisten Leute sie erst einmal an wie zu grell gemusterte Vorhänge.

Schließlich stellte die Jüngere sich als Suse vor, die Ältere als Anka. Obwohl Jenny es für höchst unwahrscheinlich hielt, fragte sie: »Seid ihr Schwestern?«

Die beiden erklärten, dass sie sich gerade auf der Fähre kennengelernt hätten.

»Wobei kennengelernt ein bisschen übertrieben ist«, bemerkte die Jüngere. »Wir haben nicht mehr als ein paar Worte gewechselt.«

»Na, das wird sich im Laufe der Woche ja wohl ändern«, sagte Jenny aufgekratzt. »Schließlich ist das hier eine Gruppenreise!«

»Gruppenreise?« Anka blickte entsetzt. »So habe ich das aber nicht verstanden. Ich dachte, ich buche einen Urlaub, und dann entscheide ich mich, welche Angebote ich nutzen möchte. Ich will doch nicht ständig mit einer Gruppe zusammen sein!«

»Mach dir keine Sorgen, Schätzchen. Das hältst du einfach so, wie du willst. Keiner zwingt dich zu irgendwas.«

Anka sah Jenny pikiert an.

Der Fahrer, der geduldig gewartet hatte, ließ jetzt den Wagen an und fragte, wohin es gehen solle.

Jenny lachte und sagte: »Vamos al Hotel Paraíso, por favor.«

»Du sprichst spanisch?«, fragte Suse bewundernd.

»Nur für den Hausgebrauch. Hab mir vor dem Urlaub so 'ne App runtergeladen und ein bisschen geübt. Bin schon auf Level vier.«

»Wow«, sagte Suse, und Jenny konnte nicht einschätzen, ob es freundlich oder spöttisch gemeint war.

»Ich hatte mal einen italienischen Lover, einen Conte«, sagte Anka träumerisch. »Für den hätte ich sogar Italienisch gelernt. Hat aber nicht lange genug gehalten.«

Jenny seufzte unhörbar und warf einen wehmütigen Blick in den Schminkspiegel. Klar, so wie du aussiehst, hattest du jede Menge Lover, dachte sie. Die braunen Rehaugen, die langen Haare, die tolle Haut. Ankas makellose Figur war ihr als Erstes aufgefallen, als sie zusammen vor dem Taxi gestanden hatten. Schon blöd, dass ausgerechnet so eine Klassefrau in der Gruppe war. Ihre Anwesenheit reduzierte Jennys Chancen, jemanden kennenzulernen, glatt um hundert Prozent.

Interessiert fixierte sie Anka im Spiegel. »Bist du verheiratet?«

»Ich?«, sagte Anka überrascht. »Wieso interessiert dich das?«

»Nur so. Bin manchmal 'n bisschen neugierig.«

Sie blickte noch einmal in den Rückspiegel und wusste es plötzlich. Nein, Anka war nicht verheiratet. Manchen Frauen war das Verheiratetsein ins Gesicht graviert, anderen die Einsamkeit. Anka war trotz ihrer Schönheit allein, das konnte sie sehen.

»Nein«, kam es von hinten. »Nicht verheiratet. Und du?«

»Auch nicht. Wär ich aber gern.«

»Warum sind die meisten Frauen bloß so versessen aufs Heiraten?«, fragte Suse. »Schließlich wird fast die Hälfte aller Ehen wieder geschieden.«

»Weil alle glauben, sie gehören zur anderen Hälfte«, sagte Jenny.

»Und? Glaubst du das auch?«

Jenny lachte kurz auf. »Ach, weißt du, Schätzchen, allmählich ist es ein bisschen spät für mich. Männer in meinem Alter interessieren sich ja eher für Küken wie dich.«

»Ja, nee«, sagte Suse angewidert. »Ich würde doch nicht mit so 'nem alten Sack zusammen sein wollen!«

»Danke«, sagte Jenny trocken.

»Oh, entschuldige, so hab ich das nicht gemeint!«

»Schon gut«, gab sie gelassen zurück. »Du hast ja recht.«

Jenny hatte sich lange gegen das Alter gewehrt, es vor sich selbst und anderen verleugnet, bis sie gespürt hatte, dass sie allmählich zur lächerlichen Figur wurde. Immer noch kleidete sie sich unkonventionell und etwas zu jugendlich, aber das war mehr so eine Trotzhaltung. Sie bildete sich nicht ein, dadurch jünger zu wirken. Das Älterwerden war nicht nur ein optisches Problem, es brachte auch allerhand zeitraubende Begleiterscheinungen mit sich. Haare wuchsen an Stellen, wo sie nicht hingehörten, und mussten entfernt werden, Nägel wurden rissig und verlangten nach aufwendiger Pflege, Muskeln wurden steif und wollten gedehnt werden, Fett bildete sich und musste durch gesunde Ernährung im Rahmen gehalten werden. Die Wartung eines alternden Körpers erforderte ständige Aufmerksamkeit und permanenten Einsatz. In dieser Woche wollte sie sich mal so richtig verwöhnen lassen.

»Hast du's mal mit Tinder probiert?«, fragte Suse.

»Klar«, gab Jenny zurück. »Aber bei Tinder geht's doch nur ums Poppen. Außerdem ist das Durchschnittsalter ungefähr fünfundzwanzig. Da macht man sich in meinem Alter fast schon verdächtig. Wusstet ihr, dass die meisten, die tindern, in festen Beziehungen sind? Ich glaube, fast die Hälfte.«

Suse wirkte überrascht. »Du kennst dich ja aus.«

Jenny lächelte. »Man tut, was man kann.«

Sie hätte Suse eine Menge zu dem Thema erzählen können. Von dem Typen, der sie nach ein bisschen Tinder-Talk in seine Hotelsuite eingeladen, mit Champagner und Langusten bewirtet, endlos vollgelabert und schließlich brutal von hinten genommen hatte. Bevor sie ging, hatte er ihr zweihundert Euro hingeworfen. »Das war es doch, was du wolltest, oder?«

Sie hatte die beiden Geldscheine vor seinen Augen zerrissen und auf den Boden geworfen, dann war sie gegangen.

Selbst schuld, selbst schuld, hatte sie sich endlos vorgesagt, aber das machte die Demütigung nicht kleiner und auch nicht das bohrende Gefühl von Scham.

Wie oft schon wollte sie mit Tindern aufhören, aber dann konnte sie doch nicht auf den süchtig machenden Moment verzichten, in dem die stilisierte Flamme aufleuchtete, die anzeigte, dass man ein *Match* hatte. Wuuusch!!! Eine Welle von Adrenalin schoss dabei jedes Mal in ihr hoch. Ein Mann fand sie anziehend!

Sie hatte ein besonders vorteilhaftes Bild von sich gepostet, auf dem sie ein Stück jünger war als in Wirklichkeit. Man soll seine Chancen ja nicht von vornherein reduzieren. Es war immer mal wieder zu unschönen Szenen gekommen, wenn sie die Männer dann getroffen hatte. »Wieso postest du ein Bild von deiner Tochter?«, hatte einer gesagt. Und ein anderer: »Ich bin doch nicht nekrophil.«

Inzwischen begnügte sie sich schon fast damit, nur diesen Wuuusch-Moment zu erleben, in dem wahrscheinlich neben Adrenalin auch Glückshormone ausgeschüttet wurden. Ein Gefühl ähnlich dem, wenn sie irgendein sündteures Teil kaufte, das sie eigentlich nicht brauchte, aber unbedingt haben musste. Das war auch so ein Wuuusch-Moment: intensiv, berauschend, fast erotisch. Leider hielt er immer nur extrem kurz an. Meist war er schon vorüber, wenn sie nach Hause kam und das Kleidungsstück aus der Tüte nahm. Oft feuerte sie es gleich in ihren Schrank, der von ihren Spontankäufen bereits überquoll.

»Jenny?«, hörte sie Suse sagen.

»Hier, bei der Arbeit.«

»Alles okay?«

»Ja, klar«, sagte Jenny. »Und was ist mit dir, Anka? Wie lernst du Männer kennen?«

Anka schwieg. Sie schien nicht der Typ zu sein, der schon kurz nach dem Kennenlernen mit persönlichen Bekenntnissen um sich warf. Gelangweilt zuckte sie die Schultern. »Ich kenne Leute, die tindern. Hab's selbst noch nie probiert.«

»Hast du nicht nötig, was?«, sagte Jenny. »Bei dir stehen die Kerle sicher Schlange.«

Anka zuckte wieder die Schultern. »Männer kennenzulernen ist nicht das Problem. Leider picke ich mir immer die falschen raus.«

»Oh«, sagte Jenny. »Das kenne ich.«

»Ich glaube, bei Tinder ist es wie im wirklichen Leben«, fuhr Anka fort. »Die Frauen suchen Beziehungen und die Männer Sex. Da sind Enttäuschungen vorprogrammiert.«

Suse stöhnte. »Ist das eigentlich ein Naturgesetz? Zwei Frauen lernen sich kennen, und es dauert keine fünf Minuten, bis sie über Männer reden.«

»Sei nicht so verbiestert, Schätzchen«, sagte Jenny unbeeindruckt. »Hast du einen Freund?«

»Nicht mehr«, brummte Suse. »Und ich habe keinen Bock, darüber zu reden, damit das klar ist.«

Der Taxifahrer bog von der Hauptstraße ab, und der Wagen holperte über einen Feldweg. Sie wurden kräftig durchgeschüttelt und protestierten lachend, was den Fahrer dazu anstachelte, noch mehr Gas zu geben.

Jenny hielt mit beiden Händen ihren gewaltigen Busen fest und schrie: »He, du Irrer, nicht so schnell!«, worauf die anderen beiden Frauen noch mehr lachten. Suses Lachen klang etwas gezwungen. Sie sah aus, als fragte sie sich, wie zum Teufel sie hierhergeraten war.

Endlich hielt der Taxifahrer vor einem hübschen, weißen Gebäude im maurischen Stil, das von Bougainvillea überwuchert in der Nachmittagssonne lag. Jenny übernahm die Rechnung und wischte den Widerspruch der anderen beiden Frauen mit der Hand weg. »Ihr könnt mir ja mal einen ausgeben.« Sie liebte es, großzügig zu sein. Leider konnte sie es sich eigentlich nicht leisten, aber manchmal war ihr das eben egal.

Der Fahrer hob die Koffer aus dem Wagen und wollte sie auf dem Kiesweg vor dem Gebäude stehen lassen.

»Der wird doch wohl das Gepäck reinbringen?«, sagte Anka stirnrunzelnd.

Jenny lächelte den Fahrer an und fragte: »Nos puede ayudar, por favor, cariño?«

Der Mann brummte etwas Unverständliches, griff nach zwei Koffern und trug sie hinein. Suse blieb mit ihrem Rucksack und dem Handkoffer zurück.

Na los, Schätzchen, dachte Jenny, wenn du so emanzipiert bist, schleppst du dein Zeug auch selbst! Sie folgte dem Fahrer an die Rezeption und warf ihm einen Kussmund zu. »Muchas gracias, señor!«

Mit einem schallenden »Buenos días!« wandte sie sich der Empfangsdame zu.

Die reichte gerade Anka, die schneller gewesen war, ihren Schlüssel. »Bungaló veintitrés, dreiundzwanzig. Su compañera de la habitación ya ha llegado.«

Anka nahm den Schlüssel entgegen, bedankte sich und wandte sich zum Gehen. »Also dann, bis später.«

Jenny winkte ihr zu. »Bis später, Schätzchen!«

Petra schloss die Tür ihres Bungalows auf. Die Vorhänge waren zugezogen, goldenes Nachmittagslicht drang gedämpft in den Raum. Sie war die Erste, also durfte sie sich auch das Bett aussuchen, oder? Sie überlegte kurz und entschied sich dann für das am Fenster. Auf dem Kopfkissen lag neben einer Praline eine bunte Postkarte, auf der ein altmodisches Riesenrad abgebildet war. Daneben stand:

> Genieße jeden schönen Augenblick.
> Entspanne deine Seele.
> Sei gut zu dir.
> Verwöhne dich.
> Setze dir Ziele.
> Liebe.
> Lache.

Auf der Rückseite hatte der Veranstalter einen persönlichen Gruß verfasst:

> Liebe Petra,
> herzlich willkommen im Hotel Paraíso!
>
> Wir hoffen, du wirst eine paradiesische Woche erleben, in der du alles findest, was du suchst. Das komplette Programmangebot hängt am Schwarzen Brett in der Lobby – bei Fragen wende dich gerne an uns. Wir sehen uns heute um 19.30 Uhr beim Abendessen. Für diejenigen, die später

ankommen: Morgen um 10.00 Uhr gibt es eine Begrüßungsrunde im Yogazelt.

Herzliche Grüße,
Jan und das Team des Hotels Paraíso

Petra lächelte. Bei einer so warmen Begrüßung fühlte man sich doch gleich bestens aufgehoben!

Sie räumte ihre Kleider in den Schrank, trug ihr Waschzeug und ihre Kosmetika ins Bad und stellte alles so hin, dass genügend Platz für ihre Mitbewohnerin blieb. Dann wusch sie sich die Hände und erneuerte ihr Make-up.

Als sie fertig war, öffnete sie die Glastür zur Terrasse und trat ins Freie. Ihr Blick ging über blühende Büsche und üppige, grüne Pflanzen zu einer Wiese, auf der in einiger Entfernung ein großes, weißes Zelt stand, dessen elegante Form sich perfekt in die Landschaft einfügte. Das musste das Yogazelt sein. Dahinter sah sie ein Stück vom Strand und das Meer. Das Wasser war tiefblau und schob schmale, weiße Schaumbänder vor sich her. Die Luft war mild und trotzdem frisch; außer den Schreien einiger Möwen war nichts zu hören. Sie legte sich auf eine der Liegen und atmete tief ein und aus.

Genieß es. Entspann dich. Sei gut zu dir.

Wie erstaunlich weit weg alles war. Matthias. Die Kinder. Der Alltag. Nichts davon ging sie etwas an. Sie dachte kurz daran, zu Hause anzurufen oder eine Nachricht zu schicken, dass sie gut angekommen war, aber dann verschob sie es auf später.

Sie war kurz vor dem Einnicken, als die Eingangstür des Bungalows aufgeschlossen wurde. Petra drehte sich um und sah, wie eine Frau mit einem Koffer eintrat. Nur widerwillig erhob sie sich von der Liege, wo sie sich gerade so wohlig eingerichtet hatte. Sie strich sich mit beiden Händen übers Haar und zupfte ihr Kleid glatt.

»Hallo, ich bin Anka«, sagte die Frau lächelnd und kam mit ausgestreckter Hand auf sie zu.

»Petra. Freut mich, dich kennenzulernen.«

»Wir können uns duzen?«

»Gern«, sagte Petra erleichtert.

Anka schien nett zu sein. Sie war ein Stück jünger als sie, sehr attraktiv und gepflegt. Ihr Blick fiel auf das riesige Beautycase, eines von der Art, wie man sie heute kaum noch sah. Der Aufwand schien sich zu lohnen.

Anka trat auf die Terrasse. Kritisch betrachtete sie ihr Spiegelbild in der Glastür und begann ihre von der Überfahrt zerzauste Frisur zurechtzuzupfen. Dann winkte sie ab. »Ach, ist ja auch egal. Hier sieht mich ja keiner.« Sie blickte sich um. »Nicht gerade fünf Sterne, oder?«

»Ich finde es eigentlich ganz hübsch«, sagte Petra verunsichert. »Aber ich bin auch nicht oft in Hotels.«

»Ich leider schon, durch meinen Job.«

Petra erfuhr, dass Anka für eine erfolgreiche Biokosmetikfirma tätig war. Sie war so etwas wie die Assistentin der Geschäftsleitung, hielt den persönlichen Kontakt zu den Premiumkunden und war dadurch in ganz Deutschland unterwegs.

»Verwendest du eure Produkte auch selbst?«, fragte sie neugierig.

»Na klar. Also, das meiste jedenfalls.«

Petra nahm sich vor, Ankas Biokosmetik mal zu testen. Sie begnügte sich seit Jahren mit einer günstigen Kosmetiklinie aus dem Drogeriemarkt, weil sie insgeheim glaubte, dass das ganze Theater um die angebliche Wirksamkeit teurer

Kosmetik ein großer Beschiss war. Darauf fiel sie nicht rein, genauso wenig wie auf die angesagten Designer, für deren Namen man das Vielfache dessen bezahlen musste, was Kleidung normalerweise kostete. Selbst wenn sie das Geld dafür hätte, würde sie es nicht auf diese Weise verschwenden.

»Und was machst du so?«, fragte Anka und musterte sie von oben bis unten, als könnte sie dadurch herausfinden, welchen Beruf Petra ausübte.

»Nichts Besonderes«, sagte sie und winkte ab. »Ich bin Lehrerin.«

»Du Ärmste«, sagte Anka. »Das ist sicher super stressig.«

Petra wollte widersprechen und ihren Beruf verteidigen, aber dann sagte sie nur: »Ja, manchmal schon. Im Moment bin ich wirklich reif für die Insel.«

Anka seufzte. »Frag mich mal!« Sie sah sich suchend um. »Gibt's hier was zu trinken?«

»In der Minibar.« Petra deutete mit dem Finger.

Kurz darauf kehrte Anka mit einer Flasche Mineralwasser zurück und setzte sich auf den zweiten Liegestuhl. »Ich hoffe, du schnarchst nicht. Mein Freund schnarcht wie ein Sägewerk.«

Petra lachte. »Mein Mann auch.« Fast hätte sie Anka von ihren getrennten Schlafzimmern erzählt, aber dann hielt sie sich zurück. Das war vielleicht doch etwas zu persönlich für den Anfang.

Anka öffnete den Drehverschluss ihrer Flasche und schien zu überlegen. »Vielleicht schnarchen Frauen ja nicht? Hast du jemals eine Frau schnarchen hören?«

Sie schüttelte den Kopf. »Nein. Aber ich teile auch selten das Schlafzimmer mit einer Frau.«

»Ich auch nicht«, sagte Anka. »Ich teile es allerdings auch selten mit einem Mann.«

Daraus schloss Petra, dass Anka und ihr Freund nicht zusammenlebten. Wahrscheinlich führten sie eine dieser Fernbeziehungen, die heutzutage so häufig vorkamen, weil beide Partner Karriere machen wollten und dafür in Kauf nahmen, in verschiedenen Städten zu leben.

Für sie wäre das nichts gewesen. Sie war froh, dass es zwischen Matthias und ihr nie zur Diskussion gestanden hatte, wenn auch nur deshalb, weil sie von Anfang an keine Karriereambitionen gehabt hatte. Hätte Matthias aus beruflichen Gründen den Wohnort wechseln müssen, wäre sie selbstverständlich mit ihm gegangen.

Anka setzte die Flasche an und trank sie in einem Zug leer. »Wichtiger als jede Kosmetik ist übrigens, dass man genügend Wasser trinkt«, belehrte sie Petra. »Die meisten Menschen nehmen zu wenig Flüssigkeit zu sich.«

Eine Katze sprang auf die niedrige Mauer, mit der die Terrasse eingefasst war, und begann sich zu putzen. Anka warf mit dem Verschluss ihrer Flasche nach dem Tier, das empört mauzte und von der Mauer sprang.

»Ich hasse Katzen«, sagte sie finster.

Schade, dachte Petra. Sie mochte Katzen.

Jenny lehnte sich über den Tresen. »Y con quién yo comparto el bungalow?«

Die Empfangsdame sah auf ihren Bildschirm, fragte nach ihrem vollständigen Namen und scrollte ein Stück hinunter.

»Con la señora Susanne Ku... Kue...«

»Kübach«, unterbrach Suse, die inzwischen samt Gepäck zur Rezeption vorgedrungen war. »Das bin ich.«

Jenny strahlte sie an. »Na, das nenn ich mal einen netten Zufall!«

Suse lächelte gezwungen. »Ja, total nett.«

»Lerche oder Eule?«, wollte sie wissen.

»Was?«

»Na, ob du eine Frühaufsteherin oder eine Langschläferin bist.«

»Ach so. Eher Nachteule.«

Sie hob die Hand zum Highfive, Suse klatschte ab und sah dabei aus, als wäre es ihr peinlich. Jenny fragte sich, ob sie mit der Kleinen klarkommen würde. Sie wirkte ein bisschen freudlos. Dagegen war sie selbst fest entschlossen, sich in dieser Woche zu amüsieren. Vielleicht könnte sie Suse ja ein bisschen auflockern. Das hatte sie schon bei ganz anderen geschafft.

Während sie sich auf dem Weg zu ihrem Bungalow mit ihrem Riesenkoffer abmühte, sagte sie schnaufend: »Du kannst dir jederzeit was von meinen Klamotten ausleihen, okay? Falls du mal Lust auf einen anderen Style hast.«

»Danke«, erwiderte Suse knapp, und ihre Miene verriet, dass sie sich eher in ein Tischtuch wickeln würde, als dieses Angebot in Erwägung zu ziehen.

Der Bungalow war geräumig, hell möbliert und sauber. Jenny zog die Vorhänge zur Seite und öffnete die Glastür, die auf eine kleine Terrasse mit zwei Sonnenliegen und einem Tischchen führte.

»Und schon habe ich meinen Lieblingsplatz gefunden«, verkündete sie und ließ sich auf eine der Liegen fallen. »Schätzchen, siehst du mal nach, was in der Minibar ist?«

Suse öffnete die Tür zu dem kleinen Kühlschrank. »Mineralwasser, Saft, Cola.«

»Kein Prosecco?«

»Überhaupt kein Alkohol.«

Jenny seufzte.

»Soweit ich es verstanden habe, ist es Teil des Konzeptes, dass man sich in dieser Woche gesund ernährt, schlechte Gewohnheiten überdenkt und seinem Körper was Gutes tut«, sagte Suse.

»Du glaubst nicht, wie gut meinem Körper Prosecco tut«, gab Jenny zurück und erinnerte sich mit schlechtem Gewissen an ihre guten Vorsätze.

Suse antwortete nicht, packte ihre Sachen aus und verstaute sie im Schrank. Jenny beobachtete, wie sie eine der beiden Pralinen nahm, die auf den Betten lagen, und sie sich in den Mund schob.

»Kann ich bitte das rechte Bett haben?«, rief Jenny.

»Wieso?« Suse klang streitlustig.

»Weil es näher am Badezimmer ist und ich nachts dreimal zum Pinkeln rausmuss.«

»Na super«, hörte sie Suse murmeln. Dann ließ die sich aufs linke Bett fallen, und Jenny beobachtete aus den Augenwinkeln, wie sie die zweite Praline nahm und verstohlen hineinbiss.

»Was hast du gesagt?«

Suse schluckte schnell hinunter. »Nichts.«

»Du hast Glück, ich mag keine Schokolade!«, sagte Jenny und grinste, als sie Suses schuldbewusstes Gesicht sah.

Samstag

Vierzehn Frauen und sechs Männer hockten in bequemer Kleidung im Halbkreis auf dem Boden des Yogazeltes. Die vorderen Planen waren hochgezogen, sodass der Blick über die sanft geschwungene Wiese zum Meer hinunterging. Der Himmel war von einem fast unwirklichen Blau, nur hie und da ballten sich ein paar duftige, kleine Wölkchen. Eine leichte Brise strich durchs Zelt und brachte einen Hauch Rosmarinduft mit.

Jan saß ihnen zugewandt mit dem Rücken zum Eingang, sodass die Teilnehmer das Panorama und seinen Anblick gleichzeitig genießen konnten. Und sein Anblick war zweifellos ein Genuss: breitschultrig, durchtrainiert, braun gebrannt – geradezu das Klischee eines schönen Mannes.

Ein vielfaches, leises Seufzen war zu hören gewesen, als er mit seinen ein Meter neunzig das Zelt betreten, freundlich in die Runde genickt und sich mit einer katzenhaften Bewegung in den Schneidersitz hatte sinken lassen. Sein Haar war hinten zusammengebunden und zu einer Art Dutt hochgedreht, was ihm das Aussehen eines Samurai verlieh. Er hatte einen breiten Mund mit sinnlichen Lippen, und unter seinem aufmerksamen, leicht spöttischen Blick schienen die Frauen flattrig zu werden. Er wirkte wie ein lebendes Werbeplakat für sein Produkt. Die Männer träumten davon, so auszusehen wie er, die Frauen davon, einem Mann wie ihm zu gefallen. Wenn das Programm dieser Woche dazu beitragen könnte – umso besser.

Er hatte sie alle willkommen geheißen, ein bisschen über seinen Werdegang als Heiler, Körpertherapeut und Heilpraktiker für Psychologie gesprochen, dann hatte er das Programm erläutert.

»Körperarbeit, Entspannung und Erholung. Das sind die Säulen, auf denen unser Programm ruht. Was Erholung ist, weiß vermutlich jeder für sich selbst am besten. Falls nicht, gebe ich gerne ein paar Tipps!«

Zaghaftes Gelächter.

»Bei Entspannung sieht es schon anders aus. Manche Menschen entspannen am besten in der Bewegung, andere beim Schlafen, Lesen oder Herumsitzen-und-nichts-Tun. Wir bieten euch zur Entspannung jeden Abend um halb sieben eine Meditation an. Ihr müsst nichts dafür wissen oder können, nur die Bereitschaft mitbringen, euch auf das einzulassen, was passiert. Diese Bereitschaft ist überhaupt sehr nützlich für die ganze Woche. Je offener für Überraschungen ihr seid, desto mehr habt ihr davon.«

Leises Getuschel hob an. Was meinte er damit? Was, wenn man keine Lust hatte, überrascht zu werden? Wenn man einfach nur seine Ruhe haben wollte?

»Natürlich sollt ihr nur das tun, was euch entspricht«, fuhr Jan fort, als hätte er die Gedanken der Teilnehmer gelesen. »Jeder Jeck ist anders, wie man in Köln sagt, und das ist auch gut so.«

Gekicher.

»Jetzt fragt ihr euch sicher, was wir hier unter Körperarbeit verstehen. Darunter fallen zum Beispiel die beiden Yogastunden. Eine ist morgens um neun, die andere um siebzehn Uhr. Fürs Yoga ist Iris zuständig, die lernt ihr heute Nachmittag kennen.«

»Welche Art Yoga macht sie?«, fragte eine blonde Frau mit schmalem Gesicht und hohen Wangenknochen, die von oben bis unten weiß gekleidet war.

»Eine Mischung aus Hatha und Vinyasa«, erwiderte Jan.

Die Frau wirkte überrascht. »Das sind doch zwei völlig gegensätzliche Richtungen.«

»Gegensätze ziehen sich an, Kontraste lassen die Farben leuchten«, sagte Jan lächelnd. Dann wandte er sich wieder der Gruppe zu. »Wer mehr Körpererfahrungen machen möchte, kann zwischen halb drei und halb vier nachmittags in den kleinen Saal kommen. Da machen wir alles, worauf ihr Lust habt und was sich gut anfühlt. Bewegen, tanzen, massieren, streicheln ...«

Zunahme der Aufmerksamkeit, erhöhte Körperspannung.

»Diejenigen, die schon mal bei einer Reise von mir dabei waren, kennen das, die anderen werden es kennenlernen, wenn sie möchten. Das Motto, das über allem steht, heißt: Alles kann, nichts muss.«

Blicke gingen hin und her. Schließlich hob eine Teilnehmerin schüchtern den Finger. »Und was ist mit Selbsterfahrung?«

Jan lächelte. »Die machst du wahrscheinlich die ganze Woche über. Und wenn du das Bedürfnis hast, über irgendwas zu reden, kannst du dich jederzeit bei mir für ein Gespräch anmelden. Das gilt natürlich für alle anderen auch.«

Nicken. Flüstern.

Jan blickte freundlich in die Runde. »Ist so weit alles klar?«

Er beantwortete noch einige organisatorische Fragen und schlug vor, eine Whatsapp-Gruppe zu bilden, damit Nachrichten schnell an alle kommuniziert werden könnten. »Ich habe ja eure Mobilnummern. Gibt's irgendjemanden, der nicht dabei sein will?« Niemand meldete sich.

Dann bat er die Teilnehmer, sich kurz vorzustellen. »Am besten den Vornamen, den Ort, aus dem du kommst, deinen

Beruf, deinen Familienstand, deine größte Leidenschaft und, wenn du willst, deine Erwartungen an diese Woche.« Er drehte sich nach rechts. »Möchtest du anfangen?«

Petra zuckte zusammen. Zwanzig Augenpaare waren plötzlich auf sie gerichtet. Das kannte sie zwar aus dem Unterricht, trotzdem war sie durch diese plötzliche Aufmerksamkeit verunsichert. Sie schluckte trocken.

»Ich heiße Petra, komme aus der Nähe von Frankfurt und bin von Beruf Lehrerin. Ich bin verheiratet und habe drei Kinder. Das jüngste ist gerade in der Pubertät, deshalb brauche ich dringend Erholung.«

Verständnisvolles Lächeln in der Runde.

»Und deine größte Leidenschaft?«

Erschrocken starrte Petra ihn an. »Meine ... größte Leidenschaft«, stammelte sie. »Ich weiß nicht ... also, meine Familie, denke ich.«

»Danke, Petra«, sagte Jan. »Und herzlich willkommen.«

Die Gruppe applaudierte.

Petra atmete auf und war froh, dass sich die Blicke der Teilnehmer auf Anka richteten, die neben ihr saß. Sie hatte sie nur mit Mühe überreden können, zur Vorstellungsrunde mitzukommen.

»Ich mag keine Gruppen«, hatte Anka gemault. »Zwei, drei nette Leute genügen mir völlig. Ansonsten will ich meine Ruhe haben.«

Petra hatte nicht lockergelassen. »Komm doch mit, dann lernst du alle mal kennen und kannst entscheiden, mit wem du was zu tun haben willst und mit wem nicht.«

Schließlich hatte Anka nachgegeben. Jetzt saß sie aufrecht im Schneidersitz da und lächelte in die Runde. »Ich heiße Angelika, aber alle nennen mich Anka. Ich komme aus dem Rheinland und bin Repräsentantin für Biokosmetik.

Ich liebe schöne Dinge, die Natur und Bewegung. Zurzeit bin ich in einer ... Orientierungsphase, privat und beruflich. Ich wünsche mir einfach nur, den Kopf freizukriegen.«

Dank und Lächeln von Jan, Applaus von der Gruppe, besonders von den männlichen Teilnehmern. Ankas Wirkung auf Männer war unübersehbar.

Fast war Petra neidisch. Wie viel einfacher musste das Leben sein, wenn man so gut aussah! Es gab ja sogar Studien darüber, dass attraktive Menschen leichter Karriere machten, mehr Geld verdienten und ihre Mitmenschen sogar glaubten, sie hätten einen besseren Charakter.

Weiter ging es mit den nächsten Teilnehmern. »Ich heiße ... ich komme aus ... ich bin ... ich mag am liebsten ... ich erwarte ...«

Die nächsten zwei Vorstellungen rauschten an Petra vorbei, ohne dass sie etwas mitbekam. Sie grübelte über der Frage nach ihrer Leidenschaft. Warum hatte sie darauf keine Antwort gewusst? Gab es außer ihrer Familie tatsächlich nichts, was sie mit Leidenschaft erfüllte? Sie mochte ihren Beruf, sehr sogar, aber von Leidenschaft würde sie nicht sprechen. Ein Hobby, das sie leidenschaftlich betrieb, hatte sie nicht. Sie verfolgte kein Ziel, keinen Traum, sie lebte einfach so vor sich hin, und Matthias und die Kinder waren das Wichtigste in ihrem Leben. Aber war Leidenschaft nicht etwas, was über das Alltägliche hinausging? Etwas Besonderes, vielleicht sogar Verrücktes? Etwas, wofür man ein Risiko eingehen würde? Die Leidenschaftlichen bewegten etwas, sie veränderten die Welt. Und Leute wie sie saßen langweilig auf dem Sofa und sahen dabei zu, während sie den Riss in der Turnhose ihres Sohnes flickten.

Jetzt war der erste Mann an der Reihe, ein kräftiger Typ mit längerem, nach hinten gekämmtem Haar, in das sich die ersten grauen Strähnen mischten. An irgendjemanden erinnerte er sie, aber sie kam nicht darauf, an wen.

»Also, ich bin der Günther. Ick komme aus Berlin und bin Physiotherapeut und Osteopath. Mir isset ganz wichtig, Leuten zu helfen, darin seh ich meine Berufung. Meine Praxis ist übrigens in Friedrichshain, falls jemand aus Berlin da ist!« Er lächelte verschmitzt. »Ick bin geschieden, meine zwei Jungs sind dreizehn und sechzehn. Ick habe einen super Kontakt zu den beiden, nur zur Mutter leider nicht so. Na ja, andere Baustelle. Meine Leidenschaft ist der menschliche Körper, ick kann das nicht anders sagen. Total faszinierend, was für ein Wunderwerk der ist. Ick freu mir auf die Woche mit euch!«

»Danke, Günther, und herzlich willkommen!«

Als Nächste waren Suse und Jenny dran. Die beiden hatte Petra am Vorabend schon kennengelernt. Jenny war auf sie und Anka zugestürzt und hatte vorgeschlagen, sich zum Abendessen an einen Tisch zu setzen. Im ersten Moment war Petra erschrocken, weil Jenny ziemlich vulgär wirkte und Suse ein bisschen alternativ-verbiestert. Es war dann aber trotzdem ganz lustig geworden. Jenny hatte versucht, Suse zum Trinken zu bewegen. Ohne Erfolg. Suse hatte erklärt, ihr Vater sei Alkoholiker, und sie habe in ihrem Leben noch keinen Tropfen angerührt. Dennoch hatte sie sich im Laufe des Abends entspannt und sogar Anzeichen von Humor gezeigt.

»Ich bin die Suse«, war sie jetzt zu vernehmen. »Ich bin aus Pfarrkirchen in Niederbayern, ich bin achtundzwanzig und nicht verheiratet. Kinder habe ich keine, und zum Glück muss ich mich auch nicht mit irgendwelchen Exmännern rumschlagen. Ich bin Sozialarbeiterin in einer großen Flüchtlingsunterkunft, und um es gleich zu sagen: Wenn hier irgendeiner von der Fraktion *Ich hab ja nichts gegen Ausländer, aber ...* ist, der soll mir am besten vom Leib bleiben, klar?«

Einige klatschten demonstrativ, andere ebenso demonstrativ nicht.

»Bitte keine Politik«, sagte die Frau, die nach den Yogastunden gefragt hatte. »Hier soll ein geschützter Raum sein, hier wollen wir den Schmutz und den Lärm der Welt draußen lassen und uns darauf konzentrieren, zu uns selbst zu kommen.«

Komisch, dachte Petra. Warum spielte sich diese Person als Gruppenleiterin auf? Die war doch nur eine ganz normale Teilnehmerin.

Auch Suse war sichtlich irritiert, und man sah ihr an, dass sie eine Entgegnung parat hatte, sich aber beherrschte.

»Und deine größte Leidenschaft?«, fragte Jan.

»Gerechtigkeit«, sagte Suse temperamentvoll. »Ich will, dass es auf der Welt gerecht zugeht, oder wenigstens ein bisschen gerechter als zurzeit. Dafür kämpfe ich!«

Jetzt war Jenny dran.

»Ich bin die Jenny, und ich war schon bei einer anderen Reise von Jan dabei. Deshalb freue ich mich und bin gespannt, was die Woche bringt. Beim letzten Mal habe ich mich noch geweigert, mein Alter zu verraten, aber inzwischen habe ich kapiert, dass das nichts bringt, weil man es mir sowieso ansieht. Also, ich bin achtundfünfzig, aber noch ein ziemlich heißer Feger! Meine Familienverhältnisse sind so verwirrend, dass ich euch nicht damit langweilen will, nur so viel: Ich habe einen Sohn, der ist schwul, und das Einzige, was ich daran traurig finde, ist, dass ich wahrscheinlich keine Enkelkinder kriegen werde. Meine Leidenschaft sind Männer und Shoppen, das eine macht unglücklich, das andere arm. Aber das sind auch schon meine größten Probleme, also macht euch keine Sorgen um mich!«

Die Gruppe lachte und applaudierte.

Auch Jan konnte sich ein Lächeln nicht verkneifen, als er sagte: »Danke, Jenny, schön, dass du wieder dabei bist!«

Petra spürte, dass sich hinter dieser launigen Selbstdarstellung eine Frau verbarg, die lange nicht so fröhlich war, wie sie tat. Die wahrscheinlich einsam war. Ob man mit fast sechzig noch einen Partner finden konnte?

Petra stellte sich vor, wie anders ihr Leben verlaufen wäre, wenn sie Matthias nicht getroffen hätte. Vielleicht hätte sie nie geheiratet, vielleicht wäre sie alleinerziehend oder hätte gar keine Kinder. Eine Wahnsinnskarriere hätte sie wohl trotzdem nicht gemacht, aber Schulleiterin wäre sie bestimmt geworden. Sie hatte so viele Ideen, wie man eine Schule zu einem Ort machen könnte, an dem Kinder sich gerne aufhielten, nicht weil sie mussten! Begeistert war sie letztes Jahr von einer Exkursion nach Schweden zurückgekommen, wo sie mit Kollegen eine Modellschule besucht hatte, in der Religionsphilosophie, kreatives Gestalten und Sozialverhalten als Schulfächer gelehrt wurden. Die Schüler konnten parallel zum Schulabschluss eine Handwerkslehre machen, und alle wichtigen Entscheidungen fielen nach ausführlichen Debatten im Schülerparlament. Sie hatte sich dort auf Anhieb zu Hause gefühlt. Kurz war ihr die Idee durch den Kopf geschossen, länger an dieser Schule zu bleiben, für eine Art Praktikum. Die Unterrichtssprache war Englisch, und nebenbei hätte sie Schwedisch lernen können. Aber dann hatte ihr Pflichtbewusstsein gesiegt. Ihr Mann brauchte sie, ihre Kinder brauchten sie, ihre Schüler brauchten sie. Es war in ihrem Leben nicht vorgesehen, aus dem Alltag auszubrechen. Vielleicht später, wenn Simon aus dem Haus war.

Es gab eine Menge Dinge, die sie verpasst hatte. Partys bis zum frühen Morgen, spontane Trips mit Freunden, One-Night-Stands mit fremden Männern. Nie war sie auf einer Demo gewesen, nie hatte sie Drogen genommen oder sich auch nur einen Vollrausch angesoffen. Sie war immer ein braves Mädchen gewesen, und heute war sie eine brave Ehefrau und Mutter. Manchmal fragte sie sich, ob ein bisschen mehr Abenteuer ihrem Leben guttun würde. Aber dann sagte sie sich, dass sie eben nicht der abenteuerlustige Typ war.

Sie hatte vergessen, eine Nachricht nach Hause zu schicken. Vor schlechtem Gewissen wurde ihr ganz heiß. Gleich nach der Vorstellungsrunde würde sie ihrer Familie schreiben und ein paar Bilder schicken. Auch wenn sie enttäuscht war, dass Matthias nicht hier sein konnte, so sollte er doch wissen, dass sie sein großzügiges Geschenk zu schätzen wusste.

Jetzt war die Frau dran, die den Schmutz und den Lärm der Welt ausschließen wollte. Sie war ungefähr Anfang vierzig, hatte eine schlanke, fast asketische Figur und einen schmalen Kopf mit feinen Gesichtszügen. Ihre hellen Augen waren ungewöhnlich groß und standen etwas hervor, sodass ihr Ausdruck etwas Erstauntes hatte. Die Frau setzte sich umständlich zurecht und ließ den Blick in die Runde schweifen. Offenbar fand sie es angemessen, alle Zeit der Welt für sich in Anspruch zu nehmen. Endlich fing sie an zu sprechen.

»Ich heiße Larissa, und ich bin energetische Heilerin.« Sie machte eine Pause und blickte erwartungsvoll um sich. Als niemand reagierte, fuhr sie fort. »Ich mache Reiki, Aura-Diagnostik und Neue Homöopathie nach Körbler. Manche von euch werden das kennen. Man arbeitet mit Zeichen auf dem Körper, die eine Informationsumkehr bewirken.

Ich habe damit schon große Erfolge erzielt, also wenn jemand Interesse hat, soll er sich unbedingt melden, ich mache auch hier Behandlungen.«

Suse verdrehte die Augen. »Ja, klar«, flüsterte sie.

Larissa lächelte ihr abwesend zu, dann sprach sie weiter. »Meine Heimat ist der Kosmos, meine Familie sind alle, die meine Seele berühren, meine Leidenschaft ist das Streben nach innerer Freiheit. Ich bin mit Begeisterung auf meinem spirituellen Weg und glaube, ich bin schon ganz gut vorangekommen, aber bis zur Erleuchtung ist es noch ein Stück.« Sie lachte, einige lachten mit. »Ich bin sehr dankbar, dass die Engel mich auf meinem Weg begleiten, und freue mich auf die Woche mit euch.« Sie hob die Hände vor die Brust und hauchte: »Namaste.«

Einige in der Runde sahen Larissa staunend, fast ehrfürchtig an. Andere blickten eher befremdet. Petra konnte mit dem esoterischen Kram nichts anfangen, und Suse schien es ähnlich zu gehen. Sie runzelte die Stirn und flüsterte: »Engel?«

Als Kind war Petra überzeugt gewesen, einen Schutzengel zu haben. Aber dass es Erwachsene gab, die an Engel glaubten, war ihr neu.

Jenny grinste spöttisch und formte mit den Lippen lautlos ein Wort, das Petra nicht verstand. Fragend zog sie die Augenbrauen hoch. Jenny beugte sich zu ihr und flüsterte ihr ins Ohr: »*Chuf.*«

»Was?«

»Chronically underfucked.«

»Jenny!«, sagte Petra schockiert, konnte sich aber ein Grinsen nicht verkneifen.

»Wenn's übersinnlich wird, bleibt das Sinnliche meist auf der Strecke«, wisperte Jenny.

»Sch, sch«, machte jemand, und die beiden Frauen fuhren auseinander wie ertappte Erstklässlerinnen.

Als Nächstes war wieder ein Mann dran, ein bulliger Typ Ende fünfzig mit rasiertem Schädel, der vielleicht brutal gewirkt hätte, wenn er nicht ein auffallend freundliches Gesicht und eine sympathische, fast weiche Ausstrahlung gehabt hätte.

»Hallo allerseits, ich bin der Manfred. Ich komme aus der Nähe von Hannover, bin Bauingenieur, und ich ... war noch nie bei so was. Also, in einer Gruppe.« Er schluckte nervös und knete seine Hände. »Was kommt als Nächstes?«, fragte er und blickte Hilfe suchend zu Jan.

»Wenn du möchtest, kannst du uns was über deine persönliche Lebenssituation erzählen und was du dir von dieser Woche erwartest.«

»Ach so, ja. Also, ich war über zwanzig Jahre verheiratet, aber ...« Er stockte einen Moment, als müsste er neuen Anlauf nehmen. »... aber meine Frau ist vor einem halben Jahr an Krebs gestorben.«

Betroffene Stille breitete sich aus.

Manfred sammelte sich und sprach weiter. »Versteht mich nicht falsch, ich will kein Mitleid von euch, ich glaube nur, es ist besser, wenn ihr es wisst.«

Larissa ergriff Manfreds Hand. »Du musst nicht traurig sein. Deine Frau ist jetzt in einer besseren Welt. Sie ist nur vorausgegangen, und bis du ihr folgst, kannst du das Leben hier umso intensiver genießen.«

Manfred blickte zweifelnd. »Ja, sicher«, murmelte er.

Petra sah peinlich berührt zur Seite. Es gehörte schon was dazu, einem trauernden Witwer zu erklären, dass er nicht trauern müsse, da er ja ebenfalls sterben werde, und bis dahin solle er es auf Erden mal ordentlich krachen lassen.

Larissa hielt Manfreds Hand immer noch fest, starrte ihn aus ihren seltsamen Augen an und strich mit der Handfläche unablässig über seinen Unterarm, als wollte sie eine Salbe verreiben. Es war Manfred sichtlich unangenehm, und mit einem verlegenen Lächeln zog er seine Hand zurück.

Jan reagierte, bevor die Situation noch peinlicher wurde. »Vielen Dank für dein Vertrauen, Manfred. Es ist gut, dass du uns das mitgeteilt hast. Lass mich bitte wissen, ob du dir Unterstützung wünschst und in welcher Weise.«

»Ist schon in Ordnung«, erwiderte Manfred. »Eigentlich wollte ich es nur mal gesagt haben. Falls ich ... irgendwann komisch bin oder so. Jetzt könnt ihr es wieder vergessen. Lasst uns einfach eine gute Zeit miteinander haben.«

Alle waren erleichtert und klatschten befreit.

Nachdem die letzten beiden Teilnehmer sich vorgestellt hatten, wünschte Jan einen schönen Tag, und die Gruppe löste sich auf. Die, die noch keinen Anschluss gefunden hatten, gingen allein über die Wiese zum Hotel, die anderen zu zweit oder in kleinen Grüppchen.

Petra schloss sich Jenny und Suse an.

»Wieso muss eigentlich immer erst jemand sterben, damit alle sich einig sind, wie kostbar das Leben ist?«, fragte Suse. »Jeden von uns kann es doch jederzeit erwischen. Vielleicht sollten wir uns das öfter mal klarmachen, dann hätten wir 'ne Menge Probleme weniger.«

»Das finde ich auch«, stimmte Jenny zu. »Die meisten Leute leben, als hätten sie ewig Zeit. Dabei ist das Leben so kurz.«

»Auf jeden Fall zu kurz, um schlechten Wein zu trinken, was, Jenny?«, sagte Suse spöttisch.

»Der arme Manfred«, sagte Petra, die noch ganz unter dem Eindruck seiner Schilderung stand. »Bestimmt ist es ihm schwergefallen, vor lauter Fremden darüber zu reden. Ich fand das sehr mutig von ihm.«

»Wie wär's mit einer Bootstour?«, sagte Anka hinter ihnen. »Da drüben gibt's Tretboote, die kann man sich einfach nehmen. Ist gut für die Oberschenkel. Kommt jemand mit?«

Jenny und Suse hatten andere Pläne und verabschiedeten sich, Petra blieb stehen. Wieso eigentlich nicht? Bewegung würde ihr guttun. Zu Hause trieb sie keinen Sport, dafür hatte sie keine Zeit. Wenn sie es hin und wieder schaffte, ihre Einkäufe zu Fuß zu machen oder ein paar Erledigungen mit dem Rad, war sie schon zufrieden. Dabei bemerkte sie seit längerem, dass die Muskeln an ihren Beinen schwächer wurden und die Haut an den Armen schlaffer. Sie müsste dringend etwas dagegen unternehmen: Laufen, Rudern, Pilates ... Warum also nicht Tretbootfahren?

Anka und sie gingen zum Strand hinunter, zerrten eines der Plastikboote ins Wasser und glitten wenig später vom Ufer weg. Einträchtig traten sie in die Pedale, *klonk-platsch, klonk-platsch ...*

Petra streckte ihr Gesicht der Sonne entgegen. »Ah, ist das herrlich! Was haben wir für ein Glück!«

»Stimmt«, pflichtete Anka ihr bei. »In Deutschland regnet es bei acht Grad, da haben wir es hier auf jeden Fall besser. Auch wenn es nicht die Malediven sind.«

»Warst du schon mal auf den Malediven?«

»Mhm.«

»Da muss es ja traumhaft sein!«

»Natürlich ist es schön. Aber wenn du in so einer Wasservilla wohnst, wackelt es dermaßen, dass du seekrank wirst. Und wenn dein Hotel die falsche Lage hat, kannst du zusehen, wie auf der Nachbarinsel Müll verbrannt wird. Und eine Fliegenplage hatten wir – unglaublich! Wir haben nur noch um uns geschlagen.«

Petra blickte Anka von der Seite an. Offenbar gehörte sie zu den Menschen, die niemals zufrieden waren. Um sogar auf den Malediven das Haar in der Suppe zu finden, statt sich an den Schönheiten zu erfreuen, musste man schon eine spezielle Begabung haben.

»Wenn es mit dem Klimawandel so weitergeht, versinken die Inseln übrigens bald im Meer«, stellte Anka nüchtern fest. »Das wäre natürlich schade.«

Eine Weile fuhren sie schweigend, nur das Geräusch der sich drehenden Schaufelräder war zu hören.

Petra ging Suses Bemerkung durch den Kopf. Natürlich hatte sie recht, aber wer wollte schon unaufhörlich ans Sterben denken? Konnte man das Leben wirklich mehr schätzen, wenn man ständig an den Tod dachte? Bei ihr war es genau umgekehrt. Sie musste jeden Gedanken daran verdrängen. Wenn sie sich vorstellte, dass Matthias oder den Kindern etwas zustoßen könnte, wurde sie fast verrückt. Unwillkürlich entfuhr ihr ein Stöhnen.

»He, was ist los?«, fragte Anka.

»Ich stelle mir gerade vor, wie schlimm es sein muss, wenn der Ehepartner stirbt.«

»Kommt drauf an, wie die Ehe war, oder?« Anka lächelte spöttisch. »Zehn Prozent aller Todesfälle sind übrigens getarnte Morde.«

Petra sah sie verwirrt an. »Willst du damit sagen ...«

Anka lachte. »Nein, natürlich nicht. Manfred sieht nicht gerade wie ein Frauenmörder aus.«

»Im Gegenteil«, sagte Petra. »Man merkt, wie sehr ihm seine Frau fehlt.«

»Hast du nie Lust gehabt, deinem Mann den Hals umzudrehen?«, fragte Anka beiläufig.

»Wie bitte?«

»Kleiner Scherz. Aber in keiner Ehe ist doch immer Friede, Freude, Eierkuchen, oder?«

Als wüsste sie das nicht. Als wüsste das nicht jeder, der versuchte, sein Leben mit jemandem zu teilen. Außer wenn dieser Jemand ein Schimpanse oder ein vietnamesisches Hängebauchschwein war. Und selbst für diese Gefährten würde man wohl den einen oder anderen Kompromiss machen müssen.

»Warst du denn schon mal verheiratet?«, wollte sie wissen.

Anka seufzte. »Ja. Aber nicht lange.«

»Oje«, entfuhr es Petra. Das erklärt einiges, dachte sie. »Was ist denn schiefgelaufen?«

»Eigentlich nichts«, sagte Anka. »Außer dass ich mir mal wieder den falschen Typen ausgesucht habe.« Nach einer Pause fragte sie: »Glaubst du, dass es wirklich so einen großen Unterschied macht, ob man verheiratet ist oder nicht?«

Petra nickte. »Ich finde schon. Es hat eine ... Verbindlichkeit, auch nach außen hin. Ich sage lieber *das ist mein Mann* anstatt *das ist der Vater meiner Kinder* oder *mein Partner*. Aber natürlich ist nicht jeder Tag toll, nur weil man verheiratet ist.«

»Und was ist nicht so toll?«

Petra überlegte. »Der Alltag frisst einen ganz schön auf, vor allem wenn Kinder da sind. Da ist man schon froh, wenn abends alle wieder da sind und das Haus noch steht.«

Anka verzog das Gesicht. »Klingt ja sehr romantisch.«

Petra lachte. »Glaub mir, Romantik wird überschätzt.«

»Ich finde Romantik total wichtig«, sagte Anka lebhaft. »Woran soll ich denn sonst merken, dass ich jemandem wichtig bin, wenn er sich keine Mühe gibt? Mal eine liebevolle Geste, ein Geschenk, eine kleine Überraschung, das erwarte ich schon.« Sie griff sich an den Hals, wo ein glitzernder Edelstein an einer zarten Kette baumelte. »Hier, den hat mein Freund mir geschenkt. Echter Brilli.«

Petra überlegte. Hatte Matthias ihr jemals Schmuck geschenkt? Sie konnte sich nicht erinnern. Hätte sie sich welchen gewünscht? Nein, eigentlich nicht. Viel wichtiger war es ihr immer gewesen, Zeit mit ihm zu verbringen.

»Für mich zeigt sich Romantik nicht in teuren Geschenken«, sagte sie.

»In was denn sonst?«

Petra überlegte. »In kleinen Dingen. Wenn ... mein Mann früher aus der Firma kommt, weil ich ihn dringend brauche. Wenn er einen Witz macht, den nur wir beide verstehen. Wenn er Sätze mit *weißt du noch* anfängt. Damit zeigt er mir, dass wir zusammengehören. Das finde ich viel romantischer als alles, was man kaufen kann.«

Anka blickte sie zweifelnd an. Petra überlegte, wann sie einen solchen Moment zuletzt erlebt hatte. Es musste schon eine Weile her sein, denn ihr fiel keiner ein.

»Wie lange bist du schon verheiratet?«, fragte Anka.

»Wir feiern nächstes Jahr Silberhochzeit«, sagte Petra nicht ohne einen gewissen Stolz.

»Fünfundzwanzig Jahre! Und nach so langer Zeit seid ihr noch glücklich miteinander?«

Sie lächelte verlegen. »Ich denke schon, alles in allem.«

Klonk-platsch, klonk-platsch. Das Boot hatte sich bereits ein großes Stück vom Ufer entfernt.

»Wenn wir so weitermachen, landen wir in Afrika«, stellte Anka fest. »Ich hätte nicht gedacht, dass die Dinger so schnell sind.«

Sie hörten auf zu treten und legten zur Erholung die Füße auf dem Bootsrumpf ab. Das Boot dümpelte gemütlich vor sich hin.

»Wenn ich jemanden umbringen wollte, würde ich mit ihm aufs Meer rausfahren«, sagte Anka sinnend. »Ich habe neulich einen Film gesehen, da hat ein Typ seiner Frau die Füße aneinandergefesselt und sie ins Wasser geworfen, so ungefähr ...« Sie nahm den dünnen Chiffonschal, mit dem sie ihr Haar hochgebunden hatte, schlang ihn blitzschnell um Petras Knöchel und machte einen Knoten.

»He«, sagte Petra lachend und löste das Tuch wieder.

»Im Film war das Seil aus einem Kunststoff, der sich innerhalb von drei Wochen auflöst und keine Rückstände hinterlässt. Als die Leiche gefunden wurde, konnte man den Mord nicht mehr nachweisen.«

»Clever«, sagte Petra.

Sie nahm das Tuch und versuchte ihrerseits, Ankas Fußgelenke zu fesseln. Die wehrte sich, und das Boot geriet ins Schaukeln. Unter Lachen und Kreischen fielen schließlich beide ins Wasser. Prustend hielten sie sich am Rumpf fest.

»Und wie kommen wir da jetzt wieder rauf?«, fragte Petra besorgt.

»Warte«, sagte Anka. »Ich zieh mich hoch, und dann helfe ich dir.«

Wenig später saßen sie kichernd und tropfend wieder auf ihren Plätzen und traten kräftig in die Pedale.

»Danke!«, sagte Petra lächelnd, als sie das Ufer erreicht hatten. »Das hat Spaß gemacht.«

»Nächstes Mal lassen wir uns von den Typen da drüben einladen.« Sehnsüchtig deutete Anka auf eine prächtige Segeljacht, die nicht weit vom Strand entfernt vor Anker lag.

Petra feixte. »Die warten bestimmt auf uns!«

»Wieso nicht? Da sind nur Männer drauf. Ich wette, die freuen sich über Damenbesuch.«

Petra winkte lächelnd ab. »Auf deinen vielleicht.«

Anka knuffte sie freundschaftlich. »Sei doch nicht so bescheiden! Du könntest genauso gut jemandem den Kopf verdrehen.«

Mit vereinten Kräften schoben sie das Tretboot zurück auf den Sand.

»Puh, sind die Scheißdinger schwer«, stöhnte Anka und schüttelte ihre Arme aus. »So, und was machen wir jetzt?«

»Ich geh runter zum Strand.«

»Zu sandig«, befand Anka. »Ich bleib lieber am Pool.«

Genussvoll setzte Petra ihre nackten Füße auf den feuchten Sand, wo sie Abdrücke hinterließ, die von der nächsten Welle weggespült wurden. Sie ging eine Weile am Wasser entlang, dann breitete sie ihr Handtuch aus und ließ sich mit einem wohligen Seufzer darauf nieder. Aus der Strandtasche holte sie ihr Handy, öffnete Whatsapp und tippte auf den Familienchat *EMaMaMaSi*, der sich aus den Anfangsbuchstaben der Namen aller Familienmitglieder zusammensetzte: Eva, Matthias, Mama, Marie, Simon. Erst in diesem Moment ging ihr auf, dass sie nicht als Petra darin vorkam, sondern als Mama. Wieso war ihr das bisher nicht aufgefallen?

Sie lud ein paar Bilder hoch – das blütenüberrankte Hotelgebäude, den Blick von ihrem Bungalow, den Garten, das Meer – und schrieb:

Meine Lieben, ich bin gut im Hotel Paraíso angekommen, und es ist wunderschön hier. Ich danke dir noch mal für dieses tolle Geschenk, Matthias. Noch schöner wäre es, wenn du hier sein könntest. Ich hoffe, es geht euch allen gut, lasst mal was hören. Kuss, Petra

Sie fügte ein Kuss-Emoji hinzu und drückte auf Senden.

Anka richtete eine der Liegen am Pool zur Sonne aus und legte ihr Handtuch darauf. Sie freute sich über den frischen Türkiston ihres neuen Bikinis, der gut zu ihrer gebräunten Haut passte. Ihre Finger- und Fußnägel waren sorgfältig lackiert, die Beine makellos glatt, in ihrem Nabel glitzerte ein Swarovski-Stein. Ihr Bauch war flach, und ihr Busen wölbte sich verführerisch unter ihrem Oberteil. Wenn Jo sie so sehen könnte! Sie war doch bestimmt viel attraktiver als seine Frau, die deutlich älter war und deren Körper mehrere Schwangerschaften hinter sich hatte.

Mechanisch zog sie ihr Handy heraus und kontrollierte zuerst ihr Spiegelbild und dann das Display, so wie sie es unzählige Male am Tag machte. Keine Nachricht. Sie überlegte, ob sie ihm ein Selfie schicken sollte, und probierte verschiedene Posen und Gesichter aus. Natürlich wäre es besser, wenn sie sich nicht melden würde, ihm das Gefühl vermittelte, sie amüsiere sich bestens ohne ihn. Aber würde er dann nicht glauben, er sei ihr nicht mehr wichtig?

Sie legte sich so hin, dass eine Ecke vom Pool zu sehen war und ein Ausschnitt des von Bougainvillea überrankten Hotelgebäudes. Es sollte ja so aussehen, als wäre sie im Ferienhaus ihres Freundes.

Suchend blickte sie sich nach weiteren Motiven um, die etwas hermachten. Sie lief ans Ufer und postierte sich vor der Segeljacht, dann bat sie einen vorüberspazierenden Strandbesucher, ein Foto zu machen. Zuletzt holte sie sich an der Bar einen Drink mit einem bunten Schirmchen und posierte vor einer Palme. Dazu schrieb sie:

Wie du siehst, geht es mir super! Das Haus …

Sie überlegte, wie sie ihren imaginären Freund nennen sollte.

… von Freddy ist wunderschön! Die anderen sind gerade auf dem Segelboot, aber ich hatte mehr Lust, am Pool zu bleiben. Du fehlst mir, schöner Mann! Kuss, Anka

Nachdenklich ließ sie das Handy in ihre Tasche gleiten.

Warum konnte er nicht endlich Klarheit schaffen? Er liebte sie, das spürte sie doch. Aber irgendetwas hielt ihn bei seiner Frau, und seien es nur die Jahre, die sie miteinander verbracht hatten, die gemeinsamen Kinder, denen er nicht wehtun wollte, das gemeinsame Haus, die ganze verdammte Gemeinsamkeit, die in einer langjährigen Ehe entstand und die Partner wie zäher Kleister aneinanderklebte, auch wenn Liebe und Leidenschaft längst erkaltet waren.

Sie war nicht die einzige Geliebte eines verheirateten Mannes, die darauf wartete, dass ihr Freund sich endlich für sie entschied, so viel war Anka klar. Sie hatte massenhaft Artikel in Zeitschriften und Büchern gelesen, in denen solche Frauen ihr Schicksal schilderten. Die Geschichten ähnelten einander so sehr, dass es regelrecht beschämend war, eine von ihnen zu sein. Alle klammerten sich an dieselben Hoffnungen, glaubten denselben Ausreden und machten sich dieselben Illusionen.

Eine erstaunlich hohe Zahl von untreuen Ehemännern blieb am Ende doch bei ihren Frauen. Eine langjährige Ehe zu beenden und sich ein neues Leben mit einer anderen aufzubauen, dazu gehörten Energie, Mut, ein starker Wille – und ein großer Leidensdruck. Bei den meisten war der offenbar nicht groß genug. Da genügte zur Kompensation eine Geliebte irgendwo in einer anderen Stadt, nicht zu weit weg, aber doch weit genug, damit es keine Berührungspunkte gab, um das alte, vertraute Leben einfach weiterzuführen. Das war viel bequemer.

Und erstaunlich viele Ehefrauen wussten nichts oder wollten nichts wissen oder schienen bereit zu sein, ein solches Arrangement stillschweigend hinzunehmen. Wahrscheinlich brachte es ihnen einfach mehr Vor- als Nachteile. Der Mann nervte nicht mehr mit seinen sexuellen Erwartungen, brachte aber weiterhin Geld nach Hause (und beruhigte sein schlechtes Gewissen oft durch besondere Großzügigkeit).

Eine verheiratete Frau hatte es viel leichter als eine geschiedene, noch dazu, wenn Kinder da waren. Oft gab es ein gemeinsames Haus oder ein gemeinsames Geschäft, da arrangierte man sich doch lieber, als die schöne Ordnung durcheinanderzubringen. Was hatte sie als Geliebte da schon entgegenzusetzen?

Aber manche Männer entschlossen sich eben doch zu gehen. Und Anka hoffte immer noch darauf, dass Jo einer von ihnen war. Einer von den mutigen, die den Schritt in ein neues Leben wagten, weil die Liebe zu ihrer Geliebten größer war als alles andere oder die Abneigung gegenüber ihrer Ehefrau gerade groß genug.

Jo vermied es, über seine Familie zu sprechen, obwohl sie mehrmals versucht hatte, das Gespräch darauf zu lenken. Sie brannte darauf, mehr über sein Leben und die Menschen zu erfahren, mit denen er es teilte. Wenn sie mehr über seine Frau wüsste, wäre es vielleicht leichter zu beurteilen, ob sie eine Chance hatte. Aber er ging nie auf ihre Versuche ein, wechselte entweder das Thema oder machte ihr klar, dass er nicht mehr dazu sagen würde als das, was sie bereits wusste.

So blieben seine Frau und die Kinder nebulöse Gestalten, die irgendwo in der Ferne lauerten und die Erfüllung ihres Lebenstraums verhinderten.

Anka nahm an, dass seine Frau nichts von ihrer Beziehung mit Jo wusste. Sie hatte schon überlegt, ob sie Kontakt zu ihr aufnehmen und ihr klarmachen sollte, dass sie ihren Mann längst verloren hatte. Dass er sie, Anka, liebte und nur aus falsch verstandener Rücksichtnahme bei ihr blieb. Aber letztendlich war sie immer wieder davor zurückgeschreckt.

Die Ehefrau zu konfrontieren hatten andere Geliebte vor ihr versucht, und wenn sie deren Schilderungen glaubte, war es meist nicht gut ausgegangen. Männer schätzten es nicht, wenn man ihnen eine Entscheidung aufzwingen wollte.

Suse trat kräftig in die Pedale und genoss den Fahrtwind. Wo, um alles in der Welt, war sie hier bloß gelandet? Allein unter Burn-out-Muttis, spirituellen Spinnern und Männern in der Midlife-Crisis! Wie war ihre Oma nur auf die Idee verfallen, irgendjemand in Suses Alter würde an einen solchen Ort fahren wollen? Außer einem pickligen Nerd, den sie auf Anfang dreißig schätzte, gab es niemanden in ihrem Alter. Sie war mit Abstand die Jüngste.

Der erste Abend war noch ganz okay gewesen, da hatten sich alle auf den Urlaub gefreut und waren gut drauf. Aber beim Frühstück, als sie den Gesprächen der anderen zugehört hatte, war ihr klar geworden, dass sie völlig fehl am Platz war.

Ich konnte stundenlang nicht einschlafen, wahrscheinlich das Reizklima.

Oder das Essen? War doch ganz schön mächtig.

Ich schlafe immer schlecht, egal wo ich bin.

Es war auch sehr warm heute Nacht.

Ich schlafe immer gleich ein, aber um vier werde ich dann wach und kann bis sieben nicht mehr einschlafen.

»Aaaaargh!« Bei der Erinnerung an das morgendliche Gejammer musste Suse ihren Frust herausschreien. Sie hasste es, wenn Leute ständig über ihre Befindlichkeiten redeten. Schlecht geschlafen, das Essen nicht vertragen, zu kalt, zu warm, das Reizklima, das Wetter ... Mein Gott, so ist eben das Leben! Die sollten mal Menschen kennenlernen, denen es wirklich schlecht ging! Dann würden sie vielleicht aufhören, die ganze Zeit zu lamentieren.

Und als würde es nicht reichen, von diesen langweiligen Jammerlappen umgeben zu sein, hatten die sie auch noch mit Jenny in ein Zimmer gesteckt! Die schüttete sich den Alk rein wie ein Teenie beim Komasaufen und machte so angestrengt einen auf cool und jugendlich, dass es nur noch peinlich war. Der Raubtierprint, die kurzen Röcke, die High Heels – alles schrie: Ich suche einen Mann!

Wie konnte man sich als Frau bloß freiwillig so zum Sexualobjekt machen? Und noch dazu in diesem Alter?

Halt, rief Suse sich zur Ordnung, das war Altersdiskriminierung. Ging gar nicht. Jede und jeder hatte in jedem Alter das Recht, sich lächerlich zu machen. Sie wollte nicht ungerecht sein. Jenny war kein böser Mensch. Nur eine Nervensäge. Außerdem behandelte sie Suse wie ein kleines Kind.

Soll ich dir was von meinen Klamotten leihen?

Ist dir kalt? Willst du meine Jacke haben?

Hier, probier mal, das schmeckt lecker!

Bestimmt meinte sie es gut, aber Suse war es nicht gewohnt, dass jemand so mit ihr umging. Seit sie sechzehn war, musste sie sich wie eine Erwachsene verhalten, und so wollte sie auch behandelt werden.

Der Feldweg, auf dem sie fuhr, endete an einer schmalen Straße. Sie bog links ab. Vor ihr, auf einer Anhöhe, lag der Hauptort der Insel. Rechts und links der Straße sah sie kleine, ärmliche Häuschen, davor pickten Hühner, Katzen dösten in der Sonne. Hie und da bellte ein Hund in ihre Richtung, aber keiner machte sich die Mühe, ihr nachzulaufen.

Je näher sie dem Ort kam, desto dichter wurde die Bebauung. Die Häuser wurden größer und solider, einige Mehrfamilienhäuser und moderne Wohnanlagen, zum Teil noch im Entstehen, wurden sichtbar. Am Fuße der Anhöhe, wie ein Fremdkörper in dieser Umgebung, drückten sich auf einem eingezäunten Gelände mehrere Betonbaracken aneinander. Zwischen den Wäscheleinen rannten kleine Kinder herum. Als sie Suse entdeckten, liefen sie neugierig zum Zaun und krallten die Finger um den Maschendraht. Mit großen, dunklen Augen und rotzverschmierter Nase starrten sie sie an. Im Hintergrund sah Suse einige Frauen mit Kopftüchern und in langen Gewändern umherhuschen, die scheu zu ihr hinübersahen und die Augen senkten, wenn sich ihre Blicke trafen. Männer gab es hier offenbar keine, bis auf einen faltigen, zahnlosen Alten, der nicht weit von ihr im Schatten saß, den milchigen Blick in die Ferne gerichtet. Überall lag Müll herum, ein Haufen leerer Plastikkanister türmte sich meterhoch. Im Staub scharrten Hühner.

Suse war den Anblick von Elend gewohnt, trotzdem war sie schockiert, auf dieser reichen Insel Menschen anzutreffen, die so hausen mussten. Die Abwesenheit von Männern legte den Schluss nahe, dass es sich hier nicht um Flüchtlinge handelte, sondern um nordafrikanische Arbeitsmigranten, die es in großer Zahl auf der Insel gab.

Sie zog ihr Handy heraus und machte ein paar Aufnahmen. Der Plastikberg, die schäbigen Baracken, der Müll, die bittenden Augen der Kinder.

Wut ballte sich in ihr zusammen. Wut auf eine Welt, in der sich Touristen an übervollen Büfetts die Bäuche vollschlugen, während wenige Kilometer weiter Kinder in so unwürdigen Verhältnissen lebten.

In einer spontanen Regung durchwühlte sie ihren Rucksack und fand eine angebrochene Tüte Weingummi, die sie am Flughafen gekauft hatte. Sie reichte sie durch den Zaun und wusste im nächsten Moment, dass sie einen Fehler gemacht hatte. In Sekundenschnelle klebte ein Knäuel schreiender Kinder am Zaum, die aufeinander einschlugen, um etwas von der Süßigkeit zu ergattern.

Sie wandte sich ab, beschämt über ihr unprofessionelles Verhalten. Jeder Sozialarbeiter lernte, dass man entweder allen Bettelnden in einer Gruppe etwas geben musste oder gar nichts geben durfte, weil das sonst unweigerlich zu Streit und Gewalt führte. Als die Kinder verstanden, dass nichts mehr von ihr zu erwarten war, trollten sie sich. Suse machte noch ein paar Fotos.

Ein Wagen der *Policía Local* näherte sich und fuhr im Schritttempo an der Absperrung entlang. Direkt neben Suse stoppte er. Zwei Männer in dunkler Uniform blickten sie finster an. Der Fahrer, ein junger Typ mit einem modischen Ziegenbärtchen, sagte etwas auf spanisch. Obwohl sie es nicht verstand, begriff sie, dass ihre Anwesenheit nicht erwünscht war.

»Du kannst mich mal«, sagte sie und lächelte freundlich.

Der Mann machte eine Handbewegung, als wollte er ein Insekt verscheuchen.

»Esfúmate!«

Wieder lächelte Suse. »Das hättest du wohl gern, dass ich verschwinde. Soll keiner sehen, wie scheiße ihr die Leute hier behandelt, was?«

Der Fahrer fuhr noch ein Stück näher, nun stand das Auto direkt neben Suse.

»Lárgate, ahora mismo!« Er blickte drohend.

Sie richtete das Handy auf ihn und drückte auf den Auslöser.

»No, no, no!«, rief er und wedelte wütend mit der Hand.

Suse steckte das Smartphone ein und nahm ihr Fahrrad. »Hasta la vista«, sagte sie und zeigte den beiden Polizisten den erhobenen Mittelfinger.

Der Fahrer lief rot an und fluchte lautstark. Sein Kollege legte ihm die Hand auf den Arm und sprach besänftigend auf ihn ein. Ein letzter finsterer Blick traf sie, dann fuhr der Wagen abrupt los und ließ sie in einer Staubwolke zurück.

Plötzlich fühlte Suse sich gar nicht mehr cool. Ihr Herz klopfte wie wild.

Ein plötzliches Hämmern ließ Anka aufschrecken. Ihr gegenüber, nur wenige Meter neben dem Pool, hatten Arbeiter begonnen, die hölzernen Verkaufsstände zuzunageln, in denen während der Hochsaison Badekleidung, Souvenirs und Getränke verkauft wurden. Jetzt, Ende Oktober, war das Geschäft vorbei, und die Anlage wurde winterfest gemacht.

Als sie aufsah, winkten ihr die dunkelhäutigen Männer freundlich zu, einer pfiff anerkennend und rief etwas auf französisch. Schnell griff sie nach ihrem Strandkleid und streifte es über. Was erlaubten sich die Typen, sie so anzugaffen!

Auf der anderen Seite des Pools, unter einem Baldachin, bereiteten Kellner alles für einen Sektempfang vor. Sie stellten weiß verkleidete Stehtische auf, platzierten Blumengestecke und polierten Gläser. Offenbar fand später eine Feier statt.

Anka wurde es zu unruhig, außerdem war sie hungrig, und so beschloss sie, sich auf die schattige Terrasse zu setzen und etwas zu essen. Eigentlich hätte sie gern ein bisschen Gesellschaft gehabt, aber von der Gruppe war niemand zu sehen. Nur Suse stieg gerade von einem der Fahrräder, die man im Hotel leihen konnte. Sie hatte eine riesige Stofftasche umgehängt, die bis zum Platzen mit etwas gefüllt war, was Anka nicht erkennen konnte. Auf eine Unterhaltung mit Suse hatte sie allerdings keine große Lust. Irgendwie war die ihr fremd, und sie spürte, dass die Abneigung gegenseitig war. Bestimmt fand Suse sie oberflächlich. Alle Frauen, die nicht so gut aussahen wie sie, hielten sie für oberflächlich.

Seit ihrer Kindheit war Anka daran gewöhnt, dass ihre Geschlechtsgenossinnen sie ablehnten. Anfangs hatte sie noch versucht, Teil dieser Mädchentrauben zu werden, die sich in jedem Pausenhof zusammenballten, die flüsterten und kicherten und auf geheimnisvolle Weise miteinander verbunden zu sein schienen, aber sie wurde regelmäßig ausgestoßen wie eine faule Frucht.

Auch später war sie lieber in der Gesellschaft von Männern und tat sich schwer, Freundinnen zu finden. Über kurz oder lang gab es immer irgendeinen Konflikt, der zum Bruch führte.

Suse ging in einiger Entfernung an ihr vorbei, sah aber nicht in ihre Richtung. Anka konnte nicht einschätzen, ob es Zufall oder Absicht war.

Sie mochte das Rigorose an Suse nicht und ihre zur Schau getragene Überzeugung, auf der richtigen Seite zu stehen. Den Spruch über die Ich-habe-ja-nichts-gegen-Ausländer-aber-Fraktion, den sie bei der Vorstellungsrunde am Morgen geäußert hatte, fand Anka völlig daneben. Jeder hatte schließlich das Recht auf eine eigene Meinung. Und von Politik wollte sie sowieso nichts hören, schon gar nicht im Urlaub.

Als sie sich gerade an einen Tisch gesetzt hatte, sah sie Petra vom Meer zurückkommen. Sie winkte ihr zu und rief: »Willst du was mit mir essen?«

Petra kam näher und setzte sich zu ihr. »Ja, gern.«

Sie bestellten eine große Flasche Mineralwasser und zwei Salate mit Gambas.

Heißhungrig stürzte Anka sich auf ihr Essen, aber nach dem ersten Bissen schnürte es ihr den Magen zu. Plötzlich ekelte sie sich vor den Meerestieren, die sie sonst so gerne aß. Sie legte die Gabel weg und lehnte sich zurück.

»Alles okay?«, fragte Petra.

»Mir ist gerade ein bisschen flau.«

»Iss ein Stück Brot, dann wird's besser.« Petra reichte ihr den Korb, aber sie lehnte ab. »Ich esse kein Brot.«

»Wieso denn nicht?«, fragte Petra. »Hast du eine Glutenallergie?« Sie biss mit Genuss in das knusprige Baguette, und Anka lief das Wasser im Mund zusammen.

»Nein, ich versuche nur, *low carb* zu essen, wegen meiner Figur.«

Petra runzelte die Stirn. »Du meinst ... wenige Kohlenhydrate? Davon habe ich gehört, soll ja Wunder wirken. Die Selbstdisziplin habe ich leider nicht.« Sie grinste. »Aber ich bin ja auch schon verheiratet!«

Anka verzog das Gesicht.

»He, das sollte ein Witz sein!«

Anka versuchte, nicht allzu beleidigt zu wirken, obwohl es sie tatsächlich kränkte. Was Petra da gerade geäußert hatte, entsprach genau dem, was nach ihrer Meinung mit dazu führte, dass Männer fremdgingen: dass ihre Frauen sich zu sicher fühlten und dachten, es käme nicht mehr darauf an. Dass sie sich gehen ließen. Wobei Petra für ihr Alter nicht schlecht aussah, das musste sie ihr lassen.

Sie nahm Anlauf, um etwas zu fragen, was sie schon während der Bootstour hatte fragen wollen, sich aber nicht getraut hatte.

»Sag mal, wie ist denn das, wenn man so lange verheiratet ist? Hat man dann überhaupt noch ... Lust aufeinander?«

Petra kaute ausführlich auf dem Bissen herum, den sie im Mund hatte, und schluckte ihn schließlich hinunter. Dann räusperte sie sich, nahm einen Schluck Wasser und sagte: »Das ist ganz schön persönlich, was du da fragst.«

»Entschuldige«, sagte Anka. »Ich wollte nicht indiskret sein. Aber man trifft ja selten jemanden, der so lange verheiratet ist, und ... es interessiert mich einfach.« Sie lächelte. »Schließlich will ich wissen, was auf mich zukommt, falls ich doch noch einen Kerl dazu kriege, mich zu heiraten.«

Petra überlegte. »Das ist sicher bei jedem Paar anders. Mein Mann und ich hatten immer eine sehr schöne Sexualität. Aber mit dem Älterwerden verändert sich natürlich manches. Das heißt aber nicht, dass die Liebe weniger wird.«

Anka runzelte fragend die Stirn. Was sollte sie denn mit dieser vagen Erklärung anfangen? Sie musste plötzlich daran denken, wie ihre Mutter sie als Kind aufgeklärt hatte:

Weißt du, Schätzchen, wenn zwei Menschen sich sehr lieb haben, dann können sie Kinder zusammen bekommen.

Worin dieses Liebhaben konkret bestand, hatte sie ihr leider nicht erklärt. Deshalb hatte Anka nach dem ersten Mal Petting geglaubt, nun sei sie schwanger, denn sie war sehr in den Jungen verliebt gewesen. Wochenlang war sie in Panik, bis sie endlich ihre Tage bekommen hatte. Als ihr kurz darauf zugetragen wurde, was sich hinter dem Begriff *Liebhaben* verbarg – dass nämlich der Penis des Mannes in die Scheide der Frau rutschen und dort seinen Samen verspritzen musste –, war sie wütend geworden und hatte ihre Mutter angeschrien. Die hatte geschwiegen und sich bekreuzigt.

Sie versuchte es weiter. »Und diese ... Veränderungen, von denen du sprichst, sind die bei Frauen und Männern gleich?«

Petra lachte nervös auf. »Du stellst vielleicht Fragen!«

»Na ja, man liest ja oft, dass bei Frauen die Lust früher nachlässt als bei Männern«, sagte sie. »Was macht man denn dann als Paar?«

»Also, wir haben damit bisher kein Problem«, sagte Petra kurz angebunden, und Anka hätte wetten können, dass das nicht stimmte.

»Ich kann mir gar nicht vorstellen, irgendwann mal keine Lust mehr auf Sex zu haben«, sagte sie sinnend. »Das muss furchtbar sein.«

»Weiß ich nicht«, sagte Petra. »Wenn du keine Lust mehr hast, vermisst du es ja auch nicht.«

Das klang so, als wüsste Petra recht genau, wovon sie sprach.

»Und was noch schlimmer sein muss«, fuhr Anka fort, »wenn man noch Lust hat, aber die Männer einen nicht mehr wollen!«

Petra schwieg auffallend lange. Dann sagte sie: »Ich vermute, das fällt zeitlich ungefähr zusammen, dass Frauen keine Lust mehr haben und Männer sie nicht mehr attraktiv finden. Dann passt es ja wieder.«

Anka nickte bedächtig. »Ob's da einen Zusammenhang gibt?«

»Was meinst du?«

»Na, dass die Männer die Frauen deshalb nicht mehr anziehend finden, weil die Frauen das irgendwie ... ausstrahlen. Ich meine, dass sie keine Lust mehr haben.«

Petra zuckte die Schultern. »Manche Frauen wirken einfach auf Männer und andere nicht. Ich glaube, das hat wenig mit dem Alter zu tun.«

Das hättest du gern, dachte Anka, spießte eine Gurkenscheibe auf und knabberte lustlos daran herum. Dann schob sie den Teller von sich und sagte: »Weißt du, alle denken immer, das Leben sei einfach, wenn man ›attraktiv‹ ist.« Sie zeichnete mit den Zeigefingern zwei imaginäre Anführungszeichen in die Luft. »Aber es ist nicht einfach. Die Männer wollen einen flachlegen, und die Frauen hassen einen. Und alle halten einen für oberflächlich und doof. Aber wenn einem von Kindheit an gesagt wird, dass man hübsch ist, und man dafür so viel Bestätigung und Zuwendung kriegt, dann konzentriert man sich eben aufs Hübschsein. Und dabei versäumt man, sich zu bilden, an sein berufliches Fortkommen zu denken oder sich für Politik und solche Sachen zu interessieren. Und am Ende ist man dann vielleicht wirklich ein bisschen doof.«

Petra blickte sie verblüfft an. »Wie kommst du denn jetzt darauf?«

Sie wusste es selbst nicht genau und winkte ab. »Egal.« Dann machte sie dem Kellner ein Zeichen und bestellte eine weitere Flasche Mineralwasser. »Darf ich dich noch was fragen?«, sagte sie und sah Petra fest in die Augen.

Petra lachte verunsichert. »Kommt darauf an.«

»Wart ihr euch immer treu, dein Mann und du?«

Petra sog scharf die Luft ein. Ihr Gesichtsausdruck verhärtete sich, und Anka dachte für einen Moment, sie würde gleich aufstehen und gehen. Aber sie blieb sitzen.

»Mein Mann ... hatte vor vielen Jahren eine Affäre«, begann sie zögernd. »Ich wollte mich von ihm trennen, aber dann habe ich festgestellt, dass ich schwanger bin. Damals war ich verzweifelt, aber heute ... bin ich froh, dass alles so gekommen ist.«

Anka sagte nichts. Mechanisch griff sie nach dem Handy auf dem Tisch.

»He, das ist meins!« Petra lachte und schob ihr das andere Smartphone zu.

Anka blickte auf das Telefon in ihrer Hand. Tatsächlich, sie hatten beide das identische Modell, ein weißes I-Phone mit durchsichtiger Schutzhülle.

»Entschuldige.« Sie gab Petra ihr Handy zurück und schnappte sich ihres. Keine Nachricht.

Als Anka sich in den Bungalow verabschiedet hatte, blieb Petra in Gedanken versunken sitzen. Bis zum heutigen Tag fragte sie sich, was Fanny sich davon versprochen hatte, mit Matthias ins Bett zu gehen. Die Aufstiegschancen in seiner damals noch winzigen Firma waren gering, womöglich war das Mädel also wirklich verknallt in ihn gewesen. Oder sie wollte nur einmal ausprobieren, ob man es als Vierundzwanzigjährige schaffte, eine zweiunddreißigjährige Ehefrau und Mutter von zwei Kindern aus dem Feld zu schlagen.

Der Schmerz über seinen Verrat hatte Petra völlig unvorbereitet getroffen. Obwohl es nur eine kurze Affäre gewesen war, sah sie ihr ganzes gemeinsames Projekt infrage gestellt. Wie sollte sie mit einem Mann zusammenbleiben, der einer flüchtigen sexuellen Anziehung den Vorzug vor einer tiefen seelischen und körperlichen Bindung gab? Vielleicht war es nicht das erste Mal? Vielleicht hatte es vorher Affären gegeben, die sie nur nicht entdeckt hatte, vielleicht würde es danach welche geben? Sie würde sich seiner nie mehr sicher sein, ihm nie mehr vertrauen können.

In ihrer Verzweiflung hatte sie nicht gewusst, wie es weitergehen sollte.

Ihre beste Freundin hatte dringend zu einer Ehetherapie geraten und auf sie eingeredet, eine solche Krise müsse unbedingt bearbeitet werden, weil sie sonst auf Dauer eine zerstörerische Wirkung entfalten und das Fundament der Beziehung aushöhlen würde.

Matthias hatte sich geweigert, einen Therapeuten aufzusuchen. »Ich bin doch nicht krank. Das kriegen wir alleine hin.«

Daraufhin hatte Petra einen Anwalt konsultiert und begonnen, sich nach einer Wohnung umzusehen. Sie wollte das alles nicht. Sie wollte sich nicht trennen, sie wollte kein Leben ohne Matthias führen, sie wollte keine alleinerziehende Mutter sein. Aber er ließ ihr keine Wahl.

Damals ging es ihr körperlich schlecht, sie war erschöpft, hatte keinen Appetit, aber sie ignorierte das, so gut sie konnte. Dass in solchen Phasen die Menstruation ausbleiben konnte, wusste sie, deshalb maß sie dem keine Bedeutung zu. Erst als sie sechs Wochen überfällig war, kam ihr zu Bewusstsein, dass etwas nicht stimmte.

Mit dem sich rosa verfärbenden Teststreifen in der Hand brach sie weinend im Badezimmer zusammen. Wenn sie Matthias jetzt verließe, würde sie nicht zwei, sondern drei Kinder zu Trennungswaisen machen. Das dritte Kind nicht zu bekommen war undenkbar. Also entschied sie sich schweren Herzens zu bleiben.

Petra war sicher, dass Fanny ihm nicht mal sonderlich viel bedeutet hatte. Bestimmt hatte er die junge Frau anziehend gefunden, sich von ihrem Interesse geschmeichelt gefühlt. Aber Petra glaubte ihm, dass er nicht in Erwägung gezogen hatte, sie wegen Fanny zu verlassen.

Einerseits war das ein Trost, andererseits verstärkte es die Kränkung. Wenn die junge Frau gar nicht wichtig für ihn gewesen war, wenn das Ganze also nur eine narzisstische Spielerei ohne tiefere Bedeutung gewesen war — warum hatte er dann seine Familie aufs Spiel gesetzt? Warum war er bereit gewesen, für ein bisschen Sex ein solches Risiko einzugehen?

Petra zwang sich, an etwas anderes zu denken. Sie stand vom Tisch auf und schlenderte in die Lobby. An der Infotafel, die passend zum grau-weißen Shabby Chic des Hotels in edlem Hellgrau gestrichen war, studierte sie das Tagesprogramm. Gerade hatte im kleinen Saal die Veranstaltung *Körpererfahrung* begonnen.

Sie ging über den Flur, durch den überglasten Innenhof voller blühender Büsche und Kletterpflanzen, dann ein paar Stufen hoch.

Die Tür war geschlossen. Von drinnen war Murmeln und Kichern zu vernehmen, zwischendurch eine Männerstimme. Plötzlich ertönte lautes Gelächter. In diesem Moment drückte sie spontan die Klinke herunter und öffnete die Tür.

Überrascht blieb sie stehen. Ungefähr zehn Leute aus der Gruppe standen im Raum verteilt und machten seltsame Verrenkungen. Jan stand in einer Ecke, die Arme um seinen Oberkörper geschlungen, und streichelte mit den Händen seinen Rücken, was auf den ersten Blick so aussah, als würde er von einer anderen Person umarmt.

Er drehte sich um. »Petra«, rief er. »Schön, dass du da bist! Komm rein, mach mit!«

Fast wollte sie fragen: »Bei was?«, weil sie noch nicht verstanden hatte, worum es hier eigentlich ging. Aber dann schloss sie einfach die Tür hinter sich, streifte ihre Flipflops ab und stellte sich zu den anderen.

Erst jetzt bemerkte sie, dass einige den Oberkörper frei hatten. Genauer gesagt alle drei Männer, aber auch drei Frauen, darunter Jenny, die über ihrer pinkfarbenen Leggings einen riesigen Busen zur Schau stellte.

Der Anblick war Petra unangenehm, und sie überlegte, ob sie besser wieder gehen sollte, als die Stimme von Jan ertönte.

»So, nun stellt euch bitte auf, macht die Augen zu und atmet tief ein und aus. Spürt einfach in euren Körper hinein, von den Zehen, die sich am Boden festhalten, über das Schienbein und die Waden, die Knie, die Oberschenkel, den Intimbereich, den Hintern, den Rücken, den Bauch, die Brust, die Schultern, den Hals, das Gesicht, bis zur Krone des Kopfes. Lasst euch mal kurz ein bisschen zusammensacken, macht den Rücken krumm – ja, genau so –, und dann richtet euch zu voller Größe und Schönheit auf. Die Schultern fallen lassen, die Brust raus, das Steißbein nach unten, den Bauch ein bisschen anspannen. Und spürt mal, wie königlich sich das anfühlt.«

Petra war erstaunt, wie wohltuend es war, einfach nur dazustehen und den eigenen Körper wahrzunehmen. Sie spürte, wie unterschiedlich es sich anfühlte, ob sie gebeugt oder aufrecht stand, und wie angenehm es war, die eigene Muskelkraft zu fühlen.

»Und nun öffnet die Augen, und schaut euch selbst an, und zwar mit einem freundlichen, liebevollen Blick. Also ohne die üblichen Beurteilungen von wegen, ich bin zu dick, zu dünn, zu faltig, zu irgendwas. Konzentriert euch mal ganz bewusst auf das Schöne, darauf, dass euer Körper gesund ist, euch gute Dienste leistet, und erinnert euch daran, was ihr mit ihm schon alles erlebt habt. Also, zuerst eure Füße, wenn ihr sie sehen könnt ...« Wieder gab es Gelächter. Zum Glück war niemand dabei, dessen Bauch so groß war, dass er die Füße verdeckt hätte, sonst hätte Jan den Scherz wohl nicht gemacht. »... dann die Knöchel, die Beine, die Knie, die Oberschenkel ... gut. Euren Intimbereich könnt ihr jetzt nicht sehen, weil ihr angezogen seid, aber die meisten von euch werden sich erinnern, wie er aussieht. Wer ihn gerne sehen möchte, ist herzlich eingeladen, sich frei zu machen.«

Nervös blickte Petra sich um, aber niemand machte Anstalten, sich weiter auszuziehen. Sie betrachtete ihren Körper und versuchte, sich auf das Positive zu konzentrieren. Darauf, wie viele Kilometer ihre Füße sie schon getragen hatten und wie sie trotzdem immer noch schmal und schön aussahen. Auf ihre Beine, die lang und schlank waren und immer viel Bewunderung hervorgerufen hatten. Ihren Intimbereich wollte sie zuerst übergehen, aber dann fiel ihr ein, wie viel Freude auch er ihr bereitet hatte. Nicht nur, dass sie großartige Orgasmen erleben konnte, sowohl beim Sex mit Matthias als auch, wenn sie sich selbst befriedigte (was allerdings in letzter Zeit kaum noch vorkam). Er war es auch, der sich drei Mal unvorstellbar weit geöffnet und ein Baby in die Welt entlassen hatte – mit Sicherheit drei der glücklichsten Augenblicke ihres Lebens. Nun gut, ihrem Bauch sah man die Schwangerschaften an. Für einen Moment verließ sie ihr freundlicher Blick, und sie sah die Falten, die durch keine Diät weggingen, die breiter gewordene Taille, die gedehnte Haut. Ihren Busen musste sie nicht entblößen, um sich an seinen Anblick zu erinnern. Sie wusste, dass er einmal sehr schön gewesen war und jetzt ziemlich hing. Verstohlen blickte sie hinüber zu Jenny, die einen viel schlimmeren Hängebusen hatte.

Sich nackt zu zeigen, das ging ihr plötzlich auf, war keine Frage der Bekleidung. Es war eine Frage der inneren Haltung.

Jennys Eltern hatten ihr von klein auf eingebläut, dass nackte Körper hässlich seien und körperliche Lust eine Sünde. Die Klosterschwestern in ihrer Schule hatten sie geschlagen, wenn ihr Rock zu kurz gewesen war oder ihr T-Shirt zu knapp.

Erst als sie der düsteren Tyrannei ihrer Kindheit und Jugend entronnen war, konnte sie sich freier fühlen. Die Aufbruchsstimmung der Siebzigerjahre tat ein Übriges, und bald traute sie sich, bauchfreie Tops zu tragen und sogar oben ohne am See zu liegen. Interessiert beobachtete sie die Wirkung von bloßer Haut aufs andere Geschlecht. Sie lernte, ihren Körper einzusetzen. Verblüfft stellte sie fest, dass sie von einem Mann fast alles bekommen konnte, wenn sie ihn mit der Aussicht auf Sex lockte.

Bald erkannte sie aber auch, dass pure Nacktheit nicht unbedingt erotisch war, dass es aufregender sein konnte, wenn Raum für Fantasien blieb. Manche Männer brachte es zur Raserei, wenn sie beim Sex ihre Dessous oder das Negligé anließ. Das erregte sie weit mehr, als wenn sie sich einfach ausgezogen hätte. Im Laufe der Jahre gab es eine Menge zerrissener BHs und Höschen zu beklagen, weil die Männer es geil fanden, ihr die Wäsche vom Körper zu reißen.

Als sie jung war, hatte Jenny sich diese kleinen Demütigungen gefallen lassen und gehofft, dafür irgendwann geliebt zu werden. Später hatte sie die Hoffnung aufgegeben. Aber sie wollte wenigstens respektiert werden. Und sie wusste inzwischen, dass andere sie nur respektieren konnten, wenn sie selbst es tat.

Damals in den Achtzigern, als sie für die Rechte von Prostituierten auf die Straße gegangen war, war sie stolz auf sich und ihre Kolleginnen gewesen. Die hatten sie sogar als Delegierte zum Ersten Nationalen Hurenkongress nach Berlin geschickt, wo sie erstmals davon erfuhr, dass Prostituierte in der Antike hoch geachtet waren und sogar im Mittelalter bessere Arbeitsbedingungen und mehr Schutz genossen hatten als heute. Aufgeregt hatte sie die Debatten um die gesetzliche Anerkennung der Prostitution als Beruf und um die Aufnahme in die Sozialversicherung verfolgt und sich aufgehoben und anerkannt gefühlt in dieser Gruppe Frauen, die selbstbewusst und mutig nach draußen gingen, statt sich zu verstecken.

Wo war es nur hin, ihr Selbstbewusstsein von damals? Warum konnte sie nicht zu ihrer Vergangenheit stehen?

Wenigstens hatte sie sich damit abgefunden, dass ihr Körper nicht mehr der einer Zwanzigjährigen war. Dass ihr Hintern flach geworden war, ihr Busen den Gesetzen der Schwerkraft folgte und sich um ihren Bauch ein kleiner Rettungsring gelegt hatte. Aber sollte sie deshalb kein Recht mehr haben, sich auszuziehen? Durften nur Menschen mit makellosem Körper sich nackt zeigen? Und wer bestimmte darüber? So weit kam es noch, dass ihre Eltern mit ihrer Prüderie am Ende den Sieg davontrugen!

Ein Glück, dass sie Jan begegnet war. Ihm verdankte sie, dass sie eine ganz neue Einstellung zu sich selbst gewonnen hatte. Vor zwei Jahren hatte sie zufällig einen Flyer in die Finger bekommen und daraufhin einen Workshop von Jan in Berlin besucht. Im letzten Jahr dann ein fünftägiges Seminar unter der Überschrift »Mein Körper und ich«. Und danach hatte sie monatelang gespart, um sich diese Reise nach Spanien zu gönnen.

Durch Jan hatte sie begriffen, wie verkorkst sie war. Aber auch, dass sie eine Chance hatte, etwas zu ändern. Und deshalb stand sie jetzt hier, aufrecht und mutig, und konnte ihren Körper ansehen, ohne ihn zu hassen. Es kam ihr selbst komisch vor, aber Jan war so etwas wie ihr persönlicher Guru geworden. Zum Glück war er viel zu jung für sie, sonst hätte sie sich vielleicht in ihn verknallt. So war er eher wie ein zweiter Sohn. Einer, der sie verstand und gernhatte und sich nicht wie ihr echter Sohn für sie schämte.

Eigentlich hatte sie immer gedacht, dass sie eine tolle Schwulenmutti abgeben würde. Ein bisschen schrill, ein bisschen gaga, genau wie die Frauen, mit denen Schwule gerne abhängen. Aber ihr Sohn war keiner von den lustigen Gay-Pride-Typen, sondern ein Hipster, der sich ausschließlich für schickes Design, angesagte Bars und teure Mode interessierte. Da passte sie als schräge Alte mit ihrer Vergangenheit nicht ins Bild. Ihr größter Schmerz war, dass Tim keine Kinder mochte. Sonst hätte er vielleicht eines adoptieren und sie wenigstens so zur Großmutter machen können. Aber er hatte nicht einmal einen festen Partner, sondern vögelte sich munter durch die Szene. Ihre größte Angst war, dass er sich mit Aids infizieren könnte.

Jan beendete die Übung. »Nachdem ihr euch nun mit euren Blicken liebkost und hoffentlich gesehen habt, wie schön ihr seid, wendet euch jetzt bitte den anderen im Raum zu. Geht von einem zum anderen, betrachtet ihn mit Liebe und flüstert ihm ins Ohr, was ihr besonders schön an ihm findet. Diejenigen, die ein Kompliment bekommen haben, müssen nicht antworten, sie können einfach schweigen und genießen.«

Jenny ließ ihren Blick wandern. Jan ging an ihr vorbei, legte ihr für einen Augenblick seine warme Hand in den Nacken und flüsterte: »Du machst tolle Fortschritte, Jenny!« Sie errötete vor Freude.

Wem wollte sie ein Kompliment machen? Larissa sah nicht übel aus, war ihr aber ein bisschen unheimlich. Die weißen Heiligenklamotten, die ganzen Eso-Sprüche – das alles war nicht ihr Ding. An Günther klebten schon zwei Frauen, der konnte also warten. Diese unauffällige Frau, an deren Namen sie sich nicht erinnerte, hatte schöne Hände mit langen, kräftigen Fingern und gepflegten Nägeln, das war ihr beim Frühstück aufgefallen. Jenny ging zu ihr, sah sie einmal freundlich von oben bis unten an, nahm die Hände der Frau in die ihren, drückte sie kurz und flüsterte: »Mir gefallen deine Hände.«

Die Frau lächelte scheu.

»Wie heißt du noch?«, flüsterte Jenny.

»Gila.«

Jenny hob den Daumen und nickte freundlich.

In dem Moment kam Larissa auf sie zu, umarmte sie überschwänglich und flüsterte: »Du bist eine Frau mit einer sehr lebendigen Ausstrahlung. An dir ist eigentlich alles schön, aber besonders schön sind deine Augen. Sie haben so eine ... Tiefe.«

Irritiert löste Jenny sich aus der Umarmung. Ist ja gut, dachte sie, du musst nicht gleich so übertreiben. Trotzdem lächelte sie freundlich, bevor sie weiterging und auf Petra stieß. Die war eine Frau, von der sie nicht im Traum angenommen hätte, dass sie auch nur in die Nähe einer Veranstaltung wie dieser kommen würde. Sie wirkte so abgeklärt und bürgerlich, keineswegs wie jemand, der auf der Suche nach ungewöhnlichen Erfahrungen war. Aber wie Jenny schon häufiger erfahren hatte, konnte man sich in Menschen gewaltig irren.

Das Auffälligste an Petra waren ihre fantastischen Beine, aber das hatte sie sicher schon hundertmal gehört. Jenny sah sie sich genauer an und entdeckte, dass sie auch sehr schön geformte Schultern hatte. Obwohl sie bestimmt schon Mitte vierzig war, würde sie in einem trägerlosen Kleid gut aussehen, und das konnte man nicht unbedingt von vielen Frauen in dem Alter behaupten. Sie beugte sich vor, wobei sie aufpassen musste, Petra nicht mit ihrem nackten Busen zu streifen. Dann flüsterte sie: »Dass du klasse Beine hast, weißt du ja sicher. Aber du hast auch echt schöne Schultern.«

Petra kicherte wie ein Schulmädchen. »Das hat mir ja noch nie jemand gesagt!«

»Pst«, machte Jenny, legte den Finger auf die Lippen und lächelte.

Ihr Blick wanderte zu Manfred, dem Mann, der seine Frau verloren hatte. Sie fühlte ihm gegenüber eine merkwürdige Scheu. Was sollte sie sagen? Etwas wie: *Es tut mir so leid für dich?* Oder sollte sie lieber so tun, als wäre nichts? Egal, jetzt sollte es ja nur darum gehen, etwas Schönes an ihm zu finden. Er blickte ihr freundlich entgegen, als sie zögernd auf ihn zuging.

Aus einem plötzlichen Impuls heraus strich sie ihm mit der Hand über den rasierten Schädel. »Du hast einen sehr schönen Kopf.«

Am Ende der Stunde applaudierte die Gruppe und begann sich zu zerstreuen. Jenny suchte ihren BH und ihr Top. Während sie es überstreifte, bemerkte sie, dass außer ihr nur noch Günther im Raum war. Sein Oberkörper war immer noch nackt, unter seiner Sporthose zeichnete sich eine leichte Erektion ab. Er lachte verlegen und fummelte am Stoff herum, um sie zu verbergen.

»Ick weiß nicht, das macht mich hier alles so scharf. Vielleicht hab ick 'nen kleinen sexuellen Notstand.«

Durch Jenny ging ein Zucken. Langsam bewegte sie sich auf ihn zu. Den Blick fest auf ihn gerichtet, legte sie die Hand auf seinen Penis und begann ihn durch den Stoff hindurch zu massieren. Günther stöhnte leise auf.

»Magst du das?«, flüsterte sie.

Ihre Finger glitten in seine Hose. Zu ihrer Überraschung stellte sie fest, dass die Haut dort völlig glatt war, Günther musste ein Intimwaxing gemacht haben. Es fühlte sich gut an, trotzdem verstand Jenny nicht, dass es Männer gab, die großen Wert auf ihre Männlichkeit legten, aber im Intimbereich wie Babys aussehen wollten.

Bei ihrer Berührung stöhnte er erneut, und sein Penis richtete sich zu voller Größe auf. Sie nahm seine rechte Hand und legte sie auf ihre linke Brust. Breitbeinig ließ er sich mit dem Rücken gegen die Wand fallen. Jenny stand dicht vor ihm und hatte die Vorstellung, nicht nur seinen Penis in der Hand zu halten, sondern den ganzen Mann. In diesem Moment würde er alles für sie tun, das wusste sie. Und da war es, das Gefühl, das sie so gut kannte: ein erregendes Bewusstsein ihrer Macht.

Es dauerte nur wenige Sekunden, bis sie ihn so weit hatte, dass er kam. Mit einem tiefen Seufzer fiel er nach vorne, umklammerte sie mit beiden Armen und bedeckte ihren Hals mit Küssen. »Danke«, murmelte er. »Du bist echt klasse.«

Sie tätschelte ihm die Schulter, entzog sich seiner Umarmung und ließ ihn stehen. Kaum war sie aus dem Raum, kam der Katzenjammer.

Verdammt! Warum hatte sie das bloß gemacht? Sie wollte das doch gar nicht mehr!

Niedergeschlagen schlich sie in ihren Bungalow, wo sie erleichtert feststellte, dass Suse nicht da war. Sie krümmte sich auf dem Bett zusammen und wimmerte, als hätte sie Schmerzen.

Anka erwachte davon, dass Petra leise den Bungalow betrat, ins Bad ging und die Dusche aufdrehte. Widerwillig rappelte sie sich hoch und blickte auf die Uhr. Sie hatte fast zwei Stunden geschlafen, mitten am Nachmittag! Das war ihr lange nicht mehr passiert. Musste die Klimaumstellung sein.

Petra kam aus dem Bad und hielt eine Flasche mit Bodylotion in der Hand. »Darf ich davon was nehmen? Ich hab meine vergessen, und nach dem Sonnenbad ist meine Haut so trocken.«

»Klar«, sagte Anka wenig begeistert.

»Ist die von deiner Firma?«, fragte Petra interessiert und studierte das Etikett.

»Äh, nein. Bodylotion ... war gerade nicht vorrätig.«

Als Petra fertig war, schlug sie vor, einen Kaffee zu trinken. Anka streckte sich und gähnte. »Geh schon mal vor, ich komme gleich nach.«

Sie griff zum Handy. Keine Nachricht.

Dann zog sie ihr T-Shirt aus, legte sich in eine verführerische Pose und machte ein Selfie von sich mit nackten Brüsten. Danach eines von ihrem Schamhügel, der sich herausfordernd unter ihrem durchsichtigen Slip abzeichnete. Schließlich drehte sie sich zur Seite, bog sich so weit wie möglich nach hinten und fotografierte ihren Po.

Das alles gehört dir. Vermisst du es? Nachdem sie das getextet hatte, schickte sie die Bilder ab.

Schon im nächsten Moment bereute sie es. Wenn er dachte, er könne sie am ausgestreckten Arm verhungern lassen, müsste sie ihm zeigen, dass sie so schnell nicht verhungern würde. Stattdessen machte sie sich schon wieder zum Affen. Verfluchter Mist! Dieser Scheißkerl!

Sie griff nach einem Kissen und schleuderte es quer durchs Zimmer. Es landete an der Wand, wo es gegen ein gerahmtes Foto von einem Sonnenuntergang prallte. Der Rahmen fiel herunter, das Glas zerbrach.

O nein, auch das noch. Genervt stand Anka auf und ging um das Bett herum, um sich den Schaden genauer anzusehen. »Autsch!« Mit schmerzverzerrtem Gesicht riss sie ihren Fuß hoch. Sie war in eine Scherbe getreten.

Suse packte ihre Tasche und ging zum Yogazelt hinüber. Sie legte ihre Blöcke und den Gurt auf eine Matte in der zweiten Reihe, damit es nicht so aussah, als beanspruchte sie den beliebten Platz gegenüber der Lehrerin. Bevor sie sich hinsetzte, nahm sie ein kleines Kästchen aus ihrer Tasche und stellte es auf die Truhe am Eingang.

Das Zelt füllte sich nur schleppend. Die meisten zogen es offenbar vor, am ersten Tag am Strand zu bleiben, oder hatten grundsätzlich keinen Bock auf Yoga. Schließlich waren acht Matten besetzt. Petra, Anka und Jenny fehlten, dafür war Larissa da, belagert von zwei Verehrerinnen, die schon bei der Vorstellungsrunde am Morgen voll beeindruckt von ihr gewirkt hatten.

Larissa hatte zielstrebig den Platz angesteuert, auf den Suse gerade verzichtet hatte. Sie war wohl komplett davon überzeugt, etwas Besonderes zu sein, und gab das auch jedem zu verstehen. Gerade hielt sie mit großem Tamtam vor den beiden groß gewachsenen, hellblonden Schwestern aus Nordfriesland einen Vortrag über irgendwas Esoterisches, was Suse nicht verstand und auch nicht verstehen wollte. Dabei fuchtelte sie mit den Händen herum, sprang mehrfach von ihrer Matte auf und wirkte ein bisschen so, als wäre sie auf Koks. Die beiden sahen Larissa an, als hätten sie eine Erscheinung.

Von den Männern war nur Günther gekommen, der Physiotherapeut aus Berlin. Yoga galt immer noch bei vielen als Weiberkram. Suse fand das gar nicht schlecht, sie war entspannter, wenn ihr beim herabschauenden Hund kein Mann auf den Hintern glotzte.

Jan betrat mit einer Frau in Yogakleidung das Zelt. Das musste Iris sein. Sie war etwas älter als Suse und hatte einen durchtrainierten und trotzdem weiblichen Körper. Ihre Haut war zart gebräunt, und sie sah so blühend und gesund aus, dass Suse sich sofort noch schlechter fühlte.

»Hallo und einen schönen Nachmittag«, sagte Jan und legte den Arm um Iris. »Ich möchte euch die beste Yogalehrerin der Welt vorstellen.«

Die Gruppe applaudierte freundlich.

Iris neigte anmutig und ein bisschen verlegen den Kopf. »Übertreib nicht so.«

»Iris lebt hier auf der Insel, und ich schätze mich glücklich, dass sie schon seit mehreren Jahren unsere Paradieswochen mit ihrem Können und ihrer wunderbaren Persönlichkeit bereichert. Ich bin sicher, ihr werdet eine Menge aus den Stunden mitnehmen.«

Und ich bin sicher, ihr beide habt was miteinander, dachte Suse. Sie konnte es förmlich knistern hören; fehlte nur noch, dass kleine Funken aufstiegen. Sofort stellte sie sich die beiden beim Sex vor, zwei makellose Körper, die ineinanderflossen.

Sie dachte an das letzte Mal, als sie Sex gehabt hatte, mit Benni, und daran, wie er sie kurz darauf in die Wüste geschickt hatte.

Manchmal dachte sie, dass Amazon an der Beziehungsmisere ihrer Generation schuld war. Die Leute waren es mittlerweile gewohnt, dass man alles, was man wollte, einfach bestellen und bei Nichtgefallen zurückgeben konnte. Warum sollten sie es mit ihren Beziehungen nicht genauso machen? Passt nicht mehr? Dann hau weg den Scheiß und was Neues her. Genauso achtlos, wie sie mit Sachen umgingen, gingen sie auch mit Menschen um.

Iris sagte ein paar Sätze zu ihrem Werdegang und ihrer Yogaphilosophie und bat die Teilnehmer dann, sich vorzustellen. Suse fragte sich, wie viele Vorstellungsrunden sie in ihrem Leben noch würde über sich ergehen lassen müssen.

»Wir beginnen mit ein bisschen Chanten«, sagte Iris und begann. »Aummm ...«

Alle schlossen die Augen und fingen an zu ommen. Alle außer Suse. Der spirituelle Teil von Yoga interessierte sie nicht. Sie wollte nicht erleuchtet werden, sondern ihre Muskulatur dehnen. Endlich ging es los.

Vorbeuge, Brett, Bauchlage, Kobra, herabschauender Hund, zurück in die Vorbeuge und wieder in den Stand. Fünf Sonnengrüße. Suse fing an zu schwitzen. Die legte ja vielleicht ein Tempo vor! Krieger eins und zwei, Dreieck, Vorbeuge auf einem Bein, Halbmond.

Iris hielt sich nicht mit den indischen Bezeichnungen der Übungen auf und schon gar nicht mit irgendwelchen Erklärungen. Als sie die Anweisung gab, die Flanken zu dehnen, lachte Günther und sagte: »Also, wo die Flanken bei 'nem Pferd sind, weiß ick ja. Aber wo sind die bitte bei mir?«

Iris blickte ihn mit freundlichem Spott an, dann schob sie eine Hüfte raus und ließ ihre Hand lasziv die Taille entlang bis zum Hintern gleiten. »Hier sind die Flanken, Günther.«

Allgemeines Kichern.

»Beim Yoga wird nicht gesprochen«, sagte Larissa. »Das zerstört den Flow.«

»Oho, der Flow«, hörte Suse es murmeln und fing ein Zwinkern von Günther auf.

»Ja, der Flow ist wichtig«, fuhr Larissa fort. »Dein Körper folgt deinem Geist, und wenn du nicht im Flow bist, ist das ganze System gestört. Dann kannst du Yoga machen, so lange du willst, und es ist nicht mehr als ein bisschen Gymnastik ...«

»... ich dachte, beim Yoga wird nicht gesprochen?«, unterbrach Iris sie freundlich.

Larissa murmelte irgendwas und gab endlich wieder Ruhe.

Zum Abschluss der Stunde bot Iris an, den Kopfstand zu üben. »Ihr werdet staunen, wie es sich anfühlt, die Welt mal andersherum zu betrachten. Das eröffnet völlig neue Perspektiven.«

Neue Perspektiven wären nicht schlecht, dachte Suse. Trotzdem beobachtete sie zuerst die anderen, weil sie nicht sicher war, ob sie sich traute. Eine Frau, von der man sich nicht vorstellen konnte, dass sie mit ihrer Körperfülle auch nur eine Vorbeuge hinkriegen würde, machte den elegantesten Kopfstand von allen.

Schade, dass Jenny nicht da war. »Kopfstand?«, hörte Suse sie sagen und grinste. »Lieber nicht! Da werde ich ja von meinem eigenen Busen erschlagen.« Inzwischen fand sie ihre Zimmernachbarin ganz in Ordnung. Wenigstens war sie lustig.

Am Ende der Übungen folgte die Entspannung. Suse legte sich auf den Rücken und schloss die Augen. Die Stimme von Iris wurde leiser, im Hintergrund lief ruhige, indische Musik. Suse versuchte, ins Shavasana, die Ruheposition, zu gleiten. Dabei stellte sie sich vor, auf einem fliegenden Teppich zu liegen, der sich sanft in die Lüfte erhob und sie Stück für Stück von den Problemen auf der Erde wegtrug.

Heute gelang es ihr nicht, loszufliegen. Immer wieder schoben sich die Bilder der bettelnden Kinder dazwischen, die barfuß durch den Schmutz liefen, die ängstlichen Blicke der Frauen, die Müllberge.

Je mehr sie sich gegen die Bilder zu stemmen versuchte, desto penetranter wurden sie. An Entspannung war nicht zu denken. Dann fing auch noch ihre Nase an zu jucken, gleich danach eine Stelle am Kopf. Endlich war die Stunde beendet. Alle streckten sich, gähnten, wirkten entspannt und zufrieden. Nur Suse fühlte sich um das angenehme Erlebnis betrogen.

Larissa meldete sich. »Darf ich was sagen, Iris? Also, erst mal vielen Dank natürlich, aber mir persönlich war die Praxis zu wenig spirituell. Yoga ist doch mehr als Sport, Yoga hat mit einer Haltung zu tun, mit dem ganzen *approach*, den man zum Leben hat, davon habe ich gar nichts gespürt ...«

»Danke für dein Feedback, Larissa«, unterbrach Iris ihren Redeschwall. »Im Yoga gibt es viele unterschiedliche Stile und Auffassungen, und ich denke, jede hat ihre Berechtigung. Bei mir gleicht keine Praxis der vorherigen, jede der kommenden Stunden wird einen anderen Schwerpunkt haben, sodass ihr hoffentlich alle auf eure Kosten kommt.«

Larissa setzte zu einer Erwiderung an, aber die anderen waren bereits aufgestanden und rollten ihre Matten zusammen. Niemand hatte Lust, über Yogastile zu diskutieren.

»Ich wollte euch noch mal an meine Heilbehandlungen erinnern!« Larissa wedelte mit den Händen, um die Aufmerksamkeit der Teilnehmer auf sich zu ziehen. »Ihr solltet es unbedingt mal ausprobieren. Neulich habe ich jemanden geheilt, der vor Rückenschmerzen kaum mehr gehen konnte ...«

»Echt?«, sagte eine der Frauen. »Ich hab's auch im Rücken.«

Darauf hatte Larissa nur gewartet. Sie krallte sich ihr Opfer und redete wasserfallartig auf die Frau ein. Wahrscheinlich würde die gleich in die Behandlung einwilligen, nur um wieder ihre Ruhe zu haben, dachte Suse.

»Meditation in einer halben Stunde unten am Strand«, rief Iris und verschwand.

Suse nahm allen Mut zusammen. Bestimmt waren die Leute genervt, wenn sie jetzt auch noch mit einem Anliegen kam. »Darf ich noch kurz was sagen, bitte?«, rief sie.

Die Teilnehmer, die schon beim Gehen waren, drehten sich unwillig noch mal um. »Kommt jetzt noch ein Werbeblock?«

»Nein, keine Sorge!«, rief Suse. »Ich war heute mit dem Fahrrad unterwegs und habe, nur ein paar Kilometer von hier, ein Barackenlager entdeckt, in dem Kinder unter ziemlich schlimmen Bedingungen vegetieren.«

Eine rothaarige Frau gähnte demonstrativ.

»Ihr könnt doch sicher eine Kleinigkeit entbehren«, fuhr Suse schnell fort. »Ich hab da vorne eine Kasse aufgestellt. Und für alle, die jetzt kein Geld dabeihaben, stelle ich die Kasse heute Abend beim Essen noch mal auf. Vielen Dank!«

Larissa ließ kurz von ihrem Opfer ab. »Weißt du, ich finde es toll, dass du dich so engagierst, Suse. Aber wer so viel für andere tut, sollte sich immer fragen, ob er es nicht in Wirklichkeit für sich selbst tut. Das Engagement für andere ist nie selbstlos, es hat immer auch was mit Narzissmus zu tun, was nicht heißt, dass man sich nicht engagieren soll. Aber nimm den Dalai Lama, der ist ein heiliger Führer, aber er ist durch seine Macht vielleicht auch schon korrumpiert, und deshalb ist das, was er für sein Volk tut, auch nicht frei von negativen Einflüssen ...«

»Boah, kannst du einfach mal die Klappe halten?«, rief Suse entnervt aus. »Du sollst mir nicht die Welt erklären. Du sollst einfach ein bisschen Geld da reinlegen!«

Petra setzte sich auf die Terrasse und genoss die Abendsonne. Eine Band spielte, ungefähr sechzig Leute standen herum, nippten an ihren Gläsern und aßen Fingerfood. Mitten im Gewühl stand das Brautpaar: ein gut aussehender Mann Ende dreißig, der sich in seinem dunklen Anzug nicht recht wohlzufühlen schien, und eine zierliche junge Frau in einem Hochzeitskleid, das über und über mit Spitze besetzt war. Die Braut hielt ein Glas Wasser in der Hand und lehnte die angereichten Häppchen ab. Wahrscheinlich war sie zu aufgeregt, um zu essen.

Auf der anderen Seite der Terrasse war für die Trauung ein Baldachin gespannt, darunter ein Tisch mit Blumenschmuck und zwei Stühle. Die Tische im Restaurantbereich waren weiß eingedeckt und mit rosafarbenen Blumen und Kerzen dekoriert, rote Pappherzen mit den Namen der Gäste bildeten die Tischkarten.

Es gab Petra einen Stich. Obwohl sie solche überinszenierten Hochzeitsfeiern albern fand, bedauerte sie doch, dass ihre eigene Hochzeit so misslungen war. Sie und Matthias hatten damals beide noch studiert, und sie war im sechsten Monat schwanger gewesen. Für ein großes Fest hatten sie nicht das Geld gehabt, also waren sie übereingekommen, zur Trauung nur ihre beiden engsten Freunde (die auch ihre Trauzeugen waren) und ihre Eltern einzuladen.

Petras Eltern weigerten sich zu kommen. Aus Protest gegen diese »völlig überstürzte Eheschließung«, die nur unter dem Druck einer »unerwünschten Schwangerschaft« zustande gekommen sei. In ihren Augen ein doppeltes Unglück, dessen

Zeugen sie nicht sein wollten. Erst nachdem ihr zweites Enkelkind geboren war, hatten sie sich allmählich mit ihrem Schwiegersohn abgefunden.

Bei Matthias' Vater hatte damals schon die Demenz eingesetzt, die mit einer gewissen Enthemmung einherging. Während der Trauungszeremonie redete er ständig dazwischen und stellte unpassende Fragen.

Wer ist diese Frau?

Warum nimmt sie nicht den anderen Mann? (Er meinte den Standesbeamten.)

Ich muss mal pullern, wo geht's denn hier lang?

Wann gibt es was zu essen?

Nach der Trauung aßen sie in einem Restaurant, wo ihr Schwiegervater in einem unbeobachteten Moment blitzschnell drei Gläser Wein hinunterkippte und fortan den Tisch mit frivolen Witzen unterhielt, die er nicht nur ein Mal, sondern immer wieder erzählte. Seine Frau versuchte vergeblich, ihn zu bändigen, und Matthias wäre vor Scham fast unter dem Tisch verschwunden. Petra hätte sich am liebsten auch betrunken, aber in ihrem Zustand ging das ja leider nicht. So ließ sie den Nachmittag über sich ergehen, fingierte irgendwann einen Schwächeanfall und wurde von den Trauzeugen nach Hause gefahren, während Matthias seine Eltern zum Bahnhof brachte.

Als Matthias nach Hause kam, lag sie mit einem Eisbeutel auf der Stirn im Bett und sprach nicht mit ihm. Nach mehreren Drinks kam er plötzlich auf die Idee, mit ihr schlafen zu wollen, worauf sie erst einen Heulkrampf bekam, dann einen Wutanfall. Sie schrien sich gegenseitig an, bis sie irgendwann wie die Verrückten zu lachen anfingen. Am Ende stellten sie fest, dass der angeblich »schönste Tag im Leben« einer der schrecklichsten überhaupt gewesen war, aber den Vorteil hatte, definitiv unvergesslich zu sein.

Irgendwann an jenem Abend hatten sie sich dann doch noch geliebt.

»Eine tolle Hochzeit feiern kann jeder«, sagte Matthias, als sie danach aneinandergekuschelt im Bett lagen. »Aber so eine Katastrophenfeier muss man erst mal hinkriegen!«

Die Erinnerung daran ließ Petra versonnen lächeln.

»Na, denkst du an was Schönes?«, fragte Anka und ließ sich neben ihr nieder.

Petras Blick fiel auf Ankas Fuß, der bandagiert in der Sandale steckte. »Was hast denn du gemacht?«

Anka verzog das Gesicht und erzählte, was passiert sei. Petra fragte sich, warum sie sich so über ihren Freund ärgerte, dass sie Sachen durch die Gegend werfen musste, sagte aber nichts. Sie hatte keine Lust auf anderer Leute Dramen.

»Willst du was trinken?«

»O ja«, sagte Anka. »Alkohol. Egal was.«

Petra lachte. »Prosecco? Ich geb einen aus.« Sie winkte dem Kellner.

Anka blickte sich um. »Was ist denn hier los?«

»Hochzeit«, sagte Petra. »Könnte laut werden heute Nacht.«

Anka seufzte. »Na toll.«

»Da sind wir doch großzügig. Schließlich heiratet man nur ein Mal im Leben.«

»Das dachte ich auch«, gab Anka zurück.

Jetzt erinnerte sich Petra. »Entschuldige, daran habe ich nicht gedacht. Wie ... war denn deine Hochzeit?«

»Absolut fantastisch. Umgekehrt proportional zur darauffolgenden Ehe. Beim nächsten Mal heirate ich barfuß am Strand, ohne Gäste und Party. Hoffentlich klappt es dann.«

Petra lächelte. Vielleicht hatte ihre Ehe mit Matthias ja so lange gehalten, weil das Fest so in die Hose gegangen war.

Anka entdeckte das Brautpaar. »Ach, das ist ja ein schnuckeliger Typ. Der hätte aber auch eine flottere Frau verdient, oder?«

»Die ist doch süß«, widersprach Petra. »Du musst dir nur das kitschige Kleid wegdenken.«

Anka musterte die Braut abschätzig. »Am besten denke ich mir die ganze Frau weg.«

Der Kellner stellte den eisgekühlten Prosecco ab.

»Auf eine paradiesische Woche!«, sagte Petra lächelnd und prostete Anka zu.

Die verzog skeptisch das Gesicht. »Wollen wir's hoffen.«

Die Teilnehmer der Meditation saßen schon im Sand, als Suse eintraf. Sie ließ sich zu Boden sinken und verschränkte widerwillig die Beine. Im Schneidersitz war es so verdammt unbequem! Dann schloss sie die Augen und versuchte, sich auf die Stimme von Iris zu konzentrieren.

»Achtsamkeit ist die wichtigste Voraussetzung, euch selbst und eure Bedürfnisse kennenzulernen. Wenn ihr achtsam mit euch umgeht, gewinnt ihr die Macht über die eigenen Gedanken zurück. Wir alle sind getrieben von wiederkehrenden Gedanken, Ängsten und Obsessionen, die uns Kraft kosten und uns um den Schlaf bringen. Das muss nicht so sein! Mit den richtigen Techniken könnt ihr das verändern, und ich werde euch in dieser Woche dabei helfen. Konzentriert euch auf euren Atem. Ein ... Aus ... Ein ... Aus. Blendet alles aus, was euch ablenken könnte, also das Rauschen des Meeres, die Rufe der Möwen, den Wind. Fokussiert euch weiter auf euren Atem. Ein ... Aus ... Ein ... Aus. Spürt mal in euch hinein, wie es euch jetzt geht. Wie ihr euch fühlt. Einfach nur wahrnehmen, nicht bewerten.«

Suse merkte, wie sich Widerstand in ihr regte. Ja, sie wusste, dass sie überarbeitet war. Ja, sie war hier, um sich zu erholen. Aber warum sollte sie sich ständig fragen, wie es ihr ging und wie sie sich fühlte? Warum sollte sie ausblenden, was schön war – das Meer, die Möwen und den Wind? Wäre es nicht besser, sich gerade darauf zu konzentrieren, anstatt dauernd aufs eigene Befinden zu starren? Allen ging es immer nur darum, sich gut zu fühlen, als gäbe es nichts Wichtigeres auf der Welt. Dabei ging es so vielen Menschen schlecht. Wie konnten sie das einfach ausblenden?

Iris sprach weiter. »Was passiert jetzt gerade in eurem Kopf? Da tobt wahrscheinlich der wilde Affe, wie ich das nenne, das heißt, eure Gedanken schießen wild durcheinander.«

Ja und, dachte Suse. Sie hatte auch den wilden Affen im Kopf, aber sie mochte den. Der hielt sie vielleicht davon ab, sich zu entspannen, aber er verhinderte hoffentlich auch, dass sie eine von diesen egozentrischen Larissas wurde, die nur um sich selbst kreisten.

»Und jetzt zählt mal in Gedanken von zwanzig rückwärts. Zwanzig, neunzehn, achtzehn, siebzehn und so weiter. Immer wenn euch ein Gedanke dazwischenschießt, fangt ihr wieder von vorne an. Und los geht's.«

Suse stöhnte leise. Das war echt nichts für sie, dieses Achtsamkeitszeug. Genervt begann sie, von zwanzig zurückzuzählen. Sie kam genau bis achtzehn, als der erste Gedanke sie störte. *Was soll denn das bringen? Ist doch alles Quatsch.*

Sie begann von neuem. Zwanzig, neunzehn, achtzehn, sieb... *Ich hab Hunger. Hätte heute Mittag was essen sollen. Verdammt!*

Zwanzig, neunzehn, achtzehn, siebzehn ... *Nein, ich lass mich jetzt nicht ablenken!* ... sechzehn, fünfzehn ... *War das jetzt gemogelt? Egal, weiter* ... vierzehn, dreizehn, zwölf ... *Wieso mache ich das hier eigentlich?* ... elf, zehn, neun ... *Oma, das kannst du doch nicht gewollt haben. O Scheiße!*

Es blieb nicht bei einem Glas Prosecco, und so waren Petra und Anka beim Abendessen bereits ziemlich angeheitert. Dieses Mal saß die Paradies-Gruppe zusammengedrängt an zwei langen Tischen, weil die Hochzeitsgesellschaft den größten Teil der Terrasse besetzt hatte.

Larissa zog schon wieder die Aufmerksamkeit auf sich. Mit großem Theater ließ sie die Kartoffeln und Karotten vom Gemüseteller zurückgehen.

»Ich hatte darum gebeten, kein Wurzelgemüse zu bekommen, das kann doch nicht so schwierig sein. Jan, ich habe dir mindestens fünf E-Mails dazu geschrieben und dir genau erklärt, was ich esse und was nicht. Ich verstehe nicht, warum das jetzt nicht klappt!«

»Aber das ist doch vegetarisch«, sagte Jenny. »Sogar vegan, wenn ich das richtig kapiert habe.«

»Das mag schon sein, aber ich bin Frutarierin.«

»Du bist was?«, fragte Suse entgeistert.

»Fru-ta-rier-in«, buchstabierte Larissa. »Ich esse nichts, was getötet werden muss, damit man es verzehren kann, ganz einfach.«

Suse sah aus, als würde sie an Larissas Geisteszustand zweifeln. »Kartoffeln töten? Wie soll das denn gehen?«

Larissa setzte ein Ich-erklär-dir-jetzt-mal-was-Gesicht auf. »Ist doch klar. Wenn ich die Kartoffel esse, ist sie einfach weg, also tot. Wenn ich dagegen eine Zucchini pflücke, lebt die Zucchinipflanze weiter und kann weitere Zucchini hervorbringen. Das ist wie bei Äpfeln, Birnen, Nüssen und so weiter, da nehme ich mir etwas von einer Pflanze, aber ich töte sie nicht.«

»Du kannst also keine Rüben, Zwiebeln und keinen Kohl essen, weil du da immer die ganze Pflanze essen würdest«, schlussfolgerte Suse.

Larissa nickte anerkennend. »Na bitte. Wenn sogar du das verstehst, warum verstehen es dann die Leute in der Küche nicht?«

Suse schüttelte ungläubig den Kopf. »Ich kann ja nachvollziehen, dass man keine Tiere töten möchte, aber Pflanzen? Die merken doch nichts.«

»Woher willst du das wissen?«

»Na hör mal ...«

»Eben, du weißt es nicht. Natürlich spüren Pflanzen etwas. Wenn du mit deinen Pflanzen sprichst, gedeihen sie besser. Es gibt Untersuchungen, dass sie bis zu dreißigmal schneller wachsen und bis zu fünfzig Prozent mehr Früchte tragen. Das ist so wie bei den Kühen, denen du Musik vorspielst, die geben auch mehr Milch. Andersherum hat es schlimme Folgen, wenn man Lebewesen vernachlässigt. Neugeborene, mit denen du nicht redest, können sterben. Warum also sollen Pflanzen nicht leiden, wenn man sie tötet?«

Suse wirkte ganz verwirrt von Larissas Redeschwall.

»Interessiert dich eigentlich nur das Leid von Kohlköpfen, oder macht es dir auch was aus, wenn Menschen leiden?«, fragte sie herausfordernd. »Wenn ja, dann kannst du ja jetzt für die Kinder spenden.« Sie bückte sich, holte ihr Kästchen aus der Tasche und platzierte es mitten auf dem Tisch.

»Hört mal her«, rief sie, und die Gespräche verstummten. Alle drehten den Kopf zu ihr. Die Band spielte, deshalb musste Suse ziemlich schreien, um sich Gehör zu verschaffen. Sie sprach noch einmal von der Barackensiedlung und davon, unter welchen Bedingungen die Bewohner dort lebten. Dass es toll wäre, wenn alle ein bisschen was geben würden. »Morgen bringe ich das Geld persönlich dorthin und sorge dafür, dass es sinnvoll verwendet wird«, schloss sie.

Einige rollten unauffällig die Augen, andere legten gutmütig ein paar Münzen oder einen Schein in die Kasse. Larissa legte zwanzig Euro hinein.

»Danke«, sagte Suse überrascht.

»Aber nicht verjuxen!«, rief Günther grinsend über den Tisch.

»So finanziert die Suse sich ihre Ferien«, scherzte ein anderer.

Suse gelang es, den Humor zu behalten. »Danke«, sagte sie. »Ihr seid echt lieb. Wenn einer von euch mitkommen will, wenn ich das Geld abgebe, dann soll er mir Bescheid sagen.«

Der picklige Nerd hob die Hand. »Ich würde gern mitgehen.«

»Äh ... ja, das ist nett von dir, ich sag dir dann, wann's losgeht.«

»Willste nicht bei den Hochzeitsgästen sammeln?«, schlug Günther lachend vor. »Die sind bestimmt in Spendierlaune.«

Suse stutzte kurz, dann stand sie auf. »Super Idee.« Sie nahm ihr Kästchen und ging zum Nebentisch.

Man konnte sehen, wie sie mit Händen und Füßen auf die Leute einredete. Einige lachten, einer wollte sie wegscheuchen, eine Frau zog tatsächlich ihr Portemonnaie aus der Tasche und legte etwas in das Kästchen. Triumphierend streckte Suse den Daumen in die Luft und grinste zu den anderen hinüber.

»Die ist vielleicht eine Nervensäge«, zischte Anka zu Petra. »Ständig macht sie einem ein schlechtes Gewissen mit ihrem sozialen Getue. Warum kann sie uns nicht damit in Ruhe lassen?«

Plötzlich entstand ein Tumult unter den Festgästen, und im nächsten Augenblick tauchte der Hoteldirektor auf. »Was ist denn hier los?«, rief er, packte Suse an der Schulter und redete ärgerlich auf sie ein. Suse zog ein trotziges Gesicht. Als er ihr das Kästchen wegnehmen wollte, klammerte sie sich daran fest.

Nun wurde auch Jan aufmerksam, der so intensiv mit Iris beschäftigt gewesen war, dass er gar nicht mitbekommen hatte, wie Suse sich auf ihre Mission begeben hatte. Er stand auf und mischte sich in ihren Disput mit dem Direktor.

»Du schnorrst Geld von den Gästen?« Ungläubig sah er Suse an.

»Na klar, die haben doch alle genug«, gab sie zurück.

»Und wofür?«

»Für die Kinder in dem Slum, den du wahrscheinlich noch nie gesehen hast, obwohl du seit Jahren hierherkommst.«

»Das geht nicht, Suse. Du hörst jetzt bitte sofort damit auf.«

Suse blickte ihn wütend an. »Ich denke ja nicht dran.«

Jan legte ihr den Arm um die Schulter. »Versteh mich nicht falsch, ich finde es bewundernswert, wie engagiert du bist. Aber du kannst nicht einfach andere Hotelgäste um Geld anhauen, das geht nicht.«

Suse blieb unbeeindruckt. »Wenn alle so denken würden, gäbe es UNICEF nicht. Die hauen auch einfach Leute um Geld an.«

»Du bist aber nicht UNICEF. Du setzt wildfremde Menschen, die hier in Ruhe ein Fest feiern wollen, unter Druck. Das ist nicht fair.«

»Ist es vielleicht fair, dass es den Kindern schlecht geht?«, rief Suse aufgebracht.

»Natürlich nicht«, sagte Jan sichtlich angestrengt. »Lass uns bitte morgen in Ruhe darüber reden, jetzt ist nicht der richtige Moment.«

Er holte seinen Geldbeutel aus der Gesäßtasche und zog einen Schein heraus, den er in das Kästchen legte.

Suse grinste. »Jetzt hast du's verstanden.« Zufrieden klappte sie den Deckel zu und zog ab.

Die Feierstimmung der Hochzeitsgesellschaft wirkte ansteckend, und so ging es auch an den Tischen der Paradies-Gruppe immer ausgelassener zu. Petra hatte die Geschichte ihrer missglückten Hochzeit erzählt und großes Gelächter geerntet. Weitere Erzählungen von katastrophal verlaufenen Familienfesten und schrecklichen Verwandten wurden zum Besten gegeben.

»Am schlimmsten wird es immer, wenn se anfangen, über Politik zu quatschen«, sagte Günther. »Meine Alten halten sich ja einigermaßen zurück, aber mein einer Onkel ist so 'n richtiger Nazi. Wenn der loslegt, würd ick ihm am liebsten eine reinhauen.«

»Wieso tust du's nicht?«, fragte Suse.

»Hab ick schon mal«, sagte Günther grinsend. »Seither werde ich nicht mehr eingeladen.«

Anka setzte sich an den Tisch des Brautpaares und begann, sich in einem Mischmasch aus Deutsch, Englisch und ein bisschen Schulfranzösisch mit Hochzeitsgästen zu unterhalten. Hin und wieder tauschte sie Blicke mit dem Bräutigam. Als der Nachtisch aufgegessen war, begann die Band wieder zu spielen. Die Braut, die gelangweilt in ihrem Karamellflan gerührt hatte, sah ihren Mann an und zupfte ihn auffordernd am Ärmel. Er besann sich auf seine Pflichten, riss den Blick von Anka los und führte sie auf die Tanzfläche.

Dort herrschte ein wildes Gehüpfe und Gestoße. Arme schnellten in die Höhe, Hüften wiegten und drehten sich, Hintern prallten gegeneinander. Es wurde gegrölt und gejohlt. »Vengáis, a bailar!«, riefen die Tanzenden. »Come on, dance with us!«

Jenny wippte im Takt mit, sprang schließlich auf und stürmte auf die Tanzfläche. Anka folgte ihr, und die beiden tanzten ausgelassen miteinander.

Larissa vollführte eine Art indischen Tempeltanz. Hüftschwingend umkreiste sie die Hochzeitsgäste und fuchtelte ihnen mit den Händen vor dem Gesicht herum. Manche gingen gutmütig darauf ein, die meisten drehten sich verlegen grinsend von ihr weg.

»Wer kommt mit ins Meer?«, schrie sie plötzlich, riss sich die weißen Klamotten vom Körper und ließ sie achtlos zu Boden fallen. »Poseidon, ich komme!«, rief sie und lief in Unterwäsche zum Strand.

»Da kannst du ja gleich ein paar Seegurken gesundbeten«, brüllte Suse ihr hinterher, aber Larissa war schon außer Hörweite.

Günther legte väterlich seine Hand auf ihre Schulter und brummte: »Nu mach ma halblang, Mädchen. Jeder darf hier nach seiner Fassong glücklich werden, egal ob er nur Grünzeug frisst, an Engel gloobt, sich jeden Abend die Hucke vollsäuft oder den ganzen Tag auf sein Handy starrt. Das geht dich nichts an.«

Sie holte Luft, aber Günther schnitt ihr das Wort ab. »Ick weeß, ick weeß. Uns geht es nur so gut, weil es anderen schlecht geht, unser Wohlstand beruht auf Ausbeutung, wir müssen Flüchtlingen und Migranten helfen, weil wir an ihrem Elend mit schuld sind, wir müssen den Wohlstand globalisieren und nicht det Elend ... Weeßte, ick habe schon auf Demos rumgestanden, da hast du noch in die Windeln geschissen. Also komm mir nicht mit deiner Weltverbesserungsnummer.« Als er Suses betroffenes Gesicht sah, fügte er gutmütig hinzu: »Obwohl ja was dran ist.« Er stand auf und klopfte zweimal auf den Tisch. »Gute Nacht allerseits!«

Der picklige Typ zu Suse an den Tisch, setzte sich neben sie und starrte sie durch seine riesigen Brillengläser an. »Ich glaube, wir sind hier die Einzigen unter fünfunddreißig, was?«

Suse nickte. »Ja, kann sein.«

Er streckte ihr die Hand hin. »Ronnie, falls du dich nicht mehr erinnerst. Sind ja doch viele Namen, die man sich merken muss.«

Zögernd erwiderte Suse seinen Händedruck. Sie sah den Typen zum ersten Mal aus der Nähe. So schlimme Akne hatte sie noch nie an einem Menschen gesehen. Kleine, eitrige Pusteln mit schwarzen Köpfen gruppierten sich auf Nase, Kinn und Stirn, die restliche Haut war voller rötlicher Knubbel und Narben. Obwohl sie ihn abstoßend fand, tat Ronnie ihr auch leid. Sie nahm sich vor, nett zu ihm zu sein. Sie stand auf und lächelte.

»Ich wollte gerade gehen. Also, gute Nacht.«

Er hielt sie am Arm fest und zog sie auf ihren Stuhl zurück. »Bleib doch noch, ist doch gerade mega!«

»Sei mir nicht böse, aber ich bin wirklich müde.« Sie stand wieder auf.

»Muss man Flüchtling sein, um deine Aufmerksamkeit zu kriegen, oder was ist dein Problem?«

Suse sah ihn perplex an. Jedem anderen hätte sie jetzt die Meinung gegeigt, aber sie riss sich zusammen. »Als dann, ciao, bis morgen.«

»Warte doch mal. Ich weiß ja, dass ich scheiße aussehe. Aber ich dachte, jemand wie du beurteilt andere nicht nach ihrem Äußeren.«

Mann, war der Typ hartnäckig. »Jemand wie ich?«

»Ja, bei deinen Flüchtlingen, da hast du doch sicher schon schlimmere Sachen gesehen als ein paar Pickel. Die kommen doch aus dem Krieg, die haben sicher abgeschossene Gliedmaßen und Krätze und eitrige Infektionen ...«

Suse fuhr ihn an. »Hör auf, du bist echt geschmacklos!«

»Ist doch so, oder nicht?«

Sie atmete tief durch und bemühte sich um einen freundlichen Gesichtsausdruck. »Hör zu, Ronnie, ich bin gerade von meinem Freund verlassen worden, und es geht mir nicht so gut. Ich bin einfach nicht in der Stimmung, mich zu unterhalten. Ich habe nichts gegen dich persönlich, und es hat auch nichts mit deiner Akne zu tun. Okay?«

Sein Gesicht überzog sich mit einem ungläubigen Lächeln. »Meinst du das wirklich ernst?«

»Wenn ich es dir sage.«

Er strahlte sie an, als hätte sie ihm eine Liebeserklärung gemacht.

Petra trank noch ein Glas Wein. Was tat sie bloß hier? Warum saß sie hier herum und sah wildfremden Leuten beim Tanzen zu? Sie hätte selbst gern getanzt, aber allein hatte sie keine Lust. Wenn bloß Matthias hier wäre! Er war ein leidenschaftlicher Tänzer, und sie nutzten jede Gelegenheit, nur dass die immer seltener wurden. Früher waren es meistens Hochzeiten, bei denen sie getanzt hatten, aber Hochzeiten fanden in ihrem Alter kaum noch statt. Inzwischen gab es deutlich mehr Scheidungen, bei denen jedoch nicht gefeiert wurde. Sollte man vielleicht mal einführen.

Auch Geburtstage fielen aus, wer feierte schon seinen Fünfzigsten oder Sechzigsten mit einer Tanzparty? Die Feste in dieser Lebensphase bestanden aus kultivierten Gesprächen, teurem Essen und gutem Wein, über den ausführlich gefachsimpelt wurde. Es ging nicht mehr um Spaß, sondern um Selbstdarstellung. Die Jubilare – insbesondere, wenn es Männer waren – wollten zeigen, was sie erreicht hatten, und sich dafür beweihräuchern lassen. Petra langweilte sich bei diesen Einladungen zu Tode, aber meist waren es Geschäftsfreunde von Matthias, und da konnte sie sich nicht drücken.

Hier wäre endlich mal wieder eine Gelegenheit zum Abrocken – und ihr Mann war nicht da. Warum hatte sie sich überhaupt darauf eingelassen, allein zu fahren? Gab sie sich mit zu wenig zufrieden? Sie hätte nicht sagen können, dass ihr etwas fehlte. Aber es war auch nicht so, dass sie in letzter Zeit sonderlich viel Zuwendung von Matthias erfahren hätte. Und konnte man Aufmerksamkeit und Zuwendung überhaupt einfordern?

Manchmal blickte sie bewundernd und ein bisschen neidisch auf die Paare, die ihre Beziehung so richtig zelebrierten. Handgeschriebene Liebesbriefe zu Jahrestagen, gemeinsame Rituale, Fotos vom Familienglück auf den sorgfältig mit Goldstift verfassten Weihnachtskarten. Sie kriegte so was einfach nicht hin. Weil sie keine Zeit dafür hatte, aber auch weil sie als nüchterner Mensch solchen Inszenierungen misstraute. Aber vielleicht war zu viel Nüchternheit auf Dauer nicht das Richtige. Vielleicht fehlte ihnen beiden etwas? Sie hatten lange nicht mehr über solche Dinge gesprochen. Über sich, ihre Ehe, ihre Erwartungen. Matthias mochte solche Gespräche nicht besonders.

Plötzlich wollte sie unbedingt seine Stimme hören, jetzt sofort. Sie sah auf die Uhr, es war fast halb eins. Er würde ihr was husten, wenn sie ihn jetzt weckte.

Als sie aufstand, bemerkte sie, wie betrunken sie war. Auf dem Weg zum Bungalow fiel ihr ein, dass kein Mineralwasser mehr in der Minibar war. Sie kehrte um, kam an den Toiletten vorbei und wollte weiter in Richtung Bar, da hörte sie ein unterdrücktes Stöhnen. Sie hielt inne. War da jemandem übel? Sie ging weiter, aber das Stöhnen ertönte ein zweites Mal, gefolgt von einem dumpfen Schlag. Zögernd umrundete sie den Mauervorsprung, der die Waschräume von der Lobby trennte.

Die Tür zur Männertoilette bewegte sich, als würde von innen jemand rhythmisch dagegenschlagen. Plötzlich klang es nicht mehr so, als wäre jemandem übel. Das Gestöhne war eindeutig sexueller Natur, und nun hörte sie auch die unterdrückten Schreie einer Frau. Nach einem letzten massiven Schlag gegen die Tür wurde es still. Gleich darauf stürmte ein Mann heraus, der im Laufen den Reißverschluss seiner Hose hochzog. Obwohl er den Kopf gesenkt hielt, erkannte Petra in ihm den Bräutigam. Im nächsten Moment öffnete sich die Tür wieder, und eine völlig derangierte Anka taumelte heraus, mit verschmiertem Make-up, zerzauster Frisur und einem gerissenen Spaghettiträger.

»Anka!«, rief Petra erschrocken. »Was ist los, hat er dich vergewaltigt?«

Anka blieb stehen und sah Petra ungläubig an.

»Was machst denn du hier?« Dann lachte sie. »Vergewaltigt? Im Gegenteil. Das war einer der geilsten Ficks meines Lebens!«

Schweigend gingen die beiden Frauen durch den dunklen Garten.

Petra, die vergessen hatte, dass sie Mineralwasser kaufen wollte, stampfte vornweg, Anka folgte stolpernd und hielt ihr rutschendes Kleid fest.

Petra schloss den Bungalow auf, warf ihre Handtasche aufs Bett und verschwand im Bad. Nach einer Weile hörte sie Anka rufen: »Ich muss pinkeln, kannst du dich beeilen?«

Sie ließ sich Zeit. Als sie schließlich herauskam, fragte Anka: »Was ist eigentlich los mit dir? Wieso bist du so komisch?«

»Ich finde dein Verhalten ... einfach widerlich.«

»Sag mal, geht's noch?« Empört stützte Anka die Hände in die Hüften, was zur Folge hatte, dass ihr Kleid auf einer Seite nach unten rutschte. Ein gut sichtbarer Knutschfleck zierte ihren Brustansatz.

»Du hast die Dreistigkeit, von allen anwesenden Männern ausgerechnet den Bräutigam zu verführen, und dann lässt du dich im Männerklo vögeln?«

Petras Stimme triefte vor Abscheu.

»Manchmal hat man eben keine Zeit, nach einer geeigneten Location zu suchen«, konterte Anka spitz. »Außerdem ist das ja wohl meine Sache, oder?«

»Hast du nicht was von einem Freund erzählt?«

Anka schleuderte ihr einen zornigen Blick zu. »Was gibt dir eigentlich das Recht, über mich zu urteilen? Du hast einen Mann, du hast Kinder, du hast alles, was man sich als Frau wünschen kann. Aber du hast keine Ahnung, wie ich mich fühle, also spar dir deinen Kommentar.«

»Du hast mich gefragt«, erinnerte Petra sie kühl.

Sie verfielen in feindseliges Schweigen. Petra legte sich ins Bett, knipste die Nachttischlampe aus und zog sich die Decke über den Kopf. Sie hörte, wie auch Anka sich hinlegte. Und da sie nicht schlafen konnte, weil die Musik von draußen hereinwummerte, hörte sie auch, wie Anka sich hin und her warf. Irgendwann hörte sie leises Schluchzen. Sie reagierte nicht darauf, sondern stellte sich so lange schlafend, bis sie irgendwann tatsächlich eingeschlafen war.

Sonntag

Nacheinander tröpfelten die Mitglieder der Paradies-Gruppe zum Frühstück auf der Terrasse ein. Der Konsum von Tomatensaft mit Tabasco sowie sauer eingelegten Sardellen und Essiggürkchen stieg sprunghaft an, während der ebenfalls angebotene Prosecco – anders als sonst – unberührt blieb.

Als Suse auf die Terrasse trat, waren zwei Tische jeweils zur Hälfte besetzt. Niemand forderte sie auf, sich dazuzusetzen. War ihr egal, sie fand die meisten Teilnehmer sowieso langweilig und hatte lieber einen Tisch für sich. Die Spuren der gestrigen Feier waren restlos beseitigt, das Personal musste die halbe Nacht gerackert haben.

Als sie mit einem Teller Rührei vom Büfett zurückkam, entdeckte sie Petra, die sich unschlüssig umsah und dann auf ihren Tisch zusteuerte. »Kann ich mich zu dir setzen?«

»Klar«, sagte Suse.

Petra hängte ihre Tasche über die Stuhllehne und ging ans Büfett. Mit einem Teller voller Käse, Schinken und Ei, einem Croissant, einem großen Stück Butter und einem Schälchen Marmelade ließ sie sich am Tisch nieder.

»Wenigstens eine, die normal isst«, stellte Suse fest und schob sich eine Gabel Rührei in den Mund.

»Wie kommst du denn darauf?«

»Die haben doch alle irgendeine Macke mit dem Essen. Die meisten sind Vegetarier oder Veganer oder wollen keine Kartoffeln töten. Aber dann haben sie auch noch jede Menge Unverträglichkeiten. Gluten, Lactose, Fruchtzucker und was weiß ich noch alles.« Sie tippte sich an die Stirn. »Ganz ehrlich, wie war denn das zum Beispiel nach dem Krieg? Meinst du, da hatte irgendeiner Lactoseintoleranz? Die waren doch froh, wenn sie überhaupt was zu fressen hatten.«

Petra lachte. »Ich find's auch ein bisschen komisch, dass heutzutage so viele Leute Allergien haben. Umso besser, dass wir alles vertragen, oder?« Sie biss mit Genuss in ihr Hörnchen. »Wo ist denn Jenny?«

»Liegt noch im Koma. Und Anka?«

»Auch.«

»Die haben es ja gestern krachen lassen«, sagte Suse. »Hätte ich Anka gar nicht zugetraut, dass sie so ein Feierbiest ist. Aber Frauen in dem Alter sind die schlimmsten. Die wollen unbedingt einen Typen finden, der sie schwängert, bevor es zu spät ist. Schon eine gemeine Schlampe, die Natur.«

»Du bist ganz schön frech«, sagte Petra und konnte sich ein Grinsen sichtlich nicht verkneifen. Sie hielt Ausschau nach einem Kellner. »Willst du noch Kaffee?«

Suse nickte und schluckte den Rest ihres Rühreis hinunter. »Die Leute hier haben übrigens nicht nur Nahrungsmittelneurosen, sondern auch sonst jede Menge Themen. Du weißt ja, heutzutage sagt man nicht mehr Problem, sondern Thema.«

»Ach ja?«, sagte Petra interessiert. »Und ... hast du auch ein Thema?«

Suse gab keine Antwort. Unvermittelt stand sie auf und zog eine große Stofftasche unter dem Tisch hervor, die bis zum Bersten mit leerer Tupperware gefüllt war. »Ich muss jetzt los.«

»Was hast du denn vor?«, fragte Petra überrascht.

»Nach was sieht's aus?«

»Du wirst doch nicht ...«

»Doch. Es ist gleich halb elf, das Frühstück ist vorbei, und das wird alles weggeschmissen, wenn ich es nicht mitnehme.«

Suse ging zum Büfett und begann in Windeseile die Reste einzupacken. Sie schaufelte Müsli in eine Plastikschale, danach packte sie Schinken, Käse und Tomaten ein, räumte den Obstteller ab, kippte den Brotkorb um und ließ den Inhalt in ihre Stofftasche fallen. Kurz zögerte sie, dann sammelte sie auch noch die kleinen Aludöschen mit Nutella, Honig und veganem Brotaufstrich ein, bevor sie mit einer Handbewegung mehrere Joghurtbecher in ihre Tasche fegte.

Inzwischen war eine Kellnerin aufmerksam geworden, sah mit schreckgeweiteten Augen Suses Treiben zu und rannte dann weg. In diesem Moment betrat Jenny die Terrasse. Mit einem Blick hatte sie die Situation erfasst. »Du solltest dich beeilen, da hinten kommt jemand«, sagte sie.

Suse warf ihr ein überraschtes Lächeln zu und fühlte sich plötzlich wie ein Kind, das fürchterlichen Unsinn anstellte, aber wusste, dass die Mutter es trotzdem weiter lieben würde. Sie hängte sich ihre Tasche um und lief Richtung Ausgang, wo sie ihr Fahrrad startbereit geparkt hatte.

Bepackt mit den Lebensmitteln, kam Suse in der Barackensiedlung an. Diesmal würde sie den Fehler vom letzten Mal nicht wiederholen. Statt den Kindern einfach das Essen zu geben, blickte sie sich suchend um und entdeckte eine ältere Frau, auf die sie freundlich lächelnd zuging. Misstrauisch blickte ihr die Frau, die einen Eimer in der Hand hielt und Hühnerfutter ausstreute, entgegen.

Suse kratzte ihr Französisch zusammen. »Bonjour, Madame, excusez-moi, vous avez un moment?«

Die Frau blieb stehen. Suse stellte die schwere Tasche auf den Boden. »Ich habe ein Geschenk für die Kinder.« Sie deutete auf die Plastikbehälter. »Etwas zu essen.«

Die Frau schüttelte abwehrend den Kopf. »Non, non.«

»Die Sachen sind gut. Sie sind aus dem Hotel Paraíso.«
Die Frau hob die Hand. »Non, merci.«

Ratlos stand Suse da und überlegte. Sie kam sich lächerlich vor. Wer nahm schon Nahrungsmittel von Fremden an? Würde sie selbst es tun? Sie musste das Vertrauen der Frau gewinnen. Mit der Handfläche fuhr sie sich über die Stirn. »Puh, ist das heiß. Hätten Sie ein Glas Wasser für mich?«

Die Frau zögerte, dann winkte sie Suse ins Innere einer der Baracken, wo es angenehm kühl war. Interessiert sah Suse sich um. Der Betonboden war mit ausgeblichenen Teppichen bedeckt, an der Längswand lagen große Sitzpolster mit einigen Kissen. Davor stand ein fein ziselierter, niedriger Tisch, darauf Teegeschirr. Alles wirkte ärmlich, aber liebevoll arrangiert.

Die Frau deutete auf ein Sitzpolster und verschwand hinter einem Vorhang aus Holzperlen. Dann kehrte sie mit einem Glas Wasser zurück.

Suse hatte die Plastikbehälter aus der Tasche genommen und vor sich auf dem Boden gestapelt. Sie bedankte sich für das Wasser und trank.

»Seit wann leben Sie hier?«

»Seit zwei Jahren.«

Suse stellte weitere Fragen, und die Frau begann zögernd zu erzählen. Dass sie mit ihrer Familie aus Marokko gekommen sei, ihr Mann auf dem Bau arbeite, ihre erwachsenen Kinder in Frankreich lebten. Als sie von ihrem kleinen Enkel erzählte, den sie erst ein Mal hatte sehen können, weinte sie fast. Suse begriff, dass die Frau nicht so alt war, wie sie gedacht hatte. Vielleicht war sie im Alter von Petra, also Mitte oder Ende vierzig, sah aber mindestens zehn Jahre älter aus.

Suse erfuhr, dass zweihundert Menschen in der Siedlung wohnten, dass nur alle paar Tage ein Wasserwagen kam und die Kinder zwar zur Schule gingen, aber in einer extra Klasse unterrichtet wurden, sodass sie kaum Kontakt zu einheimischen Kindern hatten.

Sie fragte nach den Jobs der Männer und ob diese angemessen bezahlt würden. Die Frau schüttelte den Kopf. »Wenig Geld. Viele haben keine Versicherung.«

Suse verstand, dass manche Betriebe nur einen Teil der ausländischen Arbeitskräfte anmeldeten und die anderen schwarz beschäftigten. So zahlten die Arbeiter zwar keine Steuern, hatten aber auch keine Kranken- und Sozialversicherung.

Ein junger Typ kam an die Tür und steckte den Kopf herein. Er deutete mit dem Kinn auf Suse und fragte etwas auf arabisch. Die Frau antwortete und bedeutete ihm mit einem Handzeichen, später wiederzukommen. Unwillig zog er sich zurück.

Suse trank ihr Glas aus und bedankte sich. Aus ihrer Umhängetasche nahm sie den Umschlag mit dem Geld, das sie gesammelt hatte, und reichte ihn der Frau. Fast zweihundertfünfzig Euro. Sie selbst hatte sechzig dazugegeben, ihre eiserne Reserve für diesen Urlaub.

»Für die Kinder«, sagte sie lächelnd.

Ungläubig betrachtete die Frau erst das Geld, dann Suse. »Warum?«

Suse zuckte die Schultern. »Einfach so.«

Sie stand auf und faltete ihre Tasche zusammen. Die Lebensmittel fanden keine Beachtung, wahrscheinlich würden sie als Hühnerfutter enden.

Die Frau lächelte scheu. »Merci beaucoup.«

Suse verließ die Baracke und ging zum Tor, umringt von einer Horde Kinder, die am Ausgang ruckartig stehen blieben, als drohte ihnen beim nächsten Schritt ein Stromschlag. Offenbar hatte man ihnen eingeschärft, die Siedlung nicht zu verlassen.

Suse fuhr hoch in den Ort. Sie kaufte eine Ansichtskarte und setzte sich in ein Café mit Blick auf den schönen Hauptplatz. Während sie an ihrer Limo nippte, schrieb sie ihrer Großmutter. Natürlich hätte sie ihr auch eine SMS schicken können, aber sie wusste, dass ihre Oma sich mehr über eine Karte freuen würde. Dann nahm sie ihr Handy, öffnete einige Seiten zum Thema Arbeitsmigration in Spanien und machte Notizen in das kleine Heft, das sie immer bei sich trug. Sie wollte genauer verstehen, was die Frau ihr erzählt hatte.

Plötzlich legte sich ein Schatten auf das Papier. Suse blickte auf. Vor ihr stand der Polizist, dem sie tags zuvor den Stinkefinger gezeigt hatte. Er wirkte nicht besonders erfreut über das Wiedersehen und baute sich breitbeinig vor ihr auf.

»What are you doing?«, fragte er.

Sie versuchte, so freundlich wie möglich zu lächeln. »I'm on holidays.«

»Where do you stay?«

Wo sie wohnte, war nicht schwer zu erraten, die anderen Hotels waren ja bereits geschlossen. »Hotel Paraíso. Warum willst du das wissen?«

Er gab keine Antwort. Stattdessen deutete er auf ihre Notizen. »Bist du Journalistin?«

Suse überlegte kurz. Er hatte sie in der Gastarbeitersiedlung gesehen. Wenn er glaubte, sie würde etwas über die Bedingungen dort schreiben, könnte das vielleicht nützlich für die Bewohner sein. Nichts scheuten Politiker mehr als schlechte Presse.

»Ja. Ich schreibe einen Artikel über Arbeitsmigration.«
Er guckte ratlos.

Sie versuchte es erneut. »Ich schreibe über die Marokkaner, die hierher zum Arbeiten kommen.«

Nun hatte er verstanden. Mit der Hand deutete er vage in die Richtung der Siedlung. »Du meinst, die Leute da unten?«

Suse nickte.

Er schüttelte energisch den Kopf. »Nicht gut.«

»Warum?«

»Nicht gut«, wiederholte er. »Du musst aufhören.«

Suse spürte ein bekanntes Gefühl in sich aufsteigen. Eine Mischung aus Zorn und Trotz. Niemand würde sie davon abhalten, das zu tun, was sie für richtig hielt. Auch nicht dieser kleine Macho mit seinem schwarz glänzenden Haar und dem Ziegenbärtchen, mit dem er sich offenbar unwiderstehlich fühlte.

»Du machst deine Arbeit, ich meine«, erklärte sie ihm kühl und schrieb weiter.

Er bewegte sich nicht von der Stelle.

Sie blickte wieder auf. »Was willst du von mir?«

»Ich sage aufhören«, wiederholte er.

Sie versuchte, freundlich zu bleiben. »Da unten in der Siedlung gibt es nicht mal fließendes Wasser. Den Menschen geht es schlecht, sie werden mies bezahlt, viele von ihnen sind gezwungen schwarzzuarbeiten. Das darf nicht sein.«

»Ist nicht dein Problem.«

»Das ist schon mein Problem.«

Er blieb stehen und blickte sie schweigend an, als glaubte er, dass seine schiere Anwesenheit sie zum Nachgeben zwingen könnte.

Ungerührt hielt sie seinem Blick stand. »Fuck off.«

Mit blitzenden Augen griff er nach ihrem Notizheft.

»Spinnst du?«, schrie Suse. »Nimm deine Griffel weg, du Bullenarsch!«

Ein Paar am Nebentisch, wahrscheinlich Deutsche, blickte neugierig herüber.

Der Typ wollte es offenbar nicht auf einen Eklat in der Öffentlichkeit ankommen lassen. Finster blickte er sie an und zischte: »I see you again.« Dann zog er ab.

Anka fühlte sich grauenhaft. Ihr war übel, sie hatte Kopfschmerzen, und ihre Erinnerung an die Ereignisse der vergangenen Nacht war nicht dazu angetan, ihr Befinden zu verbessern.

Eher spielerisch hatte sie begonnen, mit dem Bräutigam zu flirten, aber als er so bereitwillig darauf angesprungen war, hatte sie der Ehrgeiz gepackt. Ob es ihr gelingen würde, einen Mann auf seiner eigenen Hochzeitsfeier zu verführen?

Der Ärger über Jo, zu viel Alkohol und die ausgelassene Stimmung des Abends hatten sich zu einer gefährlichen Mischung verdichtet. Plötzlich hatte sie es wissen wollen. Auf der Tanzfläche, inmitten der wogenden Körper, hatte sie ihn nicht mehr aus den Augen gelassen, und er war darauf angesprungen. Sie wusste, wie man einen Mann heißmachte, und dieser Mann wurde so heiß, dass sie glaubte, seine Hitze über mehrere Meter Entfernung zu spüren. Irgendwann machte er ihr ein Zeichen und war kurz darauf verschwunden. Wenig später folgte sie ihm. Sie sahen sich nur an, sprachen kein Wort miteinander. Sein Blick war gehetzt, aber auch voller Gier. Er griff hinter sich, öffnete die Tür der Männertoilette und zog sie hinein. Sie konnte gerade noch abschließen, da fiel er schon über sie her, und sie war schockiert darüber, wie erregend sie es fand, etwas dermaßen Unanständiges zu tun, an einem abstoßenden Ort, mit dem Risiko, entdeckt zu werden.

Mit der einen Hand öffnete er seine Hose, mit der anderen massierte und saugte er ihre Brüste. Dann griff er unter ihr Kleid, riss ihr den Slip herunter und drang mit zwei Fingern in sie ein. Nach Luft schnappend, presste sie ihren Rücken gegen die Tür, streckte ihm den Unterkörper entgegen, fühlte, wie er sie mit beiden Händen um den Hintern packte und ein Stück anhob. Im nächsten Moment war er in ihr, bewegte sich rhythmisch, stöhnte. Die Lust schwappte in riesigen Wogen über ihr zusammen, fast wäre sie besinnungslos geworden. Mit einem unterdrückten Schrei kam sie zum Höhepunkt, unmittelbar gefolgt von ihm.

Schwer atmend, verharrten sie einige Sekunden, dann machte er sich von ihr los. Immer noch war kein Wort zwischen ihnen gefallen.

Sie war wie berauscht, als sie kurz nach ihm aus der Toilette stolperte.

Und dann stand Petra vor ihr. Zuerst besorgt, dann vorwurfsvoll und ablehnend.

Der Rausch war fast so schnell verflogen, wie er gekommen war.

Sie zog die Knie zur Brust und kauerte sich unter der Bettdecke zusammen. Wenn Jo wüsste, was sie getan hatte. Ein quälendes Gefühl der Scham kroch in ihr hoch. Aber er war doch schuld! Er hatte sie so weit gebracht! Schluchzend vergrub sie ihr Gesicht im Kissen.

Ihre Übelkeit wurde schlimmer. Sie brauchte dringend eine Tasse Tee und etwas in den Magen. Die Frühstückszeit war schon zu Ende, aber das Restaurant war ja durchgehend geöffnet. Sie nahm all ihre Energie zusammen, stand auf und stellte sich unter die Dusche. Dann streifte sie ein Kleid über und verdeckte mit Puder und Concealer die Spuren, die ihre Tränen im Gesicht hinterlassen hatten. Der Schnitt an ihrer Fußsohle brannte immer noch. Sie klebte ein Pflaster darauf.

Auf der Terrasse war niemand zu sehen, alle anderen waren längst unterwegs und vergnügten sich beim Schwimmen, Wasserskifahren oder einem Ausflug über die Insel. Verdammt! Sie könnte so eine gute Zeit hier haben, wenn ihr nicht so schlecht wäre. Ob sie sich ein Virus eingefangen hatte? Vielleicht hatte sie auch einfach nur zu viel getrunken.

Sie blickte sich um. Vom Personal war niemand da, nicht einmal der Barmann, der sonst immer hinter seinem Tresen stand. Endlich kam eine Kellnerin aus der Küche.

»Wo bleiben Sie denn?«, maulte Anka schlecht gelaunt. Sie bestellte Tee, Obst und Zwieback. Scheiß auf die blöden Kohlenhydrate.

Das Wetter war herrlich, die Sonne knallte von einem tiefblauen Himmel, ein frischer Wind blähte die Sonnensegel, die für Schatten auf der Terrasse sorgten, die Palmen schienen ihr zuzuwinken. Vielleicht könnte sie ja später an den Pool gehen.

Nachdem sie die erste Tasse Tee getrunken hatte, fühlte sie sich etwas besser. Sie schenkte sich wieder ein und tauchte einen Zwieback in die heiße Flüssigkeit. Ihr Handy summte. Anruf von Jo!

Vor Aufregung ließ sie den Zwieback auf ihren Teller fallen, wo er zu einem matschigen Häufchen zerfiel. Jo rief fast nie an, wie die meisten Männer telefonierte er nicht gern. Er schickte kurze Mails oder Whatsapp-Nachrichten, um Verabredungen zu treffen. Persönliches besprach er am liebsten persönlich.

Wenn er also anrief, musste es wichtig sein. Und wenn es wichtig war, konnte es nur sie beide betreffen. Sie setzte ein Lächeln auf, bevor sie sich meldete. Man konnte ein Lächeln am Telefon hören, das wusste sie.

»Hallo, Liebster!«

»Hallo, meine Schöne, wie geht's dir?«

»Mir geht's super. Das Haus ist ein Traum, und Freddy und die anderen sind super nett!«

Er blieb einen kurzen Moment stumm, dann hörte sie ein Räuspern.

»Anka, es tut mir leid, dass ich dir die Ferienstimmung vermiesen muss, aber ... es ist was passiert.«

»Was?«

Schlagartig war die Übelkeit zurück. Durch ihren Kopf rasten die aberwitzigsten Gedanken. Seine Frau war unheilbar krank, und er musste sie die nächsten Jahre pflegen. Er musste wegen eines Verbrechens, das er nicht begangen hatte, ins Gefängnis. Er hatte eine andere Frau kennengelernt und sich Hals über Kopf verliebt.

»Ich habe eine interne Information erhalten, dass die Hartmänner aufgeben. Sie melden Insolvenz an. Das bedeutet, die Mitarbeiter von Biobella sind ab sofort freigestellt. Du hast ... keinen Job mehr.«

Anka blieb stumm.

»Es tut mir so leid«, sagte Jo. »Ich hätte dir die Nachricht gern erspart, noch dazu mitten in deinem Urlaub, aber ich hätte es unfair gefunden, dich nicht zu informieren. So kannst du vielleicht schon darüber nachdenken, was du machen willst.«

»Ja«, murmelte Anka. »Danke.«

»Kann ich dir irgendwie helfen?«

»Ich weiß nicht. Ich ... ich glaube nicht.«

»Lass mich wissen, wenn ich was für dich tun kann.« Seine Stimme klang mitfühlend. »Ich umarm dich, meine Schöne.«

Sie drückte den Ausknopf. Sie war schockiert, aber nicht wirklich überrascht. Die Entwicklung war abzusehen gewesen, aber sie hatte die Augen davor verschlossen. Sie und ihre Kollegen hatten sich an die Hoffnung geklammert, dass Jo und sein Team das Steuer herumreißen würden, dass sie die Hartmänner von den nötigen Umstrukturierungen überzeugen könnten. Das war ihnen offensichtlich nicht gelungen.

Mechanisch leerte sie ihre Teetasse und blickte angewidert auf den Zwiebackmatsch, der sich auf ihrem Teller neben der Melonenscheibe und den Ananasstücken ausbreitete.

Nun hatte sie also nicht nur keinen Mann und keine Kinder, sie hatte auch keinen Job mehr. Was würde als Nächstes kommen? Eine Krebsdiagnose?

»Worum geht es im Leben? Es geht um Kontakt, um Beziehung. Darum, uns mit anderen zu verbinden, manchmal nur für kurze Zeit, manchmal für länger.«

Jans sanfte Stimme füllte den Raum. Er bat die Teilnehmer, sich einen Partner zu suchen. Jenny lächelte Petra fragend an, die daraufhin nickte. Sie umfasste Petras Hände, fühlte ihre grazile Form, ihre Wärme, ihr Gewicht. Sie hatte Angst, dass ihre Handinnenflächen zu schwitzen beginnen könnten, vergaß es aber wieder. Konzentriert blickte sie in Petras Augen, deren Farbe zwischen Grau, Blau und Grün changierte, die Iris von einem dunklen Ring umgeben. Sie stellte fest, dass der Blickkontakt sich intimer anfühlte als die Berührung der Hände, und war fast erleichtert, als Jan sagte: »Und nun schließt mal die Augen und konzentriert euch nur auf die Berührung.«

Die Berührung löste sich von der Person, es spielte eigentlich keine Rolle mehr, wessen Hände sie festhielt. Ein überraschendes Gefühl von Nähe entstand. Ihre eigenen Hände schienen etwas Hegendes, Beschützendes zu haben, die Hände ihres Gegenübers schmiegten sich vertrauensvoll hinein.

Am Ende der Übung lächelten Petra und sie sich mit einem warmen Lächeln des Einvernehmens an.

»So, und nun sucht euch bitte einen neuen Partner, ganz egal ob Mann oder Frau, außer ihr habt gegen eines der beiden Geschlechter eine unüberwindliche Abneigung.«

Bevor Jenny sich auf die Suche machen konnte, kam Manfred von der anderen Seite des Raumes zielstrebig auf sie zu.

»Darf ich bitten?« Galant reichte er ihr den Arm, als wollte er sie zum Tanz auffordern.

Jenny lächelte.

»Nun gehen wir gemeinsam einen Schritt weiter und schauen mal, wie viel Vertrauen wir in andere haben. Einer von euch legt sich hin und schließt die Augen. Der andere setzt sich dazu und beginnt, seinen Partner zu berühren. Wo und wie, ist eure Sache. Im Prinzip sind euch keine Grenzen gesetzt, bis zu dem Moment, wo der passive Partner eine Hand hebt. Das ist das Zeichen, dass er etwas nicht möchte. Dann hört ihr bitte sofort auf und geht dahin zurück, wo es für euren Partner in Ordnung war. Bei dieser Übung könnt ihr natürlich, wie immer, eure Kleidung anbehalten oder ablegen, aber bitte sprecht es mit dem Partner ab.«

Jenny fragte sich, wie weit sie diesmal gehen wollte. Vom letzten Workshop wusste sie, dass die Übungen von nun an mehr und mehr Richtung Tantra gehen würden, bis hin zum Angebot von Lingam- und Yoni-Massagen. Lingam war das männliche, Yoni das weibliche Geschlechtsteil, und die ganzheitliche Auffassung des Tantra schloss die Berührung von beiden selbstverständlich mit ein.

Im Harz hatte sie gelernt, dass man den menschlichen Körper nicht als Summe einzelner Teile begreifen sollte, sondern als Ganzes, das eine Einheit mit der Seele bildete. Dass es also Quatsch war, zwischen sexuellen und nicht sexuellen Berührungen zu unterscheiden. Allerdings fand sie es echt schwierig, Männern das beizubringen. Sobald man in die Nähe ihres Lingams kam, vergaßen die alles, was sie über Ganzheitlichkeit gelernt hatten.

Jenny und Manfred standen einander verlegen lächelnd gegenüber.

»Darf ich anfangen?«, fragte Jenny, der es einfacher erschien, den aktiven Part zu übernehmen.

Manfred holte eine Decke, breitete sie sorgfältig auf dem Boden aus und legte sich hin. »Wäre es dir recht, wenn ich mein T-Shirt ausziehe?«

Jenny überlegte kurz. »Lass es erst mal an, bitte.«

Manfred nickte und schloss die Augen. Jenny sah ihn sich zunächst in Ruhe an. Kräftiger Körper. Große Hände mit breiten Fingern, die es offenbar gewohnt waren anzupacken. Muskulöse Arme, kaum behaart. Ausgeprägte Wadenmuskulatur. Vielleicht Fahrradfahrer. Ihr Blick wanderte zögernd zu Manfreds Füßen, die zu ihrer Erleichterung sehr gepflegt waren.

Endlich legte sie ihre rechte Hand auf seinen Handrücken und ließ sie dort für kurze Zeit verweilen. Dann strich sie sanft über seinen Unterarm, glitt an seinem Arm hoch, umfasste seine Schulter und ließ die Hand dann in der Gegend des Schlüsselbeins zur Ruhe kommen. Manfred atmete tief ein und aus, sein Brustkorb hob und senkte sich.

Jennys Hand wanderte weiter über seinen Brustkorb und verharrte schließlich auf seinem Bauch. Ein leichtes Zucken unter dem Stoff seiner Hose verriet ihr, dass er eine Erektion bekam. Früher war sie über diesen Moment jedes Mal froh gewesen, weil sie dann sicher sein konnte, dass es bald vorbei sein würde. Kein Mann hielt sich länger bei einer Prostituierten auf als nötig.

Wäre Manfred ein Kunde gewesen, hätte sie jetzt dankbar zugegriffen, sein halb erigiertes Glied zum Stehen gebracht und die Sache zu Ende geführt, so wie bei Günther.

Ihre Hand auf Manfreds Bauch zitterte. Er schlug die Augen auf und fragte leise: »Ist alles in Ordnung?«

Jenny nickte. »Ich muss mal«, flüsterte sie.

Sie ging in den kleinen Innenhof, setzte sich auf das Mäuerchen dort und holte tief Luft. Warum wiederholte sie zwanghaft, was sie längst hinter sich hatte? Sie bekam ja nicht mal Geld dafür. Es war nur das Gefühl, die Kontrolle zu haben, das sie immer wieder dazu brachte, in ihr altes Muster zu verfallen. Dabei hatte sich dieses Gefühl oft genug als Illusion erwiesen. Sie presste die Fingernägel ihrer rechten Hand so fest in ihr linkes Handgelenk, bis Abdrücke zurückblieben. Damit sie sich daran erinnerte.

Sie kehrte in den Saal zurück. Manfred blickte ihr fragend entgegen. »Möchtest du weitermachen?«

Jenny nickte stumm. Inzwischen hatten die Partner die Positionen getauscht. Sie legte sich hin, schloss die Augen und versuchte sich zu entspannen.

Sie dachte an die Männer, die keinen hochbekommen und ihr die Schuld gegeben hatten. Die sie beschimpft und ihr vorgeworfen hatten, sich nicht genügend anzustrengen oder zu hässlich zu sein.

Da war dieser eine Kunde gewesen, der eine Spur zu energisch aufgetreten, sie ein bisschen zu hart angefasst hatte. Er war ihr zuwider gewesen, und sie hatte gehofft, dass sie ihn sich mit einem Blowjob schnell vom Hals schaffen könnte. Als sie gerade ihre Position verändern wollte, hatte er sie aufs Bett zurückgeworfen und ihr seinen Fuß ins Gesicht gestreckt.

»Nimm sie in den Mund«, befahl er. »Zehenlutschen macht mich an.«

Direkt vor sich sah sie seine Zehen mit den gelblichen, viel zu langen Nägeln und der rissigen, verhornten Haut.

»Tut mir leid«, sagte sie und wollte den Kopf wegdrehen, aber da hatte sie schon seinen Fuß im Mund. Sie würgte, schlug um sich, konnte sich nicht befreien. Da biss sie zu.

Der Mann schrie auf, zog seinen Fuß zurück, schlug ihr ins Gesicht. Und sie erbrach sich neben das Bett.

Es hatte viele unangenehme Situationen in ihrem Berufsleben gegeben, aber nun reichte es. Das war der Tropfen, der das Fass zum Überlaufen brachte.

Von einem Tag auf den anderen hatte sie aufgehört anzuschaffen. Wochenlang hatte sie wie betäubt in ihrer Wohnung gesessen und nicht gewusst, wie es weitergehen sollte. Irgendwann rappelte sie sich wieder auf und fand einen Job in einem Getränkemarkt. Sie brach alle Kontakte zu Kolleginnen ab und verabschiedete sich komplett aus dem Milieu.

Niemand sollte erfahren, was sie früher gemacht hatte. *Gastronomie* war ihre Standardantwort, wenn jemand wissen wollte, in welchem Bereich sie tätig gewesen war. Aber egal wie viel Zeit verging, die Instinkte einer Hure waren immer noch in ihr wach. Das Misstrauen, die Vorsicht, der Wunsch nach Kontrolle. Manchmal fragte sie sich, ob sie ihre Vergangenheit jemals würde abschütteln können.

Manfred saß jetzt hinter ihr und strich mit beiden Händen kräftig ihre Arme entlang, von den Oberarmen bis hinunter zu den Handgelenken. Dort hielt er inne. »Was ist das?«, flüsterte er und fuhr mit der Fingerspitze über die Abdrücke ihrer Nägel im Gelenk.

Sie zog die Hand weg. »Nichts.«

Er massierte ihre Schulterpartie, schließlich umfasste er ihren Kopf, dehnte vorsichtig die Nackenmuskulatur und hielt ihn, bis Jenny endlich loslassen konnte. Er tat nichts, als ihren Kopf in seinen großen, warmen Händen zu halten, und für einen Moment fühlte sie sich vollständig geborgen.

Als Suse nachmittags zum Hotel zurückkehrte, entdeckte sie einen Polizeiwagen und zwei Kleinbusse. Sie stellte ihr Fahrrad ab und ging über die Wiese in Richtung Terrasse. Dort stieß sie auf Jenny und Günther, die sich auf Sonnenliegen rekelten.

»Sagt mal, was geht denn hier ab?«, fragte Suse alarmiert. »Wieso sind denn die Bullen da?«

»Na, deinetwegen natürlich«, sagte Günther. »Deine Guerillaaktion von heute Morgen kam gar nicht gut an. Der Direktor ist total ausgeflippt. Deine Sachen hat die Polizei schon einkassiert, jetzt warten se nur noch darauf, dass se dich einbuchten können. Stimmt's, Jenny?«

»Stimmt«, pflichtete Jenny ihm mit ernster Miene bei.

Unruhig trat Suse von einem Bein aufs andere. Schließlich sagte sie unsicher: »Ihr verarscht mich, oder?«

Die beiden brachen in Gelächter aus. Jenny tätschelte ihr die Hand. »Hast du das jetzt wirklich alles geglaubt, Schätzchen?«

»Natürlich nicht«, sagte Suse trotzig. Sie hasste es, reingelegt zu werden.

»Also, wieso sind die da?«

»Keine Ahnung.« Jenny drehte sich auf den Bauch. »Ich habe eine Massage bei dir gut, Günther.«

»Klar, ick bin ja hier nicht auf Urlaub.« Er grinste gutmütig, öffnete Jennys Bikinioberteil, verteilte einen Spritzer Sonnenöl auf ihrem Rücken und begann sie dann zu massieren.

»Mmmmh, man merkt, dass du ein Profi bist.«

»Das Kompliment kann ick zurückgeben.«

Jenny drehte den Kopf zur Seite, sodass sie ihn ansehen konnte. »Was ... meinst du denn damit?«

»Nicht was du denkst!«, sagte Günther lachend. »Dass du Erfahrung hast, ebend.«

Suse war von den Vorgängen im Inneren des Hotels abgelenkt und hatte den Dialog nur mit halbem Ohr verfolgt. Sie ließ sich auf eine Liege plumpsen und beobachtete durch die weit geöffneten Terrassentüren, was sich vor der Rezeption abspielte.

Mitarbeiter standen mit ernstem Gesicht in Grüppchen herum und diskutierten, der Direktor lief aufgeregt hin und her und schnauzte die Empfangsdame an, die ihm das Telefon reichen wollte.

»Da stimmt doch was nicht«, sagte Suse. »Der Direktor tickt ja komplett aus.«

Nun wurde auch Jenny neugierig. »Danke, Günther, du bist ein Schatz.« Sie machte ihr Bikinioberteil wieder zu und setzte sich auf.

»Ich hol uns mal was zu trinken.«

Günther ging an die Bar und unterhielt sich mit dem Barkeeper. Mit einer großen Flasche Mineralwasser und drei Gläsern kam er zurück an den Pool.

»Da ist 'ne große Nummer am Laufen«, sagte er. »Irgendwas mit Schwarzarbeit, illegale Beschäftigung und so. Wie's aussieht, hat die Polizei 'nen Tipp gekriegt, und jetzt steckt der Direktor bis zum Hals in der Scheiße.«

Suse wurde blass. Sie stand auf und ging schnell zur Rezeption. Entsetzt beobachtete sie, wie mehrere Angestellte von Polizisten abgeführt und in die Kleinbusse vor dem Hotel gesetzt wurden. Darunter der nette Kellner, der abends immer das Essen servierte, einer der Gärtner, ein Zimmermädchen, mit dem sie schon ein paar Worte gewechselt hatte. Das durfte ja wohl nicht wahr sein!

Sie entdeckte den Polizisten mit dem Ziegenbärtchen und stürmte auf ihn zu. »What's going on? Where do you take these people?«

Er hielt seinen Arm wie eine Schranke vor sie und verstellte ihr den Weg.

»What are you doing?«, rief sie. »These people are absolutely innocent!«

Er warf ihr einen arroganten Blick zu und fuhr mit dem Daumen über sein Bärtchen. »That's what you wanted. Thank you for your help!«

Wovon redete dieser Schwachkopf? Dann dämmerten ihr die Zusammenhänge. Der Bulle musste seit ihrer Begegnung am Morgen glauben, sie sei Journalistin und arbeite an einem Artikel über die schlechten Lebensbedingungen der marokkanischen Gastarbeiter. Sie selbst hatte das Thema Schwarzarbeit erwähnt und – das fiel ihr jetzt auch wieder ein – ihm gesagt, in welchem Hotel sie wohnte. Da lag es nahe, mit einer spektakulären Razzia ein bisschen amtlichen Aktionismus zu demonstrieren. So konnte niemand behaupten, die Behörden würden nicht tätig werden, wenn sie von Missständen erfuhren.

»You bastard. That's exactly not what I wanted!«, zischte sie.

Wieder trug er seinen überheblichen Gesichtsausdruck zur Schau. »You don't fuck with me. Understand?«

Damit drehte er sich um und folgte seinem Kollegen.

Suse war außer sich. Fieberhaft überlegte sie, was sie tun könnte, um den Leuten zu helfen, aber ihr fiel nichts ein. Selbst wenn sie zugeben würde, dass sie keine Journalistin und der angebliche Artikel ein Fake war, wäre es jetzt zu spät.

Plötzlich wurde es laut. Vor seinem Büro stritt der Direktor mit zwei anderen Polizisten, die vergeblich versuchten, ihn zu besänftigen. Als er nicht aufhören wollte herumzubrüllen, nahm einer der beiden ein Paar Handschellen von seinem Gürtel und drohte, ihn festzunehmen. Daraufhin verschwand der Direktor türenknallend in seinem Büro. Die beiden Polizisten berieten sich kurz, dann verließen sie das Hotel. Gleich darauf fuhren die beiden Kleinbusse los, gefolgt von dem Polizeiwagen.

Auch andere Gäste waren inzwischen aufmerksam geworden und hatten das Spektakel mit wachsendem Erstaunen verfolgt.

»Was ist denn hier los?«, fragte Petra. »Wieso haben sie die Leute mitgenommen?«

Günther wiederholte, was er von Alfonso, dem Barkeeper, erfahren hatte.

»Dann sind das also alles Schwarzarbeiter?«, fragte Petra.

»Sieht so aus«, sagte Jenny. »Die Armen, die haben sich das bestimmt nicht ausgesucht. Was passiert denn jetzt mit denen? Werden die bestraft? Oder sogar abgeschoben?«

»Die kommen jedenfalls nicht ungeschoren davon«, sagte Manfred. »Früher lief das hier in Spanien alles ziemlich lax, aber inzwischen greifen die hart durch. Der Direktor bekommt bestimmt eine Anzeige. Das wird teuer.«

»Geschieht ihm recht«, sagte Petra.

»Der findet aber nicht, dass er was falsch gemacht hat«, sagte Jenny, die mit ihren spärlichen Spanischkenntnissen zumindest Teile des Disputs zwischen dem Direktor und der Polizei verstanden hatte. »Er hat die Polizisten gefragt, wie er ohne Personal ein Hotel führen soll, und gebrüllt, dass legale Arbeitskräfte nicht zu kriegen sind.«

»Wahrscheinlich hat er noch det Gefühl, den Leuten wat Gutes getan zu haben«, fügte Günther hinzu. »So nach dem Motto: Ist doch besser, die arbeeten schwarz als gar nich.«

Die Diskussion ging weiter, aber Suse hörte nicht mehr zu. Ihr war zum Kotzen zumute. Was hatte sie nur angerichtet! Mit ihrem Manöver hatte sie zwar die Behörden auf den Plan gerufen, aber die dachten gar nicht daran, was für die Marokkaner zu tun, ganz im Gegenteil. Sie lochten sie ein.

Dieser verdammte Scheißbulle!

Zum Abendessen gab es kein von aufmerksamen Kellnern serviertes Drei-Gänge-Menü wie am ersten und zweiten Abend, keine hübsch gedeckten Tische mit Tischtüchern und Stoffservietten, keine liebevolle Deko mit Blumen und Windlichtern. Stattdessen ein improvisiertes Büfett mit ein paar Tapas, Aufschnitt und Tomaten.

Die Hochzeitsgäste waren abgereist und die Mitglieder der Paradies-Gruppe nun unter sich. Während sie herumsaßen und über die Ereignisse des Nachmittages diskutierten, kam Jan aus Richtung des Direktorenbüros. Er sah angespannt aus und bat um Ruhe.

»Ihr Lieben, es tut mir sehr leid, aber ich habe euch eine unangenehme Mitteilung zu machen. Durch eine ... Indiskretion ist den Behörden zu Ohren gekommen, dass hier einige nicht angemeldete Arbeitskräfte beschäftigt waren ...«

»Einige?«, unterbrach Günther. »Soweit wir das mitgekriegt haben, handelt es sich um den größten Teil der Belegschaft.«

»Die genauen Zahlen kenne ich noch nicht«, sagte Jan. »Aber es ist tatsächlich so, dass der Personalstab ... deutlich geschrumpft ist, sodass mit Einschränkungen beim Service und der Versorgung zu rechnen ist.«

Verärgertes Murmeln, Ausrufe der Enttäuschung, traurige und zornige Mienen.

»Für euch gibt es nun verschiedene Optionen«, fuhr Jan fort. »Ihr könnt selbstverständlich abreisen. Ihr könnt auch erst mal abwarten, denn natürlich wird die Direktion alles unternehmen, um die Lage in den Griff zu bekommen. Dritte

Option: Ihr bleibt auf der Insel und sucht euch eine andere Unterkunft. Das könnte allerdings schwierig werden, weil die anderen Hotels schon geschlossen sind. Ihr müsstet also eine private Unterkunft finden. Ich habe natürlich Verständnis, falls jemand abreisen möchte, freue mich aber über jeden, der bleibt.«

Die Teilnehmer sahen sich ratlos an. In kleinen Grüppchen wurde diskutiert.

»Natürlich sind alle Optionen mit der Rückerstattung von Geld verbunden, jeweils anteilmäßig. Leider ist es so, dass ihr eure Ansprüche zunächst mir gegenüber geltend machen müsst und ich für euren Schaden aufzukommen habe. Anschließend kann ich das Geld dann vom Hotel einfordern.«

Er hob die Hand und machte der einzig verbliebenen Kellnerin ein Zeichen. Die brachte daraufhin mehrere mit Eiswürfeln gefüllte Weinkühler, aus denen Flaschenhälse ragten.

»Der Hoteldirektor bedauert die Unannehmlichkeiten und schickt euch diesen Gruß. Er wird sich auch noch persönlich bei euch entschuldigen.«

Wie aufs Stichwort erschien der korpulente kleine Mann, der bisher gut gelaunt im Hotel herumgesaust war und für jeden Gast ein freundliches Wort gehabt hatte. Jetzt wirkte er mitgenommen. Sein Gesicht war fahl, und seine wenigen verbliebenen Haare waren nicht, wie sonst, ordentlich über die Glatze gekämmt, sondern standen wirr in alle Richtungen ab. Er räusperte sich und erklärte in ziemlich gutem Deutsch, wie sehr er die Vorgänge im Hotel bedauere und wie dankbar er sei, dass sie, die Gäste, so kooperativ und verständnisvoll seien. Er werde alles dafür tun, dass die wenigen verbliebenen Mitarbeiter ihnen den Aufenthalt weiterhin so angenehm wie möglich gestalteten. Als kleine Geste der Dankbarkeit sei heute – ebenso wie an allen weiteren Abenden der Woche – eine begrenzte Menge Wein als Geschenk des Hauses im Preis enthalten. Er erhob das Glas, trank auf das Wohl der Anwesenden und verschwand.

»Und was ist mit Schadenersatz, Jan?«, fragte Günther. »Warum hat er dazu kein Wort gesagt?«

»Dafür muss er mit seiner Konzernleitung reden. Außerdem ist der entstandene Schaden erst mal schwer zu beziffern, weil wir nicht wissen, was die Verantwortlichen zur Schadensbegrenzung unternehmen werden.«

Die rothaarige Frau meldete sich zu Wort. »Erklärst du uns bitte, was du mit der Formulierung *durch eine Indiskretion* gemeint hast?«

Jan war die Frage sichtlich unangenehm. »Das möchte ich nicht weiter ausführen.«

»Es wäre aber interessant zu erfahren, wer uns diesen Schlamassel eingebrockt hat.«

Zustimmendes Murmeln und Nicken.

»Davon habt ihr doch nichts, wenn ich euch das sage.« Jans Blick verweilte unbewusst für einen Sekundenbruchteil auf Suse.

Plötzlich wurde es ganz ruhig.

»Sieh mal an«, sagte die rothaarige Frau. »Unsere Weltenretterin. Warum überrascht mich das jetzt nicht?«

»Du warst das?«, fragte Petra verständnislos. »Du hast die Leute an die Polizei verraten?«

»Was hast du dir bloß dabei gedacht?«, fragte Jenny empört. »Die sind doch jetzt arbeitslos! Vielleicht werden sie sogar bestraft!«

»Aber der böse Kapitalistendirektor kriegt eine aufs Maul«, sagte Günther bissig. »Biste jetzt zufrieden?«

Suse spürte den Zorn der Gruppe wie eine Welle auf sich zurollen und verschränkte schützend die Arme vor der Brust. Sie wollte sich verteidigen, erklären, was geschehen war. Woher hätte sie ahnen sollen, dass die Polizei eine Kontrolle im Hotel machen und Leute verhaften würde? Aber sie schaffte es nicht, den Mund aufzumachen. Mit gesenktem Kopf saß sie da und starrte auf die Tischplatte.

»Seit fünfundzwanzig Jahren muss ich jeden Tag kochen«, sagte Petra mit enttäuschtem Blick auf das karge Büfett. »Jeden einzelnen Tag! Ich hatte mich so darauf gefreut, mich mal verwöhnen zu lassen.«

»Wisst ihr, wie lange ick keinen Urlaub mehr hatte?«, fragte Günther. »Sechs Jahre! Ehekrise, Umzug, Scheidung, Praxis neu aufgebaut. Ick bin so was von sauer, kann ick euch sagen!«

Anka, die sich von Petra hatte überreden lassen, aufzustehen und zum Essen mitzukommen, rief theatralisch: »Ich musste mir Geld leihen, um mir diesen Urlaub leisten zu können! Und heute habe ich auch noch erfahren, dass ich meinen Job verloren habe!«

Zornige Blicke richteten sich von allen Seiten auf Suse.

»Wie stellst du dir das jetzt vor?«, fragte die Rothaarige. »Willst du vielleicht ab morgen für uns kochen? Machst du die Betten, putzt du die Badezimmer?«

Die Frau starrte sie wütend an.

»Wie sieht es denn mit Rückflügen aus?«, rief jemand.

Ronnie tippte auf seinem Smartphone herum. »Schlecht. Charterflüge gibt's nur am Wochenende, und da fliegen wir ja sowieso alle ab. Bis dahin nur Linie. Frankfurt vierhundertzwanzig, Berlin dreihundertachtzig, München genauso viel.«

Mehrere aus der Gruppe stöhnten auf. »So teuer!«

Jenny meldete sich zu Wort und gab zu bedenken, dass Jan all diese Kosten tragen müsse und wie ungerecht das sei, weil er doch gar keine Schuld an der Situation habe. »Wollt ihr wirklich euren Urlaub abbrechen, nur weil hier nicht mehr alles perfekt läuft?«

»Eigentlich müsste sie für den Schaden aufkommen«, sagte die Rothaarige und warf Suse einen giftigen Blick zu. »Schließlich hat sie uns das eingebrockt.«

»Du kannst sie ja verklagen«, sagte Jenny kühl.

Plötzlich ertönte ein monotoner Singsang. Die Gruppe verstummte. Alle blickten befremdet auf Larissa, die sich auf ihren Stuhl gestellt hatte und die Arme auf und ab bewegte, als dirigierte sie ein unsichtbares Orchester. Ihr weißes Gewand mit den flatternden Ärmeln gab ihr das Aussehen eines großen Vogels, der gleich losfliegen würde.

Als es ruhig geworden war, ließ sie die Arme sinken.

»Meine Engel sagen, dass ich euch das Geld geben kann«, verkündete sie. »Sie sagen, Geld ist was ganz Abstraktes, wenn ich es weggebe, macht das keinen Unterschied. Also, wer von euch möchte nach Hause fliegen?«

Allgemeine Irritation, fragende Blicke. Was erzählte die denn da?

»Du willst uns die Flüge zahlen?«, fragte Anka ungläubig.

»Hab ich doch gesagt.«

»Ist gut, Larissa«, sagte Jan, nahm sie sanft am Arm und half ihr vom Stuhl herunter. »Das ist sehr nett von deinen Engeln, aber wenn jemand die Flüge bezahlt, dann ich.«

Plötzlich erwachte Suse aus ihrer Erstarrung. »Was würdet ihr tun, wenn jemand vor euren Augen bedroht wird?«, fragte sie vernehmlich.

Nun richtete sich die Aufmerksamkeit auf sie. »Was soll das? Wieso fragst du?«

»Weil ich was kapieren will. Immer heißt es, die Leute hätten nicht genug Zivilcourage. Und wenn man sich dann einmischt, heißt es, man solle sich gefälligst raushalten. Was soll man denn nun machen?«

Niemand antwortete ihr. Die Diskussionen um eine vorzeitige Abreise wurden fortgesetzt, und keiner nahm mehr Notiz von ihr. Sie fühlte sich wie ein Tier, das von der Herde verstoßen wurde.

Suse blickte auf die Palmen jenseits der Terrasse, die sich in der Dunkelheit wiegten und leise rauschten. Darüber sah sie den Mond und einige Sterne, hie und da glitt eine Wolke vorbei wie ein leuchtendes Schiff.

Alles könnte so schön sein. Warum konnte sie es nicht einfach genießen? Warum musste sie immer das andere sehen, das, was nicht schön war?

Montag

Jenny hatte sich fest vorgenommen, sich den Urlaub nicht verderben zu lassen. Und am nächsten Morgen stellte sie fest, dass sich gar nicht so viel verändert hatte. Das Frühstücksbüfett war weniger reichhaltig als an den Tagen davor, und Jan hatte darum gebeten, das Geschirr nach den Mahlzeiten selbst in die Küche zu tragen. Sie vermisste nur den freundlichen dunkelhäutigen Mann, der sonst um diese Zeit mit seinem Kescher Blätter und totes Ungeziefer aus dem Pool gefischt hatte.

Inzwischen wusste sie, dass von den ursprünglich achtzehn Mitarbeitern noch vier übrig waren. Aber, meine Güte, vier Leute Personal für zwanzig Gäste, das war doch kein Problem, wenn sie alle ein bisschen mit anpackten! Und wenn irgendwas nicht so glatt liefe, wäre das auch kein Weltuntergang. Sie brauchte nicht jeden Tag frische Handtücher, und wenn sie mal ums Waschbecken herum wischen oder das Klo putzen müsste, fiele ihr auch kein Zacken aus der Krone.

Hauptsache, Alfonso, der freundliche Barmann, blieb ihnen erhalten. Bei ihm waren sie am Vorabend zu später Stunde gestrandet: Petra, Günther, Manfred und sie. Anka war es nicht gut gegangen, und Suse hatte sich ebenfalls früh zurückgezogen. Kein Wunder, die Kleine war völlig fertig gewesen.

»Sogar du bist sauer auf mich«, hatte sie traurig zu Jenny gesagt. »Du hast doch bisher zu mir gehalten.«

Es hatte ihr einen Stich versetzt. »Ich bin nicht sauer auf dich, aber ich verstehe, dass die anderen enttäuscht sind.

Die hatten sich auf einen tollen Urlaub gefreut, und jetzt ist es fast wie zu Hause, nur ein bisschen wärmer.«

»Fährst du zurück?«, hatte Suse gefragt.

»Ich denke ja nicht dran. So schnell kriegst du mich nicht los!«

Es war dann trotz der Aufregung und des Ärgers noch ein netter Abend geworden. Petra hatte von ihren Schülern erzählt und wie stolz sie jedes Mal war, wenn alle die Klasse erfolgreich abgeschlossen hatten – auch die, denen es vorher niemand zugetraut hatte. Sie träume davon, in einer Schule zu arbeiten, in der Lehrer und Schüler sich als Team verstünden und alle Kinder die gleichen Chancen bekämen, egal aus welcher sozialen Schicht sie stammten. Sie war Feuer und Flamme gewesen bei dem Thema, und Jenny hatte sich gefragt, warum Petra bei der Vorstellungsrunde solche Mühe gehabt hatte, ihre Leidenschaft zu benennen.

Günther war ein bisschen sentimental geworden und hatte unaufhörlich Whatsapp-Nachrichten an seine Söhne geschickt, bis der Ältere ihm zurückgeschrieben hatte: *Jetzt chill mal, Daddy, ich hab dich auch lieb, aber ich hab grade echt keine Zeit.*

Manfred, der bis dahin immer sehr zurückhaltend gewesen war, hatte von seiner Leidenschaft für Brieftauben erzählt. Dass es noch Leute gab, die Brieftauben züchteten, überraschte Jenny. Er hatte ihr erklärt, Brieftauben seien inzwischen ein Riesengeschäft, die teuerste sei vor kurzem für über dreihunderttausend Euro an einen Chinesen verkauft worden. Bolt heiße sie, nach Usain Bolt, dem Rennläufer. Die Chinesen seien große Zocker und verrückt nach den Tieren, manche Züchter hätten sich schon eine goldene Nase verdient.

»Aber mir geht es nicht ums Geld. Ich finde Tauben einfach faszinierend. Dass die immer wieder nach Hause zurückfinden! Bis heute weiß man nicht, wie sie das machen. Und wisst ihr, was das Schönste ist? Wenn ein Wettbewerb läuft und du verrenkst dir den Kopf und schaust in den Himmel und denkst, jeden Moment muss deine Taube auftauchen – und dann kommt sie. Erst ist sie ein winziger Punkt, dann wird sie größer, und schließlich erkennst du sie und weißt, sie kommt zu dir zurück. Sie kommt immer zu dir zurück.«

Seine Augen waren feucht geworden. Allen war klar, dass er an seine Frau dachte, die aus dem Krankenhaus nicht mehr zu ihm zurückgekehrt war. Jenny hatte stumm seinen Arm gedrückt. Günther hatte noch eine Runde bestellt und versucht, mit Petra zu flirten, es aber bald wieder aufgegeben.

Alfonso hatte mit ihnen getrunken und ihnen aus seinem Leben erzählt. Je später es wurde, desto haarsträubender wurden seine Geschichten, in denen er Frauen rettete, gefährliche Tiere jagte oder Verbrecher und Diktatoren in die Flucht schlug. Allmählich wurde seine Aussprache immer verwaschener, und nach jeder Anekdote hob er sein Glas und prostete ihnen mit den Worten *life is beautiful* zu.

Irgendwann rutschte er hinter seinem Tresen zu Boden, und es sah aus, als wäre er eingeschlafen. Sie versuchten, ihn zu wecken, bevor sie ins Bett gingen, aber er murmelte nur einen Gutenachtgruß und hob kurz die Hand.

Vor dem Frühstück hatte Jenny unauffällig kontrolliert, ob er womöglich immer noch dort lag, aber er war verschwunden. Genauso wie die Spuren ihres Trinkgelages.

Petra hatte ihr Frühstück beendet und kehrte zum Bungalow zurück.

Anka saß wach im Bett und blickte ihr mit einem kläglichen Ausdruck entgegen.

Petra unterdrückte ihren Ärger und versuchte Anteilnahme zu zeigen. »Und? Wie geht's dir?«

Anka zuckte die Schultern. »Es kommt in Wellen. Morgens ist es am schlimmsten.«

»Tut mir leid, dass ich gestern so ausgerastet bin, das war nicht in Ordnung von mir.«

»Ist schon okay. Du hast eben ziemlich strenge Moralvorstellungen.«

Petra fragte sich, ob das stimmte. War es nicht vielmehr Anka, die ziemlich lockere Moralvorstellungen hatte? Schweigend packte sie Handtücher, Sonnenmilch und Zeitschriften in ihre Strandtasche. Sie wollte den Tag nutzen, morgen sollte das Wetter umschlagen.

»Seit zwei Tagen habe ich ständig das Gefühl, ich müsste mich übergeben«, jammerte Anka. »Das kann doch kein Kater mehr sein!«

»Vielleicht bist du ja schwanger.«

»Schwanger?« Anka schnappte erschrocken nach Luft. »Ich kann nicht schwanger sein. Ich nehme die Pille.«

»Dann ist ja alles in Ordnung.« Petra ging zur Tür. »Gute Besserung.«

»Warte!«, rief Anka. »Vielleicht ...«

»Was denn?«

»... ein-, zweimal habe ich sie vergessen, aber dann habe

ich sie gleich am nächsten Tag genommen. Das ist doch nicht schlimm, oder?«

»Kommt auf die Pille an.«

Anka griff neben sich in die Schublade des Nachtkästchens. »Hier, das ist sie.«

Sie wollte ihr die Packung reichen, aber Petra winkte ab. »Ich bin doch keine Pillenexpertin«, sagte sie ungeduldig. »Wann hattest du denn zuletzt deine Tage?«

Anka überlegte. »Weiß nicht. Bei dieser Pille kriegt man keine richtige Blutung.«

»Dann musst du eben einen Test machen.«

Sie war schon halb zur Tür hinaus, da rief Anka: »Woher soll ich denn jetzt einen Test kriegen?«

Petra ignorierte die Bemerkung und zog die Tür hinter sich zu. Sie hatte schon bemerkt, dass Anka gern andere für sich einspannte. Aber nicht mit ihr.

In diesem Moment stellte sie fest, dass sie ihre Sonnenbrille vergessen hatte. Sie kehrte um und fing an, den Bungalow abzusuchen.

»Hör mal, ich weiß, dass du sauer auf mich bist«, vernahm sie Ankas zittrige Stimme. »Aber ... mir geht's wirklich sehr schlecht.«

Gleich fängt sie an zu weinen, dachte Petra. Genervt drehte sie sich um. »Mach nicht so ein Drama. Was willst du denn von mir?«

»Vielleicht ... könntest du mir so einen Test besorgen?«

Petra seufzte resigniert. »Ich muss wirklich bescheuert sein.«

Erleichtert ließ Anka sich zurück in ihr Kissen fallen. »Danke, Petra! Das ist so lieb von dir! Und bitte bring auch was gegen die Übelkeit mit! Und wenn's geht, eine Cola!«

Es war kurz vor ihrem zweiunddreißigsten Geburtstag gewesen, als sie im Schreibtisch von Matthias etwas gesucht und dabei ganz unten in einer Schublade, versteckt unter einem Stapel Papiere, eine Rechnung gefunden hatte: einen Beleg für den Kauf von zwei Konzertkarten. Robbie Williams. Am 24. Oktober. Und zwar im Palau Sant Jordi in Barcelona.

Unbändige Freude war in ihr hochgeschossen. Schon lange hatte sie davon geträumt, ihren Lieblingssänger live zu erleben – und nun würde Matthias ihr diesen Wunsch erfüllen! Der 24. Oktober war ein Freitag, obendrein war es mitten in den Herbstferien. Der ideale Zeitpunkt für ein Wochenende zu zweit. Sie rief ihre Eltern an, um zu fragen, ob sie an diesem Wochenende die Mädchen nehmen könnten.

»Aber kein Wort zu Matthias!«, bat sie. »Er will mich überraschen. Ich habe es zufällig herausgefunden, und ich möchte ihm die Freude nicht verderben.«

In den Tagen bis zu ihrem Geburtstag war sie aufgeregt und glücklich gewesen wie lange nicht. Ihr Leben schien perfekt zu sein. Sie war jung, sie war gesund, sie hatte zwei wunderbare Töchter, sie hatte einen Mann, der sie liebte und ihr die Wünsche von den Augen ablas.

Am Geburtstagsmorgen überreichte Matthias ihr einen Gutschein für ein Drei-Gänge-Menü in einem neu eröffneten Feinschmeckerlokal in Frankfurt, küsste sie auf beide Wangen und sagte: »Da wolltest du doch so gern mal hin, oder? Ich hab uns für Samstag einen Tisch reserviert.«

Fassungslos starrte sie auf den Gutschein, dann auf Matthias. Da Eva und Marie um sie herumhopsten und unbedingt ihre selbst gebastelten Geschenke überreichen wollten, ließ sie sich nichts anmerken und bedankte sich artig.

Erst als sie nach dem Frühstück allein in der Küche waren und das Lachen der Mädchen durch die geöffneten Fenster vom Garten hineindrang, sagte sie: »Und mit wem gehst du am vierundzwanzigsten Oktober ins Robbie-Williams-Konzert?«

Seinen Gesichtsausdruck würde sie ihr Leben lang nicht vergessen. Er wurde so bleich, als wäre ihm alles Blut aus dem Kopf nach unten gesackt. Er sah aus, als würde er gleich kollabieren.

»Äh ...«, stammelte er schließlich. »Ich weiß nicht, wovon du sprichst. Am vierundzwanzigsten Oktober bin ich auf einer Tagung in Berlin.«

Wortlos ging sie aus der Küche ins Arbeitszimmer, griff nach der Rechnung für die Konzertkarten, kehrte in die Küche zurück und hielt sie ihm vor die Nase. Er ließ sich auf einen Stuhl fallen.

Und dann beichtete er ihr die Geschichte von Fanny, der jungen Praktikantin, die ein wichtiger Kunde ihm aufs Auge gedrückt habe, die aber so intelligent und fleißig sei, dass sie sich in kürzester Zeit zu seiner Assistentin hochgearbeitet habe.

»Hochgebumst, meinst du wohl.« Ihre Stimme war so kalt und beherrscht, dass es sie selbst erstaunte.

Matthias ging nicht darauf ein. Wie im Fieber spulte er weiter seine Geschichte ab, als hätte er nur darauf gewartet, sie endlich erzählen zu können, mit einer seltsam anmutenden Mischung aus Schuldbewusstsein und Stolz, dass ein so junges Ding sich in ihn verknallt hatte.

Seine Worte verschwammen in einem endlosen Redefluss, dem sie nicht mehr folgte. Sie ließ ihren Blick über das benutzte Frühstücksgeschirr wandern, bemerkte die Spuren von Nutella auf den Tellern der Mädchen, einen angebissenen Brötchenrest, zusammengeknüllte Servietten und Krümel auf dem Tischtuch. Die Kaffeekanne auf dem Stövchen, weiß mit bunten Streublümchen, von irgendeiner teuren Porzellanmanufaktur, das Hochzeitsgeschenk ihrer Schwiegereltern.

Sie streckte die Hand aus, griff nach der Kanne und schleuderte sie mit aller Kraft gegen den Küchenschrank. Die gläserne Schranktür zersplitterte, die Kanne fiel zu Boden und zerbrach. Auf dem Küchenboden mischten sich Glasscherben mit geblümten Porzellanscherben und Resten von Kaffee.

Matthias brach ab, starrte zuerst auf die Scherben, dann auf sie.

Sekundenlang standen sie sich wortlos gegenüber, dann rannte sie aus der Küche und schloss sich im Schlafzimmer ein. Matthias machte einen halbherzigen Versuch, mit ihr zu reden, aber weil sie nicht darauf einging, ließ er es auf sich beruhen. Wenige Tage später stellte sie fest, dass sie schwanger war.

Es begann eine Phase, die sie bei sich *die bleierne Zeit* nannte und die eigentlich erst mit der Geburt von Simon allmählich zu Ende ging. Und das auch nur, weil der Alltag sie so beanspruchte, dass sie keine Zeit hatte, sich mit ihren Gefühlen zu beschäftigen. Weil sie glaubte, den Kindern ein harmonisches Familienleben schuldig zu sein. Weil Matthias immer mehr arbeitete und immer weniger zu Hause war und sie es sich nebeneinander eingerichtet hatten in ihrem fast perfekten Leben. Nur dass der Schmerz von damals nie wirklich vorbeigegangen war. Natürlich wusste sie, dass Männer ihre Frauen betrogen und Frauen ihre Männer. Dass es Schlimmeres gab und dass man verzeihen lernen musste, weil niemand unfehlbar war. Sie hatte Matthias seinen Seitensprung verziehen, aber sie vertraute ihm nicht mehr. Und eigentlich auch sonst niemandem.

Als Petra in den Bungalow zurückkam, hörte sie Anka im Bad würgen.

Na super. Hoffentlich hatte sie wenigstens das Klo getroffen. In der Zeit, als die Kinder klein waren, hatte sie so viel Kotze aufgewischt, dass es für den Rest ihres Lebens reichte.

Nach einer Weile kam Anka aus dem Bad. Sie sah fertig aus.

»Wie geht's dir?« Petra versuchte ihrer Stimme einen freundlichen Klang zu geben.

»Beschissen.« Anka ließ sich auf die Bettkante sinken.

Petra reichte ihr den Schwangerschaftstest, den sie mithilfe des Google-Übersetzers in der Apotheke gekauft hatte, und das Mittel gegen die Übelkeit. Nur die Cola hatte sie vergessen.

Anka bedankte sich und sah die Schachtel mit dem Test an, als enthielte sie eine explosive Substanz. »Wie funktioniert der denn?«

»Na, wie schon. Du nimmst das Stäbchen und pinkelst drauf.«

Anka ging zurück ins Bad, die Tür ließ sie angelehnt. Petra hörte es rascheln, als die Verpackung geöffnet wurde, und plätschern, als Anka auf den Streifen urinierte. Danach blieb es still. Sie las die Nachrichten auf ihrem Handy. »Anka?«, fragte sie nach einer Weile.

Keine Antwort. Sie ging ins Bad. Anka saß zusammengesunken auf der Klobrille. Als sie Petra bemerkte, hob sie ihr tränenüberströmtes Gesicht. Wortlos hielt sie den Teststreifen in die Höhe, auf dem sich gut sichtbar ein breiter, rosa Balken abzeichnete.

Jenny trug ihr Geschirr in die Küche. Die junge Spanierin, die als Einzige noch dort arbeitete, bedankte sich.

»Puedo ayudar usted?«, fragte Jenny, aber die Frau winkte ab. Sie wollte keine Hilfe.

Vor der Küche traf Jenny auf Manfred, der erfreut wirkte, sie zu sehen. »Lust auf einen Spaziergang?« Er lächelte sie an.

Spazieren gehen gehörte nicht zu ihren Lieblingsbeschäftigungen. Sie lag lieber entspannt in einem Liegestuhl, bevorzugt mit einem alkoholischen Getränk in der Hand. Aber konnte sie Manfred diesen Wunsch abschlagen? Der Mann hatte so viel durchgemacht.

»Warum nicht«, sagte sie also. »Ich hole nur noch meine Jacke.«

Wenig später gingen sie den Strand entlang. Wolken hatten sich vor die Sonne geschoben, und ein leichter Wind war aufgekommen. Nach der Hitze der letzten Tage empfand Jenny die kühle Luft als angenehm.

Sie sprachen über dies und das, aber der Gedanke an Manfreds tote Frau ließ sie nicht los. Endlich gab sie sich einen Ruck. »Darf man dich eigentlich ... nach deiner Frau fragen?«

»Na klar.«

Sie wollte wissen, wie lange er mit seiner Frau zusammen gewesen sei, und er erzählte, dass sie sich schon als Kinder gekannt hätten. Als er zwölf gewesen war, zogen seine Eltern mit ihm in eine andere Stadt, und der Kontakt brach ab. Zwanzig Jahre später trafen sich die beiden durch einen Zufall wieder.

»Habt ihr Kinder?«

Er seufzte. »Wir haben uns welche gewünscht, aber es hat nicht geklappt. Als Moni doch noch schwanger wurde, haben die Ärzte gleichzeitig den Tumor diagnostiziert. Dann ... konnte sie das Kind nicht mehr bekommen.«

Schweigend gingen sie nebeneinanderher.

Nach einer Weile fragte Jenny: »Was ... für ein Krebs war es denn?«

»Brustkrebs«, antwortete Manfred. »Nach jahrelanger Quälerei hat man ihr schließlich beide Brüste abgenommen. *Lieber ohne Brüste leben als mit Brüsten sterben,* das hat sie gesagt. Am Ende ist sie ohne Brüste gestorben.«

Der Sand knirschte unter ihren Füßen, die Gischt der anbrandenden Wellen spritzte immer höher. Auch der Wind war stärker geworden, und sie mussten sich richtiggehend dagegenstemmen.

»Wie hast du das bloß alles ausgehalten?«

Er zuckte die Schultern. »Wenn du weißt, dass der Mensch, den du liebst, sterben wird, dann ... denkst du nicht mehr darüber nach, wie es dir geht. Dann versuchst du, ihm den Rest seines Lebens so schön wie möglich zu machen.«

Jenny drückte anteilnehmend seinen Arm. »Das alles tut mir ... furchtbar leid.«

»Danke.« Er erwiderte kurz den Druck.

Der Sandstrand wurde steiniger. Überall lagen dicke Brocken herum, und irgendwann türmte sich ein imposantes Felsmassiv vor ihnen auf, in dem mehrere große Öffnungen zu sehen waren. Manfred blieb stehen und deutete mit der Hand nach oben.

»Wollen wir da hochklettern?«

Jenny zögerte. Klettern war nicht ihr Ding, aber sie wollte auch nicht als Feigling dastehen.

Manfred ging vor und reichte ihr die Hand, wenn sie Hilfe brauchte. Es war nicht so schwirig, wie es von unten aussah, da grobe Stufen in den Fels gehauen waren. Die größte der Öffnungen entpuppte sich als Eingang zu einer Höhle, die nach hinten nicht nur breiter, sondern auch höher wurde.

»Ist das toll hier!«, rief Jenny begeistert und drehte sich um sich selbst. »Der reinste Ballsaal. Hier sollte man eine Party feiern.«

Manfred hielt sie fest, als sie zu nah an eine Abrisskante zu geraten drohte. »Achtung. Hier geht's verdammt tief runter.«

Unter ihnen schäumte das Wasser und schwoll zu Wellen an, die sich an den Felsen brachen. Ein Schwarm Möwen flog kreischend auf, und das Licht hinter den zusammengeballten Wolken hatte mit einem Mal etwas Gelblich-Giftiges bekommen.

Sie gingen weiter und entdeckten im hinteren Teil der Höhle einen Ausstieg.

»Lass uns mal nachsehen, wohin der führt«, schlug Jenny vor.

Manfred ging in die Hocke und nahm sie auf seine Schultern. Während er sich aufrichtete, hielt sie sich seitlich an der Felswand fest und zog sich hoch. Oben angekommen, spähte sie hinaus.

»Hier ist ein Weg!«

»Ohne Leiter schaffen wir es aber nicht raus«, sagte er bedauernd. »Wir müssen so zurück, wie wir gekommen sind.«

Abwärts war die Kletterei unangenehmer. Der Fels war feucht und glitschig, Jenny klammerte sich mit beiden Händen fest und tastete sich vorsichtig von Stufe zu Stufe. Sie war heilfroh, als sie wieder Sand unter den Füßen spürte.

Den immer stärker werdenden Wind im Rücken eilten sie zurück. Der Himmel hatte sich verdüstert, dicke Wolken zogen in hohem Tempo vorbei. Dann fielen die ersten Tropfen. Kurz bevor es richtig zu regnen begann, hatten sie die überdachte Terrasse des Hotels erreicht.

Verlegen standen sie einander gegenüber und sahen sich an. Keiner wusste, was er sagen sollte.

»Danke«, sagte Jenny schließlich und drückte unbeholfen Manfreds Hand. »Danke, dass du mir von ihr erzählt hast.«

»Danke, dass du mir zugehört hast«, sagte er mit rauer Stimme.

Petra hockte vor der heulenden Anka auf dem Badezimmerboden und versuchte sie zu trösten. Sie erzählte ihr, wie wundervoll es sei, Kinder zu haben. Dass man immer denke, es sei der falsche Zeitpunkt. Dass es eigentlich keinen richtigen Zeitpunkt gebe.

»Weißt du, ich hab auch mal so dagesessen und gedacht, die Welt geht unter. Sie ging aber nicht unter.«

Anka hatte das Gesicht in den Händen vergraben und schluchzte. »Ich hätte ja gern ein Kind, unheimlich gerne sogar. Aber doch nicht ... so ...«

»Was meinst du mit ... so?«

Anka wand sich unbehaglich. »Ich wollte es dir nicht sagen, weil du mich eh schon für eine Schlampe hältst. Mein Freund ... ist verheiratet.«

»Ach so.«

»Du findest das sicher schlimm«, sagte Anka schnell. »Aber wenn du die Hintergründe kennen würdest ...«

Abwehrend hob Petra die Hände. »Verschon mich bitte, die will ich gar nicht wissen!«

Aber sie konnte Anka nicht bremsen. »Er kann sich einfach nicht entschließen, seiner Frau endlich die Wahrheit zu sagen, dabei liebt er sie längst nicht mehr! Seit Monaten hält er mich hin und hat immer neue Ausreden, warum er es ihr gerade jetzt nicht sagen kann. Hast du eine Ahnung, wie ... demütigend das ist?«

»Als betrogene Ehefrau fühlt man sich da auch nicht besser«, gab Petra kühl zurück. »Wie du weißt, spreche ich aus Erfahrung.«

»Kann ja sein.« Anka putzte sich die Nase. »Aber ich kann mir doch nicht auch noch den Kopf seiner Frau zerbrechen!«

Petra schluckte den Groll hinunter, der in ihr hochstieg. Hatte sie wirklich zu strenge Moralvorstellungen, nur weil sie es nicht gut fand, wenn eine Frau sich mit einem verheirateten Mann einließ? War es spießig, ein Eheversprechen ernster zu nehmen als eine Verabredung zum Abendessen? Na ja, dachte sie, geht mich ja nichts an, solange es nicht mein Mann ist.

»Seit wann kennst du ihn denn schon?«, fragte sie und schob ein paar von Ankas Cremedosen zur Seite, um sich ans Waschbecken lehnen zu können. Dabei fiel ihr auf, dass keine den Aufdruck Biobella trug. Hatte Anka nicht behauptet, sie würde die Produkte ihrer Firma verwenden?

Anka schniefte. »Seit einem Jahr ... aber richtig zusammen sind wir erst seit ungefähr ... neun Monaten. Wir sehen uns nicht oft. Er wohnt hundertfünfzig Kilometer von mir entfernt, und ... er braucht natürlich immer einen Vorwand, damit wir uns treffen können.«

»Und wie hast du ihn kennengelernt?«

»Bei uns in der Firma. Er ist Berater und sollte mit seinem Team bei Umstrukturierungen helfen.«

Petra verzog das Gesicht. »Und jetzt ist deine Firma pleite? Das scheint ja ein echter Könner zu sein.«

Anka schluchzte auf. »Was soll ich denn bloß machen?«

»Mit ihm reden, was sonst.«

»Ich ... traue mich nicht.«

Petra versuchte sich in Ankas Lage zu versetzen. Hätte ihr das auch passieren können? Man sucht sich ja nicht aus, in wen man sich verliebte. Und wenn man verliebt war, glaubte man eben alles, was man glauben wollte. Sie überlegte, womit sie Anka trösten könnte.

»Vielleicht will dein Freund sich ja tatsächlich von seiner Frau trennen. Womöglich ... hat er nur auf diese Gelegenheit gewartet?«

Anka blickte sie zweifelnd an. »Meinst du?«

»Frag ihn, dann weißt du's.«

»Ich weiß nicht ... morgen vielleicht.« Anka starrte vor sich hin. Ihr Gesicht war geschwollen, Augen und Nase vom Weinen gerötet. Nach einer Weile fragte sie: »Was ... würdest du denn an meiner Stelle tun?«

Petra musste keine Sekunde überlegen. »Ich würde das Kind kriegen. Ein Mann kann dich verlassen, ein Kind bleibt.« Sie lächelte wehmütig. »Zumindest, bis es erwachsen ist.«

Suse saß im Taxi, ihren Rucksack auf dem Schoß, das Handköfferchen neben sich auf dem Sitz. Sie wollte von hier weg, rüber auf die andere Insel. Dort würde sie sich ein Zimmer suchen und bis zu ihrem Rückflug bleiben.

Sie hatte genug von der Paradies-Gruppe und dem ganzen Selbstfindungsquatsch. Körpererfahrung! Achtsamkeit! Frutarische Ernährung! Drauf geschissen.

Jetzt waren auch noch alle sauer auf sie. Nicht etwa, weil sie den marokkanischen Gastarbeitern geschadet hatte, das würde sie ja noch verstehen. Nein, weil der Service nicht mehr so perfekt war wie vorher! Weil die Burn-out-Muttis ihren Teller selbst in die Küche tragen und sich das Handtuch für den Pool holen mussten, statt es hübsch gerollt auf der Liege vorzufinden!

Von Anfang an hatte sie gewusst, dass es ein Fehler war hierherzukommen. Sie war einfach nicht der Typ fürs Nichtstun, und das ewige Entspannenmüssen strengte sie mehr an als jeder ihrer Arbeitstage.

Das Taxi fuhr an der Barackensiedlung vorbei. Ein paar Kinder liefen johlend am Zaun entlang und winkten. Wenn die wüssten. Sie war schuld, dass ihre Väter und Mütter keine Arbeit mehr hatten, dafür jede Menge Probleme.

Wieso konnte sie sich bloß nicht raushalten? Wieso glaubte sie, immer alles in Ordnung bringen zu müssen?

Sie dachte an den Tag vor zwölf Jahren, als ihre Mutter gestorben war. Das Krankenhaus hatte ihren Vater verständigt, und der war betrunken nach Hause gekommen, hatte herumgebrüllt und geweint. Sie hatte ihre kleinen

Geschwister bei einer Nachbarin in Sicherheit gebracht und ihre Oma angerufen. Die war gekommen und hatte den Vater in ein Zimmer gesperrt, bis der Notarzt eingetroffen war und ihm eine Beruhigungsspritze gegeben hatte.

Das Schlimmste war, den Kleinen zu erklären, dass ihre Mutter nicht zurückkommen würde. Wie sollte sie etwas erklären, was sie selbst nicht verstand?

Ihre Mutter war am Morgen scheinbar gesund aus dem Haus gegangen, und am Abend war sie tot gewesen. Wer sollte das begreifen?

Dass sie an einem nicht erkannten Herzfehler gelitten hatte und ihr Herz an diesem Tag einfach aufgehört hatte zu schlagen, erfuhren sie einige Tage später, nach der Obduktion. Aber das machte es auch nicht besser.

Nie würde sie den verzweifelten Ausdruck im Gesicht ihres damals achtjährigen Bruders vergessen, der zu ihr hochgeblickt und gesagt hatte: »Aber sie kann uns doch nicht einfach allein lassen! Wir sind doch noch viel zu klein.«

Sie hatte versucht, ihm etwas Tröstliches zu sagen. »Weißt du, wenn jemand tot ist, dann lebt seine Seele trotzdem weiter. Mama ist bei uns, auch wenn wir sie nicht sehen können.«

Gegen ihren Vater hatte sie durchgesetzt, dass ihre Geschwister bei der Beerdigung dabei sein durften. Sie hatte gelesen, dass es wichtig für Kinder war, dieses Abschiedsritual mitzuerleben.

Der Verlust seiner Stelle in einer Textilfabrik hatte ihren Vater schon Jahre zuvor aus der Bahn geworfen. Er hatte begonnen, von Gelegenheitsjobs zu leben und zu trinken, um seinen Frust zu betäuben. Nach dem Tod der Mutter ging es weiter bergab mit ihm. Er wurde nicht mehr so aggressiv, wenn er trank, stattdessen saß er niedergeschlagen herum und stierte vor sich hin.

Innerhalb kürzester Zeit hatte Suse die Aufgaben ihrer Mutter übernommen und sich mithilfe ihrer Oma um alles gekümmert. Einkaufen, kochen, die Geschwister zur Schule schicken, Hausaufgaben kontrollieren, die Wohnung sauber halten, auf den Vater aufpassen, dass er sich nicht zu Tode soff. Und gleichzeitig selbst für die Schule lernen und sich auf Prüfungen vorbereiten. Denn eines hatte sie begriffen: Wenn sie und ihre Geschwister nicht enden wollten wie ihr Vater, dann müssten sie einen Schulabschluss und eine Ausbildung haben. Und sich vom Alkohol fernhalten.

Wenn sie an jene Jahre zurückdachte, fragte Suse sich, wie sie das überhaupt alles hatte wuppen können. Aber irgendwie war es gegangen. Sie hatte ihre Geschwister durch diese schwierige Zeit hindurchmanövriert, ihr Abi bestanden und studiert. Nur ihren Vater hatte sie nicht retten können. Der lebte inzwischen in einem Pflegeheim, wo sie ihn so selten besuchte, wie sie es mit ihrem Gewissen vereinbaren konnte.

Schaudernd dachte sie an ihren letzten Besuch zurück. Er hatte angefangen zu weinen und versucht, sie an sich zu ziehen. Sie hatte seinen Geruch wahrgenommen, eine abstoßende Mischung aus ungewaschener Haut, getragener Kleidung und etwas Scharfem, das vermutlich von seinen Medikamenten herrührte. Sanft hatte sie ihn von sich weggeschoben.

»Ist schon gut, Papa, du musst nicht weinen. Ist alles in Ordnung.«

Nach einer Viertelstunde, in der er nur wirres Zeug von sich gegeben hatte, hatte sie es nicht mehr ausgehalten und sich verabschiedet.

Das Gefühl, dass sie verantwortlich war, dass sie alles regeln musste, ließ sie nie los. Manchmal kam sie sich vor wie einer dieser batteriebetriebenen Spielzeugaffen, die sinnlos und hektisch Topfdeckel aneinanderschlugen, bis ihre Ladung aufgebraucht war.

Das Taxi hatte den Hafen erreicht. Sie zahlte und stieg aus. Eine Windbö fegte sie fast um, das Wasser schlug in großen Wellen gegen die Hafenmauer, und in Sekundenschnelle hatte der Regen sie durchnässt.

Sich gegen den Wind stemmend, zog sie ihr Köfferchen ins Innere des Ticketbüros. Der Schalter war geschlossen. Suchend blickte sie sich um. Hinter dem Tresen der kleinen Bar, in der Reisende sich die Zeit bis zur Abfahrt vertreiben konnten, stand ein Kellner und polierte Gläser. Es waren nur wenige Gäste da, hauptsächlich Hafenarbeiter, die einen Kaffee an der Theke nahmen, während draußen der Sturm heulte. Es war so dunkel, dass jemand das Licht eingeschaltet hatte.

Suse erkundigte sich, warum der Schalter geschlossen sei, und der Kellner machte ihr begreiflich, dass die Fähre wegen des hohen Seegangs heute nicht mehr fahren werde.

»But ... when will the next ferryboat leave?«, fragte Suse.

Der Mann zuckte die Schultern und machte rollende Handbewegungen, die Suse als *morgen oder übermorgen* interpretierte.

Verdammt!

Sie bestellte eine Limo und setzte sich auf einen der Plastikstühle, um nachzudenken. Dann öffnete sie auf ihrem Smartphone ein Buchungsportal und checkte Hotels auf der Insel. Jan hatte recht gehabt, die anderen Hotels waren alle schon geschlossen. Es gab nur noch ein paar Pensionszimmer, die aussahen wie Rumpelkammern, in die jemand alles gestopft hatte, was er nicht in der Wohnung haben wollte.

Während sie noch auf ihr Handy starrte, klingelte es.

»Oma! Was gibt's? Ist alles in Ordnung?«

»Mein Liebes, ich wollte nur mal deine Stimme hören. Geht es dir gut?«

Suse hatte schon Luft geholt, um ihrer Großmutter zu erzählen, in welchem Altersheim sie gelandet war, wie schlimm ihre Hilfsaktion für die Marokkaner ausgegangen war und dass sie gerade bei totalem Scheißwetter am Hafen saß und nur noch wegwollte, aber dann besann sie sich.

»Mir geht's bestens, Oma! Es ist echt schön hier, und ich erhole mich total. Ich mache jeden Tag Yoga!«

Sie hörte, wie ihre Oma erleichtert seufzte.

»Geht's allen gut?«

Am anderen Ende der Leitung wurde es still.

»Was ist, Oma, stimmt was nicht?«

»Ich will dich nicht belasten.« Pause. »Deinem Vater geht es nicht besonders. Kreislauf, Atemprobleme. Ist noch nicht klar, was los ist.«

»Soll ich nach Hause kommen?«

»Du bist doch sowieso bald wieder da. Jetzt warten wir erst mal ab, vielleicht ist es ganz harmlos.«

Suse versuchte zu verstehen, was ihre Großmutter ihr sagen wollte. War es nun ernst oder nicht? Wollte sie, dass sie nach Hause kam oder dass sie blieb?

»Oma, die Wahrheit ist: Im Moment ist hier ein krasser Sturm, und es fahren keine Schiffe. Ich könnte gar nicht von der Insel weg, selbst wenn ich wollte.«

»Sturm? Hast du denn genügend warme Sachen dabei?«

»Oma! Sag mir bitte, was los ist. Wird er ... sterben?«

»Ja, so wie wir alle. Aber bestimmt nicht jetzt gleich. Du erholst dich jetzt weiter, und sobald du zurück bist, fährst du zu ihm. Behüt dich Gott.«

Suse ließ das Handy sinken.

Sie spürte, dass die Situation ernster war, als ihre Oma zugeben wollte.

Sie versuchte, eine Empfindung in sich zu finden, aber da war nichts. Außer ... Enttäuschung. Immer hatte sie gehofft, ihr Vater würde die Kurve kriegen und wieder zu dem werden, der er früher gewesen war. Ein zurückhaltender, aber heiterer Mann, der nicht viel sprach, aber verlässlich für sie und ihre Geschwister da gewesen war.

Über die Jahre war er zu jemandem geworden, der ihr fremd war. Sie war sich nicht einmal sicher, ob sie um ihn würde trauern können, wenn er starb. Der Vater, den sie geliebt hatte, war schon lange tot.

Sie rieb sich das Gesicht, legte ein paar Münzen auf den Tisch und verließ das Café. Der Regen hatte nachgelassen, aber immer noch peitschten die Wellen über die Kaimauer und schleuderten kleine Fontänen in die Luft, die sprühend zerstoben. Das Taxi, mit dem sie gekommen war, stand wartend an der Straße. Einen Moment kämpfte sie mit sich, dann machte sie sich auf die Suche nach der Bushaltestelle.

Sie war nicht wie er. Sie würde nicht aufgeben.

Staunend beobachtete Petra, wie Larissa mit einem Filzstift Symbole auf den Körper der einen friesischen Schwester zeichnete. Kreise, Striche, Spiralen, Häkchen. Bevor sie etwas Neues malte, strich Larissa jedes Mal mit den Händen über die entsprechende Stelle, als müsste sie die Haut glatt ziehen, und murmelte leise etwas dazu.

»Was machst du denn da?«, fragte Petra erstaunt.

Larissa sah auf. »Homöopathie nach Körbler. Unglaublich, wie das wirkt. Also, man muss es natürlich können, aber ich gehöre zu den führenden Therapeuten in Deutschland, vielleicht zu den fünf besten oder so. Möchtest du auch mal?«

»Ich glaube nicht, danke.«

Petra blickte zweifelnd auf die seltsamen Zeichen. Früher hatte sie den Kindern manchmal homöopathische Kügelchen gegeben, wenn sie zahnten oder Bauchschmerzen hatten. Die mochten ja vielleicht irgendwas bewirken. Aber Muster aus Filzstift? Schon komisch, woran manche Menschen glaubten.

»Das ist alles streng wissenschaftlich«, sagte Larissa, als spürte sie ihre Zweifel. »Die Methode beruht auf Kenntnissen der Quantenphysik über Informationsübertragung und die Wechselwirkung zwischen elektromagnetischen Feldern.«

»Ach, wirklich?«

»Ja, Zeichen und geometrische Formen wirken in ultraschwachen biologischen Feldern gewissermaßen ... als Antennen und modulieren dadurch Informationen auf Trägerwellen.«

»Mhm.«

»Das findet auf der feinstofflichen Ebene statt, wie die herkömmliche Homöopathie auch, nur dass es hier nicht um chemische, sondern um biophysikalische Prinzipien geht.«

Larissas Vortrag wirkte auf den ersten Anschein beeindruckend wissenschaftlich, kam Petra aber gleichzeitig völlig absurd vor. Es war, als würde ein Kind auswendig gelernte Fremdwörter aneinanderreihen, die es selbst nicht verstand. Und die bedeutungsvolle Miene, die sie dabei zur Schau trug, stand in komischem Kontrast zur Unbeholfenheit ihrer Stricheleien.

»Verstehe.« Petra nickte und unterdrückte ein Lachen, indem sie sich räusperte. »Hilft das auch bei Schnittwunden?«

»Natürlich!« Larissa ließ den Stift sinken und sah sie an, als könnte sie gar nicht fassen, wie ahnungslos Petra war. »Hast du eine?«

»Nein, aber Anka ist in eine Scherbe getreten.«

Vielleicht hilft die Methode ja sogar gegen ungewollte Schwangerschaften, dachte sie spöttisch.

»Also dann, viel Erfolg!«, sagte sie und wandte sich zum Gehen.

Larissa nahm keine Notiz mehr von ihr. Sie hatte die Zungenspitze zwischen die Lippen geschoben und malte mit höchster Konzentration das nächste Zeichen. Die zweite der friesischen Schwestern saß daneben und sah andächtig zu.

Petra fragte sich, ob der Filzstift wasserlöslich war und wenn nicht, wie lange die Patientin mit der Deko auf der Haut herumlaufen müsste. Dann setzte sie ihren Weg zum kleinen Saal fort.

Manchmal wünschte sie, sie würde die Fähigkeit zum Glauben in sich tragen. Sie beneidete Menschen, die glauben konnten. An Gott, an Engel oder auch nur an Filzstiftkringel. Bestimmt war das Leben dann einfacher.

»Zuerst klopfen wir alle mit den flachen Händen den eigenen Körper ab, dann klopft euch bitte gegenseitig ab, und danach schüttelt euch, bis alle Ängste und Anspannungen von euch abgefallen sind.«

Petra war froh, dass niemand sehen konnte, wie sie auf sich und andere eintrommelte und anschließend wild herumzappelte. Für jeden Außenstehenden müsste es so aussehen, als hätte sie zu viele Drogen erwischt.

»Und jetzt sucht euch bitte einen Partner für die nächste Übung«, sagte Jan. Petra fasste sich ein Herz und ging auf Günther zu. »Möchtest du vielleicht ...?«

Er lächelte. »Logo.«

»Bei dieser Übung mache ich keine Ansagen, was ihr tun sollt«, erklärte Jan. »Wichtig ist, zu erspüren, was der andere möchte. Das erfordert sehr viel Sensibilität und Achtsamkeit. Und wie immer gilt: Wenn der Partner stopp sagt, dann heißt das stopp.«

Nervös sah Petra zu Günther. »Verstehst du, was er meint?«

Günther machte eine beruhigende Handbewegung.

»Bei der Übung bietet es sich an, den Oberkörper frei zu machen. Ihr erspürt mit eurem Rücken den Rücken des anderen. Vielleicht kommt irgendwann ein Impuls, die Position zu verändern. Und so arbeitet ihr euch Stück für Stück voran, bis ihr die Position gefunden habt, die euch beiden entspricht.«

»Na, dann mal los«, sagte Günther lächelnd und streifte sein T-Shirt über den Kopf.

Petra zog ihr T-Shirt ebenfalls aus, behielt aber den BH an. Sie spürte, wie ihr der Schweiß ausbrach. »Ich ... ich möchte nicht oben ohne sein.«

Unschlüssig blieben sie beide stehen. Jan, der ihre Unsicherheit offenbar bemerkt hatte, kam zu ihnen. »Kann ich euch helfen?«

»Ich möchte mich obenrum nicht ganz ausziehen«, sagte Petra mit fester Stimme.

Jan musterte sie freundlich. »Die Übung funktioniert besser, wenn keine BH-Träger zwischen euch sind. Schau dich mal um, niemand sonst hat ein Problem damit.«

»Das ist mir egal«, sagte sie.

»Du gehst doch auch oben ohne an den Strand?«

»Nein, nie.«

Jan überlegte. Die Situation schien neu für ihn zu sein. »Ist natürlich deine Sache, aber es wäre gut, wenn du dich da locker machen könntest.«

»Du sagst doch immer: Alles kann, nichts muss. Und jetzt machst du solchen Druck!« Petra spürte, wie Ärger in ihr hochstieg.

»Ich mache keinen Druck. Ich möchte nur, dass ihr die Übung in ihrer ganzen Kraft erleben könnt.«

Günther legte ihm eine Hand auf den Arm. »Lass mal. Ist schon okay.«

»Schade für euch«, sagte Jan und ging weg.

Petra blieb beschämt zurück. Sicher hielt Jan sie jetzt für prüde. Sie wollte nicht prüde sein. Aber sie wollte sich auch nicht drängen lassen. Ihr ganzes Leben lang hatte sie sich drängen lassen. Von ihren Eltern, Matthias, den Kindern, ihren Kollegen und Schülern – immer stellten alle Forderungen an sie, denen sie gerecht zu werden versuchte. Nun war Schluss. Sie musste das hier nicht mitmachen. Sie würde hervorragend ohne Körpererfahrungen weiterleben können.

»Tut mir leid«, flüsterte sie Günther zu und griff nach ihrem T-Shirt. Sie war schon auf dem Weg zur Tür, da hielt sie inne. Sie dachte daran, wie gut sie sich nach den Übungen immer fühlte. Wie befreiend es war, sich mal einem anderen anzuvertrauen.

Widerstrebend ging sie zurück. Ohne T-Shirt, aber mit BH setzte sie sich Rücken an Rücken mit Günther. Er nahm ihre Hände in die seinen. Sie spürte seine warme Haut, die kräftige Muskulatur. Nach einer Weile begann er, sich sanft hin und her zu bewegen, den Rücken zu dehnen und zu beugen. Sie schloss die Augen und folgte seinen Bewegungen. Es fühlte sich an wie ein Tanz. Aber etwas störte. Klar, der Verschluss ihres BHs. Plötzlich kam sie sich albern vor. Was war denn schon dabei? Sie löste ihre Hände sanft aus Günthers Griff und hakte den BH auf. Niemand schaute zu ihr, alle waren mit sich selbst beschäftigt.

Sie setzten die Erkundung ihrer Rücken fort, ihre Bewegungen wurden ausladender. Petra spürte, dass Günther im Begriff war, sich umzudrehen. Zuerst erschrak sie, doch dann ging sie mit. Sie hockten sich einander gegenüber und fassten sich bei den Händen. Petra konnte sich nicht überwinden, ihn anzusehen. Ihre nackten Brüste schienen plötzlich immer größer zu werden, sich aufzupumpen, bis sie den gesamten Raum zwischen ihnen ausfüllten.

Er begann, ihr mit den Fingerspitzen zart übers Gesicht zu streicheln. Petra schloss die Augen und ließ es geschehen. Die riesigen Brüste schrumpften wieder auf Normalmaß. Günther ließ seine Finger an ihrem ganzen Arm entlang zur Hand hinuntergleiten, was ein angenehmes Kribbeln auslöste. Ohne nachzudenken, hob sie die Hände und streichelte sein Gesicht, passte ihre Handfläche seinen Konturen an. Günther griff nach ihrer Hand, und mit einer einzigen Bewegung drehte er sie so, dass sie in eine seitlich liegende Position mit angezogenen Knien kam. Im nächsten Moment lag er hinter ihr und schmiegte sich mit dem ganzen Körper an sie.

Sie wollte die Hand heben, zum Zeichen, dass es ihr zu viel war. Aber dann spürte sie, dass ihr Körper einverstanden war. Ihre Hand, die schon auf dem Weg nach oben gewesen war, sank wieder herab und blieb auf ihrer Hüfte liegen.

Günther und sie atmeten in einem gemeinsamen Rhythmus, der die Grenzen zwischen ihnen aufzulösen schien. Es war, als würden sie zu einem einzigen Organismus verschmelzen. Wann hatte sie sich einem Menschen zuletzt so nahe gefühlt? Nicht mal, wenn Matthias und sie zusammen schliefen, fühlte es sich so an.

Am liebsten wäre sie bis in alle Ewigkeit so liegen geblieben.

Die Stimme von Jan holte sie aus ihrem tranceartigen Zustand. Widerwillig löste sie sich von Günther, setzte sich auf und griff schnell nach ihrem BH. Günther und sie lächelten sich wortlos an.

Als Petra nach draußen trat, regnete es, und sie rannte den kurzen Weg zu ihrem Bungalow. Plötzlich fühlte sie sich, als könnte sie nach langer Zeit zum ersten Mal wieder richtig durchatmen. Ihre Lunge füllten sich mit Luft, und sie stieß ein lautes, befreites Seufzen aus.

Als Suse nach einer schier endlosen Busfahrt mit zahlreichen Stopps im Hotel angekommen war, erwartete Jenny sie aufgebracht im Bungalow.

»Du dummes Kind! Wolltest du wirklich abreisen? Ohne mir was zu sagen?«

»Sorry«, murmelte sie. Jenny hatte recht, sie hätte sich wenigstens verabschieden können.

»Läufst du immer weg, wenn's unangenehm wird?«

»Was soll ich denn hier?« Suse fuhr auf. »Ich kann mich nicht erholen, dieser ganze Selbstoptimierungsscheiß geht mir auf die Nerven, und außerdem sind sowieso alle sauer auf mich.«

Jenny stützte herausfordernd die Hände in die Hüften und legte den Kopf schief. »Schon mal daran gedacht, dass du hier was lernen könntest?«

»Lernen?«, sagte sie. »Was soll ich denn deiner Meinung nach hier lernen? Dass die meisten Leute nur an sich denken? Das wusste ich schon.«

»Wie wär's mit: dass man nicht mit dem Kopf durch die Wand kann, dass andere Menschen andere Bedürfnisse haben als du, dass es mehr als eine Möglichkeit gibt, die Welt zu sehen?«

Suse schnaubte. »Das sind genau die Argumente, die schuld daran sind, dass sich nie irgendwas verändert. Ich finde, man muss eine Haltung zu den Dingen haben.«

»Ja, klar«, sagte Jenny. »Und wie weit bist du mit deiner tollen Haltung gekommen? Hast du irgendwas Positives für die Marokkaner bewirkt?«

Sie zuckte die Schultern. »Jeder macht mal Fehler, und nicht alles klappt beim ersten Mal. Entscheidend ist die richtige Intention.«

»Ach, Schätzchen«, sagte Jenny spöttisch. »Damit kannst du alles entschuldigen, sogar einen Massenmord.«

»Jetzt wirst du unfair.«

»War nicht so gemeint. Ich will ja nur, dass du es dir selbst nicht so schwer machst. Du könntest viel mehr von deinen Zielen erreichen, wenn du ein bisschen kompromissbereiter wärst.«

»Opportunistischer, meinst du.«

»Nenn es, wie du willst.«

Sie schwiegen beide.

Suse setzte sich auf die Bettkante und ließ den Kopf hängen. »Meine Oma hat angerufen. Meinem Vater geht es schlecht.«

Jenny hockte sich neben sie und legte mitfühlend den Arm um ihre Schulter. »Oh, das tut mir leid!«

Suse wischte sich mit einer ungeduldigen Handbewegung über die Augen. Sie wollte nicht weinen.

»Ich dachte, es macht mir nichts aus. Ich hab nämlich überhaupt kein gutes Verhältnis zu meinem Vater. Aber jetzt macht es mir doch was aus. Wenn er stirbt und ich mich vorher nicht mal mehr verabschieden kann ...« Sie verstummte und presste die Lippen zusammen. Unvermittelt schlug sie mit der Faust aufs Bett. »Scheiße.«

Jenny zog sie an sich. »Komm her, Kleines.«

Suse schlang ihre Arme um sie und schluchzte auf. Für einen Moment stellte sie sich vor, im Arm ihrer Mutter zu liegen. Die wäre heute genauso alt wie Jenny. Achtundfünfzig.

Jenny wiegte sie und streichelte ihren Kopf. »Nicht weinen, Schätzchen. Es wird alles gut.«

Aber das konnte Suse nicht mehr glauben.

Die Gruppe traf sich zum Abendessen im Speisesaal. Ein Feuer prasselte im Kamin, von draußen schlug Regen an die Scheiben.

Nach der Hitze der ersten Tage war die Temperatur schlagartig gefallen, und viele fröstelten jetzt. Petra wickelte sich fester in ihr graublaues Kaschmirtuch, das Matthias ihr an Weihnachten geschenkt hatte und das so gut mit ihrer Augenfarbe harmonierte. Anka hatte ein ähnliches Tuch in Dunkelrot um sich geschlungen, eine dritte Frau in der Gruppe trug eines in Beige. Eigentlich hatte Petra gedacht, eine Kaschmirstola sei etwas Besonderes, aber inzwischen hatte die offenbar jeder.

»Ach, wie gemütlich es hier ist«, rief Jenny, als sie den Raum betrat. Sie hatte den Arm um Suse gelegt, als wollte sie die junge Frau vor dem Zorn der Gruppe beschützen. Suse versank in einer Wolke aus rosafarbenem Mohair – zweifellos eine Leihgabe von Jenny.

Ein paar Leute deckten den Tisch, andere kümmerten sich um die Getränke. Wie es aussah, war die Gruppe noch vollständig. Offenbar hatte niemand Lust gehabt, vorzeitig abzureisen. Außerdem war seit dem Nachmittag der Fährverkehr eingestellt. Selbst wenn jemand einen früheren Rückflug gebucht hätte, wäre er gar nicht von der Insel weggekommen.

Petra sah die Situation mit gemischten Gefühlen. Eigentlich war es ganz gemütlich, aber der Wind zerrte an ihren Nerven. Außerdem mochte sie das Gefühl nicht, irgendwo festzusitzen. Ihr Albtraum war es, auf einer Berghütte eingeschneit zu sein. Vom Festland abgeschnitten zu sein war nicht viel besser. Ständig öffnete sie eine App, um die Entwicklung des Wetters zu beobachten, aber es sah so aus, als würde es frühestens am Mittwoch besser werden. Was, wenn zu Hause etwas passierte?

Das Essen wurde aufgetragen, Ofenkartoffeln mit gemischtem Gemüse und Fisch. Larissa holte bereits Luft, um sich zu beschweren, da stellte Günther, der beim Servieren half, einen einwandfrei frutarisch komponierten Extrateller vor ihr ab. Petra fing einen Blick von ihm auf, er zwinkerte ihr zu und lächelte.

Seit dem Nachmittag spürte sie eine besondere Verbindung zu Günther. Es hatte nichts mit Verliebtheit zu tun, nicht einmal mit Erotik. Es war nur ein intensives Gefühl von Nähe. Und die Überraschung darüber, dass sie ihm einfach vertraut hatte.

Während des Essens erzählte Larissa mit vor Empörung bebender Stimme, dass auf einem Nachbargrundstück Hunde im Zwinger gehalten würden. Sie habe versucht, sie freizulassen, aber der Zwinger sei verschlossen gewesen.

»Du hast was?«, sagte Jan entsetzt.

»Ich muss doch ihre gefolterten Seelen befreien. Morgen gehe ich wieder hin, und dann nehme ich Werkzeug mit!«

Jan erklärte ihr, dass Zwingerhunde sehr aggressiv sein könnten und sie lieber die Finger von diesem irrwitzigen Plan lassen solle.

Sie bedachte ihn mit einem mitleidigen Blick. »Kein Tier tut mir was. Ich kann mit ihnen sprechen, weißt du. Außerdem habe ich einen Schutzengel.«

Nun schalteten sich andere ein und empörten sich ebenfalls über die Zwingerhaltung. Eine Frau ergänzte, dass es hier auf der Insel sogar üblich sei, auf Singvögel zu schießen, und schnell war man beim lieblosen Verhältnis der Spanier zu Tieren und damit beim Stierkampf angekommen. Die meisten waren sich einig, dass es sich dabei um Tierquälerei handle und das Verbot von den Kanaren auf ganz Spanien ausgedehnt werden müsse.

Einige sagten, sie hätten keine Meinung dazu, weil sie noch nie einen Kampf gesehen hätten. Einzig Ronnie verteidigte den Stierkampf. Er sei eine uralte Volkstradition, und es stehe niemandem außer den Spaniern zu, darüber zu entscheiden, ob sie die beibehalten oder abschaffen wollten. Diese europäische Gleichmacherei würde sie alle noch ins Verderben führen.

»Europäische Gleichmacherei?«, sagte Günther mit gerunzelter Stirn. »Was meinst du denn damit?«

»Na, wenn andere über ein Volk bestimmen wollen. Jedes Volk muss selbst entscheiden dürfen, wie es leben will.«

»Deshalb darf man Stierkampf aber trotzdem scheiße finden, oder?«

»Es geht ja nicht nur um Stierkampf, es geht um alle Traditionen. Heutzutage darfst du ja nicht mal mehr sagen, dass du deutsches Brauchtum schätzt, schon heißt es, du bist ein Rechter.«

»Und, biste einer?«, fragte Günther herausfordernd.

Die Gespräche verstummten. Alle drehten sich zu ihm und Ronnie um.

»Ich will nur, dass unser Volk seinen Charakter erhält und nicht überrannt wird«, sagte Ronnie trotzig.

Nun schaltete sich Suse ein. »Von wem wirst du denn überrannt, du Ärmster?«

»Na, von den Flüchtlingen!«

»Was denkst du denn, wie viele Menschen zum Beispiel vor zwei Jahren gekommen sind, bei der riiiesigen Flüchtlingswelle, die uns angeblich fast weggeschwemmt hat?« Suse riss die Augen auf und deutete mit den Händen an, wie riesig die Welle gewesen war.

»Ein paar Millionen.«

»Es war eine Million. Das ist so viel, wie wenn in einem Raum mit achtzig Leuten einer dazukommt. Würdest du das als Welle bezeichnen?«

Einige kicherten.

»Das ist ja nur der Anfang«, sagte Ronnie lebhaft. »Die Regierung betreibt heimlich einen Bevölkerungsaustausch. Bald leben nur noch Muslime in Deutschland!«

»Und wieso sollte die Regierung das wollen?«, fragte Jenny verständnislos.

»Na, weil sie dafür bezahlt wird!«, rief jemand.

»Von wem denn?«

»Vom Islamischen Staat!«

»Quatsch, von der CIA!«, rief jemand anderes.

»Ja, das ist sehr wahrscheinlich«, sagte Günther. »Und der Weihnachtsmann bringt die Ostereier, wa?«

»Das ist typisch«, rief Ronnie. »Was dem linken Mainstream nicht gefällt, wird einfach abgewürgt.« In seinem sächsischen Dialekt klang das englische Wort wie *Mähnstriem*.

»Linker *Mähnstriem?*« Günther lachte. »Ick kenne nur die Havel.«

»Ich glaube, dass Israel dahintersteckt«, sagte jemand.

»Was hat denn Israel damit zu tun?«, fragte Suse verständnislos.

»Na, ist doch klar. Je mehr Araber zu uns kommen, desto mehr Antisemitismus gibt es bei uns, und desto mehr Juden wandern nach Israel aus. Und die brauchen ja Leute da unten.«

»Also, jetzt blicke ich nicht mehr durch«, gestand Jenny. »Kann ich mal den Wein haben?«

»Macht nichts«, sagte Suse und reichte ihr die Flasche. »Diesen Bullshit musst du nicht verstehen.«

»Bald müssen bei uns alle Frauen verschleiert rumlaufen!«, rief Ronnie. »Ihr werdet schon sehen!«

Larissa sprang auf, griff nach Petras Kaschmirtuch und wickelte es sich um den Kopf, bis nur noch ihre Augen zu sehen waren. »So meinst du?«, rief sie. »Das macht doch nichts! Gott kann mein Gesicht ja trotzdem sehen, und die Engel auch, sodass sie weiterhin zu mir sprechen ...«

»Können deine Engel dir vielleicht sagen, dass du mal für eine Weile ruhig sein sollst?«, sagte Suse gereizt.

Larissa reagierte nicht und versuchte stattdessen, Ronnie den Schal wie einen Turban um den Kopf zu wickeln. Genervt wehrte der sie ab. Die anderen lachten.

Nun mischte sich die rothaarige Frau in die Debatte ein. »Also, ich muss dem Ronnie da schon recht geben. Als Frau fühle ich mich von Muslimen auch bedroht. Wenn mir abends eine Gruppe junger Türken entgegenkommt, wechsle ich die Straßenseite.«

»Da siehst du's«, sagte Ronnie.

»Das wird mir jetzt echt zu blöd«, sagte Günther und stand auf.

»Jetzt gehen dir die Argumente aus, was?«, fragte Ronnie triumphierend.

»Nee, bloß die Lust, meine Zeit mit Schwachköpfen wie dir zu verschwenden.«

Damit verließ Günther den Raum. Einen kurzen Moment blieb es still, dann fingen alle gleichzeitig wieder zu reden an, und schnell wurde es aggressiv. Von den Türken sprang die Diskussion wieder zu den Flüchtlingen, die ewig gleichen Argumente flogen hin und her, keiner hörte dem anderen mehr zu.

Petra hielt sich raus. Nach ihrer Erfahrung brachten diese Diskussionen nicht das Geringste, außer dass danach alle sauer aufeinander waren. Sie erinnerte sich an einen ihrer Schüler, der ständig ausländerfeindliche Sprüche von sich gegeben und sich dann ausgerechnet in ein Mädchen aus Afghanistan verliebt hatte. Inzwischen hatten die beiden die Schule abgeschlossen und lebten zusammen in einem Multikultiviertel in Frankfurt. Sie war überzeugt, dass er heute anders über das Thema dachte.

Als Petras Blick zufällig zu Larissa wanderte, sah sie, dass die inzwischen einen Filzstift in der Hand hielt und Zeichen auf die Tischdecke malte. Das halbe Tischtuch war schon bedeckt, nun stand Larissa auf und ging zum Fenster. Dort griff sie nach dem hellen Vorhangstoff, um darauf weiterzuzeichnen.

Das ging doch nicht! Petra wollte gerade aufstehen und eingreifen, da hörte sie ein Summen. Sie griff nach ihrem Handy, das auf dem Tisch lag, blickte aufs Display und las: *Jo ruft an.* Jo? Ach so, das war Ankas Handy. Sie streckte die Hand aus, um es Anka zu geben, da fiel ihr Blick auf das Foto des Anrufers.

Ihr Herz schien kurz auszusetzen. Die Stimmen der anderen verschwammen zu einem fernen Klangteppich, der von einem Dröhnen in ihrem Kopf übertönt wurde. Sie stand auf und ging zur Toilette.

Sie wusch sich die Hände und benetzte ihr Gesicht mit kaltem Wasser.

»Du spinnst«, sagte sie zu ihrem Spiegelbild. »Das kann nicht sein. Das ist absolut unmöglich.«

Nach ein paar Minuten kehrte sie zurück an den Tisch, wo der Streit unvermindert tobte. Entschlossen griff Petra nach ihrer Handtasche und ging zur Tür.

Anka stand auf. »Warte, ich komme mit. Mir reicht's.«

Der Regen hatte aufgehört, aber der Wind pfiff immer noch laut ums Haus. Für Petra hörte es sich an, als wollte er sie verhöhnen.

»Diese Idioten«, sagte Anka aufgebracht. »Warum müssen die ausgerechnet über Flüchtlinge reden! Da gibt's doch immer nur Streit.« Sie legte eine Hand auf ihren Bauch. »Ich kann das gerade überhaupt nicht aushalten.« Sie sah zu Petra. »Warst du auch so sensibel in deinen Schwangerschaften?«

Petra blickte sie abwesend an. »Was?« Sie schloss die Tür zum Bungalow auf und setzte sich. »Kann ich mal ein Foto von deinem Freund sehen?«

»Jetzt?«, fragte Anka erstaunt.

»Wir haben schon so viel über ihn gesprochen, und ich weiß nicht mal, wie er aussieht.«

Anka zog ihr Handy raus und scrollte durch ihre Fotosammlung.

»Hier.« Sie reichte ihr das Gerät. »Das ist ziemlich typisch.«

Petra nahm es und blickte aufs Display. Ja, das war ziemlich typisch. Sie ließ das Handy sinken. »Wie, sagst du, heißt er? Jo?«

Anka blickte irritiert. »Wieso fragst du mich das jetzt alles, mitten in der Nacht?«

Petra sah sie nur an.

»Also, sein richtiger Name hat mir nicht gefallen, deshalb habe ich ihn gefragt, ob er nicht einen Spitznamen hat. Mit zweitem Vornamen heißt er Johannes, wie sein Vater. Ich hab dann angefangen, ihn Jo zu nennen, das gefällt mir besser.« Sie stutzte. »Warum ist das plötzlich so wichtig?«

Statt einer Antwort nahm Petra ihr Smartphone aus der Tasche. »Ich möchte dir gern ein Bild von meinem Mann zeigen.«

Sie reichte ihr das Handy.

Anka starrte auf das Bild von Matthias. »Das glaub ich jetzt nicht. Wie ist denn das möglich?« Fassungslosigkeit malte sich auf ihrem Gesicht.

Dienstag

Petra erwachte im Morgengrauen auf einer Liege am Pool, zusammengekrümmt unter ein paar Handtüchern, die sie nachts gefunden hatte. Es war feuchtkalt und windig, und sie fror.

Allmählich kehrte ihre Erinnerung zurück. Wie sie durch den tobenden Sturm am Strand entlanggerannt war. Wie plötzlich alles zusammengepasst hatte wie die Einzelteile eines Puzzles. Sie hatte die Teile die ganze Zeit gesehen, ohne das Gesamtbild zu erkennen. Warum war sie so blind gewesen? Dabei hatte es so viele Hinweise gegeben!

Die vielen Geschäftsreisen von Matthias, seine ausgesprochen höfliche, aber distanzierte Art, wenn er zu Hause war, die ständige Nachrichtentipperei, sein abruptes Verlassen des Zimmers bei manchen Anrufen, seine Gelassenheit angesichts ihres Wunsches nach getrennten Schlafzimmern, die seltenen Male, die sie noch miteinander schliefen.

War es naiv gewesen, all das als normale Veränderungen hinzunehmen? Aber nach vierundzwanzig Jahren war es eben nicht mehr wie am Anfang. Menschen veränderten sich, Beziehungen veränderten sich. Dass Matthias und sie nach so langer Zeit noch zusammenlebten, war doch der Beweis dafür, dass ihre Ehe intakt war. Natürlich hatte sie hie und da gespürt, dass ihr etwas fehlte. Dass eine gewisse Distanz zwischen ihnen entstanden war, dass sie wehmütig an die innigen Momente dachte, die sie früher miteinander erlebt hatten. Es war ihr alles nicht so dramatisch vorgekommen, insgesamt lief es doch reibungslos. Und insgeheim war sie vielleicht sogar ganz froh darüber, weil es weniger anstrengend war, wenn man sich nicht so nahe war, und sie ihre Kraft so dringend brauchte, um den Alltag zu bewältigen.

Aber spätestens als Anka von ihrem Freund erzählt hatte, hätte sie misstrauisch werden müssen. Ein Unternehmensberater! Verheiratet, mit Kindern! Hundertfünfzig Kilometer Entfernung zwischen ihren Wohnorten!

Sie glaubte sogar, sich dunkel erinnern zu können, dass Matthias vor ungefähr einem Jahr von einer Kosmetikfirma im Rheinland erzählt hatte, für die er arbeite.

Nein, dachte sie, dieser Zufall war zu absurd, so was gab's doch sonst nur im Film. Es war eine besonders perfide Idee des Schicksals, sie und Anka hier aufeinandertreffen zu lassen. Wie dieser Zufall zustande gekommen war, darüber hatte sie sich schon den Kopf zerbrochen.

Sie dachte an den Tag zurück, als sie den Paradies-Prospekt gefunden hatte, mitten in einem Stapel Unterlagen, die Matthias aus seiner Aktentasche gezogen und achtlos auf den Tisch gelegt hatte, während er nach etwas suchte.

Das bunt bedruckte Papier stach zwischen den nüchternen Geschäftspapieren hervor und erweckte sofort ihr Interesse. Sie griff danach, zog es heraus und las: *Eine Woche im Paradies ...*

Mit glänzenden Augen sah sie Matthias an. »Was ist das?«

Matthias wühlte immer noch in seiner Aktentasche. »Was?« Er sah den Prospekt und schien irritiert zu sein. »Ach, das ist nichts.«

Er wollte ihr den Prospekt aus der Hand nehmen, aber Petra sah ihn sich genauer an. »Wir verreisen?«

»Äh ... ja, vielleicht.«

Sie las weiter. Das klang ja toll! Dann dämmerte es ihr. »Soll das etwa mein Geburtstagsgeschenk sein?«

Er nickte zögernd. »Hm ... ja.«

Seinen verwirrten Gesichtsausdruck hatte sie darauf zurückgeführt, dass sie vorzeitig hinter seine Überraschung gekommen war. Wieder einmal.

Als die Familie beim nächsten Mal komplett war, zeigte sie den Kindern stolz den Prospekt.

Eva griff danach und fragte: »Was ist das?«

Matthias lächelte. »Eine Art ... Kur. Für Mütter, die sich mal erholen müssen.«

Verwundert sah Petra ihn an. »Wieso Mütter? Ich dachte, wir fahren zusammen?«

»Na ja ... natürlich würde ich gern mit dir mitfahren«, sagte er schnell. »Aber es ist noch nicht sicher, ob ich es schaffe. Dieser große Auftrag, du weißt schon. Könnte eng werden.«

Petra versuchte, sich ihre Enttäuschung nicht anmerken zu lassen.

Marie hatte sich den Prospekt geschnappt und las. »Was ist denn Achtsamkeitstraining? Und was heißt ... *pescetarisch?*«

»Dass man nur Fisch zu fressen kriegt, bäh!« Simon hatte Marie den Flyer entwunden. »Meditierst du dann etwa auch?«

Petra nickte munter. »Wieso nicht?«

»Machen das nicht nur so Eso-Tussen? Die Mutter vom Linus meditiert, und die nervt krass.«

»Keine Sorge«, sagte Petra. »Ich werde schon keine Eso-Tusse.«

Inzwischen war ihr klar geworden, dass der Prospekt nicht für sie bestimmt gewesen war. Vielleicht hatte er Anka die Reise schenken wollen. Vielleicht hatte er sogar geplant, gemeinsam mit ihr hierherzufahren.

Nicht zu fassen, dass sie zweimal auf die gleiche Nummer reingefallen war! Und beide Male in ihrer Naivität geglaubt hatte, Matthias wolle ihr eine Freude machen! Bittere Enttäuschung und Wut auf ihn, aber auch auf sich selbst, krochen in ihr hoch.

Warum Matthias nicht verhindert hatte, dass Anka genau in der gleichen Woche ins Hotel Paraíso reiste, in der auch sie hier war, verstand sie allerdings nicht. Aber das würde sie schon noch herausfinden.

Fröstelnd setzte sie sich auf, warf die feuchten Handtücher ab und erhob sich von der Liege. Kurz darauf sperrte sie die Bungalowtür auf und ließ sie geräuschvoll ins Schloss fallen.

Anka schreckte hoch. »Da bist du ja! Ich hab mir schon Sorgen um dich gemacht!«

»Und hast bestimmt die ganze Nacht verzweifelt nach mir gesucht«, gab sie zurück.

»Es tut mir alles so leid …«, sagte Anka.

Petra reagierte nicht, holte ihren Koffer aus dem Schrank und begann ihre Sachen zu packen.

Anka griff nach dem Wasserglas auf ihrem Nachttisch und trank einen Schluck. Dann setzte sie sich auf und strich sich die Haare aus dem Gesicht.

»Petra, bitte. Ich verstehe, dass du … furchtbar verletzt und wütend bist. Dass du mich wahrscheinlich am liebsten umbringen würdest. Aber wir müssen doch irgendeine Lösung finden!«

»Was denn für eine Lösung?«

»Ich weiß es auch nicht … Lass uns darüber reden.«

»Es gibt nichts zu reden.«

Sie ging ins Bad und wühlte im Abfalleimer. Mit dem positiven Teststreifen zwischen den Fingern kam sie zurück, legte ihn aufs Bett und machte ein Foto. Dann hob sie das Handy, um Anka zu fotografieren. Die zog sich schnell die Decke vors Gesicht. Petra drückte trotzdem ab.

»Matthias mag Rätsel«, sagte sie. »Das wird ihm gefallen.«

Sie hörte, wie Anka zu weinen begann und mit erstickter Stimme sagte: »Hör auf, bitte!«

Petra lud die Fotos bei Whatsapp hoch und tippte eine Nachricht.

Rate, wen ich hier kennengelernt habe. Und rate, wer schwanger von dir ist. Und dann darfst du noch raten, wer bis Samstag seine Koffer gepackt und das Haus verlassen hat.

Sie schickte die Nachricht ab und packte zu Ende. Es dauerte nicht lange, bis ihr Handy summend den Eingang seiner Antwort anzeigte.

Was soll das? Was ist los?

Sie reagierte nicht.

Gleich darauf klingelte Ankas Handy. Die drückte den Anruf weg. Sekunden später erhielt sie eine Nachricht, überflog sie und legte das Telefon zur Seite.

»Wieso packst du denn? Du kommst doch sowieso nicht von der Insel runter.«

Petra schloss ihren Koffer. »Ich lasse mir ein anderes Zimmer geben.«

Sie hatte bereits die Hand auf der Klinke, da drehte sie sich noch einmal um. »Ach, eins noch. Hat er dir die Reise geschenkt?«

Anka verneinte. »Ich habe sie ihm vorgeschlagen. Ich wollte so gern mal mit ihm wegfahren, aber er hatte nie Zeit.«

»Da haben wir was gemeinsam«, knurrte Petra.

»Ich hab die Woche dann für mich alleine gebucht und ihm erzählt, dass ich im Ferienhaus eines alten Freundes bin. Damit er eifersüchtig wird.«

Das erklärte, warum Matthias von ihrem Zusammentreffen hier nichts hatte ahnen können. Sie hielt den Paradies-Prospekt mit zwei Fingern hoch, als wäre er etwas Unhygienisches. »Dann hast du ihm den also gegeben?«

Anka nickte.

Sie ließ den Prospekt auf das Tischchen zurücksegeln. Dabei fiel ihr Blick auf Ankas dunkelroten Kaschmirschal, der über der Stuhllehne lag, und sie fragte sich, wer noch alles so einen von Matthias bekommen hatte. Dann warf sie die Tür hinter sich zu.

Die Rezeption war nicht besetzt. Petra griff auf gut Glück nach einem Schlüssel. Er gehörte zu einem der Zimmer im Hauptgebäude. Während sie die Treppe hinaufging, klingelte ihr Handy. Sie drückte das Gespräch weg. Dann tippte sie:

Ich will nicht mit dir reden. Ich schalte das Telefon jetzt aus.

Sie packte das Nötigste aus, legte sich aufs Bett und starrte an die Decke. Immer wieder überprüfte sie die Website mit den Abfahrtszeiten der Fähre, aber es blieb dabei: Auch heute würden keine Schiffe fahren.

Sie fragte sich, was Leute machten, die unbedingt ihr Flugzeug erreichen mussten, weil sie dringende Termine hatten. Aber dann wurde ihr klar, dass so ein Sturm nicht unerwartet kam und erfahrene Reisende die Wetterlage im Voraus checkten. Gestern früh wäre sie noch weggekommen, nun saß sie fest.

Wenn nur der verdammte Wind endlich aufhören würde! Wie ein Rudel hungriger Wölfe heulte er ums Haus und machte sie ganz verrückt. Verzweifelt zog sie sich das Kissen über den Kopf, als könnte sie damit nicht nur die Welt, sondern auch ihre eigenen, quälenden Gedanken aussperren.

Das Meer tobte, und die Gischt schlug ihr entgegen. Anka hielt zum Skypen das Handy in die Luft, während sie in respektvoller Entfernung vom Wasser den Strand entlangging. Das Gespräch wollte sie nicht im Hotel führen, wo überall jemand mithören konnte. Um Jo besser verstehen zu können, hatte sie die Ohrhörer eingestöpselt.

Gestern Abend, nach Petras schockierender Eröffnung, hatte sie sich aufs Bett gelegt, um kurz nachzudenken, und war sofort eingeschlafen. Fluchtschlaf hatte Mike es genannt, wenn sie sich stressigen Situationen auf diese Weise entzogen hatte. Sie konnte nichts dafür, es kam einfach über sie. Natürlich hätte sie Jo sofort anrufen müssen. Nun war Petra ihr zuvorgekommen.

Jos Gesicht schien vor ihr im Himmel zu schweben wie das Gesicht eines zornigen Gottes.

»Kannst du mir mal erklären, was überhaupt los ist?«, sagte er aufgebracht. »Ich denke, du bist im Ferienhaus von deinem Freund? Was hat meine Frau dort zu suchen?«

Sie erschrak über seinen harschen Ton. Während sie versuchte, ihm die Situation zu erklären, merkte sie, wie absurd das Ganze klang. Und wie peinlich ihre Geschichte mit dem Ferienhaus. Sie hatte sich verhalten wie eine Dreizehnjährige, die sich wichtigmachen wollte.

»Du hast mich also angelogen?«

»Tut mir leid, Jo. Es war ... eine Notlüge.«

Wenn man die Not bedachte, in der sie sich durch sein Zögern befand, konnte man das ja wohl so nennen. Aber nun war das Versteckspiel zu Ende, nun würde er eine Entscheidung treffen müssen. In seiner Ehe konnte es doch schon lange nicht mehr stimmen, wenn er Petra vor Jahren schon mal betrogen hatte. Petra selbst schien auch nicht sonderlich glücklich zu sein. Sie wirkte wie eine Frau, die sich die Dinge schönredete, weil sie Angst vor einer Veränderung hatte. Vielleicht wäre eine Trennung das Beste, was ihr passieren konnte! Sie sah gut aus und war noch nicht zu alt, um noch mal richtig durchzustarten. Diese Gedanken belebten Anka. Vielleicht würde ja doch noch alles gut werden.

»Was ist mit der angeblichen Schwangerschaft?«, hörte sie Jos Stimme. »Ist das auch eine Notlüge?«

»Nein, das stimmt«, sagte sie kleinlaut.

»Hast du es geplant?«

Klar, dass er das dachte. Jeder Mann in seiner Situation würde das denken. Die Pille zu vergessen galt als unverzeihlich. Niemand konnte sich vorstellen, dass es ohne Vorsatz geschah. Aber konnte das Unterbewusstsein vorsätzlich handeln?

»Natürlich nicht, Jo«, sagte sie sanft. »So was würde ich nie tun. Aber ist es nicht ein Zeichen? Dass ich gerade jetzt meinen Job verliere und gleichzeitig schwanger werde, das ist doch wie … ein Wink von oben, findest du nicht?«

Keine Antwort. Nur sein angespanntes Gesicht mit den mahlenden Kiefern vor ihr.

»Jo! Was ist denn? Sag doch was!«

Nun sah sie, dass er etwas sagte, konnte ihn aber nicht mehr hören. Der Ton war weg. Dann verschwand auch noch sein Gesicht. Das Display wurde schwarz, und ihr Spiegelbild erschien. Die Haare wehten wild um ihren Kopf, und es war ihr unangenehm, dass er sie so gesehen hatte. Er mochte es, wenn ihr Haar in einer sanften Welle nach innen fiel, mit ein wenig Volumen auf dem Oberkopf, leicht glänzend von der Pflegespülung. Mit beiden Händen griff er dann hinein, bog ihren Kopf sanft nach hinten und küsste ihren Hals. Beim Gedanken daran erschauerte sie.

Plötzlich war sein Gesicht wieder da, dann auch der Ton. »Warum antwortest du nicht?«

»Ich konnte dich nicht hören.«

»Ich sagte gerade, ich kenne einen Arzt. Er wird das gut machen. Und er ist diskret.«

»Einen Arzt?«

»Für die Abtreibung.«

Hatte sie richtig gehört? Das konnte nur ein Irrtum sein.

»Du hast mich falsch verstanden«, schrie sie gegen den Wind an. »Ich will das Kind bekommen!«

Seine Antwort kam prompt. »Du kannst das Kind nicht bekommen.«

»Aber ich bin sechsunddreißig!«, rief sie. »Das ist vielleicht meine letzte Chance!«

Er schwieg. Sein Gesicht verschwand erneut. Diesmal sah es so aus, als hätte er das Handy in den Schoß sinken lassen. Sie sah zwei Stuhlbeine und ein Stück von der Wand.

Das ungute Gefühl, das sie zu Anfang des Gespräches beschlichen hatte, verstärkte sich. Jo hatte nichts von dem gesagt, was sie sich so wünschte: dass er froh war, sich nicht mehr verstecken zu müssen. Dass sich ab jetzt alles ändern würde. Dass er eine Entscheidung treffen würde.

»Was ist los?«, fragte sie zaghaft. »Warum sagst du denn nichts?«

Nach einem Moment war er wieder da. »Wann kommst du zurück?« Sein Gesichtsausdruck war ernst, seine Stimme geschäftsmäßig, als ginge es darum, einen Termin für ein Meeting zu vereinbaren.

»Am ... Samstag um drei«, stammelte sie. »Ich hab doch extra den Flug nach Frankfurt statt nach Köln gebucht, damit wir uns noch sehen können.«

»Dann kommt ihr also zusammen, du und Petra?«

»Na ja ... ich würde eher sagen, im selben Flugzeug. Es ist nicht so, dass sie noch viel mit mir reden würde.«

»Wo ist sie jetzt?«

»Sie hat sich ein anderes Zimmer genommen. Sie kann hier nicht weg, der Fährverkehr ist unterbrochen.«

»Wir reden weiter, wenn du zurück bist. Und sag bitte Petra, sie soll an ihr verdammtes Telefon gehen!«

»Meine Güte, Jo, ich erwarte ein Kind von dir. Freust du dich denn gar nicht?«

Sein Bild war verschwunden. Die bunten Apps auf ihrem Display schienen sie höhnisch anzugrinsen. Sie riss sich die Stöpsel aus den Ohren und schleuderte das Handy laut schluchzend in den Sand.

Jenny stand leise auf, um Suse nicht zu wecken. Es war erst kurz vor halb acht, aber sie konnte nicht mehr schlafen. Sie schlüpfte in ihre Leggings, warf eine dicke Strickjacke über und schlich aus dem Bungalow. Immer noch blies ein kräftiger Wind, dicke Wolken rasten am Himmel entlang. Es sah aus, als würde es gleich wieder anfangen zu regnen.

Sie nahm ihre Flipflops in die Hand und ging barfuß hinunter zum Strand, wo riesige Brecher ans Ufer donnerten. In der Ferne sah sie eine Frau auf sich zukommen. Das Gesicht von dunklem Haar umweht, eine schmale Figur, die sich gegen den Wind stemmte. War das Anka? Was tat die denn hier so früh am Morgen?

Seit ihrer Ankunft war Anka eigentlich nur leidend gewesen und hatte die meiste Zeit im Bungalow verbracht. Wenn sie einmal irgendwo dabei gewesen war, hatte sie über Unwohlsein geklagt oder irgendwas zu meckern gehabt. Tusse, dachte Jenny. Zu gutes Aussehen verdarb den Charakter.

Ihre Gedanken wanderten zum Vorabend zurück. Als der Streit über Flüchtlinge immer heftiger geworden war, hatte sie beschlossen, ins Bett zu gehen. Manfred hatte ihren Aufbruch bemerkt und ihr ein Zeichen gegeben, auf ihn zu warten.

»Noch einen Absacker?«

Gemeinsam waren sie zur Bar geschlendert, aber Alfonso war nicht da gewesen. Das war ungewöhnlich, der Barmann war sonst immer an seinem Platz. Wie ein geheimnisvoller

Abgesandter aus einer anderen Welt, der in Jennys Fantasie noch hinter dem Tresen stehen und Drinks servieren würde, wenn das Hotel längst zu Staub zerfallen war.

Verwundert blickten sie sich um, aber auch nach längerem Warten tauchte Alfonso nicht auf. Bar und Lobby waren verwaist. Ganz so, als wäre das Hotel bereits im Winterschlaf. So gossen sie sich kurzerhand selbst zwei Brandys ein und prosteten einander zu. Aus einem Drink wurden zwei, schließlich drei.

Der blöde Streit der anderen Teilnehmer war schnell vergessen, sie redeten und lachten, und Jenny fühlte sich wie in einer weichen, warmen Wolke. Schon lange hatte sie die Gesellschaft eines Mannes nicht mehr so genossen.

Er legte ihr den Arm um die Schultern, sie lehnte sich bei ihm an. Mit den Fingern der rechten Hand streichelte sie seinen kahlen Kopf, zeichnete die Form seines Schädels nach und war erstaunt über die weiche Haut darauf. Irgendwann sah er sie an, mit einer Sehnsucht im Blick, die ihr das Herz zusammenzog. Sie wusste, dass es falsch war. Dass seine Sehnsucht nicht sie meinte. Trotzdem folgte sie ihm in sein Zimmer.

Langsam zog er sie aus, drückte sie sanft aufs Bett, küsste und streichelte sie. Sie ließ es geschehen und versuchte ihm das Gefühl zu geben, dass er alles richtig machte. Es sollte schön für ihn sein. Das hatte er, nach allem, was er durchmachen musste, verdient.

Jenny selbst konnte es nicht genießen, mit einem Mann zu schlafen. Sex war für sie kein Vergnügen, Sex war Arbeit. Wenn sie mit einem Mann im Bett war, bediente sie einen Kunden. Ihre Bewegungen, ihr Stöhnen, ihre geflüsterten Obszönitäten, das alles war Bestandteil ihres professionellen Repertoires, nicht Ausdruck echter Empfindung.

Empfindungen hatte sie keine mehr beim Sex, die waren ihr in über fünfundzwanzig Jahren abhandengekommen.

Sie wusste, dass sie gut war. Bei den meisten Freiern kam es darauf zwar nicht an — denen ging es nur ums schnelle Abspritzen —, aber wenn sie es wollte, konnte sie einem Mann die größten Wonnen verschaffen.

Bei Manfred kam es nicht dazu. Sein Penis wurde nicht richtig hart. Weder vermochte er in sie einzudringen, noch gelang es ihr, ihn mit dem Mund zu befriedigen. Er war nicht vorwurfsvoll, wie Kunden es in diesem Fall meist waren, nur beschämt. Er vergrub sein Gesicht regelrecht in ihrem Körper, streichelte unaufhörlich ihre Brüste und weinte. Immer wieder flüsterte er, wie schön sie sei und dass es nicht an ihr liege.

Sie bemühte sich, ihn zu trösten. Sagte all die Dinge, die man als Frau in diesem Moment sagte, obwohl man wusste, dass nichts davon half.

Als er eingeschlafen war, ging sie leise ins Bad. Während sie auf der Toilette saß, entdeckte sie seine Brieftasche, die in der Gesäßtasche seiner Hose steckte. Sie zögerte einen Moment, dann nahm sie sie heraus und öffnete sie. Zwischen Geldscheinen, Quittungen und Bankkarten fand sie Fotos von ihm und seiner Frau. Die Bilder waren knittrig, die Kanten abgestoßen. Er musste sie seit vielen Jahren mit sich herumtragen. Seine Frau war eine zierliche Brünette mit einem Pagenkopf und großen, dunklen Augen. Ihr seelenvoller Blick richtete sich auf den Betrachter, Manfred stand daneben und sah sie liebevoll an. Das Foto mochte zehn oder fünfzehn Jahre alt sein, Manfred trug noch einen Haarkranz. Man konnte die Verbundenheit der beiden regelrecht spüren. Jenny fühlte sich plötzlich wie ein Eindringling in einem fremden Haus. Sie hatte hier nichts zu suchen.

Seine Moni war gerade ein halbes Jahr tot, er musste doch erst um sie trauern. Es war viel zu früh für ihn, sich mit einer anderen Frau einzulassen.

Warum hatte sie ihm bloß nachgegeben? Er hätte eine Freundin gebraucht, jemanden, der für ihn da war und seine Traurigkeit aushielt, der ihm zuhörte und Anteil nahm. Und was machte sie? Zog ihr Hurenprogramm durch. Das Einzige, was sie konnte.

Sie bückte sich, um eine Muschel aufzuheben. Als sie wieder aufblickte, vermischten sich ihre Tränen mit dem Regen, der wieder eingesetzt hatte.

Als Suse aufwachte, war das Bett neben ihr leer. Jenny war schon wieder weg, obwohl sie heute Nacht erst spät gekommen sein musste. Bestimmt war sie bei Manfred gewesen. Es sah ja ein Blinder, dass die zwei sich gut fanden. Suse wünschte ihr so sehr, dass es diesmal klappte würde. Jenny hatte wohl bisher nicht viel Glück mit Männern gehabt.

Sie seufzte. Was für ein beschissener Abend gestern! Obwohl sie sich fest vorgenommen hatte, sich nicht provozieren zu lassen, und am Anfang cool geblieben war, hatte sie schließlich doch die Beherrschung verloren und herumgeschrien.

Sie wusste, dass diese Debatten zu nichts führten. Sie wusste, dass man jemanden, der so dachte wie Ronnie, mit den tollsten Argumenten nicht vom Gegenteil überzeugen konnte. Natürlich hatte Ronnie in seinem Leben noch keinen Geflüchteten aus der Nähe gesehen und außer mit dem türkischen Gemüsehändler in seiner Nachbarschaft noch nie mit Muslimen zu tun gehabt. Umso sturer verteidigte er seine Vorurteile. Am Ende des Abends hatte sie ihm sogar angeboten, sie mal in Pfarrkirchen zu besuchen.

»Ich zeig dir die Unterkunft und stelle dir Menschen vor, die dort leben. Dann kannst du dir selber ein Bild machen, statt irgendwelchen Quatsch nachzuplappern!«

Er hatte nur blöd gegrinst.

Und dann noch die rothaarige Zicke mit ihrer angeblich ach so großen Besorgnis um die Sicherheit von Frauen. Wenn diese Leute all die Energie, mit der sie ihre Vorurteile pflegten, in die Flüchtlingshilfe stecken würden, wären die meisten Probleme gelöst, dachte Suse finster. Sie schlug die Decke zurück und stand auf.

Als sie wenig später die Tür zum Speisesaal öffnete, blieb sie überrascht stehen. Alles war noch so, wie die Gruppe es in der Nacht zurückgelassen hatte. Auf dem Tisch stand benutztes Geschirr neben halb vollen Gläsern, dazwischen lagen zerknüllte Papierservietten. Zwei umgefallene Stühle zeugten davon, dass der Streit noch weiter eskaliert war.

Erst jetzt bemerkte Suse die seltsamen Zeichen auf dem Tischtuch. Auch auf den Vorhängen und sogar an der Wand sah sie Kreise, Spiralen und Häkchen, die mit einem schwarzen Stift aufgemalt worden waren. Wo kamen die denn her?

Larissa! Sie hatte sich nicht an der Diskussion beteiligt, sondern abwesend am Tisch gesessen. Irgendwann musste sie mit dem Stift losgezogen sein.

Gegen Ende des Abends war plötzlich ein durchdringender Schrei zu hören gewesen. Alle hatten erschrocken zu Larissa geblickt, die aufgesprungen war, die Hände auf die Ohren gepresst, und mit wildem Blick um sich gesehen hatte. »Hört endlich auf mit dem Geschrei! Ihr vertreibt die Engel!«

Niemand hatte reagiert, alle schienen sich inzwischen an ihre Spinnereien gewöhnt zu haben. Offenbar war sie die Einzige, die sich fragte, was mit Larissa los sein könnte.

Suse schnupperte, es roch muffig. Sie wollte gerade ein Fenster öffnen, da merkte sie, dass sie nicht allein war. Jan saß mit dem Rücken zu ihr in einem Sessel am Kamin und hatte den Kopf in die Hände gestützt.

»Was machst du denn hier?«, fragte sie entgeistert. »Hast du hier übernachtet?«

Er drehte sich um und blickte sie mit rot geränderten Augen an. »Ich war früh auf. Und was hat dich aus dem Bett getrieben?«

»Ich konnte auch nicht mehr schlafen. Es tut mir leid wegen gestern. Ich wollte das alles nicht, ehrlich.«

Jan zog eine Braue hoch. »Was meinst du mit *alles*? Die Sache mit der Polizei? Den Streit? Die versaute Stimmung?«

Suse nickte betroffen. Der war ja richtig sauer auf sie. »Alles eben. Ich wollte übrigens gestern abhauen. Bin nur zurückgekommen, weil die Boote nicht fahren.«

Er zuckte die Schultern, als wäre ihm sowieso alles egal.

»Was kann ich tun, um es ... wiedergutzumachen?«, fragte sie zaghaft.

Er antwortete nicht, sondern stand auf, um den Tisch abzuräumen. Sie packte mit an.

»Was sind das für komische Zeichen?«

Jan seufzte. »Larissa. Sie wollte den Streit beenden und die Atmosphäre heilen. Du weißt ja, sie hat sehr eigene Vorstellungen.«

»Kann man wohl sagen. Weißt du, was mit ihr los ist?«

»Was soll denn mit ihr los sein?«

»Findest du ihr Verhalten etwa normal?«

»Was ist schon normal. Ich habe mir abgewöhnt, in diesen Kategorien zu denken. Jeder Mensch ist anders und tickt auf seine eigene Art. Ich maße mir nicht an, jemanden zu beurteilen.«

Suse fand, dass er es sich ziemlich leicht machte. Aber sie wollte ihn nicht schon wieder verärgern, deshalb hielt sie den Mund. Sie sah sich um.

»Gibt's denn heute kein Frühstück?«

»Der Direktor hat sich abgesetzt«, sagte Jan, hob ein volles Tablett auf und trug es in die Küche.

Sie folgte ihm. »Abgesetzt?«

»Er ist abgehauen. Wahrscheinlich gestern früh mit dem letzten Boot. Wollte wohl nicht darauf warten, dass sie ihn wegen der Sache mit der Schwarzarbeit hochnehmen.«

»Hat der echt zwei Drittel seiner Leute schwarz beschäftigt? Ich kann mir gar nicht vorstellen, wie das gehen soll.«

»Da gibt's offenbar verschiedene Tricks. Manche waren gar nicht angemeldet, andere für kürzere Zeit, als sie dann tatsächlich gearbeitet haben. Frag mich nicht, ich hab keine Ahnung, wie das hier läuft.«

Er holte einen Lappen aus der Küche und wischte die Tische ab. Suse folgte ihm. »Und ... wo sind die anderen Angestellten?«

»Haben sich auch vom Acker gemacht. Es bezahlt sie ja keiner mehr, warum sollen sie weiterarbeiten?«

Suse stemmte die Hände in die Hüften und lachte ungläubig. »Du willst sagen, es ist niemand mehr vom Hotel hier? Ich muss mich jetzt mit diesen frustrierten Muttis, notgeilen Mackern und rassistischen Arschlöchern wegen Küchendienst rumschlagen?«

Jan bedachte sie mit einem strengen Blick. »Wenn du etwas wertschätzender über die Menschen denken würdest, hättest du es leichter im Leben.«

»Wenn die Menschen etwas wertschätzender über mich denken würden, hätte ich es noch leichter«, gab sie zurück. »Also, machen wir ab jetzt Selbstversorgerurlaub? Die Leute drehen durch, wenn sie das hören.«

Jan nickte bekümmert. »Das fürchte ich auch. Und die Fähren gehen frühestens übermorgen wieder. Man spricht schon von einem Jahrhundertsturm, so was gab's hier zuletzt im Jahr 1902.«

Suse wühlte im Kühlschrank und kramte alles heraus, was halbwegs genießbar aussah. Sie legte Aufschnitt und Käse auf Teller, schälte Gurken und Karotten, rührte ein Müsli zusammen und toastete das altbackene Weißbrot, das sie gefunden hatte. Aus den letzten Eiern machte sie Rührei in einer riesigen, gusseisernen Pfanne, in die hundert Eier hineingepasst hätten und die sie kaum heben konnte.

Jan hatte die Spuren vom Vorabend beseitigt und den Tisch gedeckt. Nun brühte er Tee und Kaffee auf.

»Das sieht doch schon super aus!« Suse wollte Optimismus verbreiten, aber Jan sprang nicht darauf an. Er versuchte nicht einmal, die Fassade des gut gelaunten Reiseveranstalters vor ihr aufrechtzuerhalten. Sie machte sich langsam Sorgen.

Nacheinander kamen die Teilnehmer in den Speiseraum. Es wurde kaum gesprochen. In kleinen Gruppen fanden sich diejenigen zusammen, die am Abend zuvor auf derselben Seite gestanden hatten. Sie tuschelten leise miteinander und ignorierten die jeweils anderen.

Die übrigen bildeten ebenfalls Fraktionen im Raum. Petra, Anka und Larissa fehlten. Die Stimmung war ungefähr so ausgelassen wie bei der Beerdigung eines reichen Verwandten, über dessen Erbe sich die Großfamilie bereits zuvor zerstritten hatte.

Suse überlegte, wohin sie sich setzen könnte, und merkte, dass eigentlich alle wütend auf sie waren. Die einen wegen der Flüchtlingsdiskussion, die anderen wegen des Personalschwundes, den sie ihr anlasteten. Sie bekam Angst vor dem, was passieren würde, wenn Jan gleich die neueste Hiobsbotschaft bekannt gab. Sicherheitshalber setzte sie sich in seine Nähe. Er würde sie ja hoffentlich verteidigen, wenn jemand sie tätlich angriff.

»Guten Morgen, ihr Lieben«, begann er. »Ich hoffe, ihr habt trotz des turbulenten Abends gut geschlafen. Ihr wisst ja, man kann unterschiedlicher Meinung sein und sich trotzdem gegenseitig respektieren.«

Ja, dachte Suse, bei jedem anderen Thema, aber nicht bei dem.

»Ihr werdet gleich denken, ich mache einen schlechten Scherz, oder ihr seid Opfer der Versteckten Kamera«, fuhr Jan fort. »Aber leider ist es nicht so. Der Herr Direktor hat beschlossen, sich der Verantwortung für seine Machenschaften zu entziehen, und das Weite gesucht. Die letzten fünf Mitarbeiter haben das zum Anlass genommen, sich ebenfalls aus dem Staub zu machen. Das bedeutet, der Hotelbetrieb ist eingestellt. Ich muss gestehen, so was habe ich in meiner langen Laufbahn als Reiseveranstalter noch nicht erlebt.«

Jetzt war es raus.

Besorgt beobachtete Suse die Reaktionen der Teilnehmer, die zwischen stummem Entsetzen, ungläubigem Lachen und wütenden Kommentaren variierten. Sie bewunderte Jan, der bemüht war, ruhig zu bleiben und den Humor zu behalten.

»Anders als vorgestern habt ihr nun nicht mehr die Option, vorzeitig abzureisen. Der Fährverkehr ist bis mindestens übermorgen ausgesetzt, und schwimmen würde ich euch zurzeit nicht empfehlen. Also, lasst uns einfach zusammenhalten und das Beste draus machen. Wenn wir alle mithelfen, wuppen wir das doch mit links, oder?«

Bittend blickte er in die finsteren Mienen ringsum. Suse wollte nicht in seiner Haut stecken. In ihrer eigenen war es allerdings auch nicht gerade gemütlich.

»Jetzt reicht's!«, sagte die rothaarige Frau zornig und stand auf. »Ich habe eine hochwertige Wellnessreise gebucht, und jetzt soll ich Campingurlaub machen? Ich denk ja nicht dran.« Damit verließ sie den Raum und knallte die Tür hinter sich zu.

Schadenfroh dachte Suse an die Bilder der scheußlichen Pensionszimmer, die sie im Internet gesehen hatte. Sollte sie nur versuchen, was Besseres zu finden, sie würde sich wundern.

Die friesischen Schwestern wechselten einen Blick und erhoben sich ebenfalls. »Wir gehen auch. So eine schlimme Gruppe haben wir noch nie erlebt. Und so eine schlechte Organisation auch nicht. Wir werden auf Schadenersatz klagen, nur dass du das schon mal weißt.«

Sie warfen Jan finstere Blicke zu, bevor auch sie aus dem Speisesaal preschten.

Suse hoffte, dass Ronnie sich den beiden anschließen würde, aber er blieb sitzen und starrte Jan herausfordernd an. Gerade so, als würde es ihm Spaß bereiten, ihn in Schwierigkeiten zu sehen.

Jan bemühte sich weiter um Haltung. »Noch jemand, der gehen will? Dann bitte jetzt gleich, damit wir wissen, woran wir sind. Alle Übrigen bitte ich um Vorschläge, wie wir nun weiter vorgehen sollen.«

Erst rührte sich niemand. Dann gingen zögernd einzelne Hände nach oben.

Jenny war mit Suse, Manfred und Günther auf dem Weg zu einem Großmarkt. Sie hatten eine lange Einkaufsliste dabei, die nach erregter Diskussion von der Gruppe verabschiedet worden war. Bei der Frage, wer für den Einkauf aufkommen sollte, war sofort wieder Streit entbrannt. Sie und ein paar andere hatten dafür plädiert, von jedem etwas Geld einzusammeln, aber die Mehrheit war dafür gewesen, dass Jan die Kosten vorstrecken und mit den übrigen Schadenersatzansprüchen vom Hotelbetreiber zurückverlangen sollte.

»Egoistische Bande«, hatte Günther gemurmelt. »Der bleibt doch jarantiert auf der janzen Scheiße sitzen.«

Das Hotel gehörte zu einer Holding aus Madrid, wie sie inzwischen erfahren hatten. Der Geschäftsführer hatte sich sehr betroffen gezeigt und Jan versprochen, sich sofort um die Verbesserung der misslichen Lage zu kümmern. Was das konkret bedeutete, hatte er ihm allerdings nicht erklärt, und so konnten sie nur warten, was passieren würde. Das Thema Schadenersatz war noch gar nicht richtig zur Sprache gekommen. Jenny glaubte nicht, dass sie irgendwas kriegen würden. Solche Unternehmen beschäftigten doch eine Armee von Anwälten, die darauf spezialisiert waren, Ansprüche abzuwimmeln. Die würden schon irgendeinen Dreh finden, dass verschwundenes Hotelpersonal als höhere Gewalt eingestuft wurde, wie Unwetter oder Erdbeben.

Jan hatte die Entscheidung der Gruppe akzeptiert und Jenny seine EC-Karte und die Geheimnummer anvertraut. Nervös fühlte sie immer wieder nach, ob die Karte noch in ihrem Beutel war, und wiederholte in Gedanken den PIN-Code.

Behutsam hatte Jan die Gruppe dazu gebracht, die anstehenden Aufgaben unter sich zu verteilen. Darüber war die Stimmung etwas besser geworden, weil die Teilnehmer das Gefühl hatten, etwas tun zu können und der Situation nicht mehr so ausgeliefert zu sein. Schließlich hatte er zu Jennys Überraschung sogar angekündigt, dass Körpererfahrung und Yoga zu den gewohnten Zeiten stattfinden würden, beides im kleinen Saal.

Das Yogazelt war durch den Sturm beschädigt worden: ein Stützpfeiler gebrochen, die Planen waren zum Teil gerissen. In einer Regenpause hatten sie die Schäden inspiziert. Das Zelt abzubauen war während des Sturms nicht möglich, ohne sich in Gefahr zu bringen. So hatten sie nur die flatternden Planen festgebunden und hofften nun, dass der Schaden nicht noch größer würde.

Manfred fuhr im Schneckentempo durch den strömenden Regen. Windböen rüttelten am Kleinbus, die Straßen waren zum Teil überflutet, an manchen Stellen taten sich Risse oder Löcher auf, aus denen Wasser sprudelte. Überall lagen Steine und dicke Äste, die Manfred vorsichtig umkurvte.

Angespannt blickten alle aus dem Fenster. Keiner sagte was.

Verstohlen musterte Jenny Manfreds Hände am Lenkrad. Würde sie jemals wieder etwas empfinden können, wenn ein Mann sie berührte? Ihr war elend zumute.

Plötzlich krachte es.

»Ah!«, schrie Suse erschrocken auf. »Was war das?«

Manfred hielt an. Günther stieg aus und zerrte an einem großen Ast, der sich zwischen Reifen und Unterboden verklemmt hatte. Erst nach einer Weile gelang es ihm, den Ast freizubekommen. Mit schlammverschmierten Armen stieg er wieder ein. Jenny reichte ihm ein Papiertaschentuch.

»So eine Scheiße!«, fluchte er, während er sich notdürftig säuberte. Er schleuderte Suse einen zornigen Blick zu. »Und alles nur wegen dir!«

»Für den Sturm kann Suse aber nichts«, sprang Jenny ihr bei.

»Aber für alles andere.«

Nach einer Dreiviertelstunde und zwei weiteren Stopps, bei denen sie Hindernisse aus dem Weg räumen mussten, erreichten sie den Supermarkt. Auf dem Parkplatz standen nur wenige Autos. Keiner fuhr bei diesem Wetter freiwillig durch die Gegend.

Jenny las die Liste vor, Suse sprang von einem Regal zum nächsten und nahm die Lebensmittel heraus, Günther und Manfred schoben die immer voller werdenden Einkaufswagen durch die Gänge.

Hin und wieder warf Jenny verstohlene Blicke in Richtung Manfred. Sie hätte so gern gewusst, was in seinem Kopf vorging! Aber die Situation war denkbar ungeeignet, ihn danach zu fragen. Sie konzentrierte sich auf die Liste, um bloß nichts zu vergessen. Der geballte Zorn der Teilnehmer, die sich um ihre wohlverdiente Urlaubserholung geprellt sahen, hatte auch sie erschreckt. Den wollte sie auf keinen Fall weiter anheizen.

»Lass uns Schokolade kaufen«, schlug Suse vor. »Die steht zwar nicht auf der Liste, aber sie ist gut für die Nerven und hebt die Laune. Können wir doch alle brauchen.«

Jenny zögerte, dann nickte sie, griff ins Regal und holte mehrere Tafeln heraus.

Suse nahm ihr eine aus der Hand und studierte die Aufschrift. »Muss es ausgerechnet die von Nestlé sein?«

Günther deutete auf die Einkaufswagen. »Ungefähr die Hälfte von dem Zeug ist von Nestlé. Da kommt's auf das bisschen auch nicht mehr an.«

»Doch, darauf kommt es an«, entschied Suse und tauschte die Schokolade gegen die einer anderen Marke.

»Nimm bloß auch welche ohne Nüsse, gegen die ist sicher wieder irgendjemand allergisch«, sagte Jenny.

»Und welche, die vegan, lactosefrei und glutenfrei ist«, fügte Manfred hinzu. »Und artgerecht hergestellt. Mit Milch von glücklichen Kühen.«

Jenny war dankbar für seinen Scherz. »Fair gehandelt und biologisch abbaubar wäre auch nicht schlecht«, setzte sie grinsend hinzu.

»Ihr seid echt blöd«, befand Suse.

Ihre kleine Karawane näherte sich der Kasse. Die Wagen waren so voll, dass sie die oberen Waren festhalten mussten, um sie vor dem Absturz zu bewahren.

Manfred griff nach den Plastiktüten und wollte sie gerade aufs Band legen, da meldete sich Suse energisch zu Wort. »Kommt nicht infrage!«

»Was?«, protestierte Günther. »Und wie sollen wir das Zeug ins Hotel schleppen?«

»Wir sind doch genügend Leute, dann gehen wir halt mehrmals.«

Er verzog das Gesicht. »Weißt du eigentlich, was für eine verdammte Nervensäge du bist?«

»Neulich hast du noch zu mir gesagt, an meinen Argumenten sei was dran. Aber wenn's unbequem für dich wird, ist dir das plötzlich egal!«

Jenny legte Suse die Hand auf den Arm. »Schluss jetzt.«

Gemeinsam stapelten sie die Waren aufs Band. Jenny nestelte Jans EC-Karte heraus und bezahlte. Vierhundertdreiundachtzig Euro! Hoffentlich sah er auch nur einen Cent davon wieder.

Nachdem die Männer die Einkäufe in den Kleinbus geräumt hatten, brachten Jenny und Suse die Wagen zurück.

»Kannst du's nicht einfach mal lassen, dauernd die Menschheit zu belehren?«, sagte Jenny. »Damit erreichst du sowieso nichts.«

»Und wie sonst?«

»Sei einfach selber konsequent. Leb den anderen vor, wie es geht.«

Suse schnaubte. »Ja, klar! Dann heißt es: Super, die Suse schützt für uns die Umwelt und boykottiert die Großkonzerne, dann müssen wir's schon nicht tun.«

Jenny seufzte. »Und wenn alle sauer auf dich sind, dann heulst du wieder!«

Suse feixte. »Ich heul schon nicht. Pass lieber auf, dass du nicht heulst. Du siehst heute schon den ganzen Tag so aus, als hätte dir jemand deine Lieblingsunterwäsche geklaut.«

»Wie meinst du das?« Sie blieb stehen.

Suse legte den Kopf schräg. »Ist was mit Manfred?«

Jenny seufzte. »Ach, das ist kompliziert.«

»Ist es mit Männern jemals nicht kompliziert?«

»Kann mich nicht erinnern.«

»Ich finde, Manfred ist ein guter Typ«, sagte Suse. »Ich an deiner Stelle würde zugreifen.«

Jenny lächelte spöttisch. »Das sagt dir deine Lebenserfahrung, was?«

»Ich bin vielleicht jung, aber ich hab eine gute Menschenkenntnis«, erwiderte Suse. »Jedenfalls ... wenn's nicht um mich selbst geht.«

»Na dann. Danke für den Tipp.« Jenny lächelte.

Sie hatten den Bus erreicht und stiegen ein.

»Kannst du bitte die Heizung anmachen?«, bat Jenny und strich lächelnd mit der Hand über Manfreds Arm. Suse hatte recht, er war wirklich ein guter Typ. Vielleicht der beste, den sie je getroffen hatte.

Der Regen prasselte wieder stärker herunter. Manfred hatte den Scheibenwischer auf die höchste Stufe gestellt und beugte sich nach vorn, um zwischen den Wassermassen hindurchsehen zu können. Auch die anderen blickten konzentriert nach draußen, um ihn vor möglichen Hindernissen zu warnen.

»Da läuft jemand!«, rief Suse und deutete mit dem Finger in die graue Suppe.

Manfred bremste ab. Ungläubig starrten sie aus dem Fenster. Neben ihnen tänzelte eine selbstvergessene Larissa am Straßenrand entlang. Das Wasser lief ihr übers Gesicht, die Haare hingen strähnig auf ihre Schultern. Das weiße Kleid klebte ihr am Leib. In der Hand schwenkte sie die große Tasche, in der sie immer ihre Yogasachen transportierte. Als sie den Bus bemerkte, blieb sie stehen. Manfred hielt an, Günther öffnete die Schiebetür.

»Steig ein, schnell! Du bist ja klatschnass, du wirst dich erkälten!«

Larissa kletterte hinein und setzte sich auf die Rückbank. »Was macht ihr denn hier?«

Günther legte ihr seine Jacke über die Schultern. »Wir haben eingekauft. Und wieso rennste im Regen rum?«

»Wieso nicht?«, gab Larissa fröhlich zurück. »Die Elemente sind uns freundlich gesinnt, wenn wir sie respektieren. Wusstet ihr, dass wir durch unsere Sternzeichen auf besondere Weise mit den vier Elementen verbunden sind? Ich bin Skorpion, das ist ein Wasserzeichen, deshalb liebe ich das Meer, aber auch den Regen. Das Wasser kann mir nichts anhaben, und egal wie ich mal sterben werde, es wird nichts mit Wasser zu tun haben, sondern mit Erde, Feuer oder Luft ...«

»Du blutest ja«, sagte Suse erschrocken und wies auf Larissas Bein, an dem ein rötliches Rinnsal herablief und sich mit Wasser vermischte.

Günther schob Larissas verschmutzten Rock ein Stück nach oben. Auf ihrem rechten Oberschenkel, kurz oberhalb des Knies, klaffte eine tiefe Fleischwunde. »Was ist denn da passiert?«, rief er erschrocken.

»Oh.« Larissa blickte auf ihr Bein, als würde es nicht zu ihr gehören. »Ach, das ist nichts.«

Ob sie unter Schock stand? Anders konnte Jenny sich ihr Verhalten nicht erklären. Es war, als ob sie keinen Schmerz empfinden würde, was angesichts dieser Wunde eigentlich kaum möglich war.

»Larissa! Warum bist du denn verletzt?«

»Ich habe ihre Seelen befreit!«, sagte sie strahlend.

»Wen hast du befreit?«, fragte Suse verständnislos.

Jenny dämmerte es. Die Hunde! »Du hast die Zwingerhunde freigelassen?«

Larissa nickte eifrig, wie ein Kind, das eine schwierige Aufgabe erfüllt hatte und nun ein Lob von den Eltern erwartete.

»Wie hast du das denn hingekriegt?«, fragte sie und drehte sich vom Beifahrersitz noch weiter nach hinten. »Du hast doch gesagt, der Zwinger ist abgeschlossen.«

Günther öffnete den Reißverschluss ihrer Tasche und zog einen Bolzenschneider heraus.

»Knick-knack, knick-knack«, sang Larissa und machte die entsprechende Bewegung. Jenny konnte kaum glauben, dass die zierliche Frau über genügend Kraft verfügte, ein Stahlseil oder eine Kette zu zerschneiden, aber offenbar war es ihr gelungen.

Günther inspizierte die Wunde. »Wir müssen ins Krankenhaus«, entschied er. »Du brauchst 'ne Tetanusspritze.«

»Ach, Quatsch«, sagte Larissa. Sie holte einen Filzstift aus ihrer Tasche und begann, rund um die Wunde Kringel und Häkchen auf ihr Bein zu malen. »Bis morgen ist das verheilt, da kenne ich mich aus. Kannst du ein bisschen schneller fahren, Manfred? Ich muss zum Hotel zurück, da wartet jemand auf mich wegen einer Reiki-Behandlung.«

Jenny flüsterte Manfred etwas zu. Der wendete bei der nächsten Möglichkeit und fuhr in Richtung Krankenhaus.

Petra packte ihren Koffer. Sie packte und packte, aber sie wurde nicht fertig. Sie hörte bereits den Lärm der Flugzeugdüsen, der immer mehr anschwoll, und wusste, dass sie sich beeilen musste, sonst würde sie ihren Flug verpassen. Der Lärm wurde lauter und lauter, dann ebbte er allmählich ab. Das Flugzeug war ohne sie gestartet.

Sie schrak hoch und blickte verwirrt um sich. Dann wusste sie wieder, wo sie war. Draußen auf der Straße entfernte sich das Geräusch eines Motorrads. Sie ließ sich zurück auf ihr Kissen sinken. Schlagartig fiel ihr ein, was passiert war. Anka. Matthias. Das Kind.

Stöhnend setzte sie sich auf und vergrub das Gesicht in den Händen. Eine Flut finsterer Gedanken brach über sie herein. Matthias würde ausziehen. Bald wäre Simon mit der Schule fertig, dann wäre niemand mehr da. Sie müsste sich eine Wohnung nehmen. Alleine konnte sie sich das Haus nicht leisten.

Ihre Kinder würden sie besuchen kommen. Sie würden versuchen, nicht über ihren Vater zu sprechen, um sie nicht zu verletzen. Und je angestrengter sie das Thema vermieden, desto unübersehbarer würde es im Raum stehen.

Sie würde Freunde verlieren. Niemand konnte auf Dauer mit Eheleuten befreundet bleiben, die sich getrennt hatten. Jeder schlug sich irgendwann auf eine Seite. Alleinstehende Frauen wurden zu Außenseiterinnen. Verheiratete wollten nichts mit ihnen zu tun haben. Ehefrauen sahen sie als unliebsame Konkurrenz, Ehemänner als unglückliche Opfer, die ihnen ein latent schlechtes Gewissen verursachten. Wie hatte eine ihrer geschiedenen Freundinnen es ausgedrückt: »Wenn ich überhaupt noch eingeladen werde, stehe ich alleine herum oder werde neben dem größten Idioten platziert, neben dem sonst keiner sitzen will. Inzwischen verstehe ich, warum Frauen sich von ihren Männern so viel bieten lassen, nur um verheiratet zu bleiben. Das ist immer noch besser, als sozial geächtet zu sein.«

Das Schlimme war, dass sie Matthias nie vollständig aus ihrem Leben würde verbannen können. Als Paar konnte man sich trennen, als Eltern nicht. Die Kinder würden sie aneinanderketten, sie zwingen, Kontakt zu halten, miteinander zu sprechen. Sie würden eine immerwährende Verbindung zwischen ihnen darstellen.

Familienfeste! Petra stöhnte auf. Simons Abitur, die Bachelorfeiern von Eva und Marie, runde Geburtstage, Hochzeiten, Taufen ...

Am meisten Angst hatte sie vor Weihnachten. Vor der alljährlich wiederkehrenden Diskussion, wann, wo und in welcher Konstellation gefeiert wird. Vor dem Kampf um das Privileg, die Kinder an Heiligabend bei sich zu haben. Sie stellte sich vor, wie sie über die Feiertage zu ihren Eltern fahren würde, die sie mit einer unerträglichen Mischung aus *du armes Kind* und *wir haben es dir immer gesagt* behandeln würden. Sie konnte jetzt schon das Gefühl der Verlassenheit spüren, das sie empfinden würde, wenn sich draußen diese ganz besondere Stille über die Welt senkte, überall glückliche Familien um den Weihnachtsbaum herumsaßen und sie für immer von diesem Glück ausgeschlossen war.

Eine ewige Rivalität um die Liebe der Kinder würde entbrennen. Wer hatte den intensiveren Kontakt zu ihnen, wer die bessere Beziehung? Welchen Elternteil würden sie lieber besuchen? Wer stünde als Erster am Bettchen des ersten Enkelkindes?

Die Kinder hätten mit einem Mal eine Halbschwester oder einen Halbbruder. Wahrscheinlich fänden sie es cool und hätten Lust, Zeit mit der neuen Familie zu verbringen. Und alle würden von ihr erwarten, dass sie entspannt mit der Situation umging. Meine Güte, Petra, so eine Patchworkfamilie ist doch was Tolles! Sieh doch auch mal die positiven Seiten!

Sie schlug die Hände vors Gesicht. Wenn das ihre Zukunft war, wofür sollte sie noch weiterleben? Eine bleierne Schwere legte sich auf sie. Mit Mühe rappelte sie sich hoch und schleppte sich ins Bad. Beim Blick in den Spiegel hätte sie um ein Haar losgeheult. Wenn schon eine Dreißigjährige eher vom Blitz erschlagen wurde, als noch einen Mann zu finden – wie war es dann für eine Frau mit sechsundvierzig? Würde die vorher noch die Pest kriegen, bevor der Blitz sie traf?

Sie durchsuchte ihren Waschbeutel. Acht Schlaftabletten. Sie brauchte mindestens das Fünffache.

Ihr Magen schmerzte. Es war zwölf Uhr, und sie hatte seit gestern Abend nichts mehr gegessen. Die Frühstückszeit war längst vorbei.

Und wenn sie einfach nichts mehr zu sich nahm? Ohne Nahrung konnte man ziemlich lange überleben, ohne Flüssigkeit nur ein paar Tage. Aber wenn der Magen schon nach ein paar Stunden Nahrungsentzug so schmerzte, wie schlimm würde es dann werden, wenn sie tagelang nichts aß und trank?

Sie öffnete die Minibar. Leer. Klar, das Zimmer war nicht mehr für Gäste vorbereitet gewesen. Sie ging zurück ins Bad und füllte ein Zahnputzglas mit Wasser. Dann fiel ihr ein, dass es kein Trinkwasser war. Jan hatte sie immer wieder eindringlich daran erinnert. Wie viel sie wohl davon trinken müsste, um zu sterben? Wahrscheinlich würde sie nur die Kotzerei kriegen.

Sie verließ ihr Zimmer, ging über den Flur und die Treppe hinunter. Die Lobby war menschenleer. Was war denn hier los? Es sah aus, als wären über Nacht alle Angestellten verschwunden. Auch von den Teilnehmern der Paradies-Gruppe war niemand zu sehen.

Unschlüssig blickte sie sich um, dann ging sie hinter die Bar, öffnete den Kühlschrank und nahm eine Flasche Wasser heraus. Ohne sich die Mühe zu machen, ein Glas zu nehmen, trank sie mit gierigen Schlucken.

Ihr Blick fiel auf eines der gemütlichen, hellgrauen Sofas, mit denen der Lobbybereich möbliert war. Da lag jemand. Vorsichtig trat sie näher.

Wie lauteten die Fragen in diesen Psychotests, die sie so gern machte?

Sie sind in einem finsteren Wald und finden eine Schatzkarte. Was tun Sie?

a) Ich mache mich auf die Suche nach dem Schatz.
b) Ich laufe schnell weg, der Wald ist mir zu finster.
c) Ich überlege, ob die Karte ein Fake ist.

Wenn in Ihrem Leben etwas schiefgeht, wem geben Sie dann die Schuld?

a) den anderen
b) mir selbst
c) dem Schicksal

Wenn vor Ihnen schlafend die Frau liegt, die seit einem Dreivierteljahr ein Verhältnis mit Ihrem Mann hat und nun von ihm schwanger ist, wen bringen Sie um?

a) sich selbst
b) Ihren Mann
c) die Frau

Suse atmete auf und setzte sich auf einen der orangefarbenen Plastikstühle im Wartebereich. Es war nicht leicht gewesen, Larissa ins Krankenhaus zu verfrachten. Richtiggehend wütend war sie geworden, als sie begriffen hatte, dass Manfred nicht zum Hotel zurückfuhr.

»Was fällt euch ein? Ich glaube nicht an die Schulmedizin, die macht die Menschen nur noch kränker, als sie sowieso schon sind. Ihr könnt mich nicht zwingen, ins Krankenhaus zu gehen!«

»Doch, das können wir«, hatte Günther lapidar gesagt und sie auf ihren Sitz gedrückt.

»Aber die Schulmediziner kurieren nur an Symptomen herum, anstatt den ganzen Menschen zu sehen. Jede Krankheit hat eine Ursache. Die muss man finden!«

»Die Ursache für deine Wunde ist ein Hundebiss, was willste denn daran ganzheitlich sehen?«

Larissa heulte empört auf. »Du hast doch nicht die leiseste Ahnung! Das Ganze ist ein spiritueller Vorgang. Ich habe die Seele dieses Hundes befreit, und das Unrecht, das ihm von bösen Menschen angetan wurde, das muss karmisch neutralisiert werden. Und dazu war der Biss nötig, deshalb wird die Wunde auch ganz schnell heilen, und der Hund wird nie wieder jemanden angreifen, das kann ich dir garantieren!«

Günther hatte nur den Kopf geschüttelt.

Larissa redete unaufhörlich weiter: über Aura und Quantenphysik, Energiefelder und Transformationswellen. Keiner hörte mehr richtig hin, und es machte auch nicht den

Eindruck, als richteten sich Larissas Worte an jemand Bestimmtes. Eigentlich sprach es nur so aus ihr heraus. Inzwischen war Suse gänzlich davon überzeugt, dass sie ein ernsthaftes psychisches Problem hatte, aber für den Moment war es das Wichtigste, dass ihre Wunde versorgt wurde.

Es hatte über eine Stunde gedauert, bis sie endlich drangekommen waren, und bis dahin mussten sie Larissa mehrfach daran hindern abzuhauen. Schließlich setzten die beiden Männer sich rechts und links neben sie, um sie nötigenfalls festhalten zu können, während Jenny und Suse sie abzulenken versuchten.

Nun war sie endlich im Behandlungsraum. Jenny und Manfred saßen sich in einer Ecke des Wartebereichs schweigend gegenüber, während Günther unter dem Vordach auf und ab ging und eine Zigarette rauchte.

Unter all dem wirren Zeug, das Larissa von sich gegeben hatte, war ein Satz gewesen, der Suses Interesse erweckt hatte.

Ich bin Skorpion, das ist ein Wasserzeichen, und egal wie ich mal sterben werde, es wird nichts mit Wasser zu tun haben, sondern mit Erde, Feuer oder Luft.

Natürlich glaubte Suse kein bisschen an Sternzeichen und ähnlichen Humbug, aber um sich die Zeit zu vertreiben, nahm sie ihr Handy und sah nach, welchem Element ihr Sternzeichen Löwe zugeordnet war – es war das Feuer. Auf einer astrologischen Website fand sie die Beschreibung: *Feuerbetonte Menschen sind spontan und impulsiv; sie setzen ihre Energien zuversichtlich ein und haben lebhafte Gefühle und Vorstellungen.*

Das traf ja erstaunlich gut auf sie zu. Ob auch stimmte, was Larissa über die Todesarten gesagt hatte? Dann könnte sie immerhin sicher sein, nicht bei einem Brand ums Leben zu kommen. Blieben Luft, Erde und Wasser. Immer noch genügend Möglichkeiten.

Sie dachte an ihren Vater. Er war Steinbock, ein Erdzeichen. Eher unwahrscheinlich, dass er sich noch mal in die Luft erheben oder schwimmen gehen würde, und sein Pflegeheim war überall mit Rauchmeldern ausgestattet, weshalb auch kein Feuertod zu erwarten war. Das sprach nicht für Larissas Theorie.

Um sie zu beruhigen, schickte ihre Oma zweimal täglich Nachrichten über den Gesundheitszustand ihres Vaters, der sich angeblich nicht verschlechtert hatte. Aber sie traute ihrer Oma nicht. Jetzt, wo die wusste, dass Suse nicht mal im Notfall von der Insel wegkäme, würde sie ihr wahrscheinlich nicht sagen, wenn es ihm schlechter ginge. Suse konnte nur das Beste hoffen. Nicht mal beten konnte sie, wie ihre Oma es jetzt sicher tat. Gleich am Sonntag würde sie zu ihm fahren.

Plötzlich öffnete sich eine Tür. Suse hörte laute Stimmen und sah Larissa, die von zwei Männern in weißen Kitteln verfolgt wurde.

»Lasst mich in Ruhe«, rief sie. »Ich will das nicht!«

Manfred war aufgesprungen und stellte sich ihr in den Weg. Vergeblich versuchte sie, an ihm vorbeizukommen. »Was ist denn los?«, fragte er sanft.

»Ich will keine Spritze«, zeterte Larissa. »Die verletzt meine Aura und macht mich durchlässig. Das ist gefährlich für mich.«

Jenny war zu ihnen getreten, und während Manfred versuchte, Larissa vom Sinn einer Tetanusspritze zu überzeugen, bemühte sich Jenny, den Ärzten die Situation so gut wie möglich auf spanisch zu erklären.

Suse schnappte die Worte *choque* und *sedante* auf. Sie fragte sich, ob es rechtlich zulässig war, jemandem gegen seinen Willen ein Beruhigungsmittel zu verabreichen, aber hier handelte es sich eindeutig um einen Notfall. Larissa war ganz offensichtlich in einem psychischen Ausnahmezustand.

Sinnend blickte Petra auf die schlafende Anka herab. Sie sah aus wie Schneewittchen. Das dunkle Haar rahmte ihr Gesicht ein, die rechte Hand mit den langen, schlanken Fingern lag locker über ihrer Brust, kurz unterhalb des Kettchens mit dem Diamanten, der in ihrer Halskuhle ruhte. *Den hat mein Freund mir geschenkt. Ein echter Brilli.*

Ankas Bluse war ein Stück hochgerutscht und entblößte die zart gebräunte Haut um den Bauchnabel, in dem ein weiterer Schmuckstein glitzerte. Die Rundung ihrer Hüften hatte etwas sehr Weibliches, die wohlgeformten Beine schmiegten sich anmutig aneinander, nur der Verband um Ankas rechten Fuß störte das Bild.

Petra wollte sich nicht vorstellen, wie Matthias diesen Körper umarmte, streichelte, küsste, wie er mit einem Stöhnen in ihn eindrang. Sie wehrte sich gegen die Vorstellung einer nackten Anka, die auf ihm kniete, ihm wollüstig ihre Brüste entgegenstreckte und vor Lust schrie, wenn sie kam. Aber die Bilder drängten sich immer wieder vor ihr inneres Auge.

Als sie das letzte Mal mit Matthias geschlafen hatte, war es genauso abgelaufen, wie es immer zwischen ihnen ablief. Über die Jahre hatten sie eine erprobte Beischlafdramaturgie entwickelt, die zwar langweilig und berechenbar war, dafür aber den Vorteil hatte, ihnen beiden auf schnellstmögliche Weise zu einem Höhepunkt zu verhelfen. Petra schätzte dieses effiziente Vorgehen, so wie sie Effizienz in jedem anderen Lebensbereich schätzte. Aber vielleicht war das auf Dauer doch zu wenig. Offenbar hatte ihr Mann Wünsche, die darüber hinausgingen. Vielleicht war alles, was sie als ihre Realität wahrnahm, nur eine große Illusion.

Wenn sie daran dachte, was sie Anka über sich und Matthias erzählt hatte! Die intimen Geständnisse, die man einer Frau gegenüber machte, von der man glaubte, sie nach dem Urlaub nie mehr wiederzusehen. Von der man annahm, dass sie dem Mann niemals begegnen würde, von dem die Rede war. Und dann stellte sich heraus, dass sie seit Monaten eine Beziehung mit ebendiesem Mann hatte. Petra konnte es immer noch nicht fassen.

Sie dachte an die gemeinsame Tretboottour. Wie befremdet sie gewesen war, als Anka davon fantasiert hatte, jemanden umzubringen. Nun war ihr klar, woher diese Fantasien kamen. Bestimmt hatte Anka unterbewusst den Wunsch, die Frau ihres Geliebten umzubringen, die ihrem Glück im Weg stand. Welche Ironie des Schicksals, dass sie es an diesem Tag so leicht hätte tun können! Als sie beide ins Wasser gefallen waren, hätte Anka nur zurück ins Boot klettern und wegfahren müssen. Petra hätte das Ufer sehr wahrscheinlich nicht lebend erreicht, sie war keine gute Schwimmerin.

Pech gehabt, dachte sie grimmig. Nun lag Anka hilflos vor ihr, und Petras Impuls, sich ihrer Rivalin zu entledigen, wurde plötzlich übermächtig.

Auf der Rückfahrt ins Hotel stierte Larissa teilnahmslos vor sich hin. Die Beruhigungsspritze hatte einen anderen Menschen aus ihr gemacht. Ihr Redefluss war versiegt, das Strahlen in ihrem Gesicht erloschen. Einerseits fand Suse es beruhigend, dass man sie gebändigt hatte und sie sich nicht mehr selbst gefährden konnte, andererseits erschreckte sie die krasse Veränderung, die mit Larissa vorgegangen war.

Waren Menschen am Ende gar nicht die individuellen Persönlichkeiten, für die sie sich hielten, sondern nur simple, biochemisch gesteuerte Organismen, die man durch die gezielte Verabreichung von Substanzen in jede Richtung manipulieren konnte? Die Vorstellung war beängstigend.

Alle im Auto waren erschöpft, niemand sprach.

Als die Barackensiedlung in Sicht kam, beugte Suse sich nach vorne und bat Manfred, sie aussteigen zu lassen. Der Regen hatte inzwischen aufgehört. »Ich gehe zu Fuß weiter, ich brauch ein bisschen Bewegung.«

Der Fehlschlag, als der sich ihre Hilfsaktion herausgestellt hatte, ließ sie nicht los. Die ganze Zeit schon hatte sie überlegt, ob sie etwas für die Menschen tun könnte, denen sie durch ihren Aktionismus Schaden zugefügt hatte.

Sie näherte sich dem Zaun der Siedlung, öffnete das Tor und trat ein. Nur wenige Kinder spielten draußen. Der Regen hatte den Boden in eine riesige Schlammwüste verwandelt. Innerhalb von Sekunden waren ihre Schuhe schwere, matschige Klumpen, und an ihren Hosenbeinen zog der feuchte Schmutz nach oben.

Die Kinder schienen sie zu erkennen, einige winkten ihr zu, dann zerstreuten sie sich. Ein Junge bedeutete ihr, ihm zu folgen, und wies ihr den Weg zur Baracke der Frau, mit der sie beim letzten Mal gesprochen hatte. Am Ziel hielt er bittend die Hand hin. Suse gab ihm fünfzig Cent.

Sie steckte den Kopf durch den Perlenvorhang. »Bonjour, Madame. Vous êtes ici?«

Aus dem hinteren Raum kam die ältere Frau und blieb abrupt stehen, als sie Suse sah. »Gehen Sie bitte«, sagte sie auf französisch.

Suse begriff sofort. Die Polizei hatte offenbar dafür gesorgt, dass die Leute hier wussten, wem sie den Ärger zu verdanken hatten. Sie machte den Versuch, sich zu erklären, was schwer genug war, durch ihr mangelhaftes Französisch jedoch noch komplizierter wurde.

Inzwischen hatten zwei weitere Personen den Raum betreten, eine davon kannte sie. Es war das Zimmermädchen aus dem Hotel, eine auffallend hübsche junge Frau mit dunkler Lockenmähne und grünen Augen. Sie trug keines der traditionellen Gewänder, sondern Jeans und ein T-Shirt.

»What do you want?«, fragte sie und warf ihr einen unfreundlichen Blick zu.

Suse war froh, ins Englische wechseln zu können, und wiederholte ihre Erklärung. Dass sie die besten Absichten verfolgt habe, dass die Polizei die Razzia durchgeführt habe, um sie zum Schweigen zu bringen, wie leid es ihr tue, dass nun die Falschen unter den Konsequenzen zu leiden hätten.

Die junge Frau blieb unbeeindruckt. »Ihr Europäer denkt immer, ihr seid so viel klüger als wir«, sagte sie verächtlich. »Aber ihr seid ziemlich dumm. Ihr wollt angeblich etwas Gutes und richtet nur Chaos an. Und das schon seit Jahrhunderten.«

Suse schluckte. »Kann ich irgendetwas tun, um zu helfen?«

Die Frau warf den Kopf zurück, dass ihre Locken flogen. »Wenn Sie vielleicht die Ungerechtigkeit auf der Welt abschaffen könnten«, sagte sie sarkastisch.

Suse staunte über ihre guten Englischkenntnisse. »Das würde ich gern«, sagte sie lächelnd. »Da haben wir dasselbe Ziel.«

Die junge Frau gefiel ihr. Unter anderen Umständen hätten sie sich bestimmt gut verstanden. Es waren nicht kulturelle oder soziale Unterschiede, die zwischen ihnen standen. Die Kluft bestand einzig und allein darin, dass sie so voreilig und bescheuert gehandelt hatte.

»Samira«, ertönte eine Stimme hinter Suse.

Die junge Frau durchquerte den Raum und ging grußlos an ihr vorbei. Als Suse sich umdrehte, erkannte sie den Mann, der im Hotel den Pool gereinigt und den Garten gepflegt hatte.

Im gleichen Moment erkannte er auch sie. Er deutete mit dem Finger auf sie und rief etwas auf arabisch. Dann ergoss sich ein französischer Wortschwall über sie, den sie zwar nicht wörtlich, aber doch sinngemäß verstand. Er erhob eine Hand, und Samira musste ihn davon abhalten, auf sie loszugehen. Immer mehr Leute kamen dazu und musterten sie feindselig. Suse bekam Angst.

»I'm really sorry, excusez-moi!«, rief sie mehrmals und wollte den Rückzug antreten.

Angezogen von dem Lärm, kamen die Kinder herbeigelaufen und ballten sich zu einem Knäuel zusammen, das ihr den Weg versperrte. Sie versuchte, sich hindurchzukämpfen und Richtung Ausgang zu laufen. Plötzlich schob sich ein Bein zwischen ihre Knöchel, sie geriet ins Straucheln und stürzte der Länge nach in den Matsch.

Schadenfrohes Johlen, Klatschen und Pfeifen ertönte. Die Menschen bildeten einen Kreis um sie und erfreuten sich ungeniert an ihrer misslichen Lage. Niemand stand ihr bei, keiner reichte ihr die Hand, um ihr beim Aufstehen zu helfen.

Feuchtigkeit und Schmutz durchdrangen ihre Kleidung und legten sich auf ihren Körper. Sie kniff die Augen zusammen, um die Tränen zu unterdrücken. Suse wusste, wie eine Niederlage aussah. Und sie wusste, dass sie diese Niederlage verdient hatte.

Petra schrak zusammen. Von draußen waren Stimmen zu hören. Die Eingangstür des Hotels wurde geöffnet, der Windzug schlug eine andere Tür zu. Die Lobby belebte sich, mehrere Teilnehmer der Paradies-Gruppe erschienen, Einkäufe wurden hereingetragen und in die Küche gebracht. Was ging hier vor sich?

Petra war wie in Trance. Sie wusste nicht, wie lange sie so dagestanden und Anka angesehen hatte. Es kam ihr vor wie Stunden, aber es konnten nur wenige Sekunden gewesen sein.

Anka bewegte sich und seufzte, gleich würde sie die Augen aufschlagen.

Erst jetzt wurde Petra bewusst, dass sie ein großes Kissen zwischen den Händen hielt. Eines, mit dem man jemanden ersticken könnte. Erschrocken warf sie es von sich und lief davon.

Wie ein Ameisenvolk seine Beute trugen die Teilnehmer ihre Einkäufe quer durch die Lobby in die Hotelküche. Günther fluchte. Erst hinderte Suse sie daran, Plastiktüten zu benutzen, und nun war sie nicht da, um das Zeug zu schleppen. Er erblickte Anka, die auf dem grauen Sofa saß und sich verschlafen das Gesicht rieb.

»He, wieso hilfst du nicht mit?«, rief er ihr zu.

Anka wies Mitleid heischend auf ihren Fuß. »Der Schnitt hat sich entzündet. Ich kann nicht richtig gehen.«

»Öfter mal was Neues«, knurrte er und balancierte einen Turm aus Cornflakes-Packungen und Küchenrollen an ihr vorbei in die Küche, wo Jenny und Manfred die Sachen in einen Vorratsschrank einräumten.

»So, das war's dann«, sagte Günther, als er die letzte Ladung abgeliefert hatte. »Bis später.«

Endlich war Jenny allein mit Manfred. Den ganzen Morgen war diese Spannung zwischen ihnen gewesen, die sie ganz verrückt gemacht hatte. Jetzt war endlich die Gelegenheit gekommen, miteinander zu sprechen. Und nun traute sie sich nicht.

Geschäftig kramte sie in einem der Schrankfächer. »Pfui Teufel«, sagte sie. »Da sind Sachen mit Haltbarkeitsdatum aus dem letzten Jahrhundert drin!« Mit spitzen Fingern hielt sie zwei aufgeblähte Dosen hoch. »Schau mal, die sind von 1998! Da stehen noch Pesetenpreise drauf.«

Meine Güte, wie lange das her war! Damals hatte sie nach Jahren im Puff gerade ihren ersten eigenen Wohnwagen bezogen, den sie günstig von einer Kollegin hatte übernehmen können. Sie war so stolz gewesen auf Kunibert! Er war mit kitschigen Bildern, goldenen Spiegeln, einer nach Maß gebauten Bettenlandschaft und einem dicken, rosa Teppichboden ausgestattet gewesen. Nur den Teppich hatte sie ausgetauscht, aus Hygienegründen. Es war eine gute Zeit mit Kunibert gewesen, sie hatte sich freier und selbstbestimmter gefühlt als je zuvor. Bis der Arsch gekommen war, der ihr seine Zehen in den Mund gerammt hatte. Noch heute tat es ihr um die neue Auslegware leid, auf die sie gekotzt hatte.

Jenny kramte weiter und förderte noch mehr abgelaufene Packungen und Dosen zutage, darunter einen Plastikbeutel mit zu Staub zerfallenen getrockneten Steinpilzen und eine Tüte voller schimmeliger Cracker. Ganz offensichtlich war hier seit Jahren nicht mehr aufgeräumt worden.

»Dieser Laden ist ja völlig verkommen«, sagte Jenny angeekelt. »Möchte nicht wissen, was alles in unserem Essen war!«

Manfred nahm die verdorbenen Sachen vorsichtig entgegen und stellte sie auf den Boden. »Die müssen wir ganz schnell entsorgen. Der Schimmel ist giftig.«

Wenn man bloß seinen alten Seelenmüll auch so entsorgen könnte, dachte Jenny. Das ganze verdorbene, verschimmelte Zeug, das man mit sich herumtrug und das alles Neue vergiftete. Sie würde so gern noch einmal von vorne anfangen, ohne den ganzen Ballast. Aber immer wenn sie dachte, sie hätte es geschafft, holte ihre Vergangenheit sie wieder ein.

»Was ist los?«, fragte Manfred. »Du bist so komisch.«

»Ach, ich war nur in Gedanken.« Eine Pause entstand.

»Es tut mir leid ... wegen gestern Nacht«, sagte er.

»Dir muss überhaupt nichts leidtun.« Jenny setzte sich auf die oberste Stufe der Leiter, damit sie ihn nicht so weit überragte. »Du hast absolut nichts falsch gemacht! Der Fehler liegt ganz allein bei mir.«

Wenn sie ihm nur die Wahrheit sagen könnte! Sie fühlte sich wie eine Betrügerin, die ihm die ganze Zeit etwas vormachte. Eine wichtige Wahrheit zu verschweigen war mindestens so schlimm wie eine Lüge. Um entscheiden zu können, ob er überhaupt was mit ihr zu tun haben wollte, müsste er wissen, mit wem er es zu tun hatte. Dass sie nicht nur die nette Kioskbesitzerin aus Köln war, sondern eine Frau, die für Geld gefickt hatte.

Sie stellte sich seine Reaktion vor. Würde er sie verachten? Bemitleiden? Es womöglich aufregend finden? Sie hatte alles schon erlebt. Am schlimmsten waren die Typen, die sie retten wollten. Einer ihrer Stammkunden hatte jedes Mal, nachdem sie ihn bedient hatte, gesagt: »Du musst das nicht länger machen, ich hol dich hier raus!« Bis sie ihm klargemacht hatte, dass Anschaffen ihr Beruf war. Dass sie ihn auch nicht aus seiner Firma zerrte, um ihn zu retten. Was war denn besser daran, Leuten zweifelhafte Geldanlagen aufzuschwatzen oder überflüssiges Zeug zu verkaufen? Wieso sollten Finanzberatung, Werbung oder die Versicherungsbranche moralisch höher stehen als Prostitution? Sie, Jenny, hatte nicht nur gute Arbeit geleistet, sie hatte auch eine gesellschaftlich wichtige Funktion erfüllt. Darauf war sie mal stolz gewesen.

»Du hast keinen Fehler gemacht«, sagte Manfred, und ihre Gedanken kehrten in die Gegenwart zurück. »Du bist eine wunderbare Frau. Sympathisch und lustig, erotisch und einfühlsam.«

Ihr wurde warm ums Herz. Sie hatte in ihrem Leben nicht viele Komplimente bekommen. »So, jetzt ist hier wieder

Platz«, sagte sie geschäftig, um ihre Verlegenheit zu überspielen. Sie füllte Wasser in einen Eimer, gab das Desinfektionsmittel dazu, das sie nach längerem Suchen gefunden hatte, und wischte damit das Fach aus.

»Ich möchte Zeit mit dir verbringen«, sagte Manfred. »Gibt's eine Chance dafür?«

Jenny schwieg. Nach einer Weile sagte sie: »Muss ich drüber nachdenken.«

Er reichte ihr die Einkäufe. Als alles verstaut war, stieg sie von der Leiter. Sie standen einander gegenüber, zu ihren Füßen die Packungen mit verdorbenen Lebensmitteln.

Jenny biss sich auf die Lippen. »Darf ich ... dich was fragen?«

»Natürlich.«

»Warst du jemals im Bordell?«

Zu ihrer Überraschung nickte er. »Ein paar Mal sogar, in den letzten Jahren von Monis Krankheit. Ich wollte sie nicht betrügen, aber ich hatte ja ... Bedürfnisse.«

Jenny schnaubte. »Komisch, dass Männer nie das Gefühl haben, ihre Frauen zu betrügen, wenn sie zu einer Prostituierten gehen. Warum eigentlich nicht?«

Manfred überlegte. »Weil ... kein Gefühl dabei ist? Also, keine Liebe.«

Sie schwieg. Als wüsste sie das nicht.

»Warum interessiert dich das?«, wollte Manfred wissen.

»Nur so ... Ich habe mich oft gefragt, wie Männer das machen, wenn ihre Frauen krank sind.«

Nach einer Pause sagte er: »Gestern Nacht war das erste Mal für mich, seit Moni ... seit ihrem Tod.«

»Du musst mir nichts erklären. Es ist alles in Ordnung.«

Manfred sah nicht so aus, als wäre es für ihn in Ordnung. Aber sie wusste jetzt, dass sie nicht die Richtige für ihn war.

Er hatte was Besseres verdient als eine alte Hure, die nichts konnte als ihre Hurentricks. Und sie würde sich nicht zwischen ihn und seine tote Frau drängen. Er brauchte Raum für seine Trauer, auch wenn er das selbst nicht wahrhaben wollte. Manchmal geschehen die richtigen Dinge eben zum falschen Zeitpunkt, dachte Jenny. Da ist nichts zu machen.

Sie atmete tief durch, deutete auf den Boden und lächelte. »Wir brauchen einen Müllsack für den ganzen Plunder hier.«

Er nickte und begann in Schubladen und Schränken zu suchen.

»Einen großen«, sagte sie und schluckte die Tränen hinunter, die in ihr nach oben drängten.

Als Suse in ihren verschlammten Klamotten im Hotel eintraf, gelangte sie zu ihrer Erleichterung unbemerkt in den Bungalow. Sich jetzt schadenfrohe Sprüche von den anderen anzuhören hätte ihr gerade noch gefehlt. Jenny war zum Glück nicht da, so musste sie ihr nicht erklären, was passiert war.

Sie stand ewig unter der Dusche, als könnte sie die demütigende Erfahrung wegwaschen. Ihre ruinierte Kleidung steckte sie in eine Tüte und warf sie kurzerhand in den Müll. Die würde sowieso nicht mehr sauber werden.

Dann legte sie sich aufs Bett und kam ins Grübeln. Nach allem, was sie in den letzten Tagen erlebt hatte, würde sie ihre Haltung vielleicht doch überdenken müssen. Vielleicht war ja etwas dran an dem, was andere ihr immer wieder predigten: dass man strategisch handeln musste. Dass man nicht mit dem Kopf durch die Wand konnte.

Sie seufzte. Nein, sie wollte einfach nicht zu diesen Leuten gehören, die jede große Idee kleinredeten! Die stets darauf pochten, dass man realistisch bleiben, einen Schritt nach dem anderen machen und sich mit kleinen Erfolgen zufriedengeben sollte. Wie sollte so jemals eine große Veränderung passieren?

Suse zog sich an und ging hinüber ins Hauptgebäude. Die Hotelküche war sauber und aufgeräumt. Na bitte, ging doch! Ein bisschen Genugtuung verspürte sie schon. Den meisten aus der Paradies-Gruppe tat es aus ihrer Sicht verdammt gut, mal aus ihrer Komfortzone zu kommen. Die hatten sich schon viel zu bequem eingerichtet in ihrer

Bürgerlichkeit und ihren lauwarmen Überzeugungen. Eigentlich sollten die ihr dankbar sein!

Sie öffnete den Kühlschrank und zog ein paar Schubladen auf. Mit einem Käsesandwich und einem Obstteller setzte sie sich in die Lobby. Sie aß das Sandwich, dann nahm sie den Obstteller und ging zu Larissas Bungalow.

Als auf ihr Klopfen keine Antwort kam, trat sie ein. Larissa lag im Bett und schlief, offenbar wirkte die Beruhigungsspritze noch. Suse stellte den Teller ab. Auf dem Nachtkästchen lag ein Stapel Blätter, die in einer ausufernden und chaotischen Handschrift beschrieben waren. Sie sah genauer hin, konnte aber kaum etwas entziffern. Das wenige, was lesbar war, ergab für sie keinen Sinn.

Die Tür zum Kleiderschrank stand offen, darin war nichts Ungewöhnliches zu sehen, wenn man Larissas Marotte, sich weiß zu kleiden, nicht als ungewöhnlich betrachtete. Dann ging sie ins Bad und erstarrte: Der Spiegel, die gläserne Duschkabine, sogar das Waschbecken und die Wände waren dicht an dicht mit den Kreisen, Kringeln und Häkchen bemalt, die sie schon kannte. Sie befeuchtete ihren Zeigefinger mit Spucke und rieb an einem der Zeichen. Nichts verschmierte, die Farbe war nicht wasserlöslich.

Zögernd öffnete Suse den Spiegelschrank und sah in die Fächer unter dem Waschbecken, aber außer einigen Tiegeln mit Naturkosmetik, einer Tube Meersalzzahncreme und einigen Fläschchen mit homöopathischen Kügelchen fand sie nichts, was einen Hinweis auf Larissas Zustand hätte geben können.

Dennoch glaubte sie nicht mehr, dass Larissa nur eine Spinnerin war. Im Studium hatte sie einiges über psychische Erkrankungen gelernt, und ihr war klar, dass mit dieser Frau etwas nicht stimmte. Sie könnte an einer Hypomanie leiden oder an einer Borderline-Störung. Inmitten einer Ansammlung von Leuten, die auf die eine oder andere Weise alle eine Macke hatten, fiel das aber offenbar keinem auf.

Sie verließ das Zimmer, machte sich auf die Suche nach Jan und fand ihn im Direktionsbüro. Er telefonierte und wirkte ziemlich aufgebracht. Hinter ihm stand Iris und massierte beruhigend seine Schultern. Als er Suse bemerkte, winkte er sie herein. Er beendete das Gespräch und knallte das Telefon auf den Tisch. »Dieser Arsch! Der sitzt das einfach aus!«

»Entschuldige bitte, ich wollte nicht stören«, sagte Suse eingeschüchtert. So zornig hatte sie Jan noch nie erlebt.

»Ist schon okay.« Er bemühte sich um ein Lächeln. »Was kann ich für dich tun?«

»Ich mache mir Sorgen um Larissa«, begann sie. »Irgendwas stimmt nicht mit ihr ...«

»Du solltest dir nicht so viele Sorgen um andere machen«, unterbrach Jan sie barsch. »Das hat uns bisher nur Probleme gebracht.«

Aber Suse ließ sich nicht abwimmeln. Sie erzählte, wie sie Larissa im strömenden Regen aufgegriffen hatten, dass sie verletzt sei und sich seltsam benommen habe. »Wir haben sie ins Krankenhaus gebracht. Sie hat eine Tetanus- und eine Beruhigungsspritze bekommen.«

»Das habt ihr gut gemacht, vielen Dank.« Damit schien das Thema für ihn beendet zu sein.

»Sag mal, raffst du es nicht?«, sagte Suse aufgebracht. »Diese Frau rennt mit dem Bolzenschneider herum und befreit Hunde, dabei wird sie gebissen und spürt es noch nicht mal, sie faselt von Engeln und Energietransformation und malt überall Kringel und Häkchen drauf! Das ist doch irre!«

»Wer von uns soll das beurteilen?«, schaltete Iris sich ein. »Wir können niemanden für verrückt erklären, nur weil sein Verhalten von einer willkürlich gesetzten Norm abweicht. Larissa ist eine erwachsene Frau und selbst verantwortlich für das, was sie tut, auch wenn es uns seltsam vorkommt. Niemand von uns hat das Recht, sie in ihrer Freiheit einzuschränken.«

»Nicht mal wenn sie sich selbst in Gefahr bringt?«

»Nicht mal dann. Jemanden zu schützen heißt, ihn zu entmündigen.«

Suse war empört. Das war ja sogar gegen das Gesetz! Eine Person, die sich akut selbst gefährdete, könnte man in Deutschland zwangsweise in die Psychiatrie einliefern.

»Siehst du das auch so?«, fragte sie an Jan gewandt. »Oder empfindest du so was wie eine ... Fürsorgepflicht deinen Gästen gegenüber?«

»Natürlich fühle ich mich für das Wohlbefinden meiner Gäste verantwortlich. Du hast ja hoffentlich bemerkt, dass ich alles tue, um für euch aus dieser misslichen Lage das Beste zu machen. Aber ich habe nicht das Recht, mich in die persönlichen Entscheidungen meiner Teilnehmer einzumischen.«

»Sie richtet Schäden an! Sie hat ihr ganzes Badezimmer vollgekritzelt.«

»Dann wird sie dafür aufkommen müssen. Aber Selbstverantwortung ist für mich das höchste Gut, und solange Larissa keine Gefahr für andere darstellt, und das tut sie ganz offensichtlich nicht, sehe ich keine Veranlassung, etwas zu unternehmen.«

Suse war einen Moment sprachlos. »Das heißt also ... du greifst erst ein, wenn sie mit dem Messer auf jemanden losgeht?«

»Wenn du so willst.«

Iris kam hinter Jans Stuhl hervor und berührte Suse sanft am Arm. »Ich erlebe dich als sehr aufgeregt und angespannt, Suse. Schade, dass du nicht mehr zum Meditieren gekommen bist, das würde dir so guttun.«

Suse war kurz davor, etwas Patziges zu antworten, aber dann beherrschte sie sich. »Manchen Menschen geht's besser, wenn sie sich um sich selbst kümmern, ich kümmere mich lieber um andere«, sagte sie.

Iris lächelte. »Kennst du das Gleichnis vom Wasserkrug?« Suse runzelte die Stirn.

»Das Gleichnis besagt, dass wir Menschen wie ein Wasserkrug sind. Wenn wir nur geben und geben, sind wir irgendwann leer. Deshalb ist es wichtig, dass wir etwas für uns tun und uns immer wieder auffüllen. Sonst können wir eines Tages nichts mehr geben.«

Suse dachte kurz nach. »Es gibt Dinge, die vermehren sich, wenn man sie teilt. Die Liebe, die Freude, die Mitmenschlichkeit. Je mehr ich gebe, desto mehr bekomme ich, deshalb ist mein Krug nie leer, egal wie viel ich für andere tue.«

Iris lächelte. »Das ist ein schöner Gedanke. Trotzdem glaube ich, dass du in deinem eigenen Interesse lernen solltest, auch mal lockerzulassen. Du fühlst dich für alles und jedes verantwortlich, aber das bist du nicht.«

Genervt verdrehte Suse die Augen. Dieses Gequatsche nach dem Motto: Wenn jeder sich um sich selbst kümmert, ist für alle gesorgt, konnte sie nicht mehr hören. Dafür wusste sie zu gut, dass es Menschen gab, die sich nicht um sich selbst kümmern konnten.

»Ich finde, ihr macht es euch verdammt leicht«, sagte sie. »Auf die Selbstverantwortung der anderen zu verweisen kann auch bedeuten, die eigene Verantwortung nicht sehen zu wollen. Ich hoffe für euch, dass ihr das nie bereuen müsst.«

In der Tür stieß sie fast mit Jenny zusammen, die Jans EC-Karte zurückbringen wollte. Sie sah Suse erschrocken an – offenbar hatte sie das Ende des Gesprächs mitbekommen.

Wie betäubt taumelte Anka durchs Hotel, vom Bungalow in die Lobby, von der Lobby in den Speisesaal, vom Speisesaal auf die überdachte Terrasse, um kurz Luft zu schnappen, bevor die nächste Windbö oder ein Schwall Regenwasser sie wieder ins Haus trieben. Ihr Fuß schmerzte, ihr war übel, aber all das war nichts gegen das quälende Gefühl, betrogen worden zu sein.

Sie fühlte sich, als hätte sie sich lange und akribisch auf eine Prüfung vorbereitet, und der Prüfer hätte sie mit dem Vermerk *Thema verfehlt* durchfallen lassen. Die ganze Zeit hatte sie auf die falsche Strategie gesetzt. Auf Jo zu warten, zu hoffen, dass er sich endlich von seiner Frau trennen und zu ihr bekennen würde – all das war eine riesige Idiotie gewesen. Und das Schlimmste war, dass sie es die ganze Zeit über geahnt hatte.

Sie stand wieder in der Lobby, wo jetzt niemand mehr war. Die Einkäufe waren aufgeräumt, die Teilnehmer der Paradies-Gruppe hatten sich zerstreut. Was die wohl alle trieben bei dem Scheißwetter?

Anka ließ sich stöhnend auf einem Sofa nieder. Sie wickelte den Verband ab, der ihren rechten Fuß umhüllte. Die Schnittwunde war rot entzündet und klaffte an den Rändern auf.

Sie ließ sich zurücksinken und legte den Fuß auf der Lehne ab. Vielleicht sollte es so sein, vielleicht sollte sie eine Blutvergiftung kriegen und krepieren.

Sie malte sich aus, wie die Entzündung immer schlimmer werden und sich eine rote Linie an ihrem Bein bilden würde. Wie der Krankenwagen sie in ein primitives Inselhospital brächte, wo der Arzt ihr ein unwirksames Antibiotikum verabreichen und sie innerhalb weniger Tage elendiglich zugrunde gehen würde.

Sie stellte sich ihre eigene Beerdigung vor, die mindestens so prunkvoll wäre wie ihre Hochzeit. In diesem Punkt konnte sie sich auf ihren Vater verlassen. Eine große Trauergemeinde würde sich versammeln, die Orgel würde eine herzzerreißende Melodie spielen. Licht fiele durch die hohen Kirchenfenster auf ihren Sarg, der unter Hunderten von weißen Rosen verborgen wäre. Es gab ein besonders schönes Foto von ihr, auf dem sie lachend den Kopf zurückwarf. Das stünde vergrößert in einem silbernen Rahmen mit Trauerflor neben dem Sarg. Der Pfarrer würde über ihre sensible Persönlichkeit sprechen, über ihren ausgeprägten Sinn für Schönheit, über die vielen verlorenen Chancen, die ihr sinnloser, viel zu früher Tod bedeutete.

Verzweifelt würde Jo an ihrem Grab stehen, während der Sarg hinabgelassen wurde. Er würde begreifen, dass sie die Liebe seines Lebens gewesen war, dass er einen furchtbaren Fehler gemacht hatte und die Schuld an ihrem und dem Tod ihres gemeinsamen Kindes trug!

Anka kam zur Besinnung. So einfach würde sie sich nicht unterkriegen lassen. Irgendwas musste sie unternehmen, wenn sie nicht auf dieser Scheißinsel verrecken wollte. Ihr Widerwille, auch nur noch einen Tag länger hierzubleiben, in diesem Hotel, in dem nichts mehr funktionierte, mit Leuten, die sie vorwurfsvoll anstarrten, weil sie sich nicht an ihren Aktivitäten beteiligte, war übermächtig. Und dann lief sie auch noch ständig Gefahr, Petra zu begegnen.

Humpelnd machte sie sich auf die Suche nach Jan. Sie durchquerte die Lobby, kam an den Toiletten vorbei, wo sie jedes Mal mit einer Mischung aus Erregung und Scham an ihren Fick mit dem Bräutigam dachte, und steuerte aufs Büro zu. Sie klopfte, es kam keine Antwort. Sicherheitshalber öffnete sie trotzdem die Tür, der Raum war leer. Wo war der Kerl?

Sie humpelte auf die andere Seite, durch den überdachten Patio. Der Regen hämmerte auf das Glasdach, und die Wedel einer großen Palme schlugen bedrohlich dagegen. Aus dem kleinen Saal kamen Stimmen, da fand wohl gerade einer dieser Kurse statt, Yoga oder Meditation. Das war nichts für sie. Sie trieb lieber Sport im Freien oder ging ins Fitnessstudio.

Sie liebte es, sich im Spiegel zu beobachten, wenn ihr schlanker, durchtrainierter Körper mit den Geräten rang, ihre Haut vom Schweiß glänzte und sich aus ihrem hochgesteckten Haar einzelne Strähnen lösten und im Nacken kringelten. Sie fand sich dann selbst so sexy, dass sie nachsichtig lächelte, wenn die Männer an den benachbarten Geräten ihr sehnsüchtige Blicke zuwarfen. Klar, so eine Frau wie sie hatten die meisten noch nie gehabt und würden sie auch nie bekommen.

Sie hatte den kleinen Saal erreicht, klopfte und öffnete die Tür. Das Licht war schummrig, nur ein paar Kerzen brannten. Es dauerte einen Moment, bis ihre Augen sich an das Dämmerlicht gewöhnt hatten. Konsterniert blickte sie umher.

Am Boden lagen mehrere Gestalten, einige ausgestreckt, andere gekrümmt, die stöhnten, grunzten oder andere beunruhigende Laute von sich gaben.

Jan saß im Yogasitz da und blickte sie mit einem seltsamen Ausdruck an. Erschrocken murmelte sie eine Entschuldigung und wollte sich zurückziehen. Mit einer Handbewegung bedeutete er ihr zu bleiben. Und obwohl sie eigentlich nicht wollte, blieb sie. Da war etwas in seinem Blick, was sie festhielt.

Petra kämpfte sich durch Wind und Regen den Strand entlang. Es war ihr egal, dass sie bereits völlig durchnässt war. Sie ging, so schnell sie konnte, ihr Schweiß vermischte sich mit dem Regen zu einer feuchten, klebrigen Schicht auf ihrer Haut.

»Du bist doch nicht aus Zucker«, hatte ihr Vater bei regnerischem Wetter zu ihr gesagt, als sie ein Kind war. Worauf sie kilometerlang ohne Murren hinter ihm hergelaufen war, auf matschigen Wanderwegen und durch tropfende Wälder, nur um ihm zu gefallen. Nun wünschte sie sich, aus Zucker zu sein und sich einfach aufzulösen, bis nur noch eine kaum sichtbare Spur von ihr übrig wäre, die allmählich im Sand versickerte.

Nach einem Marsch von einer halben Stunde hatte sie das Ende des Strands erreicht. Eine kleine Straße führte weg vom Meer, vorbei an ein paar Läden, einem Fahrradverleih und einer geschlossenen Pension. Sie folgte ihr und erreichte eine größere Straße, die sich in Serpentinen einen Hang hinaufschlängelte. Sie ging weiter, ohne zu wissen, wohin.

»Nur wer den Berg besteigt, kann die Aussicht genießen.« Ein anderer Spruch ihres Vaters, an den sie oft dachte, wenn es mit Matthias schwierig war, wenn sie sich von ihm alleingelassen oder unverstanden fühlte. Bislang war sie überzeugt gewesen, eines Tages für alles belohnt zu werden. Irgendwann später, wenn die Kinder aus dem Haus wären, die beruflichen Belastungen nachließen und sie wieder mehr Zeit füreinander haben würden. Sie hatte ein Bild von sich und Matthias als älterem Ehepaar vor Augen gehabt, das Hand in Hand über eine Wiese ging und sich gemeinsam an dem freute, was es aufgebaut hatte. Sie hatte sich auf Reisen gesehen, bei Streifzügen durch interessante Städte oder auf Trekkingtouren durch ungewöhnliche Landschaften. Manchmal hatte sie davon geträumt, einen alten VW-Bus zu kaufen, zum Campingbus umzubauen und mit ihrem Mann durch die Welt zu reisen, wie Studenten es taten (und sie es nie getan hatten, weil sie so früh Eltern geworden waren). Auf diesen Bildern sah sie sich immer zusammen mit Matthias, nie allein. Natürlich hatte sie damit gerechnet, dass es Krisen geben könnte, das hatte sie ja schon erlebt. Aber seit einiger Zeit war ihr nicht mehr in den Sinn gekommen, dass etwas geschehen könnte, was sie auseinanderbringen würde. Nicht nach so langer Zeit.

Und nun sollte all das Schöne, auf das sie sich gefreut hatte, nicht mehr stattfinden? Die Belohnung würde ausbleiben? Nein, schlimmer, sie würde ihr von einer Frau weggeschnappt werden, die unverdientermaßen auskosten würde, was eigentlich ihr zustand! Sie war gut genug gewesen, Matthias den Rücken freizuhalten, wie er es gerne nannte, also seine Kinder aufzuziehen, seinen Haushalt und sein soziales Leben zu organisieren, Rücksicht auf seine Launen und Befindlichkeiten zu nehmen und immer bereit zu sein, falls ihn die Lust auf ehelichen Geschlechtsverkehr überkommen sollte. Nun hatte sie ausgedient und würde durch ein jüngeres Modell ersetzt werden. Sie stöhnte auf. Es war so klischeehaft, dass es fast lächerlich war.

Ein Auto hielt neben ihr, die Fahrerin ließ das Seitenfenster herunterfahren und bot an, sie mitzunehmen. Als sie Petras verweintes Gesicht sah, fragte sie erschrocken: »Está todo bien, señora?«

»Gracias«, sagte Petra und bedeutete ihr, dass sie lieber zu Fuß gehen wollte.

Die Frau zuckte die Schultern und fuhr weiter.

Nach einer knappen Stunde hatte Petra ein Hochplateau erreicht. Halbhohe Natursteinmauern, die offenbar als Windbrecher dienten, unterteilten die mediterrane Landschaft aus Feldern, Weinstöcken, Oliven- und Feigenbäumen, die sich vor ihr ausdehnte. Es hätte ein liebliches Bild sein können, wenn es nicht alles so grau verhangen gewesen wäre. Die Straße verlief schnurgerade über das Plateau und endete an einem Leuchtturm, der in einiger Entfernung schemenhaft zu erkennen war. Der Wind peitschte hier oben noch heftiger, und Petra überlegte, ob sie umkehren sollte. Aber sie hatte das Gefühl, immer weiter und weiter gehen zu müssen, als könnte sie damit Abstand zwischen sich und die Ereignisse bringen. Wenn sie stehen bliebe, würde sie einfach unter dem Schmerz zusammenbrechen.

Je näher sie dem Leuchtturm kam, desto heftiger wurden die Böen. In der Ferne war nur endloses, tristes Grau. Bitter lachte sie auf. Sie hatte den Berg bestiegen, und das war die Aussicht, mit der sie belohnt wurde.

Tief unter ihr tobte das Meer, meterhohe Brecher donnerten gegen die Felsen. Sie durfte nicht zu nahe an die Klippe gehen. Eine heftige Bö, und sie könnte das Gleichgewicht verlieren und in die Tiefe stürzen. Niemand würde ihren Schrei hören. Ihr Körper würde durch die Luft trudeln, schon beim Aufprall würde sie das Bewusstsein verlieren und gleich darauf vom Meer verschlungen werden. Kein Mensch würde erfahren, was aus ihr geworden war. Sie hatte das Hotel unbemerkt verlassen, keiner der anderen Teilnehmer hatte sie gesehen.

Vielleicht würde die Frau im Auto sich an sie erinnern. Aber auch sie würde nicht sagen können, wohin sie gegangen war.

Der Gedanke, einfach spurlos zu verschwinden, erschien ihr immer verführerischer. Schlagartig wäre alles vorbei: der Schmerz, die Demütigung, die Gedanken an die trostlose Zukunft, die vor ihr lag. Wie von einer unsichtbaren Schnur gezogen, bewegte Petra sich Schritt für Schritt dem Abgrund entgegen.

Anka konnte nicht glauben, was sie da sah. Die Teilnehmer der Paradies-Gruppe, die sich vor ihr im kleinen Saal am Boden wälzten, waren alle auf erotische Weise mit sich selbst beschäftigt, sie streichelten ihre Körper, einige masturbierten ungeniert.

Jans sanfte, fast verführerisch klingende Stimme schwebte über der verstörenden Szenerie. »Du hast Macht über deine sexuelle Energie, du kannst sie kontrollieren und an jede Stelle deines Körpers schicken. Es geht nicht darum, zum Orgasmus zu kommen, es geht darum, Freude an deinem Körper zu haben und diese Freude so lange auszukosten wie möglich ...«

Eine weibliche Stimme begann ekstatisch zu japsen, aus dem Japsen wurde ein lang gezogenes Wimmern. Die Frau, die sich im Höhepunkt aufgebäumt hatte, fiel zurück auf den Boden und schluchzte. Durch diese akustische Darbietung offenbar animiert, ertönte nun das Stöhnen eines Mannes. Es schwoll an und endete in einem Röhren, das wie von einem verletzten Tier klang.

Irritiert starrte Anka auf das Spektakel, dann wieder zu Jan, dessen Blick unverändert auf ihr ruhte. Als er weitersprach, kam es ihr vor, als spräche er zu ihr. »Du bist schön, du bist liebenswert, du darfst dich selbst lieben. Fühle dich, fühle deinen Körper, fühle deine sexuelle Energie, fühle deine Göttlichkeit ...«

Sie senkte die Augen. Es war ihr unangenehm, wie Jan sie ansah, aber sie hatte nicht die Kraft, den Raum zu verlassen.

Wie kam es, dass Menschen das Bedürfnis hatten, sich so zu exponieren? Jeder konnte nach ihrer Auffassung beim Sex tun, was ihm Spaß machte, aber wieso vor anderen? Diesen Kick konnte sie nicht nachvollziehen.

Sie masturbierte grundsätzlich nicht, sie fand es peinlich. Wer es nötig hatte, sich selbst zu befriedigen, war nicht attraktiv genug, einen Partner zu finden. Sie hatte immer jemanden gefunden, wenn sie Lust auf Sex gehabt hatte. Manchmal war sie nur losgezogen, um sich selbst zu beweisen, dass ihre Anziehungskraft auf Männer unverändert stark war.

Diese Anziehungskraft war die wichtigste Quelle ihres Selbstbewusstseins. Das Entscheidende am Sex war für sie, dass sie ein männliches Gegenüber hatte, das ihre Attraktivität spiegelte und ihr durch seine Lust zeigte, wie anziehend sie war. Diese Bestätigung erregte sie mehr als der Sex selbst.

Eine Hand legte sich sanft auf ihre Schulter, erschrocken zuckte sie zusammen. Jan war zu ihr getreten und rollte eine Matte neben ihr aus. Einladend wies er mit der Hand darauf. Sie schüttelte energisch den Kopf. Wieder sah er sie mit diesem Blick an, der sie fast willenlos machte. Dazu lächelte er mit einer Mischung aus Charme und leisem Spott.

Anka wusste genau, was er von ihr dachte. Er hielt sie für eine dieser prüden Frauen, die alles ablehnten, was nach Grenzüberschreitung aussah. Die eher eine Woche hungern würden, als sich vor anderen auszuziehen und selbst anzufassen. Seit sie den Raum betreten hatte, spürte sie, dass er eine Absicht verfolgte. Dass ein seltsamer Kampf zwischen ihnen entbrannt war, den keiner von ihnen verlieren wollte. Anka war nicht prüde, sie war stolz. Und sie mochte es nicht, unterschätzt zu werden. Immer hielten alle sie für etwas, was sie nicht war. Für dumm, für gierig, für egoistisch.

Sie fixierte Jan, öffnete einen Knopf nach dem anderen und ließ ihre Bluse zu Boden fallen. Dann öffnete sie den Verschluss ihres BHs und streifte ihn ab. Sie bemerkte, wie Jans Blick zu ihren Brüsten wanderte, die mit der Schwangerschaft noch voller geworden waren. Schnell schlüpfte sie aus ihrem Rock und dem Slip und war – bis auf den Verband um ihren Fuß – nackt. Nun legte sie die linke Hand auf ihre rechte Brust und die rechte in ihren Schritt und begann sich zu streicheln. Sie umkreiste ihre Brustwarze mit den Fingern, bewegte ihr Becken vor und zurück. Dabei stöhnte sie demonstrativ und wandte die Augen nicht von Jan. Sein Blick flackerte, seine sonst zur Schau getragene Selbstgewissheit war einem Ausdruck hilfloser Erregung gewichen. Auf seiner Oberlippe bildeten sich kleine Schweißtropfen, seine Lippe zitterte leicht. Ein Schritt auf ihn zu, und sie könnte seine sorgsam aufgebaute Fassade zum Einsturz bringen. Sie würde ihn dazu bringen, die Kontrolle zu verlieren, vor allen anderen im Raum.

Schwer atmend standen sie einander gegenüber, die Blicke ineinander verkeilt, wie zwei Ringer, die sich gleich aufeinanderstürzen würden. Die anderen im Raum waren fertig mit ihrer Selbsterkundung oder hatten sie unterbrochen. Alle starrten sie an. Anka spürte die Blicke, und zu ihrer eigenen Überraschung empfand sie es als animierend, im Mittelpunkt der Aufmerksamkeit zu stehen.

In diesem Moment bemerkte sie eine Veränderung bei Jan. Er wandte abrupt den Blick von ihr ab, hob ihren BH vom Boden auf und ließ ihn am ausgestreckten Zeigefinger vor ihrem Gesicht hin und her baumeln.

»Du verwechselst da was, Anka«, sagte er mit fester Stimme. »Wir machen hier Tantra, nicht Porno.«

Schlagartig fühlte Anka sich entblößt und beschmutzt.

Petra starrte in die tobende Gischt, bis ihre Augen brannten. Immer wieder brachten einzelne, heftige Windstöße sie ins Wanken, aber ihr Körper stemmte sich jedes Mal instinktiv dagegen. Sie schaffte es nicht, sich nach vorne fallen zu lassen.

Plötzlich glaubte sie, Ankas Stimme zu hören. »Spring!«, wisperte sie direkt an ihrem Ohr. »Spring doch!«

Petra schloss die Augen. Sie hob den rechten Fuß vom Boden und versuchte, den entscheidenden Schritt zu machen. Sie balancierte auf einem Bein, die Augen immer noch fest geschlossen. Die nächste Windbö würde sie hinunterdrücken.

Da hörte sie eine andere Stimme. »Mama«, rief ein Kind in weiter Ferne, und sie konnte nicht unterscheiden, ob es die Stimme von Eva, Marie oder Simon war. Sie wollte die Stimme nicht hören und legte beide Hände auf die Ohren, aber sie hörte das Kind weiterrufen, immer lauter und eindringlicher.

»Mama, Mama!«

Ein grauenhaftes Schuldgefühl schoss wie eine Flamme durch ihr Inneres und der absurde Gedanke, dass sie es ihr Leben lang bereuen würde, wenn sie sich jetzt umbrächte. Gegen ihren Willen lachte sie bitter auf und ließ sich nach hinten fallen, weg vom Abgrund. Schmerzhaft landete sie auf dem Hintern. Sie kam sich lächerlich vor.

Plötzlich bemerkte sie, dass sie am ganzen Körper zitterte. Sie hatte keine trockene Faser mehr am Leib und war völlig ausgekühlt.

»Du wirst dir den Tod holen«, hörte sie wieder ihren Vater. Und obwohl es genau das war, was sie bis vor wenigen Sekunden gewollt hatte, erschien es ihr plötzlich nicht erstrebenswert, einer Lungenentzündung zu erliegen.

Sie rappelte sich auf und ging zur Straße. Auch wenn der größte Teil des Rückweges bergab führte, war sie mindestens eine Stunde Fußmarsch vom Hotel entfernt.

Um sich aufzuwärmen, sprang sie auf und ab und schlug mit den Armen um sich. Nach einer Weile hörte sie hinter sich ein Auto kommen, drehte sich um und winkte. Der Wagen fuhr vorbei.

Es kam ihr lange vor, bis wieder ein Motor zu hören war. Diesmal hatte sie Glück. Der Fahrer eines klapprigen Lieferwagens blieb neben ihr stehen, und ein zerfurchtes Gesicht blickte sie freundlich an.

»Adónde va, señora?«

Sie deutete mit der Hand. »Hotel Paraíso?«

Der Mann war so freundlich, sie bis vor die Tür zu fahren. Petra bedankte sich, kletterte aus dem Wagen und betrat, immer noch zitternd vor Kälte, das Hotelgebäude. Irgendwo knallte eine Tür, und sie zuckte erschrocken zusammen. Sie ging ein paar Schritte in Richtung Lobby und blickte sich suchend um.

Der Anblick, der sich ihr bot, schien ihren schönsten Rachefantasien entsprungen zu sein: Die nackte Anka humpelte, ihre Kleidung an sich gedrückt, durch die Lobby auf sie zu und machte einen kläglichen, verlorenen Eindruck. Der Verband an ihrem Fuß hatte sich gelockert, und sie zog einen Streifen Verbandsstoff hinter sich her. Als sie Petra entdeckte, drehte sie schnell ab und flüchtete zu den Toiletten.

Du verwechselst da was, Anka. Wir machen hier Tantra, nicht Porno.

Der Satz hing im Raum wie das Echo eines Schusses.

Nur allmählich löste sich die Beklemmung. Einzelne Teilnehmer begannen, sich anzuziehen und ihre Sachen einzusammeln. Da und dort wurde geflüstert.

Jenny blieb sitzen. »Stopp«, sagte sie energisch. »Bleibt bitte noch einen Moment hier!«

Die anderen hielten inne. Jan rollte weiter seine Matte zusammen und nahm keine Notiz von dem, was um ihn herum geschah. Jenny stand auf und ging zu ihm. »Du spinnst wohl«, sagte sie ruhig.

»Wie bitte?« Er wandte sich zu ihr um.

»So kannst du doch nicht mit Teilnehmern umgehen!«

»Was ist dein Problem, Jenny?« Herablassend blickte er sie an.

Sie rang um Fassung. »Wir vertrauen dir, Jan. Wir öffnen uns und geben unser Innerstes preis. Auch Anka hat gerade großen Mut bewiesen. Dafür hat sie Respekt verdient, nicht Verachtung!«

Jemand klatschte zaghaft. »Ja, genau«, rief ein anderer. »Warum hast du sie so blamiert?«

Jan ließ seinen Blick über die Gruppe schweifen. Auf einmal war er nicht mehr der sympathische, abgeklärte Kursleiter, der immer einen flotten Spruch auf den Lippen hatte und Konflikte einfach weglächelte. Kühl sagte er: »Ich muss mir von euch nicht sagen lassen, wie ich meinen Job zu machen habe.«

»Ach, das hier ist nur ein Job für dich? So was wie ... Autos reparieren oder Wurst verkaufen?« Jennys Stimme bebte vor Empörung. »Du bist doch bloß sauer auf Anka, weil sie dich fast dazu gebracht hätte, die Beherrschung zu verlieren.«

»Da gehört schon mehr dazu«, gab er zurück.

»Wieso reagierst du dann so unsouverän?«

Jans Augen verengten sich. »Weißt du, Jenny, bei dir ist das wie bei Larissa und den Hunden. Die haben sie zum Dank für ihre Befreiung auch gebissen. Ich nehme das nicht persönlich.« Damit klemmte er sich die Matte unter den Arm und verließ den Raum.

Jenny konnte nicht glauben, was sie gerade gehört hatte. »Hat der mich gerade mit einem Hund verglichen?«

Günther drückte sie kurz an sich. »Ach was, das meint der doch nicht so!«

»Da bin ich mir nicht so sicher.«

»Du nimmst das hier alles zu ernst. Es geht doch nur darum, ein bisschen locker zu werden und Spaß zu haben.«

Jenny fühlte sich beschämt. Wahrscheinlich war es wirklich naiv von ihr gewesen, so viele Hoffnungen in Jan zu setzen.

»Jetzt weiß ich wenigstens, wie das heißt, wenn ich mir einen runterhole«, sagte Günther und grinste. »Tantra!«

Später am Nachmittag klopfte Suse noch einmal an Larissas Bungalowtür. »Ich bin's, Suse. Darf ich reinkommen?«

Als keine Antwort kam, betrat sie das Zimmer. Mit einem Blick sah sie, dass der Teller mit Früchten unberührt auf dem Nachttisch stand.

»Hallo, Suse.«

Larissa hockte auf dem Boden. Das Bein mit der verbundenen Bisswunde hatte sie ausgestreckt, das andere angewinkelt. Sie sah erholt aus; ihr Gesicht hatte Farbe, ihre Augen wirkten wach. Vor ihr auf dem Boden lag etwas Weißes, das sie vorsichtig mit den Fingern bearbeitete. Suse trat näher und erkannte, dass es eine Art Teppich aus Vogelfedern war, der die Form einer Schwinge hatte.

»Was ist das denn?«, fragte sie interessiert.

»Was denkst du?« Larissa hob ihr das Gesicht entgegen.

»Es ... es sieht aus wie ein Flügel.«

»Genau! Und wer hat alles Flügel?«

Suse hockte sich zu ihr auf den Boden. »Na, Vögel.«

»Und wer noch?«

Sie zögerte.

»Engel natürlich«, sagte Larissa im selbstverständlichsten Tonfall der Welt. »Das ist ein Engelsflügel.«

»Du glaubst also wirklich an Engel?«

»Das ist keine Sache des Glaubens, das ist eine Erfahrung.«

»Was für ... Erfahrungen mit Engeln hast du denn schon gemacht?«

Larissa seufzte. »Es ist schwer, das jemandem zu erklären, der einen für bekloppt hält.«

»Ich halte dich nicht für bekloppt«, sagte Suse erschrocken.

»Klar hältst du mich für bekloppt«, sagte Larissa. »Aber das ist mir egal. Und den Engeln auch. Wenn sie jemandem erscheinen wollen, dann tun sie das sowieso.«

Suse wollte fragen, was sie machen müsse, damit ihr kein Engel erscheine, aber dann entschied sie sich anders. »Was müsste ich denn machen, um in Kontakt mit einem Engel zu kommen?«

»Das ist die erste vernünftige Frage, die du heute stellst.« Larissa lächelte gnädig. »Du musst meditieren. Und dabei rufst du deinen Engel. Wenn du Glück hast, erscheint er dir.«

»*Meinen* Engel?«, fragte sie überrascht. »Heißt das, jeder Mensch hat seinen eigenen Engel?«

»Ja und nein. Jeder Mensch hat zu jeder Zeit den richtigen Engel.«

Was sollte das denn schon wieder heißen? Suse spürte leise Ungeduld in sich aufsteigen. Es fiel ihr manchmal schwer, mit Menschen zu reden, die sie für irrational hielt, was vermutlich nur ein anderes Wort für bekloppt war. Aber sie besann sich auf ihre Ausbildung. Auf solche Menschen musste man sich einlassen, ohne die professionelle Distanz aufzugeben. Das war ihr Job, das konnte sie.

»Das ist alles ziemlich schwer für mich zu verstehen«, sagte sie freundlich. »Aber das liegt sicher an mir.«

»Klar, an wem sonst?« Larissa nahm weitere Federn aus der Schale, die sie neben sich stehen hatte, und legte sie an den Engelsflügel an, als handelte es sich um ein Puzzle. Sie schien Suses Anwesenheit gar nicht mehr zu registrieren.

»Eigentlich wollte ich nur fragen, ob alles okay mit dir ist. Wie geht's deinem Bein?«

Larissa sah sie an, als spräche sie in Rätseln. »Meinem Bein? Dem geht's gut, warum?«

»Du hast eine Bisswunde, schon vergessen? Hast du Schmerzen?«

Larissa schüttelte den Kopf. »Ich habe euch doch erklärt, dass der Biss ein karmischer Reinigungsvorgang war, der keine Schmerzen verursacht. Wahrscheinlich ist die Wunde sowieso schon verheilt.« Sie machte Anstalten, den Verband zu lösen.

Schnell legte Suse ihr die Hand auf den Arm. »Lass ihn noch dran. Wenigstens bis morgen.«

Larissa zuckte gleichgültig die Schultern und wandte sich wieder ihrem Flügel zu.

»Also, dann geh ich mal.« Suse stand auf. »Wir sehen uns beim Essen. Wenn du dich gut fühlst, könntest du ein bisschen früher kommen und mithelfen.«

»Mal schauen«, sagte Larissa. »Du siehst ja, ich bin ziemlich beschäftigt.«

Als Suse zur Tür ging, fiel ihr Blick durch die halb geöffnete Badezimmertür in den großen Spiegel. Etwas spiegelte sich darin. Etwas, was heute Mittag noch nicht da gewesen war.

Vorsichtig stieß sie die Tür auf. In der Fensterscheibe prangte ein großes Loch. Mitten auf dem weißen Badezimmerteppich, umgeben von Glasscherben, lag eine tote Möwe und starrte Suse an. Um ihren Kopf hatte sich ein Blutfleck gebildet, ihr Gefieder wirkte zerrupft und hatte kahle Stellen.

»Iiiih!« Erschrocken fuhr sie zurück.

»Was ist denn los?«, rief Larissa.

Suse ging zurück ins Zimmer. »Das solltest du mir vielleicht erklären!«

Larissa blickte von ihrem Federteppich auf. »Ach, die Möwe! Das ist wunderschön, oder? Auf einmal höre ich einen

Schlag, dann das Klirren von Glas, und plötzlich ist sie da. Ein deutlicheres Zeichen kann man sich überhaupt nicht wünschen!«

»... Zeichen?«, wiederholte Suse verwirrt.

»Na klar, was denn sonst? Eine Möwe knallt ja nicht ohne Grund durch ein geschlossenes Fenster. Die ist mir natürlich geschickt worden.«

»Und ... von wem?«

Larissa seufzte genervt. »Meine Güte, Suse, wie begriffsstutzig kann man denn sein? Da reden wir die ganze Zeit über Engel, und du fragst noch, wer mir die Möwe geschickt hat?«

»Natürlich. Wie blöd von mir.« Suse war allmählich ziemlich verstört. Sie konzentrierte sich auf das, was sie im Studium gelernt hatte, als es um psychische Erkrankungen ging. *Im System des Patienten bleiben.* Damit kam man meistens weiter, als wenn man anfing, mit rationalen Argumenten zu diskutieren oder den Betroffenen von seiner Erkrankung überzeugen zu wollen.

»Äh ... warum, glaubst du, haben die Engel dir die Möwe geschickt?«

»Interessante Frage«, sagte Larissa mit einer gewichtigen Miene. »Darüber habe ich auch schon nachgedacht. Natürlich schicken sie mir damit eine Botschaft. Aber ich habe noch nicht herausgefunden, welche. Was denkst du?«

Fragen stellen, keine Antworten geben. Auch das hatte sie im Seminar gelernt.

»Ich weiß nicht ... Bestimmt weißt du das viel besser. Was war denn dein erster Gedanke?«

Larissa schwieg und strich mit der Hand vorsichtig über die Federn, die sie der Möwe ausgerissen hatte.

»Fühl mal, ganz weich.«

Suse schüttelte sich bei dem Gedanken, die Federn zu berühren. Sie ekelte sich schon vor lebenden Vögeln, von toten ganz zu schweigen.

In sicherer Entfernung von dem Federteppich hockte sie sich wieder hin. »Ist alles in Ordnung mit dir, Larissa?«, fragte sie eindringlich. »Geht's dir wirklich gut?«

Larissa hatte angefangen, eine Melodie zu summen, und strich unaufhörlich mit der Hand über die Federn. Sie schien mit ihren Gedanken woanders zu sein, dann blickte sie auf und lächelte ihr entwaffnendes, fast kindliches Lächeln. »Natürlich geht's mir gut.«

Vom heißen Wasser war ihre Haut ganz rot geworden, so lange hatte sie unter der Dusche gestanden. Endlich war die Kälte aus ihrem Körper gewichen und hatte einer lähmenden Müdigkeit Platz gemacht. Petra drehte den Wasserhahn ab und stieg aus der Dusche. Eingewickelt in das Badetuch, legte sie sich aufs Bett. Sie schaltete ihr Handy ein, um nachzusehen, wann endlich wieder eine Fähre fahren würde. Eine Flut von Nachrichten erschien auf ihrem Display. Ihre Töchter hatten beide versucht, sie zu erreichen. Sie entschied, als Erstes Eva zurückzurufen.

»Eva? Ich bin's, Mama. Ist was passiert?«

Am anderen Ende blieb es kurz still. »Ob was passiert ist? Geht's noch, Mama?«

Petra stutzte. »Was ... meinst du denn?«, fragte sie vorsichtig.

»Mama«, sagte ihre Tochter energisch. »Du musst nicht versuchen, uns zu schonen. Wir wissen Bescheid.«

»Simon auch?«, fragte sie erschrocken und setzte sich auf.

»Nein. Nur Marie und ich.«

In Petras Kopf arbeitete es. Wie war es möglich, dass die beiden Mädchen jetzt schon davon wussten? Hatte Matthias nichts Besseres zu tun gehabt, als sofort seine Töchter zu informieren?

»Das musst du mir erklären.«

»Ganz einfach. Wir wollten mit Papa zusammen essen gehen, und heute Morgen ruft er an, um abzusagen. Er hat ziemlich ... durcheinander gewirkt. Ich habe mir Sorgen gemacht und ihn so lange bearbeitet, bis er alles erzählt hat.«

»Was hat er dir erzählt?«

»Na ja, dass er ... seit einer Weile eine Affäre hat und dass du ihm draufgekommen bist.«

»Eine *Affäre*«, sagte Petra gedehnt. »Interessant.«

»Und dass du stinksauer auf ihn bist und nicht mit ihm reden willst.«

»Und was noch?«

»Dass es ihm leidtut und er hofft, dass alles wieder in Ordnung kommt.«

Von der Schwangerschaft hatte er offenbar nichts erzählt, was verschiedene Rückschlüsse zuließ. Petra fand es unmöglich von ihm, die Kinder mit reinzuziehen.

»Bist du gar nicht wütend auf Papa?«, fragte sie gekränkt. Ein bisschen Solidarität von ihrer großen Tochter hätte sie sich schon gewünscht!

Diesmal war die Stille am anderen Ende länger.

»Na ja ... ich hab schon seit einer Weile so was vermutet. Es gab ja genügend ... Anzeichen. Ich hab dann mit Marie darüber gesprochen, und sie meint, es geht uns nichts an.«

Petra glaubte, sich verhört zu haben. Abrupt setzte sie sich im Bett auf und presste das Handy ans Ohr. »Moment mal, Eva, nur damit ich dich richtig verstehe. Ihr hattet den Verdacht, dass euer Vater mich betrügt ... und habt mir nichts davon gesagt?«

»Mensch, Mama, ihr seid erwachsen! Das ist eure Sache!«

»O nein, das ist auch eure Sache, wenn eure Eltern sich scheiden lassen!«, platzte es aus ihr heraus, und sie bereute es im selben Augenblick.

»Was?« Evas Stimme klang plötzlich panisch. »Von Scheidung war bisher überhaupt nicht die Rede!«

»Tut ... tut mir leid. Vielleicht ... vielleicht war das voreilig. Aber natürlich denkt man in so einer Situation darüber nach.«

Nach einer Pause fragte Eva: »Hast du inzwischen mit Papa gesprochen?«

»Nein.«

»Aber du musst mit ihm sprechen!«

»Ich muss gar nichts«, sagte sie und wusste selbst, wie infantil das war. Aber sie war einfach zu verletzt, als dass sie souverän reagieren könnte. Ihre Weigerung, mit Matthias zu sprechen, war das letzte bisschen Handlungsspielraum, das ihr noch blieb.

»Wann kommst du zurück, Mama?« Evas Stimme klang kläglich.

»Am Samstag. Ich würde gern früher da sein, aber ich komme hier nicht weg. Die Boote fahren nicht.«

»Verstehe.«

Petra wusste, dass sie ihre Tochter so nicht verabschieden durfte. Du bist erwachsen, ermahnte sie sich. Du darfst deinen Zorn nicht an ihr auslassen, sie trägt keine Schuld.

»Hör zu, Eva«, sagte sie mit fester Stimme. »Mach dir keine Sorgen um mich, ich komme klar. Wir reden in Ruhe über alles, wenn ich wieder zu Hause bin, okay?«

»Okay, Mama.«

»Ich hab dich lieb.«

»Ich dich auch, Mama.«

»Und grüß bitte Marie und sag ihr, dass sie sich auch keine Sorgen machen soll, ja?«

»Mach ich, Mama.«

Sie beendete das Gespräch und sank aufs Bett zurück.

Sich scheiden lassen. Zum ersten Mal hatte sie es laut ausgesprochen. Es klang gar nicht so schrecklich wie die Vorstellung, die sie sich davon machte. Es klang nach einer Operation, die man durchführte, weil sie unvermeidlich geworden war. Und es klang, als würde jemand anderes diese Operation für einen durchführen, schmerzfrei und sauber.

Ob der Anwalt, den sie damals vor vierzehn Jahren kontaktiert hatte, noch aktiv war? Sie versuchte, sich an seinen Namen zu erinnern. Staller? Steller? Sie nahm ihr Smartphone zur Hand und ging ins Internet.

Dr. Martin Steller, Anwalt für Familienrecht, inzwischen Partner in einer großen Kanzlei mit drei weiteren Anwälten. Er hatte einen sehr kompetenten Eindruck gemacht und war ihr sympathisch gewesen. Beim ersten Termin in seiner elegant eingerichteten Kanzlei hatte sie eine Viertelstunde geheult, und er war ausgesprochen geduldig gewesen. Irgendwann hatte er ihr eine Kleenex-Packung gereicht und freundlich gefragt: »Sind Sie sich ganz sicher, dass Sie sich scheiden lassen wollen?« Vermutlich war es der teuerste Heulanfall ihres Lebens gewesen.

Als sie sich einige Wochen danach bei ihm gemeldet hatte, um zu berichten, dass sie und Matthias wieder versöhnt waren und ein weiteres Kind bekommen würden, hatte er zu ihrer Überraschung gesagt: »Liebe Frau Freiberg, das Gute bei uns Scheidungsanwälten ist ja, dass wir uns auch über die Fälle freuen können, die wir nicht zum Abschluss bringen. Ich wünsche Ihnen und Ihrem Mann alles Gute!«

Ob er sich an sie erinnern würde?

Sie wählte. Eine weibliche Stimme meldete sich. »Kanzlei Steller und Partner, was kann ich für Sie tun?«

Petra nannte ihren Namen und bat um einen Termin in der nächsten Woche.

»In der nächsten Woche ist Herr Dr. Steller bereits ausgebucht. Darf ich Ihnen einen Termin bei einem unserer anderen Anwälte geben?«

Sie zögerte. »Nein, lieber nicht. Wann hat Herr Dr. Steller denn wieder Zeit?«

Die Sekretärin nannte einen Termin in zwei Wochen. Petra bestätigte Datum und Uhrzeit und bedankte sich.

Nun war sie so aufgewühlt, dass an Schlaf nicht mehr zu denken war, obwohl ihr Körper sich bleischwer anfühlte. Sie rollte sich aus dem feuchten Badetuch, zog Unterwäsche und T-Shirt an und schlüpfte unter die Decke. Eine Weile kämpfte sie mit sich selbst, dann nahm sie das Handy wieder zur Hand und scrollte durch die Nachrichten, die Matthias geschickt hatte.

06:58 Was soll das? Was ist los?
07:06 Bitte rede mit mir!
07:12 Ruf mich an, Petra! Bitte!
08:44 Ich mache mir Sorgen! Bitte melde dich.
10:04 Wir kriegen das hin, ich versprech's dir!
12:00 Du bist ganz schön unfair!
13:18 Hat Anka dir ausgerichtet, dass du mich anrufen sollst?
14:11 Ich geb's jetzt auf. Wirf mir bloß nicht vor, ich hätte mich nicht bemüht.

Mit grimmiger Schadenfreude stellte sie sich seinen Vormittag vor. Um fünf vor sieben hatte sie ihm das Foto von Anka und dem positiven Schwangerschaftstest geschickt, drei Minuten später war seine erste Nachricht gekommen. Dann hatte er vergeblich versucht, sie zu erreichen, irgendwann hatte er begriffen, dass die Schwangerschaft kein Scherz war. Und dann hatte er allen Ernstes seine Geliebte gebeten, seiner Frau zu sagen, sie solle ihn anrufen? Die blöde Schlampe hatte es natürlich nicht ausgerichtet. Dann fiel ihr ein, dass sie stundenlang unterwegs gewesen und Anka ihr erst bei ihrer Rückkehr über den Weg gelaufen war.

Plötzlich stand ihr wieder das Bild der nackten Anka vor Augen, die, ein Stück Verbandsstoff hinter sich herziehend, verzweifelt durch die Lobby humpelte.

Was war denn da los gewesen? Sie konnte sich keinen Reim auf die Szene machen. Plötzlich kamen ihr allerhand Gemeinheiten in den Sinn, die sie ihrer Rivalin gern zugefügt hätte. Genüsslich malte sie sich aus, wie sie Anka ihr Handy entwand und es ins Klo warf, während die gerade mit Matthias telefonierte. Wie sie ihr mit einem Ruck den Glitzerstein aus dem Bauchnabel riss. Oder sie fesselte und einem Ganzkörper-Waxing unterzog.

Einen kurzen Moment lang zog sie Befriedigung aus diesen Fantasien, aber dann erschrak sie über sich selbst. Das war doch nicht sie!

In Gedanken versunken, verließ Jenny den kleinen Saal. Die Enttäuschung über Jan rumorte in ihr. Sie fühlte sich, als wäre gerade jemand gestorben.

So war es immer. Wenn ein Mann schon einmal nett zu ihr war, begann sie ihn aus lauter Dankbarkeit zu verklären. Stellte sich irgendwann heraus, dass er gar nicht der tolle Typ war, für den sie ihn gehalten hatte, fiel sie aus allen Wolken.

Nun erinnerte sie sich auch an andere Situationen, wo sie an Jans Anständigkeit gezweifelt, die Zweifel aber weggeschoben hatte. Als er sie während des ersten Workshops penetrant nach ihrer Vergangenheit ausgefragt hatte, obwohl er hätte spüren müssen, dass es ihr unangenehm war. Oder als sie damals ein Gespräch zwischen ihm und einer Teilnehmerin belauscht hatte, bei dem er über die heilende Wirkung von Berührungen sprach, und sie das Gefühl nicht loswurde, dass er die Frau nur ins Bett quatschen wollte. Auch dass er Suses Sorge um Larissa nicht ernst nehmen wollte und sie so knallhart abgefertigt hatte, fand sie unmöglich.

Jenny mochte Anka nicht besonders, aber so hätte er sie nicht behandeln dürfen. Tantra war immer eine Gratwanderung. Den Augenblick, in dem Menschen sich öffnen, ihre Ängste überwinden und sich anderen vertrauensvoll hingeben, mit dem Begriff Porno in Verbindung zu bringen zog alles in den Schmutz. Jenny konnte nicht begreifen, warum Jan das getan hatte. Schließlich verriet er damit auch sein eigenes Projekt.

Sie trat ins Freie und atmete tief ein. Die Luft war feucht und schwer, dicke Wolken trieben am Himmel, zwischen denen sich vereinzelt blaue Stellen zeigten. Der Wind hatte etwas nachgelassen, von den Bäumen und Büschen tropfte es. Hoffentlich war das Scheißwetter bald vorbei. Allmählich schlug es ihr aufs Gemüt.

Dann wurde ihr bewusst, dass sie vor Ankas Bungalow stand. Sie klopfte und wartete kurz. Als sie nichts hörte, öffnete sie die Tür. Anka lag im Bademantel auf dem Bett, hielt ihr Smartphone in der Hand und starrte in die Luft. Ihr bandagierter Fuß lag erhöht auf einem Kissen.

»Ich wollte bloß kurz nach dir sehen«, sagte Jenny verlegen.

»Danke, nett von dir.«

»Alles in Ordnung?« Sie deutete auf Ankas Fuß. »Was hast du denn da gemacht?«

Anka richtete sich auf und wickelte den Verband ab. Jenny beugte sich vor und inspizierte die Wunde. »Das muss unbedingt desinfiziert werden! Hast du irgendwas da?«

Anka verneinte.

»Bin gleich wieder zurück.«

Erleichtert darüber, sich nützlich machen zu können, verließ Jenny den Bungalow und kehrte mit ihrer kleinen Reiseapotheke zurück. Sie öffnete den Beutel und entnahm ihm ein Desinfektionsspray, Mullbinden und einen frischen Verband. Sorgfältig verarztete sie Ankas Fuß und gab ihr einen freundschaftlichen Klaps. »So, fertig.«

Anka lächelte. »Ich musste gerade daran denken, wie meine Mutter mir als Kind mal das Knie verbunden hat. Um mich zu trösten, hat sie gesagt: *Bis du heiratest, ist alles wieder gut.*«

Jenny lachte. »Dann solltest du bald heiraten.« Sie sah sich um und bemerkte, dass das zweite Bett nicht belegt war. »Wo ist denn Petra? Die wohnt doch auch hier, oder?«

Anka zögerte. »Sie ... hat sich ein anderes Zimmer genommen. Wir hatten eine Auseinandersetzung.«

»Tut mir leid.« Nach einer Pause fuhr sie fort: »Das war ziemlich fies, was Jan da gemacht hat. Ich wollte dir nur sagen, dass wir alle auf deiner Seite sind.«

»Tantra«, sagte Anka und schnaubte verächtlich. »Das ist doch alles ein Riesenbeschiss! Die Leute machen diese Kurse doch bloß, weil sie sonst nicht zum Schuss kommen. Schau dir diesen einen Typen an, Günther. Der wartet doch nur drauf, dass es im Rudel abgeht. Und was glaubst du, warum ein Typ wie Jan so was veranstaltet? Um sich die Rosinen rauszupicken. Nur dass ich keine Rosine bin.«

»Na ja, so einfach ist es auch wieder nicht. Klar kann beim Tantra auch mal die Post abgehen, aber auch wenn's vielleicht anders aussieht, es geht nicht in erster Linie um Sex. Es geht um den ganzen Menschen.«

»Mir egal. Mein Bedarf ist gedeckt.«

Jenny beschloss, das Thema zu wechseln. »Was war denn los zwischen Petra und dir?«

Anka ließ sich aufs Bett zurücksinken und legte theatralisch die Hand über die Augen. »Das willst du nicht wissen.«

Jenny grinste. »Klar will ich, sonst hätte ich ja nicht gefragt.«

Anka seufzte. »Petra ... sie findet meinen Lebensstil nicht gut. Sie hat was sehr ... Bewertendes, weißt du. Sie denkt, alle müssten so ticken wie sie, bürgerlich und ein bisschen spießig.«

Jenny war erstaunt. »So habe ich sie bisher gar nicht erlebt, ich fand sie eigentlich ziemlich offen und tolerant.«

»Du hast ja auch nicht das Zimmer mit ihr geteilt.«

»Und was findet sie nicht gut an deinem Lebensstil?«

Anka setzte sich wieder auf. »Ich bin mit einem verheirateten Mann zusammen. Und jetzt ... bin ich schwanger.«

Jenny zog eine Braue hoch. »Oh, ich verstehe. Deshalb ist dir also die ganze Zeit schlecht.«

»Genau«, sagte Anka, sichtlich dankbar für Jennys Anteilnahme. »Ich quäle mich mit Übelkeit und der Ungewissheit über meine Zukunft, und das Einzige, was Petra dazu einfällt, sind Vorwürfe. Wie ich mich mit diesem Mann einlassen konnte. Was für eine Schlampe ich bin. Als würde ein Mann fremdgehen, der mit seiner Frau glücklich ist! Dabei bräuchte ich gerade jetzt jemanden, der zu mir hält ...«

Ankas Unterlippe begann zu zittern. »Ich hab nämlich auch noch meinen Job verloren ...«

Jenny nahm Anka in den Arm. »Schätzchen, lass den Kopf nicht hängen. Vielleicht ist dein jetziger Freund ja tatsächlich nicht der Richtige, aber wenn jemand einen Mann findet, dann du. Irgendwann taucht einer auf, bei dem alles passt, da gehe ich 'ne Wette mit dir ein.«

»Du bist lieb, danke«, sagte Anka und lächelte unter Tränen.

»Brauchst du denn noch irgendwas?«, fragte Jenny mütterlich.

»Ich glaube, ich sollte mal was essen, aber ich habe einfach nicht die Kraft aufzustehen.«

»Kein Problem, ich bring dir was.«

Das arme Ding, dachte sie, während sie den Weg in die Küche zurücklegte.

Sie hatte ja nicht geahnt, welche Dramen sich bei Anka abspielten! Sich mit einem verheirateten Mann einzulassen war allerdings auch ganz schön dämlich. Sich von ihm schwängern zu lassen noch dämlicher. Vielleicht war Anka tatsächlich nicht besonders schlau. Aber berechnend wirkte sie nicht, eher hilflos und überfordert. Jenny nahm sich vor, sich ein bisschen um Anka zu kümmern. Sonst hatte die ja offenbar niemanden.

Petra musste sich zwingen, ihr Zimmer zu verlassen und nach unten zu gehen. Sie hatte den ganzen Tag nichts gegessen, und vor Hunger war ihr ganz flau. Kaum war sie in der Küche aufgetaucht, hatte jemand ihr mitgeteilt, dass sie für die Vorspeisen eingeteilt war. Nun stand sie neben Günther und half bei der Zubereitung des Salats. Immer wieder steckte sie sich Stücke von Gurken, Tomaten und Karotten in den Mund.

»He, nicht so viel naschen!«, ermahnte Günther sie lächelnd. Er schob ihr mehrere knallrote, herzförmige Paprikaschoten zu, die wie gemalt aussahen. »Hier, die als Nächstes.«

Sie nahm eine zur Hand und begann sie in Stücke zu schneiden. Geistesabwesend sah sie zu, wie der rote Saft das Holz des Schneidebretts und ihre Finger verfärbte. Sie stellte sich vor, dass sie menschliche Herzen zerschnitt. Ihr eigenes Herz. Das von Matthias. Die Herzen von Eva, Marie und Simon.

»Hallo? Jemand zu Hause?« Günthers Hand wedelte vor ihrem Gesicht herum.

Sie schreckte hoch. »Entschuldige, ich hab gerade nicht zugehört.«

»Ick sagte, ick hab dir heute vermisst.«

»Mich?«

»Ja, bei der Körpererfahrung. Du hast echt was verpasst. Anka ist plötzlich aufgetaucht und hat 'ne Erotikdarbietung vom Feinsten hingelegt. Jan hätte sie fast besprungen.«

Petra stand da wie erstarrt und sagte nichts. Ihre Hand mit dem Messer war auf halbem Weg zum Brett in der Luft stehen geblieben und zitterte. »Ach ja?«

»Er hat jesagt, sie würde da was verwechseln. Das, was hier stattfindet, das wär Tantra, nicht Porno. Hat ganz schön gesessen.«

Petra zwang ihre Hand zurück aufs Brett und schnitt schweigend weiter.

»Die Anka ist echt ein scharfes Weib«, fuhr Günther fort. »Einen Körper, dass du als Mann ins Träumen kommst. Ein Gesicht wie 'ne Madonna. Aber weißt du, was ick glaube? Die ist eiskalt. Die geht über Leichen, um zu kriegen, was sie will.«

»Au!«, schrie Petra auf, riss die linke Hand nach oben und steckte den Zeigefinger in den Mund. Der metallene Geschmack von Blut mischte sich mit dem Aroma der Paprika.

»Zeig her«, sagte Günther erschrocken, und sie hielt ihm ihren Finger entgegen.

Dunkelrote Tropfen quollen aus der Wunde und fielen auf das Gemüse. Günther riss ein Stück Küchenkrepp von einer Rolle und verband provisorisch den Finger.

»Feste drücken! Ich besorge ein Pflaster.«

Petra zitterte am ganzen Leib und war kurz davor, in Tränen auszubrechen. Nur ein kleiner Schnitt, ermahnte sie sich. Kein Grund, hysterisch zu werden.

Suse kam zu ihr. »Soll ich für dich weitermachen?«

Petra schüttelte den Kopf. »Danke dir, es geht schon.«

Günther kehrte zurück und klebte ein Pflaster, das mit Comicfiguren bedruckt war, um ihren Finger. »Heile, heile Segen, drei Tage Regen, drei Tage Schnee, tut schon nicht mehr weh.«

Sie versuchte zu lächeln, dann nahm sie das Messer wieder in die Hand. Sie starrte auf die Paprika, den roten Saft und das Blut. Wieso stand sie hier und schnitt Gemüse, während gerade ihr Leben in die Luft flog? Warum nahm sie nicht das Messer und rammte es Anka in die Brust? Das Zittern kam zurück, im nächsten Moment wimmerte sie.

»Aber es ist doch nur 'n kleiner Schnitt«, sagte Günther und blickte sie erstaunt an. Dann schien er zu begreifen, dass sie nicht ihres Fingers wegen weinte.

Er zog sie aus der Küche in die menschenleere Lobby, drückte sie auf einen der Barhocker und schenkte zwei Whiskey ein. Er setzte sich neben sie und sah zu, wie sie zögernd das Glas anhob. Petra spürte, wie die brennende Flüssigkeit durch ihre Kehle lief und ihren Magen wärmte. Fühlte sich gut an. Vielleicht sollte sie viel mehr trinken. So viel, dass sie irgendwann nichts mehr spürte.

»Was ist los?«, wollte Günther wissen.

Petra, die allmählich wieder die Kontrolle über sich gewann, winkte ab. Sie hatte nicht die Absicht, sich ihm oder sonst jemandem hier anzuvertrauen. Auch wenn sie mit diesem Mann schon in der Löffelchenstellung gelegen hatte.

»Ist schon okay, tut mir leid.«

»Du siehst aber alles andere als okay aus«, stellte Günther fest. »Um genau zu sein, siehste beschissen aus.«

Petra antwortete nicht und nahm einen weiteren Schluck. Schon jetzt tat der Alkohol seine Wirkung, und sie traute sich, eine Frage zu stellen, die sie sonst wohl nicht gestellt hätte. »Sag mal ... woran ist deine Ehe eigentlich kaputtgegangen?«

Günther zog scharf die Luft durch die Zähne. »Na, du gehst aber ans Eingemachte.« Er verstummte. Dann fragte er: »Welche Version willste denn hören?«

»Gibt's mehrere?«

»Meine, die meiner Exfrau, die der Anwälte ...«

»Deine.«

Günther nahm einen tiefen Schluck. »Ick würd dir gern was erzählen, was mich gut aussehen lässt, wo ich als Held dastehe oder wenigstens als armes Opfer. Ich war aber keines von beidem. Ick war einfach nur ein triebgesteuertes Arschloch, das seine Frau betrogen und alles zerstört hat.«

»Und ich dachte, du bist ein netter Kerl!«

»Bin ick auch. Man kann aber ein netter Kerl und ein triebgesteuertes Arschloch sein.«

Beide tranken und schwiegen.

»Und ... warum hast du sie betrogen?«

Günther seufzte. »Darauf gibt's nicht die eine Antwort. Frust, Narzissmus, die passende Gelegenheit, such dir was aus.«

»Heißt das, es ist egal? Wenn ein Mann fremdgehen will, findet er immer eine Begründung?«

Er überlegte. »Nee, es ist andersrum. Er geht fremd, und weil er ein schlechtes Gewissen hat, sucht er 'ne Rechtfertigung dafür. Seine Frau vernachlässigt ihn, alle seine Freunde tun es auch, das Leben ist zu kurz, immer nein zu sagen ... blablabla.«

Petra versuchte in seinem Gesicht zu lesen. Sie spürte, dass es ihm schwerfiel, darüber zu sprechen, obwohl er so cool tat. Und ihr tat es auf eine perverse Weise gut, ihm diese Fragen zu stellen, die sie eigentlich ihrem Mann stellen müsste.

»Ick war ein richtig guter Ehemann und Vater, das kannste mir glauben«, fuhr Günther fort. »Vielleicht zu gut. Und irgendwann kam das Gefühl, dass es mich gar nicht mehr gibt. Also den Günther, der einfach er selber ist, und nicht Günther der Ehemann oder Günther der Papa, oder Günther der Allesreparierer, oder Günther der Geldranschaffer. Ick hab mich irgendwie ... verloren.«

»Und im Bett von der anderen Frau hast du dich wieder gefunden?« Petra lächelte spöttisch.

»Ja, irgendwie schon.«

»Ging's da nur um Sex? Oder war es mehr?«

»Zuerst war's nur Sex. Du weißt ja, ick bin Physiotherapeut, ich fasse ständig Menschen an. Die Frau war meine Patientin. Solange ich sie behandelt hab, hab ich sie nicht angerührt, also, ick meine sexuell. Aber als die Behandlung fertig war, hab ich mich mit ihr verabredet. *Du hast magische Hände* hat sie immer gesagt. Sie wollte unbedingt mit mir schlafen, das hat mir natürlich geschmeichelt.«

»Und dann?«

»Na, dann haben wir uns ein paarmal getroffen, und dann merkt man irgendwann, dass an dem schönen Körper auch 'ne Seele hängt, also dass die Frau eben ein ganzer Mensch ist, mit Gefühlen und allem. Und dann kann man das nicht mehr so trennen, den Körper und das andere. Und dann ... verliebt man sich halt. Oder ... man glaubt es wenigstens.«

»Man?«

»Na ja, icke ebend«, sagte Günther. »Ick will ja gar nicht die Verantwortung dafür wegschieben, auch wenn's mir lieber wäre, ick hätte keine Schuld.«

Petra blickte nachdenklich auf ihre linke Hand, die in ihrem Schoß lag. Sie spürte ein Pochen im verletzten Finger und bemerkte, dass das Pflaster bereits blutdurchtränkt war. Sie nahm eine Serviette vom Tresen und wickelte sie darum.

»Ist das wichtig?«, sagte sie. »Wer schuld ist?«

Günther schnaubte. »Was glaubst du denn? Das ist das Wichtigste überhaupt! Meine Exfrau suhlt sich darin, dass ich der große Zerstörer bin, der unsere ach so glückliche Ehe auf dem Gewissen hat.«

»Hast du doch auch.«

»Meinste, das alles wär passiert, wenn unsere Ehe wirklich glücklich gewesen wär?«

»Jetzt suchst du nach einer Rechtfertigung«, stellte Petra trocken fest.

»Kann sein«, räumte Günther ein.

Petra überlegte. »Das würde aber heißen, dass so was immer passieren kann, auch in einer glücklichen Ehe, oder? Dass man sich einfach verlieben kann, obwohl man seinen Partner liebt.«

»Kann passieren, passiert aber normalerweise nicht. Anfällig für so was wird man doch erst, wenn irgendwas in der Beziehung nicht mehr stimmt. Ein Seitensprung muss nicht gleich das Ende sein, aber ein Krisensymptom ist es allemal.«

»Krisensymptom«, wiederholte Petra sinnend.

Bis gestern Abend hatte sie nicht mal gewusst, dass ihre Ehe in einer Krise war. Sie hatte Veränderungen wahrgenommen, leichte Abnutzungserscheinungen, das eine oder andere Defizit. Aber Krise? Das klang nach Streit, Verzweiflung, offenem Krieg – und von nichts war ihre Beziehung mit Matthias weiter entfernt. Eher wäre die vielleicht an einer gewissen Langeweile und alltäglichen Routine erstickt, weil sie zu reibungslos funktionierte, als dass sie noch aufregend war. Aber daran hätten sie doch arbeiten können!

»Habt ihr versucht, eure Ehe zu kitten?«, fragte sie.

»Wenn du damit meinst, dass wir uns jede Nacht angeschrien und Jahre beim Therapeuten zugebracht haben, dann ja.«

»Und nichts hat geholfen?«

Günther überlegte. »Ick glaube, meine Frau wollte nicht, dass irgendwas hilft. Eigentlich wollte sie mich nicht mehr. Vielleicht kam ihr meine Affäre sogar ganz gelegen.«

»Und das ist jetzt keine Rechtfertigung?«

Er seufzte. »Ick weiß nicht. So ein Ehekrieg laugt einen völlig aus. Am Ende weiß man nicht mehr, was falsch und richtig ist und was man eigentlich will. Man ist nur noch froh, wenn es vorbei ist, und hat das Gefühl, man müsste sich hundert Jahre in eine Höhle zurückziehen und seine Wunden lecken.«

Das könnte ich nicht ertragen, dachte Petra.

»Wie lange ist das alles her?«, wollte sie wissen.

»Geschieden sind wir seit drei Jahren. Aber glaub bloß nicht, dass es damit vorbei ist! Wenn du Kinder hast, hört es nie wirklich auf.«

Sie senkte den Kopf und betrachtete ihre verletzte Hand. Inzwischen war das Blut durch die Serviette gesickert. Wenn schon ein kleiner Schnitt am Finger so stark blutete, wie schnell würde das Blut aus ihr herauslaufen, wenn sie sich beide Pulsadern aufschnitt?

Günther blickte sie an. »Ick nehme mal an, du fragst mich das alles nicht zufällig, oder?«

Petra überlegte, an wen er sie erinnerte. Es fiel ihr nicht ein.

Nachdem sie den letzten Schluck aus ihrem Glas genommen hatte, rutschte sie vom Barhocker. Sie hob den Finger mit der blutdurchtränkten Serviette. »Ich brauche ein neues Pflaster.«

Als Suse in der Küche eintraf, waren die Vorbereitungen fürs Abendessen in vollem Gang. Die neue Situation zwang die Teilnehmer der Paradies-Gruppe, ihren Ärger vom Vorabend runterzuschlucken und mit den anderen zusammenzuarbeiten. Jeder war für eine bestimmte Aufgabe eingeteilt. Die einen deckten den Tisch, die anderen kochten, schleppten Getränke aus dem Keller heran oder falteten — wie Larissa — Papierservietten zu Gebilden, die wie Schmetterlinge aussahen. Als Larissa sie bemerkte, hielt sie einen davon hoch. »Gefällt er dir?«

Suse hob anerkennend den Daumen. Dann begriff sie: Das war kein Schmetterling, sondern ein Engel. Schaudernd dachte sie an die tote Möwe. Hoffentlich hatte Larissa die inzwischen entsorgt. Sie fragte sich auch, was mit dem Engelsflügel geschehen würde — die Federn würden ja nicht liegen bleiben, sondern sich mit jedem Luftzug im Zimmer verteilen. Bei dem Gedanken breitete sich ein erstickendes Gefühl in ihrem Hals aus.

Als Jan den Raum betrat, verstummten einige der Gespräche. Verstohlene Blicke wurden gewechselt, da und dort wurde getuschelt. Irgendetwas musste vorgefallen sein. Suse versuchte, sich an ihre Aufgabe für den Abend zu erinnern. Bevor sie jemanden fragen konnte, sah sie Ronnie auf sie zukommen.

»Hallo, Suse, hast du eine Sekunde?« Seine Augen waren gerötet. Hatte der etwa geheult?

»Was ist los? Ist was passiert?«

»Es ist wegen gestern.«

»Da hast du echt viel Scheiße erzählt«, sagte Suse. »Aber deshalb musst du doch nicht gleich heulen.« In diesem Moment bemerkte sie, dass Ronnies Tränen nichts mit Reue zu tun hatten, sondern vom Zwiebelschneiden herrührten.

»Kannst du weitermachen?« Er wollte ihr schon das Brett mit den Zwiebeln zuschieben, aber Suse verschränkte abwehrend die Arme vor der Brust.

»Ich ... äh, ich bin allergisch gegen Zwiebeln.«

»Sorry, wusste ich nicht.« Resigniert schnippelte er weiter. Sieh mal an, so einfach war das.

»Ich ... also ich wollte dir sagen, dass ich zwar nicht deiner Meinung bin, aber dass ich es echt gut finde, wie du für deine Überzeugungen kämpfst. Du lebst wenigstens das, was du verkündest. Das findet man selten.«

»Ach nee«, sagte Suse überrascht. »Du bist ja gar nicht so 'n Idiot, wie ich dachte.«

»Ja, und dann wollte ich fragen, ob du das ernst gemeint hast, dass ich dich besuchen darf.«

Sie blickte skeptisch. »Willst du wirklich das Flüchtlingsheim sehen, oder suchst du nur einen Vorwand, um mir lästig zu fallen?«

Ronnie grinste verlegen. »Na ja ... vielleicht beides?«

Sie musste lachen. »Das mit dem Lästigfallen kannst du dir abschminken, aber wenn du was dazulernen willst, kannst du gern kommen. Ich bin froh um jeden, der seine Vorurteile wenigstens mal überprüft. Schlimm genug, dass so viele dumm sterben wollen.«

»Dann ist es also abgemacht?«

Er hob die Hand, sie klatschte ihn ab. Inzwischen tränten auch ihr die Augen, sie stand einfach zu nahe bei den Zwiebeln.

»Deshalb musst du doch nicht gleich heulen!«

»Haha!«
Ihr Handy summte. Nachricht von ihrer Oma.

Liebes, ich hoffe, das Wetter bei dir ist wieder besser. Dein Vater ist im Krankenhaus. Mach dir keine Sorgen. Ich melde mich, sobald es was Neues gibt.

Suse wurde blass. Sie ließ Ronnie stehen und lief aus der Küche. Mit zitternden Fingern tippte sie auf *Anruf* und riss das Handy ans Ohr. Sie wartete. Nichts. Wählte noch einmal, dann ein drittes Mal. Ihre Oma meldete sich nicht.

Nach dem Essen, beim Abräumen des Geschirrs, musste Jenny an ihre Zeit in der Klosterschule zurückdenken. Abräumen war damals unbeliebt gewesen, weil viele Mädchen sich vor den verschmierten Tellern mit Speiseresten geekelt hatten. Jenny nicht. Ihre Ekelschwelle war offenbar immer schon hoch gewesen. Vielleicht war das die wichtigste Voraussetzung für ihren Beruf gewesen.

Sie verließ den Speisesaal und ging an die Bar. Seit kein Barkeeper mehr da war, lungerten immer irgendwelche Gestalten am Tresen herum und pichelten. Bald würde die Bar trockengelegt sein, bis auf das ungenießbare Zeug. Vor Blue Curaçao, Aprikosenlikör oder Sambuca schreckten sogar die robusten Trinker zurück.

Jenny griff nach der Brandyflasche, sie war leer. Sie schwenkte sie in der Luft.

»Gibt's noch eine?«

Ein Typ, an dessen Namen sie sich nicht erinnern konnte, tauchte hinter den Tresen und förderte eine Flasche zutage. »Hier, die letzte.«

»Ich bring sie gleich zurück«, log sie und trug die Flasche auf die Terrasse. Gerade wollte sie sich auf den Weg zu ihrem Bungalow machen, da spürte sie eine Hand auf ihrer Schulter.

»Gehst du schon?«

Sie zuckte zusammen. Den ganzen Abend hatte sie es vermieden, mit Manfred zusammenzutreffen. »Ich weiß nicht wieso, aber ich bin heute todmüde.«

»Und trotzdem brauchst du 'nen Schlummertrunk?« Er wies auf die Flasche.

Jenny antwortete nicht.

Er ging einige Schritte neben ihr her. »Täusche ich mich, oder gehst du mir aus dem Weg?«

Sie blieb stehen. »Warum sollte ich?«

»Das frage ich mich auch. Hab ich irgendwas falsch gemacht?«

Sie betrachtete seine gut geschnittenen Züge, den sinnlichen Mund, die Rundung seines Schädels. Sein Blick wirkte besorgt. Er war so aufmerksam, so liebevoll. Sie sah sich gemeinsam mit ihm durch die Straßen von Köln schlendern, auf einer Bank am Rhein sitzen, am Küchentisch in ihrer Wohnung. Sie redeten, sie lachten, sie waren sich nahe. Jenny sehnte sich danach, ihre Lippen in seiner Halskuhle zu vergraben und alle Bedenken zu vergessen.

»Alles okay. Ich ... bin wirklich nur müde.«

Sie hatte sich schon von ihm abgewandt, als sie ihn direkt hinter sich hörte. »Bleib doch noch, bitte.«

Sie biss sich auf die Lippen. »Ich kann nicht«, flüsterte sie.

»Ich ... will dir was zeigen.«

Irgendetwas in seiner Stimme alarmierte sie. Wie in Zeitlupe drehte sie sich zu ihm um.

Er griff nach ihrem Arm. »Komm, lass uns ein paar Schritte gehen.«

Sie folgte ihm, in der rechten Hand immer noch die Schnapsflasche.

Endlich hatte der Regen aufgehört, und ein unwirklich hell leuchtender Mond goss sein Licht über der Szenerie aus. Jenny nahm es kaum wahr. »Was willst du mir denn zeigen?«

Er blieb unter einer Palme stehen, die sich im Wind bewegte. »Ich habe mich die ganze Zeit gefragt, was mit dir los ist. Warum du einerseits so ... zärtlich bist und andererseits so abweisend. Warum du genau weißt, was ein Mann sich wünscht, aber selbst ... nichts zu fühlen scheinst.«

»Und zu welchem Ergebnis bist du gekommen?«, fragte sie, und es klang angriffslustig und ängstlich zugleich. Es war ihr unheimlich, wie genau Manfred ihre Empfindungen auf den Punkt gebracht hatte.

»Es kann viele Gründe dafür geben. Ich glaube aber, dass du ... mal sehr verletzt worden bist. Und dass du versuchst, dich vor weiteren Verletzungen zu schützen.«

Jenny schluckte. »Trifft das nicht für die meisten von uns zu?«

»Kann sein. Aber die meisten interessieren mich nicht. Wer mich interessiert, bist du.«

Noch nie hatte jemand so etwas zu ihr gesagt. Aber das konnte er ja auch nur sagen, weil er nicht wusste, wer sie in Wirklichkeit war.

Sie schlugen den Weg zum Strand ein. Das Donnern der Wellen wurde immer lauter. Das kalte Mondlicht verwandelte das Wasser in flüssiges Silber, das sich ans Ufer ergoss. Am Himmel bildeten sich sekündlich neue dramatische Wolkenformationen.

»Ich dachte, ich müsste einfach nur mehr über dich wissen, dann würde ich es verstehen«, sagte Manfred.

»Warum fragst du mich nicht, wenn du was wissen willst?«

»Weil ich nicht genau weiß, wonach ich fragen müsste, um die richtige Antwort zu bekommen.«

Über diesen Satz musste Jenny nachdenken. Ob es die eine, alles erklärende Verletzung gab, die Manfred vermutete? Noch während sie sich diese Frage stellte, schob sie die mögliche Antwort weg.

Sie gingen weiter, schweigend. Jennys Herz raste. Zwischendurch spürte sie immer wieder Manfreds forschenden Blick auf sich.

»Versuch's doch einfach«, schlug sie mit gespielter Munterkeit vor. »Ich verspreche, ich beantworte alle deine Fragen.«

Es dauerte eine Weile, bis er sagte: »Wahrscheinlich hat man gar kein Recht, solche Fragen zu stellen. Vielleicht sollte man einfach darauf warten, dass ein Mensch von sich aus erzählen möchte.«

Sie versuchte zu lächeln. »Du meinst, man sollte Gedanken lesen können?«

Er blieb stehen. »Weißt du, was man findet, wenn man deinen Namen bei Google eingibt?«

Ihr blieb fast das Herz stehen. Was, um Himmels willen, könnte im Internet über sie zu finden sein? Es heißt ja immer, das Netz vergisst nichts. Aber erst müsste man doch dort etwas hinterlassen haben?

Sie war noch nie auf den Gedanken gekommen, dass es irgendwelche Informationen über sie geben könnte, entsprechend hatte sie sich noch nie selbst gegoogelt. Das Gefühl einer diffusen Bedrohung überkam sie, am liebsten wäre sie weggerannt.

Manfred zog sein Smartphone heraus, tippte darauf herum und reichte es ihr dann. Mit zitternden Fingern griff sie danach. Es dauerte einen Augenblick, bis sie begriff, was sie da sah. Das Foto zeigte sie als junge Frau inmitten von Kolleginnen auf dem Berliner Hurenkongress. Sie hielt gemeinsam mit ihnen ein Transparent mit der Aufschrift *Auch Huren sind Menschen und haben Rechte* hoch. Sie war gut zu erkennen, und wenn es den geringsten Zweifel an ihrer Identität gegeben hätte, wäre da auch noch die Bildunterschrift: *27. Oktober 1985. Jennifer Baumann und ihre Mitstreiterinnen demonstrieren für die Besserstellung von Prostituierten.*

Wie war das Bild ins Netz geraten? Sie hatte auf dem Kongress eine kurze Rede gehalten und an einer Podiumsdiskussion teilgenommen, aber damals hatte es ja noch kein Internet gegeben. Sie scrollte ein Stück nach oben, dann begriff sie. Es handelte sich um eine Reportage von 2016, die jemand anlässlich einer Änderung des Gesetzes zur Regulierung des Prostitutionsgewerbes geschrieben hatte. Der Journalist hatte ganz einfach Bilder und Zitate von damals verwendet, die er in irgendeinem Pressearchiv gefunden hatte.

Sie war geschockt. Nie hätte sie erwartet, dass ihre Vergangenheit sie auf diese Weise einholen könnte.

Stumm gab sie Manfred das Handy zurück, drehte sich um und ging weg.

»Was ist los?«, rief er ihr nach. »Warum sprichst du nicht mit mir?«

Sie gab keine Antwort.

Suse war völlig fertig. Den ganzen Abend war sie unruhig hin und her getigert, hatte auf den Anruf ihrer Großmutter gewartet und sich die schlimmsten Sachen ausgemalt. Um halb elf klingelte schließlich ihr Handy.

»Oma, endlich! Ich hab's schon so oft probiert!«

»Tut mir leid, Liebes. Ich war auf der Intensivstation, da darf man das Telefon nicht benutzen.«

Als Suse das Wort Intensivstation hörte, wurde ihr flau. »Was ist los? Was ist mit Papa?«

Sie hörte ihre Großmutter durchatmen, als wollte sie Zeit gewinnen, um die richtigen Worte zu finden. »Dein Vater hatte einen Herzinfarkt. Es geht ihm ... nicht gut. Er wurde in ein künstliches Koma versetzt.«

Herzinfarkt? Künstliches Koma? Suse schwieg geschockt. Dann begann sie zu weinen. »Was ... soll ich denn jetzt machen, Oma? Ich komme hier nicht weg!«

»Du kannst nichts machen, Liebes. Bete für ihn.«

»Hat er ... eine Chance?«

»Du weißt, wie die Ärzte sind. Sie legen sich nicht fest.«

»Was sagen sie denn?«

»Dass sein Zustand kritisch ist, aber stabil.«

Das klang in Suses Ohren wie: Es gibt keine Hoffnung, aber regen Sie sich nicht auf. Wie sollte sie das aushalten? Hier herumzuhocken, zu warten und nichts tun zu können?

In Krisen gab es für sie nur eines: handeln. Irgendwas tun, was die Situation verbesserte oder erträglicher machte. Am Bett ihres Vaters zu sitzen und seine Hand zu halten, das wäre schon was. Und für ihre Geschwister da zu sein, die sie bei sich immer noch *die Kleinen* nannte, obwohl sie längst erwachsen waren. Sie fühlte sich so entsetzlich hilflos.

»Was ist mit den Kleinen? Wissen sie es schon?«

»Ja«, sagte ihre Oma. »Ich fahre morgen früh mit ihnen ins Krankenhaus.«

Ihre Geschwister würden sich vom Vater verabschieden, sie würden die Möglichkeit haben, ihn noch einmal zu sehen. Nur sie würde in seinen letzten Stunden nicht bei ihm sein und sich das ein Leben lang vorwerfen müssen. Sie schluchzte laut auf.

»Liebes, Suse, beruhig dich!«

»Ich ... kann ... nicht«, stammelte sie. »Ich fühle mich so schlecht. Ich müsste doch jetzt da sein, für ihn ... und für die Kleinen.«

»Suse, jetzt hör mir mal zu. Du warst immer für alle da, du hast dich immer um alles gekümmert, bis du ein Burn-out gekriegt hast. Deshalb bist du jetzt da, wo du bist. Manchmal will uns das Leben was beibringen, und das sollten wir annehmen. Wenn man nichts tun kann, muss man aufhören zu kämpfen.«

Obwohl Suse das wahrhaftig nicht zum ersten Mal hörte, traf es sie mitten ins Herz. Aufhören zu kämpfen hieß zu akzeptieren, dass ihr Vater sterben könnte. Und sie nicht bei ihm wäre.

Mittwoch

Der Geruch kam wie ein ungebetener Gast. Er schlich sich über Nacht unbemerkt an, verstärkte sich von Stunde zu Stunde und wurde schließlich fast unerträglich.

Jeder, der an diesem Morgen aus seinem Bungalow trat, blieb stehen, schnupperte ungläubig und verzog angeekelt das Gesicht. Je öfter die Tür zum Hotelgebäude geöffnet wurde, desto intensiver verbreitete sich der Geruch im Inneren, bis es keinen Winkel mehr gab, wo er nicht wahrzunehmen war. Wie eine himmlische Heimsuchung legte er sich über das Paradies, kroch in die Kleider der Gäste, nistete sich in ihren Atemwegen ein, besetzte ihre Geschmacksnerven. Sie liefen mit gerümpfter Nase herum, atmeten in Tücher, beäugten sich gegenseitig misstrauisch. Keiner konnte sich erklären, woher der Geruch kam. Die wildesten Spekulationen wurden laut, bis schließlich jemand die schlammige Flut bemerkte, die sich langsam auf der Wiese vor dem Hauptgebäude ausbreitete.

Jenny saß am Tisch im Speisesaal und rührte abwesend in ihrer Kaffeetasse. Sie hatte die Nacht so gut wie schlaflos verbracht. Die Bilder ihrer Vergangenheit, die sie sonst sorgsam verdrängte, waren über sie hergefallen wie ein Schwarm wütender Hornissen.

Das Ölgemälde einer italienischen Landschaft, auf das sie starrte, während die Kunden sich auf ihr abmühten. Männer mit fetten Bäuchen, die keinen hochbekamen. Ein Japaner, der ihr gedroht hatte, sie umzubringen, weil ihm das Kondom zu groß gewesen war, das sie ihm gegeben hatte. Jenny sah Hände, die Geldscheine auf ein zerwühltes Bett warfen. Die blassrosa Waschschüssel, auf die sie sich nach jedem Kunden hockte, um ihren Intimbereich zu reinigen. Und immer wieder die gelblichen, verhornten Zehen vor ihrem Gesicht.

Als sie mit dem Anschaffen aufgehört hatte, fand sie die Aushilfsstelle im Getränkemarkt. Danach nahm sie jeden Job an, der sich bot, und konnte nach ein paar Jahren mit ihren Ersparnissen einen Kiosk mit Spätverkaufslizenz übernehmen, den eine türkische Familie aus der Nachbarschaft aufgeben wollte. Aus *Bei Ömer* wurde *Jenny's Büdchen*. Jahrelang hatte sie gefürchtet, Kunden von früher könnten am Kiosk auftauchen, aber nie war einer gekommen. Stück für Stück hatte sie die Vergangenheit in sich begraben.

Aber mit Huren war es wie mit Alkoholikern: Man blieb es für immer, auch wenn man nicht mehr aktiv war. Und sie wusste, was passierte, wenn Leute von ihrer früheren Tätigkeit erfuhren. Die Frauen verachteten sie. Die Männer fantasierten sich Bilder zusammen. Anfangs fanden es die Typen, mit denen sie sich einließ, erregend, sie sich als Hure vorzustellen. Sie fühlten sich geschmeichelt, dass Jenny es mit ihnen umsonst machte. Bald aber verselbständigten sich die Bilder in ihren Köpfen, überlagerten ihre Wahrnehmung und wurden stärker als die Wirklichkeit. Spätestens an diesem Punkt waren Jennys Beziehungen regelmäßig zu Bruch gegangen.

Und nun hatte Manfred es erfahren. Der nichts davon wissen sollte, weil sie nicht wollte, dass in seinem Kopf solche Bilder entstanden. Wie könnte sie ihm je wieder in die Augen sehen?

Plötzlich hatte sie das Gefühl, jeder würde es ihr an der Stirn ablesen. Einmal Hure, immer Hure.

Als sie aufblickte, stand Manfred vor ihr. »Hallo, Jenny. Darf ich mich zu dir setzen?«

Sie nickte stumm. Schweigend saßen sie einander gegenüber.

Irgendwann sagte er: »Wahrscheinlich ist es egal, was ich jetzt sage, du wirst mir sowieso nicht glauben.«

»Sei mir nicht böse, Manfred, aber ich kann jetzt nicht darüber reden.«

Sie bemerkte, dass er die Tür zur Lobby offen gelassen hatte, und schnupperte irritiert.

»Was ist denn das für ein widerlicher Gestank?«

Petra setzte sich stöhnend im Bett auf. Das Aufwachen war am schlimmsten. Der Moment, in dem ihr klar wurde, dass es kein böser Traum war, sondern die Wirklichkeit. Dass sie nicht im nächsten Augenblick aufwachen würde, weil sie schon wach war.

Sie betrachtete ihren verbundenen Finger. Er hatte nicht weitergeblutet. Gestern hatte sie sich vorgestellt, dass die Wunde nicht mehr aufhören würde zu bluten. Dass in der Nacht alles Blut aus ihr herauslaufen würde und ihr Körper als leere, weiße Hülle im Bett zurückbliebe.

Immer wieder hatte sie solche Fantasien, und manchmal bekam sie Angst vor sich selbst. Es war, als hätte ein Teil ihres Bewusstseins sich verselbständigt und suchte nach Wegen, dem Schmerz zu entfliehen. Dabei wusste der Rest von ihr genau, dass es diesen Weg nicht gab.

Wie schwer das mit dem Sterben war, hatte sie gerade erfahren. So wenig hatte gefehlt, da oben auf dem Hochplateau, und alles wäre vorbei gewesen. Aber es war, als hätte eine übermenschliche Macht sie zurückgehalten, nicht nur der Gedanke an die Kinder.

Man kann ein netter Kerl und ein triebgesteuertes Arschloch sein.

Wahrscheinlich würde Matthias etwas Ähnliches sagen, wenn sie ihn zur Rede stellte. Einerseits wollte sie ihre Wut und ihren Schmerz herausschreien, sie wollte ihn beschimpfen und auf ihn einprügeln, bis sie keine Kraft mehr hätte. Andererseits wollte sie nie mehr ein Wort mit ihm sprechen und ihn bis ans Ende seiner Tage mit ihrer Verachtung strafen.

Nicht ohne eine gewisse Genugtuung wurde ihr klar, dass Matthias jetzt nichts mehr richtig machen konnte. Würde er zu Anka stehen, könnte er das nur um den Preis, seine Familie zu zerstören. Würde er zu ihr, seiner Frau, stehen, müsste er die schwangere Anka verlassen. Mit seiner Entscheidung, die Affäre zu beginnen, hatte er den ersten Schritt in ein unlösbares Dilemma getan. Und nun gab es für ihn keine moralisch einwandfreie Entscheidung mehr.

Sie könnte sein Problem lösen, indem sie ihn verließe. Aber warum sollte sie es ihm einfach machen? Und obendrein ihrer Nebenbuhlerin kampflos das Feld überlassen? Sollte er sich doch mit der Entscheidung quälen und – egal wie diese ausfallen würde – als Schuft dastehen.

Sein mühsam gepflegtes Selbstbild als mustergültiger Ehemann und Vater würde Schaden nehmen. Dieses Bild war ihm wichtig, das wusste sie, so verbissen, wie er jahrelang darum gekämpft hatte, von ihren Eltern akzeptiert zu werden. Wenn sie zu Besuch gekommen waren, hatte er sogar seinen Widerwillen überwunden und die Babys gewickelt. Regelmäßig hatte er ihnen Fotos der Kinder geschickt, bevorzugt welche, auf denen auch er eine gute Figur machte: beim Schwimmenüben, mit Eistüten in der Hand, beim Backen von Weihnachtsplätzchen. Natürlich war er jedes Mal sofort weg gewesen, wenn das Foto im Kasten war. Sie hatte mitgespielt, weil es auch ihr wichtig war, dass ihre Eltern Matthias mochten. Irgendwann hatten sie ihn widerwillig akzeptiert, aber wirklich ins Herz geschlossen wohl nie.

Sie durfte gar nicht daran denken, was sie sich von ihren Eltern würde anhören müssen, wenn die davon erfuhren.

Sie stand auf und öffnete das Fenster. Ein übler Geruch nach vollen Windeln zog herein. Konnte es sein, dass sie eine olfaktorische Halluzination hatte? Dass ihre Erinnerung so stark war, dass sie die Kinderkacke riechen konnte? Sie schnupperte ein paarmal, dann war sie überzeugt, dass der Gestank nicht nur in ihrer Einbildung existierte. Sie schloss das Fenster wieder, aber der Geruch war bereits im Zimmer.

Durch die Scheibe sah sie Jan auf der Wiese neben dem Pool stehen, auf der bei schönem Wetter die Sonnenliegen standen. Umringt von Teilnehmern, die sich die Nasen zuhielten oder Tücher vors Gesicht pressten, sprach er aufgeregt in sein Handy. Als sie genauer hinsah, bemerkte sie, dass sich über die grüne Wiese ein breiter, schlammiger Streifen zog, der wenige Meter vor dem Pool endete. Sie war sich nicht sicher, aber es kam ihr vor, als bewegte sich der Schlamm.

Als Anka erwachte, wurde sie von einem Brechreiz gewürgt. Sie rannte ins Bad und hockte sich vor die Toilette, in die sie das wenige erbrach, was sie im Magen hatte. Sie schlug verzweifelt mit der Hand auf die Klobrille. Womit hatte sie das alles verdient? Erst nach einer Weile gelang es ihr, sich aufzurichten und die Zähne zu putzen. Sie fühlte sich so schwach, dass sie sich gleich wieder hinlegen musste. Ihr Fuß schmerzte, die Wunde pochte.

Was war das für ein Gestank? Es roch, als wäre eine Toilette übergelaufen. Nein, nicht eine, sondern sämtliche Toiletten des Hotels. Sofort kam die Übelkeit wieder. Sie hielt sich ihren Schal vor die Nase und sog dankbar ihr eigenes Parfüm ein.

Das weiche Kaschmirgewebe auf ihrer Haut erinnerte sie daran, wie Jo ihr den Schal überreicht hatte, eingeschlagen in edles, bordeauxrotes Geschenkpapier. Dann fiel ihr ein, dass Petra den gleichen Schal besaß, in Graublau. Sie stellte sich vor, wie Jo das Geschäft betreten und sich – angesichts der Fülle von Schals in allen möglichen Farbschattierungen – spontan entschieden hatte, zwei zu kaufen, einen für seine Geliebte und einen für seine Frau. Wenn sie nur wüsste, wem von ihnen beiden er an erster Stelle etwas hatte schenken wollen – Petra oder ihr?

Plötzlich bildete sie sich ein, dass die Antwort auf die Frage den Schlüssel zu allen Fragen enthielt, die sie quälten. Wenn sie das herausfinden könnte, würde sie endlich wissen, wer von ihnen beiden ihm wirklich etwas bedeutete. All die Monate war sie sich sicher gewesen, dass sie es war, die er liebte. Dass er nur aus Pflichtgefühl bei seiner Frau blieb, weil er ein anständiger Mann war, der niemandem wehtun wollte. Weil es schwer sein würde, das eigene Leben komplett zu ändern.

Seit dem Telefonat schien alles anders zu sein. Als wäre er plötzlich ein anderer Mensch geworden. Oder auch nur der Mensch, der er immer gewesen war und den sie nicht hatte sehen wollen.

Sie ließ den Schal sinken, nahm ihr Telefon zur Hand und tippte eine Nachricht. Danach bemerkte sie, dass der Gestank stärker geworden war.

In einer Mischung aus Wut und Verzweiflung schrie sie auf. Das war ja nicht zu ertragen! Sie musste weg von hier, egal wohin!

Sie stand auf, kämpfte kurz gegen den Schwindel, zog sich an und warf ihre Sachen in den Koffer. Mit wenigen Handgriffen fegte sie die Kosmetika von der Ablage im Bad in ihr Beautycase. Prüfend sah sie sich im Zimmer um. Bloß nichts vergessen!

Auf dem Tisch lag immer noch der Prospekt. *Eine Woche im Paradies!* Sie griff danach und feuerte ihn in den Papierkorb.

Dann blieb sie mitten im Zimmer stehen und schüttelte ratlos den Kopf. Irgendwas in ihrem Leben lief grundsätzlich falsch. Wenn sie nur wüsste, woran es lag.

Verzweifelt brüllte Jan ins Telefon. »El tanque séptico ... inundación ... mucha lluvia ... necesitamos una excavadora ... urgentemente.«

Jenny hielt sich die Serviette vom Frühstück vors Gesicht, während sie für die anderen übersetzte. »Die Sickergrube ist übergelaufen, wegen dem vielen Regen. Er fragt nach einem ... Bagger ... dringend.«

Mit bestürzten Mienen, Tücher und Ärmel vor die Nasen gepresst, standen die Teilnehmer um sie herum.

»Hat das Hotel keine Kanalisation?«, fragte Petra ungläubig.

Manfred deutete auf die Gebäude. »Die Bungalows sind relativ neu, die sind sicher an die Kanalisation angeschlossen. Aber das Hauptgebäude stammt aus den Fünfzigerjahren, damals hat man fürs Abwasser Sickergruben im Dreikammersystem gebaut, und fertig.«

»Und wofür der Bagger?«

»Na, um die ganze Scheiße zusammenzuschieben und irgendwo zu vergraben«, gab er lapidar zurück.

»Wie lange wird das denn dauern?«, fragte Gila. Ihre Stimme klang dumpf, da sie mit den Händen Mund und Nase abschirmte.

»In Spanien?«, sagte Günther. »Da kannste lange warten.«

Jan hatte das Telefonat beendet und ging nervös auf und ab. »Was steht ihr hier rum?«, rief er ungeduldig. »Habt ihr nichts Besseres zu tun?«

»Was denn zum Beispiel?«, fragte Manfred. »Ohne Gerät können wir nichts machen, das weißt du doch.«

»Dann seht zu, dass ihr wegkommt!«, sagte Jan heftig. »Irgendeiner von euch macht doch sonst sicher Stress und verlangt hinterher auch noch eine Scheißezulage zu seinem Schmerzensgeld. Ich weiß doch, wie das läuft.«

»Also, jetzt spinnst du aber endgültig!«, rief Jenny empört. »Als hätten wir bisher nicht alles gemacht, um dich zu unterstützen!«

Anstatt eine Antwort zu geben, machte Jan eine wütende Bewegung mit dem Arm, als wollte er eine lästige Mücke verscheuchen. Dann hob er sein klingelndes Handy ans Ohr.

»Ich muss hier weg«, sagte Petra. »Ich halte das nicht mehr aus.«

In diesem Moment kam Anka aus dem Gebäude gerannt, in der einen Hand den Griff ihres Rollkoffers, in der anderen ihr Beautycase. Als sie die anderen Teilnehmer sah, blieb sie stehen.

»Helft mir, bitte!«, rief sie aufgelöst. »Mir geht's schlecht. Kann mir jemand ein Taxi bestellen?«

»Bestell dir doch selbst eins«, murmelte Petra. »Immer musst du andere für dich einspannen!«

»Ich ruf dir eins«, sagte Jenny, ließ die Serviette sinken und zog ihr Telefon heraus.

Anka setzte sich in Bewegung und trat versehentlich in die Wiese. Entsetzt zog sie ihren Fuß aus dem braunen Schlamm und fing an zu schreien. Sie warf den verschmutzten Schuh von sich, ließ ihren Koffer stehen und lief hinkend zur Dusche am Pool. Dort reinigte sie unter hysterischem Schluchzen ihren Fuß, dann kam sie zurückgehumpelt.

»Ich ... brauche ... ein Taxi«, stammelte sie wie von Sinnen. »Ich muss hier weg!«

Anteilnehmend beugte Jenny sich zu ihr und half ihr beim Aufstehen. »Ich hab schon angerufen. In ein paar Minuten sitzt du im Auto.«

»Die beste Nachricht des Tages«, hörte sie Petra dumpf hinter ihrem Schal murmeln.

Jenny richtete sich auf und blitzte sie an. »Von dir bin ich echt enttäuscht, Petra! Anka geht es so schlecht, und du machst nur fiese Bemerkungen! Die ganze Zeit bist du schon so ...«

»Wie bitte?« Vor Empörung ließ Petra die Hand mit ihrem Schal sinken.

»Anka hat ihren Job verloren«, rief Jenny. »Und sie ist schwanger! Anstatt sie zu unterstützen, machst du ihr Vorhaltungen und ziehst aus eurem Bungalow aus!«

Mit offenem Mund hatte Petra zugehört. Jenny verfolgte entsetzt, wie sie nun plötzlich auf Anka losging und sie am Kragen packte.

»Du verlogenes Miststück!«

Jenny wollte sie wegziehen, aber Petra hatte sich im Stoff von Ankas Bluse verkrallt. »Hast du ihr auch erzählt, von wem du schwanger bist?«, fauchte sie Anka an. Die schwieg.

»Na?« Petra gab ihr einen Stoß.

»Nein«, sagte sie gepresst.

Petra drehte sich zu den anderen um und sagte so laut, dass alle es hören konnten: »Damit eins klar ist. Anka ist nicht das bedauernswerte Opfer, als das sie sich hier darstellt. Sie ist für ihre Situation ganz und gar selbst verantwortlich. Ihr könnt euch euer Mitgefühl sparen!«

Das Taxi fuhr vor. Anka griff nach ihrem Gepäck und rannte, so schnell es ihr verletzter Fuß zuließ, zum Wagen.

»Ja, hau endlich ab!«, schrie Petra ihr nach.

Alle blickten sie erschrocken an. Was war bloß in die sonst so sanftmütige Petra gefahren?

Instinktiv wollte Jenny einen Schritt auf Petra zugehen, aber die hatte bereits Zuflucht bei Günther gesucht, der den Arm um sie gelegt hatte und sie wegführte. Und da niemand den Gestank länger ertragen konnte, löste sich auch der Rest der Gruppe in Windeseile auf.

Suse hatte die Warterei auf Nachrichten von zu Hause nicht ertragen und war schon frühmorgens mit dem Fahrrad losgefahren. Sie brauchte Bewegung, frische Luft, Abstand zur gereizten Atmosphäre im Hotel.

Sie hatte beschissen geschlafen, war immer wieder hochgeschreckt, weil sie dachte, ihre Oma könnte sich gemeldet haben. Heute Morgen war endlich ein Anruf gekommen. Ihr Vater lag immer noch auf der Intensivstation, sein Zustand war unverändert.

Die Worte ihrer Oma hallten in ihr nach. *Wenn man nichts tun kann, muss man aufhören zu kämpfen.* Die hatte gut reden. Der Kampfmodus war nun mal ihr Normalzustand, und wenn das Ziel fehlte, lief ihr Motor im Leerlauf weiter.

Erstmals nahm sie die Landschaft um sich herum bewusst wahr, die Wiesen und Felder, die von pittoresken Natursteinmäuerchen eingefasst waren, die Pinien, Feigenbäume und Oliven. Sie spürte die Sonne im Gesicht, den Fahrtwind auf der Haut.

Seit sie angekommen war, hatte sie keinen Blick für die Schönheit der Insel gehabt. Immer hatte sie einen Plan verfolgt, war getrieben gewesen vom Bedürfnis, etwas Sinnvolles zu tun. Dabei wäre es das einzig Sinnvolle gewesen, zur Ruhe zu kommen, sich zu erholen und ihre Akkus aufzuladen.

Hatte sie komplett verlernt, im Augenblick zu leben? War ihr Bedürfnis, ständig etwas Sinnvolles zu tun, zwanghaft geworden? Ihr ging auf, dass sie offenbar die Fähigkeit verloren hatte, irgendetwas zu genießen. Kein Wunder, dass sie mit ihrer Nörgelei den Leuten auf die Nerven fiel.

Als sie nach über zwei Stunden zum Hotel zurückkam, nahm sie einen widerlichen Geruch wahr. Zuerst fühlte sie sich an den Güllegeruch ihrer niederbayerischen Heimat erinnert, dann wurde ihr bewusst sie, dass es nach menschlichen Fäkalien stank.

Ein Bagger war dabei, die Liegewiese zu zerstören, indem er bahnenweise die von einer braunen Schlammschicht bedeckte Grasnarbe abtrug und in einen Container kippte. Mehrere Männer in Gummistiefeln und mit Mundschutz halfen mit großen Schaufeln nach. Einer von ihnen war Jan.

Er rief: »Was machst du denn noch hier? Die anderen sind alle schon weg!«

Suse presste ihren Arm gegen die Nase. »Was ist denn los?«, rief sie. »Das stinkt ja furchtbar!«

»Sickergrube übergelaufen.«

»Ach du Scheiße!«, platzte es aus ihr heraus.

»Sehr witzig«, sagte Jan grimmig und schippte weiter.

Suse drehte ab und flüchtete zum Strand, wo der Gestank sich allmählich verflüchtigte. Sie zog die Schuhe aus und ging barfuß durch den Sand, der nach dem langen Regen noch feucht war. Ihre Füße hinterließen exakt geformte Abdrücke, jeder einzelne Zeh war gut zu erkennen.

Das war es, was sie wollte: Einen Abdruck auf der Erde hinterlassen. Spuren, die zeigten, dass ihre Anwesenheit einen Unterschied gemacht hatte. Dass sie dazu beigetragen hatte, das Leben von ein paar Menschen zu verbessern. Allein das würde ihr schon reichen.

In einiger Entfernung sah sie jemanden auf einem Felsen sitzen. Der weißen Kleidung nach war es Larissa. Hoffentlich rupfte die nicht gerade wieder eine Möwe. Sie überlegte, ob sie nicht lieber umkehren sollte, aber zurück ins Hotel wollte sie nicht. Also ging sie weiter.

Larissa winkte ihr zu. »Hallo, Suse! Komm zu mir!«

Suse konnte weder eine tote Möwe noch sonst etwas Befremdliches entdecken, also lenkte sie ihre Schritte zu dem Felsen, auf dem Larissa im Yogasitz hockte, die Hände auf den Oberschenkeln, Daumen und Zeigefinger zu einem Kreis geformt.

»Jetzt ist es passiert«, sagte Larissa. »Die Vertreibung aus dem Paradies hat stattgefunden.«

»Was meinst du?«

»Gott straft die Sünder. Er kippt uns unsere eigene Scheiße vor die Füße. Ich muss sagen, irgendwie gefällt mir das Bild.«

Suse grinste. »Ich glaube, daran ist eher der Regen schuld.«

»Und wer hat den Regen geschickt?« Larissa hatte wieder ihre Erklärstimme. »Ein Unwetter mit so viel Regen hat es hier seit über hundert Jahren nicht gegeben. Hältst du das für einen Zufall?«

»Eigentlich schon.«

Larissa lächelte vielsagend. Dann blickte sie Suse prüfend an. »Deine Aura hat sich verändert.«

»Ach ja?«

»Sie wirkt ... offener. Aber auch verletzlicher. Ist dir irgendwas zugestoßen?«

Nein, dachte Suse. Sie würde ihr jetzt nicht von ihrem Vater erzählen. Mit dem Spruch von der Aura würde Larissa bei neun von zehn Leuten einen Treffer landen. Das war ihr zu billig.

»Alles bestens«, sagte sie. »Wie geht's deiner Verletzung?«

Larissa schob das Bein ihrer Pluderhose nach oben. Die Wunde war erstaunlich gut verheilt, wie Suse überrascht feststellte. Als hätte Larissa ihre Gedanken gelesen, sagte sie lächelnd: »Hab ich doch gesagt.«

Suse hatte keine Lust auf einen weiteren Vortrag über karmische Reinigung. »Also dann, bis später.«

»Wolltest du nicht deinen Engel treffen?«, fragte Larissa. »Jetzt wäre eine gute Gelegenheit.«

Suse blieb stehen. »Jetzt? Äh ... ich weiß nicht.« Eigentlich wollte sie nur einen Strandspaziergang machen und in Ruhe nachdenken. Und wenn sie irgendwas auf keinen Fall wollte, dann einen Engel treffen.

»Es ist wichtig«, sagte Larissa eindringlich. »Die Engel können sehr böse werden, wenn man sie nicht beachtet!«

Suse fürchtete eher, dass Larissa böse werden könnte. Sie hatte schließlich erlebt, wie aggressiv die wurde, wenn es nicht so lief, wie sie es sich vorstellte.

Sie sah sich um. Ein Stück weiter vorn endete der Strand an einem Felsmassiv, da müsste sie sowieso umkehren. Und in der anderen Richtung lag das verschissene Paradies.

Larissa griff nach ihrem Arm und zog daran. »Komm, setz dich da hin.« Sie wies auf eine Felsplatte neben sich.

»Ich möchte eigentlich nicht ...«

Larissa zog so energisch, dass Suse das Gleichgewicht verlor und mit dem Hintern auf dem Felsen landete.

»He!«, protestierte sie.

Larissa reagierte nicht. »Weißt du, was ein Arschengel ist?«, fragte sie.

Suse schüttelte verblüfft den Kopf. Was war das denn wieder für eine Spinnerei?

»Ein Arschengel ist jemand, der dich total nervt und dem du am liebsten aus dem Weg gehen würdest, der dir aber was Wichtiges beibringen soll. Ich bin dein Arschengel.«

»Aha.«

»Du willst nicht einsehen, dass es mehr gibt als das, was du sehen kannst, und ich habe die Aufgabe, dich davon zu überzeugen. Es ist zu deinem Besten, glaub mir.«

Im System des Patienten bleiben, dachte Suse. »Was ... soll ich denn machen?«

»Setz dich in den Lotossitz.«

»Da schlafen mir die Beine ein.«

»Dann setz dich anders hin. Hauptsache, du bist entspannt.«

Mit einem unbehaglichen Gefühl rutschte Suse auf dem Stein herum, bis sie halbwegs bequem saß. Larissa tat ihr irgendwie leid, andererseits war sie ihr auch unheimlich. Sie kam sich lächerlich vor. Warum ließ sie sich nur auf diesen Blödsinn ein? Aber außer Larissa war ja zum Glück niemand da, der sie auslachen könnte.

»Ich ... führe ... dich ... jetzt ... durch ... eine ... Meditation«, kündigte Larissa mit bedeutungsschwerer Stimme an. »Vielleicht wirst du etwas spüren oder sehen, was dir die Anwesenheit von Geistwesen verrät. Du kannst sicher sein, dass die Engel immer da sind, aber nicht immer können wir sie wahrnehmen. Wenn es beim ersten Mal noch nicht klappt, sei nicht enttäuscht.«

»Ist schon in Ordnung«, sagte Suse, die hoffte, von übersinnlichen Begegnungen verschont zu bleiben.

»Schließ deine Augen, und atme tief ein und aus ... Mit jedem Ausatmen lässt du los, was dich beschäftigt ... Fühle den Boden unter deinen Füßen, und stell dir vor, du schlägst Wurzeln ... Die Wurzeln arbeiten sich durch die ganzen Erdschichten hindurch, bis sie im Mittelpunkt der Erde angekommen sind und sich dort mit der Energie von Mutter Erde verbinden.«

»Mutter Erde?«

»So was wie das weibliche Prinzip«, erklärte Larissa. »Eine dunkle, erdige, warme Energie.«

Sie ließ eine Pause entstehen, in der Suse sich aufrichtig bemühte, in Kontakt mit Mutter Erde zu kommen.

»Und nun zieh die Energie durch deinen ganzen Körper nach oben, bis dein Scheitel-Chakra sich öffnet. Von dort steigt die Energie nach oben, in einem hellen Strahl, immer weiter, bis sie sich mit der kosmischen Energie verbindet.«

Suse stellte sich eine Art vertikalen Kondensstreifen vor, der sich irgendwo im blauen Himmel verlor und an dem gleich ein pausbäckiger kleiner Engel wie an einer Turnstange herunterrutschen würde. Bei dem Bild musste sie lächeln.

Nach einer weiteren Pause sagte Larissa: »Vielleicht spürst du einen Luftzug, vielleicht ein Gefühl von Wärme, oder du siehst ein Licht. Manche Menschen sehen die Engel im Kreis um sich herumstehen, oder sie spüren, dass ihr Schutzengel hinter ihnen ist.«

Suse sah und spürte nichts dergleichen. Irgendwie hatte sie keinen Bock mehr auf das Theater und öffnete die Augen. Wie Larissa da vor ihr am Boden hockte, den Blick in weite Ferne gerichtet, das Gesicht von einem seligen Lächeln verklärt, brachte sie es nicht übers Herz, sie zu enttäuschen. Suse seufzte, schloss die Augen wieder und versuchte, einfach entspannt dazusitzen, bis Larissa mit der Nummer durch wäre. Ihre Gedanken drifteten davon, sie achtete nicht mehr auf das, was Larissa sagte.

Und mit einem Mal hörte sie so etwas wie eine innere Stimme. Sie sprach nicht im eigentlichen Sinne zu ihr, aber Suse glaubte dennoch, eine Botschaft zu verstehen. Ihr Vater wollte ihr sagen, dass alles in Ordnung sei und sie sich keine Sorgen machen solle. Dass er ihre Traurigkeit spüre, aber auch wisse, dass sie sich vor langer Zeit schon von ihm verabschiedet habe. Er verzieh ihr, dass sie nicht bei ihm sein könne.

Die Stimme kam aus ihrem Inneren, aber gleichzeitig auch von weit her. Suse bekam die Empfindung nicht zu fassen, aber das war auch nicht wichtig. Die Stimme tat ihr wohl. Sie fühlte sich gelöst, und der wilde Affe in ihrem Kopf hatte Pause. Für einen winzigen Moment glaubte sie sich sogar ein kleines bisschen verbunden mit Mutter Erde und dem Kosmos. Aber das war nun wirklich Quatsch, deshalb schlug sie die Augen nun endgültig auf.

»Und? Wie war's?« Erwartungsvoll strahlte Larissa sie an.

»Ich weiß nicht ... irgendeine Energie ist schon bei mir angekommen. Aber ob es wirklich ein Engel war?«

»Wenn du es öfter versuchst, wirst du es immer besser spüren«, sagte Larissa mit diesem kindlichen Eifer, der Suse irgendwie anrührte.

Sie lächelte. »Vielen Dank, Larissa, das war auf jeden Fall ... eine coole Erfahrung für mich.«

Sie war sich jetzt sicher, das Prinzip dieser Engelsache durchschaut zu haben: Die Antworten auf die meisten Fragen lagen in einem selbst. Was die Leute also während einer Meditation wahrnahmen, war nichts anderes als ihre Intuition, ihre innere Stimme, der sie sonst keine Beachtung schenkten. Im Grunde war es ja auch egal, ob sie an die Botschaften von Engeln glaubten oder an ihre eigenen Eingebungen, dachte Suse. Hauptsache, es ging ihnen damit besser.

»Wenn du willst, mache ich dir auch noch Reiki.«

Suse winkte lachend ab. »Danke, für heute habe ich genug!«

Nichts wie weg hier, bevor Larissa ihr ganzes Programm an ihr ausprobieren und sie womöglich mit Kringeln bemalen wollte!

Sie blickte den menschenleeren Strand entlang. Plötzlich überkam sie unbändige Lust, sich ins Meer zu stürzen.

»Bis später!«, rief sie ihrem Arschengel zu, rannte zum Ufer, ließ ihre Klamotten fallen und lief mit einem lauten Schrei ins Wasser.

Die Brandung war immer noch heftig und das Wasser eiskalt. Aber während sie wie ein Kind in den Wellen herumtobte, fühlte sie sich so frei und lebendig wie schon lange nicht mehr.

Anka hatte das Gefühl, die Scheiße sei ihr in alle Poren gekrochen. Ihre schönen, neuen Sneakers waren ruiniert. Jetzt saß sie mit nackten Füßen im Taxi und bekam den Gestank nicht aus der Nase. Ihr war abwechselnd heiß und kalt, auf ihrer Stirn stand kalter Schweiß.

Sie hatte dem Fahrer gesagt, er solle sie irgendwohin bringen, wo sie drei Nächte bleiben könne. Eine Pension, ein Privatzimmer, egal. Nun fuhren sie seit einer halben Stunde über die Insel.

Sie beugte sich nach vorn. »Where do you take me?«

»Nice room«, sagte er. »House of my brother.«

Schicksalsergeben lehnte Anka sich zurück. Er könnte sie zu seinem Bruder bringen oder entführen, er könnte sie ausrauben und auf einem Acker aussetzen. Sie war dem Mann völlig ausgeliefert.

Schließlich erreichten sie einen kleinen Ort am äußersten Ende der Insel, der nur aus einer Handvoll Wohnhäuser zu bestehen schien. Sie sah keinen Supermarkt, kein Restaurant, kein Geschäft. Hier würde sie auf keinen Fall bleiben!

Der Fahrer bremste vor einem der Häuser und bedeutete ihr zu warten. Sie nutzte die Zeit, um ein Paar Schuhe aus ihrem Koffer zu holen. Mit Feuchttüchern reinigte sie, so gut es ging, ihre Füße.

Der Fahrer kam mit einem Kerl zurück, der sie schmierig angrinste. »Hello, lady, come in«, sagte er.

Widerstrebend folgte sie ihm in das ärmliche Häuschen. Er führte sie die Treppe hoch in ein Schlafzimmer, das ganz offensichtlich zur Wohnung gehörte und nicht so aussah, als würde es üblicherweise vermietet. Eher wirkte es mit seinen altertümlichen Möbeln und dem vielen Nippes wie das Zimmer einer alten Frau. Es roch muffig, nach Staub und ungewaschener Wäsche. Anka machte auf dem Absatz kehrt.

»No, thank you«, sagte sie.

»Nice room!« Der Taxifahrer versuchte es noch einmal, aber sie schüttelte energisch den Kopf.

Daraufhin holte er ihr Gepäck aus dem Kofferraum und stellte es auf die Straße. »Thirty euros«, verlangte er und hielt ihr die offene Hand hin.

»Thirty euros? You must be kidding!« Sie reichte ihm einen Zwanzigeuroschein, den er wütend an sich riss. Dann warf er sich in seinen Wagen und brauste davon. Der andere Typ war schimpfend im Haus verschwunden.

Was sollte sie denn jetzt machen? Ein anderes Taxi anrufen ginge nicht, sie könnte dem Fahrer nicht mal erklären, wo sie war. Sie müsste versuchen, ein Auto anzuhalten. Fluchend zerrte sie ihren Koffer bis zu der Straße, von der sie gerade abgebogen waren.

Sie wartete. Kein Auto weit und breit. Es war so heiß. Sie sehnte sich nach einer Dusche und einem kühlen, sauberen Bett.

Nach ungefähr zwanzig Minuten tuckerte ein Bauer auf einem Traktor vorbei, dann war wieder Ruhe. Nach weiteren zehn Minuten kam ein weißer Panda, der zur Leihwagenflotte der Insel gehörte. Anka winkte aufgeregt. Das Auto hielt an, darin saß ein junges Paar. Deutsche, wie sich herausstellte.

»Vielen Dank«, sagte Anka erleichtert. »Ich dachte, ich würde nie mehr aus diesem Kaff wegkommen!«

»Wie sind Sie da bloß gestrandet?«, wollte die junge Frau wissen.

Anka winkte ab. »Der blöde Taxifahrer hat mich falsch verstanden. Bis ich es gemerkt habe, war er schon weg.«

»Wo möchten Sie denn hin?«

»Zu einer Pension. Kennen Sie vielleicht eine?«

Die beiden überlegten. »Die Saison ist vorbei, das meiste hat schon geschlossen. Wie wär's mit dem Hotel Paraíso?«

»Da komme ich gerade her.«

Der junge Mann lächelte freundlich in den Rückspiegel. »Wir bringen Sie zum Hafen, da wird sich schon was finden.«

Dankbar lächelte Anka zurück. »Und was treibt Sie um diese Jahreszeit hierher?«

»Wir besuchen Freunde. Und überlegen, ob wir ganz hierherziehen sollen.«

»Tatsächlich?« Innerlich schüttelte Anka sich bei der Vorstellung. »Dann sind Sie also ... Aussteiger?«

Die junge Frau lachte. »Eher Einsteiger. Wir wollen hier ein Business aufziehen. Und unsere Kinder.« Sie strich sich über den Bauch, und Anka sah, dass sie schwanger war.

»Klingt toll. Was für ein Business denn?«

»Einen Cateringservice. Alles bio und regional. Hier gibt es viele wohlhabende Leute, die ständig Feste feiern. Hochzeiten, Taufen, Geburtstage, Bachelor- und Masterfeiern, Schiffstaufen ... eine echte Marktlücke. Wir haben schon mit vielen Leuten gesprochen, alle halten es für eine super Idee.«

Die Begeisterung der Frau wirkte regelrecht ansteckend. Anka wurde bewusst, dass sie noch nie Leidenschaft für ihren Beruf empfunden hatte. Eigentlich war Arbeit für sie immer nur ein lästiges Übel gewesen. Es musste schön sein, wenn man liebte, was man tat.

»Und wie wollen Sie das mit Kindern unter einen Hut bringen?«

Die junge Frau lachte. »Das ist ja der Vorteil der Selbständigkeit, dass man über seine Zeit bestimmen kann. Jedenfalls hoffen wir das, oder?« Sie strich ihrem Mann zärtlich über die Wange.

Anka spürte einen Stich des Neids. Wie gut die beiden es hatten! Sie waren jung, voller Pläne und Zuversicht. Und sie waren zu zweit.

Sie fühlte sich plötzlich sehr einsam.

Das junge Paar ließ Anka am Hafen aussteigen und wünschte ihr viel Glück. Wehmütig sah sie den beiden nach.

Inzwischen war ihr so elend zumute, dass sie sich kaum noch auf den Beinen halten konnte. Natürlich wäre es vernünftiger, nach einem Arzt oder dem Krankenhaus zu fragen, aber dafür fehlte ihr die Kraft. Sie wollte einfach nur in ein kühles, ruhiges Zimmer und sich hinlegen.

Sie betrat das Hafencafé. Es war nicht viel los, der Schiffsverkehr war nach wie vor unterbrochen. Auf ihre Frage nach einer Pension schickte der Kellner sie zur Promenade. Dort klapperte sie sämtliche Hotels und Pensionen ab, die jedoch alle schon geschlossen waren. Ihr Rollkoffer schien immer schwerer zu werden, die Hitze brachte sie fast um. In ihrer Verzweiflung begann sie, Leute anzusprechen. Manche konnten kein Englisch, waren aber wenigstens freundlich, andere antworteten einfach nicht. Schließlich bedeutete ihr eine alte Frau, ihr zu folgen.

Sie gingen ein Stück vom Hafen weg, in eine düstere Gasse. Am Eingang eines windschiefen Häuschens, das sich zwischen die anderen drückte, blieb die Frau stehen. *Room to let* sagte ein Schild. Anka bedankte sich und suchte nach einer Klingel. Als sie keine fand, drückte sie einfach die Tür auf und landete in einem düsteren, feuchten Hausflur.

»Hola«, rief sie, so ungefähr das einzige spanische Wort, das sie beherrschte.

Irgendwo im Haus antwortete jemand. Es dauerte eine Weile, bis sich eine Tür öffnete und ein ungefähr vierzigjähriger Mann mit wirrem schwarzen Haar und blitzenden dunklen Augen erschien. Bei ihrem Anblick setzte er ein charmantes Lächeln auf. »Sí, señora?«

Anka fragte auf englisch nach einem Zimmer. Zu ihrer Erleichterung nickte der Mann und öffnete eine Tür.

»How much for one night?«, fragte sie.

»Sixty.«

Das Zimmer hatte ein eigenes Bad, und die Bettwäsche wirkte frisch. Sie versuchte, die abgeschabten Möbel und den verfilzten Teppich zu ignorieren, zählte hundertachtzig Euro ab und drückte sie dem Mann in die Hand. Er bat um ihren Personalausweis. Widerstrebend überließ sie ihm das Dokument, dann fiel sie erschöpft aufs Bett.

Petra klammerte sich an Günthers Arm, während sie den Strand entlanggingen, weg vom Hotel, der Gruppe, dem Gestank.

Sie ärgerte sich, dass sie die Nerven verloren hatte. Die anderen mussten sie für völlig hysterisch halten. Aber hätte sie ihnen vielleicht auf die Nase binden sollen, von wem Anka schwanger war? Damit sie sich hinter ihrem Rücken das Maul zerreißen könnten, mit ein bisschen geheucheltem Mitleid und heimlicher Schadenfreude?

Alle hätten sich doch bloß vorgestellt, wie ihr Mann sich von ihr, der langweiligen Ehefrau, abgewendet hatte, um mit der viel attraktiveren Anka ins Bett zu gehen. Wie er sich ausgehungert auf sie gestürzt und nach Jahren der Zurückweisung (warum sonst sollte er seine Frau betrügen?) endlich wieder erfüllenden Sex gehabt hatte.

Günther ging schweigend neben ihr her. Sie war ihm dankbar, dass er seinen Mund hielt. Er hätte sowieso nichts sagen können, was sie getröstet hätte.

Irgendwann blieb er stehen und warf die beiden Handtücher in den Sand, die er im Vorbeigehen am Pool mitgenommen hatte.

»Jetzt muss ick erst mal ins Meer, sonst krieg ick den Gestank nicht aus der Nase. Hab keine Badehose mit, ich hoffe, es stört dich nicht. Kommst du?«

»Später vielleicht«, sagte Petra und setzte sich hin. Sie sah ihm nach, wie er runter zum Wasser ging. Er hatte einen guten Körper. Kräftige Beine, einen straffen Hintern, breite Schultern.

Seufzend ließ sie sich nach hinten sinken, verschränkte die Arme unter dem Kopf und schloss die Augen. Die Sonne hatte bereits wieder Kraft, der Wind war angenehm erfrischend. Jetzt, wo das Wetter endlich wieder besser war, könnte die Erholung beginnen, nach der sie sich so gesehnt hatte. Faule Tage am Strand, ein bisschen Bewegung, gutes Essen, harmlose Unterhaltungen. Alles in der wohligen Gewissheit, danach in ihr vertrautes Leben zurückzukehren. Das nun in Trümmern lag.

»Komm rein, es ist herrlich!«, rief Günther und winkte.

Sie begann sich auszuziehen. Als sie nur noch Slip und BH anhatte, zögerte sie kurz. Ach was, jetzt war doch sowieso schon alles egal. Sie legte auch die Unterwäsche ab und folgte ihm.

Das kalte Wasser raubte ihr fast den Atem. Die Wellen waren zu hoch, als dass sie hätte schwimmen können, deshalb hopste sie nur in der Brandung auf und ab. Günther lachte, packte sie an den Hüften und hob sie mit dem Schwung der Wellen nach oben, bis sie fast waagrecht schwebte, und plötzlich musste sie an die Familienurlaube an der italienischen Riviera denken, wo ihr Vater sie als Fünf- oder Sechsjährige in die Luft geworfen hatte und es nichts auf der Welt gab, vor dem sie Angst gehabt hätte.

Nach einer Weile bibberte sie vor Kälte und lief zurück. Sie wickelte sich in ihr Handtuch, während Günther herumsprang, um sich aufzuwärmen. Als er trocken war, legte er sich neben sie.

Sie stützte den Kopf auf. »Wie kann es sein, dass man ewig zusammenlebt, und von einem Tag auf den anderen ist alles vorbei?«

»Es passiert ja nicht von einem Tag auf den anderen.«

Sie seufzte. Natürlich. Aber sie hatte verdrängt, dass etwas nicht stimmte, hatte gehofft, es würde vorübergehen, wenn sie nur nicht daran rührte. Vielleicht war sie deshalb so erschöpft gewesen. Weil sie ihre ganze Energie darauf verwendet hatte, ein Gebäude aufrechtzuerhalten, das längst bröckelte und jeden Moment einzustürzen drohte.

»Sag mal *ich*«, forderte Günther sie auf.

»Was?«

»Sag einfach mal ich. Ich, ich, ich, ein paarmal.«

»Ich«, sagte Petra. »Und jetzt?«

»Weiter.«

Sie wiederholte das Wort immer wieder, und mit jedem Mal wurde ihre Stimme kräftiger, bis sie laut in den Wind hineinbrüllte: »ICH! ICH! ICH!«

»Und? Wie fühlt sich das an?«

»Gut«, sagte sie atemlos. »Woher weißt du das?«

»Anderthalb Jahre Therapie«, sagte Günther. »Muss ja für irgendwas gut sein.«

Petra hatte sich aufgesetzt. Sie war immer noch nackt, der Wind fuhr ihr durchs Haar und über den Körper und verursachte ihr eine Gänsehaut. Sie beugte sich zu Günther, nahm seinen Kopf in beide Hände und küsste ihn.

Nach einem kurzen, unruhigen Schlaf fuhr Anka hoch. Verwirrt blickte sie sich um, bis sie wieder wusste, wo sie war. Der Anblick des Pensionszimmers, das durch die eindringende Nachmittagssonne noch schäbiger wirkte als zuvor, machte sie depressiv. Wie sollte sie es bloß drei Tage hier aushalten?

Benommen suchte sie nach der Wasserflasche, die sie aus dem Hotel mitgenommen hatte, und trank sie auf einen Zug aus. Dann untersuchte sie ihre Wunde. Vielleicht hätte man den Schnitt doch nähen sollen. Nun war es zu spät. Sie sprühte etwas von dem Desinfektionsspray darauf, das Jenny ihr geschenkt hatte.

Sie schwang die Beine aus dem Bett und vermied sorgfältig, in Kontakt mit dem Teppich zu kommen. Teppiche waren das Unhygienischste, was es gab. Der hier sah aus, als beherbergte er eine Milliarde Bakterien, die auf sie springen würden, sobald sie ihn berührte. Sie schlüpfte in ihre Plastikschlappen und ging ins Bad, das mit fleischfarbenen Fliesen ausgelegt war.

Ihr Anblick im Spiegel war ein Schock. Das Gesicht schweißglänzend, die Haare strähnig. Tränensäcke unter den Augen, die von keinem Concealer kaschiert wurden. Klar, sie war ja heute Morgen ungeduscht und ohne Make-up aus dem Hotel geflüchtet.

Wie gut, dass sie dort weg war. Sie hatte das alles nicht mehr ertragen. Die nervigen Leute, das künstlich heraufbeschworene Gruppengefühl und natürlich der fehlende Service sowie das improvisierte Essen. Das alles war eine

Zumutung gewesen, ganz zu schweigen von Jans Verhalten. Allein dafür sollte sie ihn verklagen, wegen seelischer Grausamkeit.

Misstrauisch inspizierte sie die Duschwanne, in der rostige Stellen zu sehen waren, und untersuchte das fadenscheinige Handtuch auf Flecken. Sie schüttelte sich angeekelt. Alles war so schmuddelig!

Nach dem Duschen band sie ihr feuchtes Haar zu einem Dutt und schminkte sich. Eine Mischung aus Übelkeit und Hunger überfiel sie. Sie musste unbedingt etwas essen und neues Wasser kaufen. Als sie das Zimmer verließ, nahm sie ihr gesamtes Geld mit. Es wäre ein Leichtes, durch das ungesicherte Erdgeschossfenster einzusteigen oder das windige Türschloss aufzubrechen. Sie wollte kein Risiko eingehen.

Auf der Terrasse eines Schnellrestaurants setzte sie sich an einen wackeligen Plastiktisch. Nicht gerade das Ambiente, das sie üblicherweise schätzte, aber der Anblick der Fritten mit Mayonnaise, die auf einer Tafel neben dem Eingang abgebildet waren, ließ ihr das Wasser im Mund zusammenlaufen. Dazu bestellte sie eine Cola. Das verstieß gegen alle ihre Ernährungsprinzipien, aber schließlich war sie schwanger. Ihr Körper würde schon wissen, was gut für ihn war.

Gruppen von Jugendlichen ballten sich auf der Terrasse, posierten kichernd für Handyfotos und zeigten sich gegenseitig Videoclips. Sie war die einzige Touristin und fiel entsprechend auf. Es entging ihr nicht, dass die Jugendlichen über sie sprachen und lachten.

Endlich kam ihr Essen. Gierig schob sie sich die fettigen Kartoffelstücke in den Mund und leckte die Knoblauchmayonnaise von ihren Fingern. Gleich darauf ekelte sie sich vor sich selbst. Vor weniger als einer Woche war sie mit Jo noch in einem Feinschmeckerlokal gewesen, hatte

Langusten und Rinderfilet gegessen und samtigen Rotwein dazu genossen.

Wie tief war sie gesunken. Und wie es aussah, würde es noch tiefer gehen. Als alleinerziehende arbeitslose Mutter müsste sie wahrscheinlich von Hartz IV leben. Der Gedanke rief Panik in ihr hervor. Wenn Jo sie tatsächlich fallen ließe, musste sie etwas unternehmen. Dann brauchte sie einen Plan B.

Sie wischte sich die Finger an der Serviette ab und holte ihr Telefon aus der Handtasche. Fieberhaft scrollte sie durch ihre Kontakte. Da war er. Anton, der Unternehmersohn. Zwanghaft, aber harmlos. Auf jeden Fall jemand, der ihr ein sorgloses Leben garantieren würde. Geschäftsmänner wie er waren sowieso die meiste Zeit unterwegs, man würde sich arrangieren. Und sich nebenher vielleicht mit jemandem treffen, mit dem man Spaß haben könnte. Wer sagte denn, dass nur Ehemänner Affären haben konnten? Hätte sie damals bloß zugegriffen, als Anton ihr einen Heiratsantrag gemacht hatte! Mit Brillantring im Eiswürfel eines Gin Tonic, ganz nach ihrem Geschmack. Was wohl aus dem Ring geworden war?

»Anton? Ich bin's. Anka. Mensch, wie geht's dir? Lange nichts gehört!«

Sie lauschte der Stimme am anderen Ende und sah Anton vor sich, der seine Freude über den unerwarteten Anruf zum Ausdruck brachte und dann von geschäftlichen Erfolgen und der Expansion des Unternehmens sprach. Und von einer Hochzeit sowie der kürzlich erfolgten Geburt des Stammhalters, wie er sich nicht entblödete, seinen Sohn zu nennen.

»Das klingt ja toll«, sagte Anka mit mühsam gespielter Begeisterung. »Ich freu mich wirklich sehr für dich.«

»Und wie geht's dir?«, erkundigte sich Anton.

»Mir geht's super! Ich werde beruflich demnächst ein bisschen kürzertreten, ich erwarte nämlich auch ein Kind.«

»Das ist ja großartig!«, rief Anton und lachte sein meckerndes Lachen. »Dann können die beiden sich ja mal zu einem Playdate treffen. Was macht denn dein Mann?«

»Der ist Berater. Hat gut zu tun. Heutzutage ein Unternehmen erfolgreich zu führen ist keine Kleinigkeit, das weißt du ja selbst.«

»Wem sagst du das. Aber bei uns läuft es blendend, kein Beratungsbedarf vorhanden. Ich muss dann wieder, Anka, das nächste Meeting wartet. Und ohne den Chef kann's nicht losgehen.«

»Ja, klar, alles Gute«, stammelte Anka. »War schön, dich zu hören.«

Sie schaltete das Handy aus und legte es auf den Tisch.

Er hatte doch tatsächlich gedacht, sie wolle für ihren Mann einen Auftrag akquirieren. Wie peinlich! Er musste ja den Eindruck haben, sie sei mit einem kompletten Loser verheiratet. Na, wenigstens glaubte er, dass sie überhaupt verheiratet war.

Petra erkannte sich selbst nicht mehr. Gierig stieß sie ihre Zunge in Günthers Mund, saugte sich an ihm fest und genoss den salzigen Geschmack, den das Meerwasser auf seinen Lippen hinterlassen hatte. Sie griff mit beiden Händen in sein Haar und hielt seinen Kopf fest. Sanft zog er sie an sich, und mit einem Mal lag sie neben ihm, ihren Körper an seinen gepresst. Sie fühlte seine Hände auf ihrem Rücken, ihrem Hintern, ihren Brüsten. Kurz hatte sie Sorge, jemand könnte den Strand entlangkommen und sie sehen, aber dann vergaß sie es wieder.

Die Fremdheit seines Körpers war erregend, aber auch verwirrend. Es war, als müsste sie sich Stück für Stück auf unbekanntes Gebiet vorantasten. Zuerst hatte sie Angst, etwas falsch zu machen, aber dann spürte sie, dass es kein Richtig oder Falsch gab. Es gab nur ihre Lust.

Ich! Ich! Ich! sang es in ihr, und sie fühlte sich stark und voller Energie.

Günther zog sie auf sich, und sie spürte, wie er in sie eindrang. Für einen Moment hielten beide ganz still, lauschten dem Pulsieren ihrer Körper, das vom Rauschen des Meeres untermalt wurde. Sie begann ihr Becken zu bewegen, erst langsam, dann immer schneller. Ihre Erregung wuchs und wuchs, steigerte sich fast ins Unerträgliche und entlud sich in einem Höhepunkt, wie sie ihn noch nie erlebt hatte. Ein Schrei bahnte sich seinen Weg aus den Tiefen ihres Inneren, erhob sich in die klare Luft, und es kam ihr vor, als müsste man ihn am anderen Ende der Welt noch hören.

Nachdem Anka fertig gegessen hatte, blieb sie noch auf der Terrasse sitzen, um die Sonne zu genießen. Als sie sich daran erinnerte, wie Anton vor dem Zubettgehen immer seine Jeans gefaltet und das Laken mit dem Handstaubsauger gereinigt hatte, war sie etwas getröstet. Wahrscheinlich wäre es doch keine gute Idee gewesen, ihn wieder aus der Versenkung zu holen.

Sie fragte sich, wie die Frau war, die er geheiratet hatte, und stellte sich den kleinen Stammhalter in einem winzigen dunkelblauen Samtanzug mit Krawatte vor. Sicher würden die beiden bald noch ein Mädchen bekommen, das in einem rosafarbenen Kleidchen durch die Villa laufen würde. Und fertig wäre die perfekte Familie.

Bis Anton irgendwann genug von seiner Frau bekommen würde, die nur noch Augen für die Kinder und keine Lust mehr auf Sex hätte, und sich mit seinem vielen Geld eine willige Geliebte nehmen würde. Eine wie sie.

Sie fragte sich, welches Los sie eigentlich bedauernswerter fand – das der Geliebten oder das der Ehefrauen. Vielleicht sollte sie ihren Traum vom Heiraten begraben und für immer Geliebte bleiben. Die Geliebte vieler Männer, die sich nach ihr verzehrten und sie entsprechend verwöhnen würden. Sobald einer nicht mehr die gebührende Aufmerksamkeit für sie aufbrachte, würde sie ihn zum Teufel jagen. Nur verlieben dürfte sie sich nicht.

Sie stand auf und stellte ihr Tablett in die dafür vorgesehene Ablage.

»You liked your food?«, fragte der Typ an der Kasse.

Anka nickte. »Very nice.« Schon jetzt lagen ihr die Fritten wie Blei im Magen.

Sie zeigte auf die Wasserflaschen, die in einem Kühlschrank hinter dem Tresen standen. »Two, please.«

Während sie über die Terrasse zum Ausgang ging, verstaute sie die Flaschen in ihrer Handtasche. In diesem Moment rannte einer der Jugendlichen an ihr vorbei und rempelte sie an. Sie stürzte zu Boden, konnte sich aber gerade noch mit den Händen abfangen.

»Du Blödmann!«, schrie sie ihm nach.

Zwei andere Jugendliche hockten sich neben sie. »Can we help you?«, fragte der eine. »Sorry, sorry«, sagte der andere. Sie halfen ihr, den Inhalt ihrer Handtasche einzusammeln, gleich danach waren sie weg.

Anka rappelte sich hoch. Sie strich ihr Kleid glatt und inspizierte ihre Handinnenflächen, sie waren gerötet, aber nicht aufgeschlagen. Erleichtert, dass sie unverletzt geblieben war, hängte sie sich die Tasche um und verließ die Terrasse. Nachdem sie einige Schritte gegangen war, kam ihr plötzlich ein Verdacht. Sie blieb stehen und durchwühlte aufgeregt ihre Tasche. Ihr Geldbeutel war weg.

O nein! Nicht das auch noch! In ihrem Portemonnaie waren nicht nur mehrere Hundert Euro Bargeld gewesen, sondern auch ihre Bank- und Kreditkarten und ihr Führerschein. Ihr Personalausweis! Erleichtert erinnerte sie sich, dass sie den ihrem Zimmervermieter gegeben hatte. Wenigstens würde sie nach Hause fliegen können. Aber was sollte sie bis dahin ohne einen Cent tun?

Diese hinterhältigen Scheißkerle! Das Ganze war ein abgekartetes Spiel gewesen, das die Jungs in aller Ruhe am Nebentisch geplant hatten.

Can we help you? Sorry, sorry.

Tränen der Wut und Verzweiflung stiegen ihr in die Augen. Hatte sich denn alles gegen sie verschworen? Sie ließ sich auf eine Bank fallen und vergrub das Gesicht in den Händen, ohne sich um die befremdeten Blicke der Passanten zu kümmern.

Sie musste die Karten sperren lassen! Hektisch kramte sie ihr Telefon heraus und suchte die Telefonnummer ihrer Bank. Dort hob niemand ab, es war bereits nach siebzehn Uhr.

Sie gab den Namen ihrer Bank und das Wort *Kartensperrung* in die Suchleiste ein und fand schließlich nach längerem Suchen eine Nummer, die auch aus dem Ausland funktionierte.

Die Frau im Callcenter fragte nach den Nummern ihrer Karten.

»Wie soll ich Ihnen die sagen, wenn mir die Karten gerade gestohlen wurden?«, fragte Anka.

»Dann bitte Ihren vollen Namen, Ihr Geburtsdatum, Ihre Adresse und Ihr Passwort.«

»Welches Passwort?«

Die Frau behauptete, Anka habe fürs Telefonbanking ein Passwort festgelegt. Sie konnte sich nicht erinnern, sie nutzte das Telefonbanking sonst nicht.

Sie wurde wütend. »Was soll ich denn jetzt machen? Je länger Sie mich hinhalten, desto größer wird der Schaden, den die Diebe anrichten können. Das kann ja wohl nicht im Interesse Ihrer Bank liegen.«

»Ohne Passwort kann ich leider nichts für Sie tun.«

»Sie können mir doch nicht erzählen, dass Ihre anderen Kunden alle ihr Passwort parat haben?«

Stille. Die Frau schien zu überlegen. »Könnten Sie mir vielleicht eine E-Mail schicken?«

Sie gab ihr eine Adresse, und Anka tippte eine Mail in ihr Handy, in der sie den Diebstahl meldete.

Ob sie zur Polizei gehen sollte? Andererseits, wozu wäre das gut? Sie könnte denen nicht mal eine Beschreibung der Täter geben, dafür war alles viel zu schnell gegangen.

Petra rollte sich von Günther herunter und schmiegte sich in seinen Arm.

Er strich ihr die Haare aus dem Gesicht. »Ganz ehrlich, wie lange hattest du keinen Sex mehr?«

Sie lächelte. »So schlimm war ich?«

»Mhm.«

Auf seiner Wange entdeckte sie ein paar getrocknete Salzkristalle. Sie widerstand dem Impuls, die Zunge herauszustrecken und sie abzulecken.

»Geht dich nichts an«, sagte sie.

Er grinste. »Du siehst aus wie ein Wiener Schnitzel.«

Sie blickte an sich hinunter und stellte fest, dass sie mit Sand regelrecht paniert war. Vergeblich versuchte sie, ihn abzuklopfen.

Sie standen auf und gingen noch einmal ins Meer, wuschen sich gegenseitig den Sand ab und tollten übermütig in den Wellen. Vorsichtig schüttelten sie danach die Handtücher aus und rubbelten sich trocken. Auf dem Rückweg, den menschenleeren Strand entlang, schien ihnen tiefgolden die Spätnachmittagssonne ins Gesicht.

Matthias war der erste Mann ihres Lebens gewesen und bislang der einzige. Hie und da hatte es einen Flirt gegeben, mit einem Kollegen, mit jemandem auf einer Fortbildung. Aber nie wäre sie auf den Gedanken gekommen, Matthias zu betrügen. Sie war immer die treue Ehefrau gewesen, die sich ihr Begehren für zu Hause aufsparte und auf den Mann richtete, mit dem sie verheiratet war. So wie ihr Vater und ihre Mutter es ihr vorgelebt hatten. Sie war überzeugt, dass ihre Eltern sich seit achtundvierzig Jahren treu waren. So lange waren sie verheiratet.

Bei einer Diskussion über die richtige Partnerwahl hatte ihre Tochter Eva neulich gesagt: »Es gibt fast acht Milliarden Menschen auf der Welt. Meint ihr nicht, es gibt mehr als eine Person, mit der man glücklich sein kann?«

Sie könne nur mit Matthias glücklich sein, hatte Petra gesagt. Und der hatte behauptet, ihm gehe es mit ihr genauso.

Ihr kam ein Verdacht. Warum sollten Fanny und Anka die beiden einzigen Affären gewesen sein? Vielleicht hatte er sie all die Jahre betrogen, immer wieder, mit vielen anderen Frauen. Der Gedanke war ein Schock.

»Entschuldige«, murmelte sie, blieb stehen und nahm ihr Handy aus der Strandtasche.

Mit wie vielen Frauen hast du mich insgesamt betrogen???

Sie schickte die Nachricht ab. Fast zeitgleich traf eine Whatsapp-Nachricht von Jan für die Paradies-Gruppe ein.

Das Essen im Hotel entfällt. Bitte kommt um neunzehn Uhr in die Lobby, dann organisieren wir ein Alternativprogramm. Und ich habe euch was Wichtiges mitzuteilen. Viele Grüße, Jan

Jenny hatte den Tag allein verbracht. Als heute Morgen alle aus dem Hotel geflüchtet waren, hatte Manfred vorgeschlagen, einen Spaziergang in den Ort zu unternehmen. Jenny hatte abgelehnt. Sie wollte allein sein mit sich und ihren Gedanken. Sie war in ihren Bungalow gegangen, hatte eine halbe Flasche Deo gegen den Gestank versprüht und sich im Bett verkrochen. Anfangs fand sie die üble Geruchsmischung noch störend, nach einer Weile nahm sie sie gar nicht mehr wahr.

Sie verschlief den halben Tag. Wie immer, wenn sie deprimiert war. Nun war es bereits Nachmittag, und sie konnte nicht mehr schlafen, döste nur noch vor sich hin.

Plötzlich sah sie sich im Schlafzimmer der kleinen Wohnung, in der sie die ersten Jahre mit Tim gelebt hatte. Bevor sie im Pascha gearbeitet hatte, und lange vor Kunibert. Es war mitten in der Nacht gewesen, sie hatte Besuch von einem Freier gehabt, als sie plötzlich Tims verschlafene Stimme gehört hatte.

»Mama?«

Sie reagierte nicht. Hoffte, dass der Typ bald fertig wäre.

»Mama? Mama!« Tims Stimme klang kläglich. Im nächsten Moment fing er an zu weinen, erst leise, dann immer lauter.

Los, mach schon, dachte Jenny, spritz endlich ab. Aber der Mann hielt schnaufend inne. »Was ist denn das?«

»Lass dich nicht stören.«

Sie merkte, dass er schlaff wurde.

»In der Wohnung ist ein Kind?« Der Typ wälzte sich von ihr herunter. »Wieso sagst du das nicht vorher?«

»Was würde das bringen?«

»Dann wäre ich nicht hier. Ich finde es unmoralisch und verantwortungslos, dass du mit einem Kind im Nebenzimmer Kunden empfängst.«

»Und wo soll ich mit dem Jungen hin? Ihn zur Adoption freigeben?«

»Wäre vielleicht besser«, murmelte der Mann, stand auf und zog sich an.

Sie war zutiefst getroffen. Was bildete sich der Typ eigentlich ein? Sie kämpfte ums Überleben für sich und Tim. Sie hatte gar keine andere Wahl, als die Freier in der Wohnung zu empfangen.

Der Kunde zog die Schuhe an und nahm seinen Mantel. »Du erwartest hoffentlich nicht, dass ich dafür bezahle.«

Jenny stellte sich ihm in den Weg. »Doch, das erwarte ich. Ich habe meinen Job gemacht. Wenn du nicht kannst, ist das dein Problem.«

Tims Weinen hatte sich zu verzweifeltem Schreien gesteigert.

»Du kannst froh sein, wenn ich dich nicht wegen Kindesmisshandlung anzeige«, sagte der Kerl und war schon an der Tür.

»Arschloch!«, schrie sie ihm ins Treppenhaus nach und knallte die Tür zu.

Sie stürmte ins Kinderzimmer, wo Tim verweint und verschwitzt in seinem Gitterbett stand und ihr die Arme entgegenreckte.

»Mama!«, schluchzte er mit einer Inbrunst, die ihr die Tränen in die Augen trieb. Sie nahm ihn hoch. Er schmiegte seinen Kopf an sie, steckte den Daumen in den Mund und beruhigte sich allmählich. Ein paarmal hickste er noch, dann begann er, etwas Unverständliches in Babysprache zu erzählen.

Sie setzte sich mit ihm auf den alten Korbschaukelstuhl, den sie auf dem Flohmarkt gekauft hatte. Sanft schaukelten sie hin und her, während sie seinen Kopf küsste und den einzigartigen Babyduft einsog.

Sie war keine schlechte Mutter, sie tat alles für ihr Kind. Was konnte sie dafür, dass dieses *Alles* so wenig war? Dass sie ihm keine hübschen Strampler und Spielsachen kaufen konnte, nur die gebrauchten aus dem Sozialkaufhaus. Dass sie ihn bald in eine Kita würde geben müssen. Dass er seine Großeltern nie kennenlernen würde und seinen Vater auch nicht.

Wäre sie eine bessere Mutter gewesen, wenn sie Tim zur Adoption freigegeben hätte? Ärzte, Schwestern und Sozialarbeiter hatten nach der Geburt auf sie eingeredet, sie solle an das Kind denken, es sei das Beste für den Jungen, wenn sie ihn weggäbe. Aber sie hatte ihn an die Brust genommen und im selben Moment gewusst, dass sie das niemals fertigbringen würde.

Natürlich war er nicht geplant gewesen, und zuerst war sie entsetzt gewesen, als sie von ihrer Schwangerschaft erfahren hatte. Wenigstens war der Vater kein Freier, sondern jemand, den sie im Karneval kennengelernt und danach einige Male getroffen hatte. Aber sie wollten beide keine feste Beziehung, ganz zu schweigen von einem Kind. Sie trennte sich von ihm mit dem Versprechen, die Schwangerschaft abzubrechen. Aber die Wochen vergingen, und sie unternahm nichts. Als es schließlich zu spät war, wurde ihr klar, dass sie sich ein Kind wünschte.

Inzwischen war das Baby auf ihrem Arm wieder eingeschlafen, und sie legte es vorsichtig in sein Bett zurück. Sie hatte sich nicht vorstellen können, wie hart es sein würde – ohne Ausbildung, ohne vernünftigen Beruf, ohne Familie, die sie unterstützte, in einem Umfeld, das für Kinder nicht weniger geeignet sein könnte. Sie wollte ihm doch nicht schaden!

Je älter Tim wurde, desto schwieriger wurde es, ihre Tätigkeit vor ihm geheim zu halten. Immer wieder musste sie ihm Lügengeschichten erzählen und ihn stundenlang allein in der Wohnung lassen, um arbeiten zu gehen.

Er zog sich zurück, wurde schweigsam und unzugänglich. Nie brachte er andere Kinder mit nach Hause, weil sie dort, wie er sagte, nicht genügend Platz zum Spielen hätten. Jenny aber spürte, dass er sich in Wahrheit für sie schämte.

Später hatte sie versucht, ihren erwachsenen Sohn um Verzeihung zu bitten. Aber als sie an ihr letztes Zusammentreffen vor einem Jahr dachte, wusste sie, dass es sinnlos war.

Sie war extra nach Berlin gefahren, um ihn zu sehen. Er hatte sie in eine Schwulenkaschemme bestellt, in der ein Freund von ihm kellnerte.

Sie Weißwein und Salat, er Caipirinha. Und dann noch einen und noch einen.

»Das ist meine Mutter, die alte Schlampe«, stellte er sie seinem Freund vor. »Wunderst du dich da noch, dass ich schwul geworden bin?« Und dann lachten beide meckernd, um die Bemerkung wie einen Witz klingen zu lassen, aber sie spürte, dass er jedes Wort ernst meinte.

»Homosexualität ist angeboren«, sagte sie freundlich. »Dafür zumindest kann ich nichts.«

»Was willst du von mir, Mutter?«, fragte er.

Verständnislos hatte Jenny ihn angeblickt. »Was ich von dir will? Mütter und Söhne reden miteinander, sie besuchen sich. Was ist daran ungewöhnlich?«

Tim ließ sich nach hinten fallen und nahm einen großen Schluck aus seinem Glas, dazu aß er ein paar Erdnüsse aus der Hand. »Mütter lassen ihre Söhne nicht allein, um anschaffen zu gehen. Mütter ziehen sich nicht an wie Vogelscheuchen. Mütter sagen ihren Söhnen, wer ihr Vater ist.«

»Ach, das ist es?«, sagte Jenny perplex. »Du hast nie danach gefragt.«

Er zog den Plastikstrohhalm aus seinem Glas und kaute darauf herum. Seine Kiefer mahlten. »Weil ich ... Angst hatte.«

»Angst?«

»Dass du mir sagst, es war irgendein schmieriger Freier, dem das Kondom geplatzt ist.«

Sie beugte sich vor und griff nach seiner Hand. Er zog sie weg. Sie streichelte zaghaft über die Tätowierungen an seinem Arm.

»Es war kein Freier«, sagte sie. »Es war ein ganz normaler netter Mann.«

»Freier sind auch ganz normale nette Männer«, sagte Tim.

»Er war bloß nicht ... reif für ein Kind. Da habe ich mich entschieden, dich alleine zu bekommen.«

Tim reihte Erdnüsse vor sich auf und kickte sie mit dem Strohhalm weg, bis sie über den ganzen Tisch verstreut waren.

»Hat er ... jemals nach mir gefragt?«

»Ich habe keinen Kontakt zu ihm. Er ... hat nie erfahren, dass es dich gibt.«

Sein Stuhl setzte hart auf dem Boden auf. »Weißt du wenigstens noch, wie er heißt?«

Sie nickte stumm, hielt seinem Blick stand.

»Du willst es mir nicht sagen? Du willst nicht, dass ich nach ihm suche und vielleicht rausfinde, dass er kein ganz normaler netter Mann war?«

»Ich will dich nur vor einer Enttäuschung bewahren.«

Tim schnaubte verächtlich. »Damit hättest du früher anfangen müssen.«

Bei der Erinnerung daran wurde Jenny von Schluchzen geschüttelt. Es war, als hätte sich eine Schleuse geöffnet, und ihre jahrelang zurückgehaltenen Tränen würden sich nun alle gleichzeitig ergießen.

Plötzlich begriff sie es. Sie schämte sich nicht nur, weil sie ihr Geld mit Sex verdient hatte. Sie schämte sich, weil sie es nicht hinbekommen hatte, ihren Sohn zu schützen. Weil er ein unglückliches Kind gewesen und zu einem verbitterten Mann geworden war. Weil sie als Mutter versagt hatte.

Mit einem gezielten Griff zog Jenny die halb gefüllte Brandyflasche hervor, die sie unter dem Bett versteckt hatte, und setzte sie entschlossen an die Lippen.

Anka hatte sich zurück in ihr Zimmer geflüchtet und war sofort eingeschlafen. Sie erwachte von lautem Hupen, dann brüllten sich mehrere Männer gegenseitig an, gleich darauf ertönte die keifende Stimme einer Frau. In der engen Gasse, auf die ihr Fenster hinausging, hallten alle Geräusche laut wider.

Sie zog sich das Kissen über den Kopf, konnte aber nicht mehr einschlafen.

Diese Hitze! Sie strampelte die Decke weg und fasste sich an ihre glühende Stirn. Sie musste aufstoßen, der Geschmack des Frittierfetts verursachte ihr Übelkeit. Eine Welle von Selbstmitleid überflutete sie. Sie nahm das Telefon und wählte.

»Ja?«

»Ich bin's. Jo, mir geht's schlecht.«

»Das tut mir leid.«

»Warum ... lässt du mich so hängen?«

Er blieb stumm.

»Jo?«

»Das ist ein ganz schöner Hammer, den du mir da serviert hast. Den muss ich erst mal verdauen.«

»Ich auch«, sagte sie. »Ich bin doch selber ganz geschockt. Und ich möchte das Kind haben, Jo. Aber allein traue ich es mir nicht zu.«

Sie lauschte, hoffte auf irgendein ermutigendes Wort von ihm. Wieder dauerte es eine Weile, bis er endlich antwortete. »Mach jetzt bitte keinen Druck. Ich brauche ... Zeit zum Nachdenken. Und du weißt, ich hasse es, so was am

Telefon zu besprechen. Können wir am Samstag weiterreden, wie wir es vereinbart haben?«

Das war der längste zusammenhängende Text, den Jo jemals am Telefon zu ihr gesprochen hatte. Aber sie konnte noch nicht auflegen, sie brauchte noch irgendein Zeichen von ihm, dass sie ihm etwas bedeutete.

»Du kannst dir nicht vorstellen, was hier los ist«, sagte sie kläglich. »Der ganze Hotelbetrieb ist zusammengebrochen, wir hatten tagelang Sturm, die Sickergrube ist übergelaufen, und jetzt wurde mir auch noch mein Portemonnaie gestohlen.«

»Soll ich dir Geld schicken?«, fragte er sofort.

»Danke, ich komm schon klar«, sagte sie. Er sollte bloß nicht glauben, dass sie ihn deshalb angerufen hatte.

»Kann ich sonst irgendwas für dich tun, Anka?«

Schon wieder diese geschäftsmäßige Stimme, dieses korrekte Benehmen, an dem nichts auszusetzen war und das doch nichts mit dem Jo zu tun hatte, den sie kannte. Der sie voller Leidenschaft in Besitz nahm, wenn sie nach einer längeren Pause endlich wieder zusammen sein konnten, der sie nach dem Sex sehnsüchtig anblickte, ihr eine Haarsträhne hinters Ohr schob und zärtlich flüsterte: »Du bist wunderschön, weißt du das?«

Enttäuscht sagte sie: »Danke. Ich schaffe es schon.«

Suse konnte es nicht glauben. Sie hatte eine Engelmeditation gemacht! Benni würde sich schlapp lachen und wohl auch sonst jeder, der sie kannte. Sie konnte es sich nur damit erklären, dass sie mehr Angst vor Larissas unberechenbaren Reaktionen hatte, als sie sich selbst eingestehen wollte.

Im System des Patienten zu bleiben hieß natürlich auch, es sich einfach zu machen. Wenn alle das Spiel des Verrückten mitspielten, musste der den Eindruck bekommen, er verhalte sich normal. Wobei ja auch Leute an Engel glaubten, die keine psychische Störung hatten. Und immerhin schadete Larissa niemandem damit.

Nach ihrem Bad im Meer hatte Suse einen langen Spaziergang ins Innere der Insel unternommen, wobei sie es sorgfältig vermieden hatte, in die Nähe des Barackenlagers zu kommen. Von einem Baum hatte sie ein paar übrig gebliebene, schrumpelige Feigen geklaut und war dann über einen Zaun gestiegen, um kleine Ziegen zu streicheln. Sie hatte auf einem Mäuerchen in der Sonne gesessen, in einem Café eine Limo getrunken und eine gefüllte Teigtasche gegessen. Sie hatte versucht, das zu tun, was Menschen im Urlaub eben so taten.

Sie hatte bewusst darauf verzichtet, ständig ihr Handy zu kontrollieren, und nur ein Mal ihre Oma angerufen, um zu erfahren, dass der Zustand ihres Vaters unverändert war. Das sei zu diesem Zeitpunkt aber eine gute Nachricht, wie ihre Oma ausdrücklich betonte.

Als sie das Hotelgelände erreichte, schnupperte sie prüfend. Sie glaubte, noch einen Rest des üblen Geruchs wahrzunehmen, aber sicher war sie sich nicht. Vielleicht war es auch die negative Erwartung, die ihre Wahrnehmung beeinflusste. Sie versuchte, sich den Duft von frisch gebackenem Brot vorzustellen.

Die Wiese, die am Morgen von Fäkalienschlamm bedeckt gewesen war, hatte sich in eine Lehmwüste verwandelt. Die Grasnarbe war vollständig abgetragen, darunter war der vom Regen durchfeuchtete Boden zum Vorschein gekommen, der von Reifenspuren und Fußabdrücken durchzogen war. Nur ein schmaler grüner Streifen auf der anderen Seite des Pools war übrig geblieben. Dort standen jetzt dicht an dicht die Sonnenliegen, die sonst über das ganze Areal verteilt waren. Niemand war zu sehen, das Gelände wirkte wie ausgestorben.

Als Suse die Tür zu ihrem Bungalow öffnete, ertönte ein Krachen. Vor ihren Augen sauste etwas nach unten, das Etwas verschwand hinter einem der Betten und wimmerte.

»Jenny?« Erschrocken warf sie ihren Rucksack von sich und kniete sich aufs Bett, um besser dahinterblicken zu können.

Jenny lag, von Vorhangstoff halb bedeckt, am Boden, quer über sich die heruntergekrachte Vorhangstange. Fast hätte Suse lachen müssen, aber dann sah sie Jennys schmerzverzerrtes Gesicht. »Hast du dir wehgetan?«

Jenny wickelte sich aus dem Vorhangstoff und setzte sich auf. Sie wirkte benommen. Vorsichtig betastete sie ihre Arme und Beine, dann ihren Kopf.

»Ich ... ich glaube nicht.«

Sie kroch aufs Bett und krümmte sich dort zusammen. Ihr Blick wirkte getrübt.

Um ihren Hals entdeckte Suse etwas, was wie ein dünner Chiffonschal aussah.

»Was ist das?« Sie griff danach und blickte verständnislos auf die im Reptilienlook gemusterte Nylonstrumpfhose in ihrer Hand. Dann dämmerte es ihr.

»Sag mal, spinnst du?«, rief sie aus. »Was soll denn die Scheiße?«

Sie sprang auf, zog die Strumpfhose wie einen Expander auseinander und untersuchte sie.

»Wolltest du dich damit etwa umbringen?«

Jenny verbarg ihren Kopf in den Armen. »Lass mich«, tönte es dumpf darunter hervor.

In diesem Moment entdeckte Suse die fast leere Brandyflasche, die halb unters Bett gerollt war. Sie hob sie auf.

»Das gibt's doch nicht!«, sagte sie und schüttelte fassungslos den Kopf. »Ich dachte, wenigstens du hast alle Tassen im Schrank in diesem Haufen von Bescheuerten!«

Sie stand mitten im Raum, Strumpfhose und Brandyflasche anklagend erhoben, und konnte es nicht fassen. Jenny war fast sechzig, hatte mehr Lebenserfahrung als die ganze Truppe zusammen und benahm sich trotzdem wie ein Teenie mit Liebeskummer! Ließ sich volllaufen und versuchte, sich an der Vorhangstange aufzuknüpfen!

Suse ließ die Strumpfhose zu Boden fallen, wo sie liegen blieb wie eine Schlangenhaut nach der Häutung. Die Flasche warf sie in den Papierkorb, dann setzte sie sich zu Jenny auf die Bettkante.

»Soll ich einen Arzt holen?«

Als Antwort erhielt sie nur ein unverständliches Brummen. »Hmgrmpf.«

Sie rüttelte Jenny leicht an der Schulter. »Sprich mit mir!«

»Will schlafen«, murmelte die und war schon halb weggetreten.

Unsicher blieb Suse sitzen. Ob wirklich alles in Ordnung mit ihr war? Schließlich gab es auch innere Verletzungen, die man nicht auf den ersten Blick sehen konnte. Und sie hatte eine ganze Menge Alkohol im Körper. Andererseits war Jenny nur einen halben Meter tief gefallen, und Alkohol vertrug sie in erstaunlichen Mengen. Nein, dachte Suse, kein Grund zur Panik.

Nach einer Weile schlief Jenny tief und machte nicht den Eindruck, als würde sie so bald wieder aufwachen. Suse könnte riskieren, sie alleine zu lassen. Leise stand sie auf und verließ den Bungalow.

Sie fand Manfred beim Yogazelt. Einige aus der Gruppe hatten sich dort zusammengefunden, um es provisorisch zu reparieren. Immerhin lagen noch zwei Tage vor ihnen, in denen sie es würden nutzen können. Der Wetterbericht war gut, die Sonne schien bereits wieder, und der Wind schwächte sich von Stunde zu Stunde weiter ab.

Suse winkte ihm zu. »Hast du eine Sekunde?«

Manfred besprach sich mit den anderen und kletterte von der Leiter. Sie führte ihn einige Schritte weg vom Zelt. Es ging niemanden etwas an, was sie ihm zu sagen hatte.

»Es ist wegen Jenny. Sie hat ... ich weiß nicht, wie ich es nennen soll ... eine Art Suizidversuch unternommen.«

Manfred reagierte alarmiert. »Was? Wo ist sie jetzt? Wie geht's ihr?«

Suse strich beruhigend über seinen Arm. »Alles in Ordnung. Sie ist im Bungalow und schläft ihren Rausch aus.«

»Braucht sie einen Arzt?«

Sie schüttelte den Kopf. »Glaub ich nicht.«

»Was hat sie denn gemacht?«

Suse verdrehte die Augen. »Sie wollte sich an der Vorhangstange aufhängen. Einfach lächerlich. Die Dinger sind so schlecht montiert, die fallen runter, wenn du sie einmal scharf anschaust. Auf die Idee kann nur jemand kommen, der völlig blau ist.«

Manfred blickte sie besorgt an. »Glaubst du, sie hat es ... ernst gemeint?«

»Wenn ich mich umbringen wollte, und ich hätte weder eine Knarre noch Schlaftabletten, würde ich mir die Pulsadern aufschneiden oder mich im Meer ersäufen. Jedenfalls würde ich mich nicht an eine wacklige Vorhangstange hängen.«

»Ich muss sofort zu ihr.«

»Warte noch. Bitte.« Suse hielt ihn am Arm zurück. »Ich will kapieren, warum sie es gemacht hat. Du hast doch die letzten Tage viel Zeit mit ihr verbracht, ist da ... irgendwas passiert?«

Er zögerte. »Ich weiß nicht, ob ich dir davon erzählen darf.«

»Wir müssen doch rausfinden, was der Auslöser war. Beim nächsten Mal ist sie vielleicht nüchtern und zieht es durch.«

Manfred rang sichtlich mit sich. Schließlich zog er sein Smartphone heraus, suchte etwas und zeigte Suse ein Foto. Die blickte kurz darauf und fragte ungeduldig: »Was ist das?«

»Schau es dir noch mal an. Und lies die Bildunterschrift.«

Suse schaute sich das Foto genauer an. »Sie war eine Professionelle, na und? Hab ich mir längst gedacht.« Sie sah auf. »Aber wieso will sie sich plötzlich aufhängen?«

Sie hatten die Terrasse erreicht, Manfred blieb stehen und fuhr sich mit beiden Händen über den Schädel. »Ich glaube, sie ... schämt sich.«

Suse schüttelte energisch den Kopf. »Jenny? Kann ich mir nicht vorstellen.«

»Hat sie dir je was von früher erzählt?«

»Kann mich nicht erinnern.«

»Sie hat es geheim gehalten«, sagte Manfred. »Und ich habe es zufällig rausgefunden. Sie war total geschockt, als ich ihr das Bild gezeigt habe.«

Suse musterte ihn prüfend. »Und du? Warst du auch geschockt?«

»Es ist ... ich weiß es nicht. Ich habe überhaupt kein moralisches Problem damit, ich war selbst bei einer Prostituierten, als meine Frau so krank war. Aber ich spüre, dass Jenny so ... verletzt ist. Und ich weiß nicht, ob ich der Richtige bin, die Verletzung zu heilen. Vielleicht ist bei ihr schon zu viel kaputtgegangen. Vielleicht kann man sie nicht mehr ... gesundlieben.«

Suse drückte ihm freundschaftlich die Hand. »Du bist ein echt guter Typ, Manfred. Wenn jemand sie gesundlieben kann, dann du.«

Anka schreckte, von ihrem eigenen Wimmern geweckt, aus dem Schlaf auf. Ihr Mund war trocken, ihr Kopf heiß. Sie richtete sich halb auf und trank aus der Wasserflasche, dann fiel sie aufs Kissen zurück. Sie hatte von ihrem Vater geträumt.

So oft hatte sie den Impuls gehabt, ihn anzurufen, und sich doch nie getraut. Jetzt nahm sie, ohne nachzudenken, das Telefon und wählte. Es klingelte lange, dann hob jemand ab.

»Papa? Ich bin's, Anka.«

Sie hörte ihn atmen. »Anka, es ist spät. Ist was passiert?«

»Ja. Nein. Ach, es ist so ein Chaos ...« Sie begann zu weinen.

Wenn sie als Kind weinen musste, hatte ihre Mutter ihr die Hand auf die Stirn gelegt und sie ermahnt: *Nicht, das macht Falten!* Ihr Vater dagegen hatte besorgt zum Himmel geblickt und gesagt: *Gleich weinen die Engel mit, und dann regnet es.*

»Tut mir leid, Papa.« Sie lächelte unter Tränen. »Ich will wirklich nicht, dass es zu regnen anfängt.«

»Bei uns regnet es schon«, sagte ihr Vater. »Wo bist du?«

»In Spanien.«

»Schön.«

Jetzt schluchzte sie so stark, dass sie Schluckauf bekam. »Bist du ... hicks ... immer noch ... hicks ... sauer auf mich?«

Langes Schweigen. »Ich bin nicht sauer auf dich, Anka. Ich bin ... enttäuscht von dir, das ist was anderes.«

»Ich vermisse dich, Papa!«

»Ich dich auch«, hörte sie ihn murmeln. »Mehr, als du dir vorstellen kannst.«

Im Hintergrund ertönte die Stimme ihrer Mutter. »Wer ist das, Walter? Mit wem telefonierst du?«

Die Sprechmuschel wurde zugehalten, gedämpfte Stimmen, die miteinander diskutierten. Es dauerte, bis ihr Vater wieder dran war.

»Ich muss jetzt Schluss machen, Anka.«

»Halt ... hicks ... warte! Warum wollt ihr nicht mit mir sprechen? Was habe ich euch getan?«

Rascheln und Flüstern, dann war ihre Mutter plötzlich dran. »Kind, lass den Papa in Ruhe. Für den ist das alles schlimm genug.«

»Was ist denn so schlimm?«, rief Anka verzweifelt aus. »Dass ich mich in Mike geirrt habe? Woher hätte ich das wissen sollen?«

Nach einer Pause sagte ihre Mutter: »Mike war bei uns. Wir wissen, dass du uns angelogen hast.«

Es brauchte einen Moment, bis Anka verstand. Sie war so überzeugt von ihrer erfundenen Geschichte, dass sie sich erst daran erinnern musste, dass Mike keineswegs bisexuell war und ihr auch nicht angekündigt hatte, Verhältnisse mit Männern haben zu wollen.

»Es tut mir leid«, sagte sie kleinlaut. »Ich habe mich so ... geschämt.«

»Jetzt hast du Grund, dich zu schämen. So etwas tut man seinem schlimmsten Feind nicht an. Was bist du nur ... für ein Mensch?«

Sie hörte wieder die Stimme ihres Vaters. »Die Freundin von Mike hat gesagt, dass sie dich wegen Verleumdung anzeigen wollen.«

»Ach, auf einmal?«

»Mike hat ... gesundheitliche Probleme. Sie glauben, dass es vom seelischen Stress kommt.«

Anka sagte nichts. Ihr Schluckauf war schlagartig weg.

»Ich könnte mich ... bei Mike entschuldigen?«

»Ich fürchte, dafür ist es zu spät«, sagte ihr Vater.

»Was soll ich denn tun? Ich bin ja zu allem bereit!« Sie ertrug diese Ablehnung nicht. Sie wollte die Liebe ihres Vaters zurück, wollte wieder sein kleines Mädchen sein, das wichtigste kleine Mädchen, das es auf der Welt gab.

»Ach, Anka ... wenn du das nicht selbst weißt«, sagte ihr Vater resigniert.

»Was soll ich denn tun, damit ihr mir endlich verzeiht?«, rief Anka.

»Du sollst aufhören, anderen die Schuld für dein Unglück zuzuschieben, und endlich Verantwortung für dein Leben übernehmen!«

»Das tu ich doch!«, protestierte sie.

»Das tust du nicht. Du benimmst dich wie eine ... Prinzessin, die sich einfach nehmen kann, was sie will. Und wenn irgendwas in deinem Leben nicht klappt, dann sind immer die anderen schuld.«

»Ihr habt mich doch zur Prinzessin gemacht!«

»Kann sein, dass wir dich als Kind zu sehr verwöhnt haben«, räumte ihr Vater ein. »Aber du bist sechsunddreißig, Anka. Zeit, endlich erwachsen zu werden.«

Eine Weile blieb es still.

»Ich muss euch was sagen«, nahm Anka das Gespräch wieder auf. »Ich ... bin schwanger.«

Schweigen. Zehn Sekunden, fünfzehn Sekunden. Anka sah die Zeiger der altmodischen Wanduhr, die über der Kommode hing, nach vorne rücken.

»Habt ihr mich gehört?«

»Ja«, sagte ihr Vater.

»Von ... wem ist es?«, fragte ihre Mutter.

»Ich weiß noch nicht, ob ich es bekommen werde.«

»Was soll das heißen?«, sagte ihr Vater. »Ist es krank?«

Anka holte tief Luft. Sie wischte sich mit einem Papiertaschentuch über die verschwitzte Stirn und nahm einen weiteren Schluck Wasser. »Es ist eine lange Geschichte. Ich erzähle euch alles, wenn ich wieder zu Hause bin. Falls ihr es hören wollt.«

»Was stimmt nicht mit dem Vater?«, insistierte ihre Mutter, die mit sicherem Instinkt den Finger in die Wunde legte. »Ist er ... nicht von hier?«

Anka erinnerte sich an die vielen Vorurteile, die ihre Eltern hatten. Alles Fremde machte ihnen Angst. Der Schwiegersohn ihrer Träume war ein katholischer Deutscher, strebsam, erfolgreich, aber trotzdem bescheiden. Einer wie Mike. Kein Wunder, dass sie seinen Verlust so bedauerten. Gegen ihn würde es jeder andere Mann schwer haben.

»Schlimmer«, sagte sie. »Er ist verheiratet.«

Wieder Stille. Anka sah ihre Eltern vor sich, wie sie einen entsetzten Blick tauschten, niedergeschmettert von der Erkenntnis, dass ihre Tochter sie ein weiteres Mal enttäuschte.

»Wenn du Hilfe brauchst, lass es uns wissen«, sagte ihr Vater schließlich knapp.

»Danke, Papa«, sagte sie mit erstickter Stimme und legte auf.

Jenny ächzte. Ihr war schlecht, ihr Kopf schmerzte. Auch sonst tat ihr alles weh. Allmählich kam die Erinnerung zurück. Sie tastete und entdeckte eine Beule auf der Stirn. Bei ihrem Sturz musste sie irgendwo dagegengestoßen sein. Ihr Blick fiel auf die Vorhangstange und die zwei dünnen Schrauben, mit denen sie an der Decke befestigt gewesen war. Was für ein total beknackter Einfall. Am liebsten würde sie sich vor Scham unter der Bettdecke verkriechen und nie mehr hervorkommen.

Suse! Sie musste unbedingt mit Suse reden! Die durfte um Gottes willen niemandem davon erzählen. Steckte man Leute, die sich umzubringen versuchten, nicht in die Psychiatrie? Hatte sie sich überhaupt umbringen wollen? Sie erinnerte sich nur an ein Gefühl furchtbarer Traurigkeit und den dringenden Wunsch, dieser Traurigkeit zu entfliehen. Einfach weg zu sein, nichts mehr zu fühlen. Nein, sie hatte nicht sterben wollen. Nur nicht mehr leben.

Durst. Mühsam hangelte sie sich zur Minibar. Leer.

Sie stellte sich unter die kalte Dusche, danach fühlte sie sich deutlich besser. Sie schminkte und frisierte sich, dann zog sie eines ihrer seriösesten Kleider an, knielang, mit einem hochgeschlossenen Kragen. Sie brauchte jetzt dringend Selbstbewusstsein und Halt, und beides, so redete sie sich ein, würde ihr das Kleid verschaffen.

Sie schloss den Bungalow ab und ging hinüber ins Hauptgebäude, das von den letzten Sonnenstrahlen in rötlich goldenes Licht getaucht wurde.

Kaum hatte sie die Lobby betreten, entdeckte sie Manfred und Suse, die in einer Sofaecke saßen und redeten. Hatten die beiden etwa auf sie gewartet?

Als Manfred sie entdeckte, sprang er auf und kam ihr entgegen. »Jenny! Wie geht's dir?«

»Mir geht's gut.« Sie warf Suse einen warnenden Blick zu.

»Wirklich?«, fragte Manfred, nahm sie bei der Hand und zog sie zum Sofa. Mit der Fingerspitze berührte er zart ihre Stirn. »Du hast eine Beule.«

»Ich habe heute gelernt, dass man keine Wäsche auf spanische Vorhangstangen hängen soll, weil die schon vom Gewicht einer Strumpfhose runterfallen«, erklärte Jenny lächelnd.

Sie sah, wie Suse und Manfred einen Blick tauschten. Sollten sie denken, was sie wollten. Sie, Jenny, würde nichts zugeben. Sie ging zur Bar, holte sich eine Flasche Mineralwasser und trank sie auf ex.

»Was gibt's denn heute zu essen?«, fragte sie betont munter. »Ich habe einen Riesenhunger!«

In diesem Moment durchschritt eine weiß gekleidete Gestalt die Lobby und schlug mit zwei großen Flügeln aus Pappkarton mit aufgeklebten Möwenfedern, die an ihren Armen befestigt waren.

Alle drei starrten Larissa an, die lächelnd auf sie zuschwebte.

»Was ... was soll das denn darstellen?«, fragte Manfred.

Larissa blieb stehen. »Die Engel haben mir eine Botschaft geschickt. Sie wollen, dass ich eine von ihnen werde.«

»O Schätzchen«, sagte Jenny, stand auf und legte einen Arm um ihre Schultern. »So was darfst du nicht mal denken. Leg die Dinger ab und setz dich zu uns.«

Schlagartig verfinsterte sich Larissas Gesicht. »Lass mich!«, zischte sie und entwand sich ihrem Griff. Erschrocken wich

Jenny zurück. Suse machte ihr ein Zeichen, keine Diskussion mit Larissa zu beginnen.

»Wie kann man denn ein Engel werden?«, fragte Suse interessiert.

Larissas Stimmung schlug wieder um, sie lächelte. »Ihr denkt alle, dafür muss man sterben. Aber das ist Quatsch. Wenn man lange und intensiv genug meditiert, kann es gelingen, dass der Körper sich auflöst und man nur noch Geistwesen ist. Engel sind Geistwesen, das ist euch klar, oder?«

Suse und Jenny nickten stumm.

»Und ... wofür die Flügel?«, fragte Manfred irritiert.

»Nur so«, sagte Larissa. »Obwohl ich mir schon überlegt habe, ob ich es nicht doch mal ausprobieren soll ...«

»Was ausprobieren?«

»Na, zu fliegen. Ich könnte an einem hohen Punkt starten und sehen, was passiert. Wenn die Engel mich wirklich wollen, werden sie mich zu sich in den Himmel holen.«

»Das würde ich lieber bleiben lassen«, sagte Jenny. »Frag Manfred, der ist Ingenieur. Der kann dir erklären, warum das nicht funktionieren wird.«

»Hier geht's nicht um Technik«, sagte Larissa wegwerfend. »Ich will doch kein Fluggerät bauen. Hier geht's um Energie und Spiritualität, darum, ob die Engel mein Bemühen erkennen und mich fliegen lassen.«

Jenny legte den Kopf schief. »Sag mal, Schätzchen, bist du eigentlich ganz sicher, dass du alle Tassen im Schrank hast?«

Suse zog die Schultern hoch, als erwartete sie einen Wutausbruch, aber Larissa blieb erstaunlich ruhig. »Besondere Menschen stoßen immer auf das Unverständnis ihrer Mitmenschen, daran bin ich gewöhnt. Du solltest dich fragen, was es über dich aussagt, wenn du mich für verrückt hältst.«

Sie machte Anstalten davonzuschweben, drehte sich aber noch einmal um. »Nimm dir ein Beispiel an Suse, die ist viel offener als du. Sie hat sogar eine Engelmeditation mit mir gemacht.«

Jenny blickte zu Suse. »Du hast ... was?«

Suse lächelte verlegen und wartete, bis Larissa außer Hörweite war. »Ich wollte ... ihr eine Freude machen.«

»Eine Engelmeditation!«, sagte Jenny kopfschüttelnd. »Bist du jetzt auch irre geworden?«

Manfred beugte sich zu ihr und nahm ihre Hand. »Wir machen uns Sorgen um dich, Jenny«, sagte er anteilnehmend. »Was war denn los?«

Verdammt. Suse hatte offenbar schon gequatscht.

»Was soll denn los gewesen sein?« Jenny tat ahnungslos.

»Sei ehrlich zu uns«, bat Suse. »Du hattest eine Strumpfhose um den Hals, als du mir entgegengefallen bist. Und eine ziemliche Menge Brandy intus.«

»Das war ein Unfall. Hab ich euch doch schon erklärt. Ich hab einen über den Durst getrunken und war ein bisschen ungeschickt. Kein Grund zur Sorge. Bevor ich mir was antue, sterbe ich übrigens vor Hunger.«

Um neunzehn Uhr versammelten sich alle in der Lobby und spekulierten darüber, welche Horrornachricht Jan ihnen als Nächstes überbringen würde.

»Personal weg, Bar leer gesoffen, Scheiße auf der Liegewiese, und kein Boot, das einen von hier wegbringt – schlimmer kann's doch eigentlich nicht mehr werden«, sagte Günther lapidar.

»Schlimmer geht immer«, gab ein anderer Teilnehmer zurück. »Verseuchtes Grundwasser, Tornado, Waldbrand ...«

»Terrorwarnung, Bürgerkrieg, Atomschlag ...«, setzte Manfred die Aufzählung fort.

»Oder Jürgen Drews kommt von Mallorca rüber und singt für uns«, schlug Jenny vor.

»Wer ist Jürgen Drews?«, fragte Suse.

»Sei froh, dass du zu jung bist, um den zu kennen«, sagte Jenny grinsend.

Ronnie mischte sich ein. »Lieber Jürgen Drews als Campino. Stellt euch vor, die Toten Hosen stehen plötzlich bei euch zu Hause vor der Tür und wollen eines von ihren Wohnzimmerkonzerten geben!«

»Das machen die echt?«, sagte Suse aufgeregt. »Was muss ich tun, damit sie zu mir kommen?«

Bevor Ronnie antworten konnte, betraten Jan und Iris die Lobby und stellten sich mit geheimnisvollen Mienen der Gruppe gegenüber auf. Man hätte den Eindruck gewinnen können, sie wollten ihre Verlobung bekannt geben.

»Bestimmt fragt ihr euch, warum ich euch hier zusammengerufen habe«, sagte Jan und lächelte. »Und ausnahmsweise ist es tatsächlich mal eine gute Nachricht, die ich euch überbringen kann.«

»Na, dann raus damit«, rief Günther.

»Warte, warte«, rief Iris und legte Jan den Zeigefinger auf die Lippen. »Bevor Jan euch verrät, um was es geht, würde ich gern noch kurz was sagen. Jan würde es euch gegenüber nie zugeben, aber die letzten Tage hat er wirklich wie ein Löwe für euch gekämpft. Ihr habt das wahrscheinlich nicht so mitgekriegt, aber ich schon. Und ich möchte einfach, dass ihr es wisst.«

Ein paar Teilnehmer applaudierten zögernd, andere warteten ab.

Jan bedankte sich lächelnd bei Iris, dann wandte er sich wieder der Gruppe zu.

»Ich wollte auch noch was ergänzen. Es hat ja einige ... Unstimmigkeiten zwischen uns gegeben, und ich denke, ich war ein paarmal ziemlich ... unfreundlich. Dafür möchte ich mich bei allen entschuldigen, die sich dadurch gekränkt gefühlt haben.«

Sein Blick wanderte zu Jenny, die ihm unbewegt standhielt. Einige Teilnehmer nickten anerkennend, andere verzogen skeptisch das Gesicht. Allen war klar, dass seine Entschuldigung hauptsächlich Anka galt, aber die war ja nicht mehr da.

»Und jetzt die gute Nachricht«, rief Günther.

»Ja, lass es raus!«, stimmten die anderen ein.

Jan teilte ihnen feierlich mit, dass er von der Hotelholding in Madrid eine schriftliche Zusage bekommen habe, dass alle Teilnehmer, die nicht vorzeitig abgereist seien, unbürokratisch und ohne Antrag Schadenersatz erhalten würden. Die Geschäftsleitung habe anerkannt, dass die Vorkommnisse eine hohe Beeinträchtigung für die Gäste darstellten und die entgangenen Urlaubsfreuden entschädigt werden müssten. Einzige Bedingung sei, dass später keine juristischen Schritte erfolgen dürften, das müsse jeder von ihnen unterschreiben.

»Wie viel kriegen wir?«, rief Jenny.

Jan grinste. »Ratet mal.«

»Dreihundert pro Nase?«

Jan deutete mit dem Daumen nach oben. »Mehr.«

»Vierhundert?«

Der Daumen blieb oben.

»Fünfhundert?«

Jan grinste, sein Daumen zeigte weiterhin hoch.

»Los, sag schon«, rief Günther, der des Spielchens offenbar überdrüssig wurde.

»Sechshundertfünfzig!«, rief Jan triumphierend.

Applaus, Jubel, lachende Gesichter. Einige umarmten sich, Günther schnappte sich Jenny und legte mit ihr ein Tänzchen aufs Parkett.

»Das ist ja die Hälfte von den Kosten«, sagte Petra staunend.

»Die müssen panische Angst haben, dass die Sache an die Öffentlichkeit kommt«, stellte Manfred nüchtern fest. »Sonst würden die nie so viel zahlen.«

Jan nickte ihm zu. »Genau so ist es. Und wenn ihr alle prozessieren würdet, käme es für das Unternehmen viel teurer, das habe ich ihnen immer wieder vorgerechnet. Es hat ein bisschen gedauert, aber irgendwann hatten sie's dann kapiert.«

»Klasse, Jan!«, rief Günther. »Zicke, zacke, zicke, zacke, hoi, hoi, hoi!«

Die Gruppe jubelte ihm zu, und eine übermütige, fast euphorische Stimmung machte sich breit.

Jan war sichtlich erleichtert. »Jetzt gehen wir feiern!«, rief er. »Die Sportlichen bitte auf die Räder, die anderen in den Bus. Nicht weit von hier gibt's ein gutes Restaurant. Ich habe einen großen Tisch reserviert.«

Wie eine übermütige Schulklasse stürmten die Mitglieder der Paradies-Gruppe johlend aus dem Hotel.

»Was so 'n bisschen Kohle bei den Leuten auslöst«, sagte Suse kopfschüttelnd.

»Komm bloß nicht auf die Idee zu meckern!« Günther hob warnend den Zeigefinger.

Suse feixte. »Ich bin ja nicht lebensmüde.«

Anka lag dösend auf dem Bett und versuchte, die Geräusche von der Straße auszublenden. Das Gespräch mit ihren Eltern ging ihr nach, allerhand Kindheitserinnerungen kamen in ihr hoch.

Plötzlich erinnerte sie sich daran, wie sie im Alter von sieben oder acht eine Fantasieschwester für sich erfunden hatte. Ihre Eltern hatten geschimpft und gesagt, sie solle sich lieber Freundinnen suchen. Aber für mehrere Monate war sie nicht davon abzubringen gewesen, für ihre Schwester Bente einen Platz am Tisch zu decken und ihr bestimmte Spielsachen zuzuweisen (vorwiegend die, die sie selbst nicht mochte). Sie sprach mit Bente, gab ihr Befehle und schimpfte sie, wenn sie nicht tat, was sie tun sollte. Sie genoss die Vorstellung, Macht über sie zu haben und sie dazu bringen zu können, ihre Wünsche zu erfüllen.

Einmal hatte Anka ein Gespräch belauscht, in dem ihre Eltern darüber diskutiert hatten, ob sie wegen der eingebildeten Schwester mit ihr zu einem Psychologen gehen sollten. Es war bei der Überlegung geblieben, sie hatten nie einen aufgesucht. Vielleicht wäre es ihren Eltern wie das Eingeständnis vorgekommen, bei der Erziehung versagt zu haben. Oder sie hatten sich geschämt, dass ihre Tochter sich so verrückt benahm. Womöglich wäre es besser gewesen, sie hätten sich damals Hilfe gesucht.

Je länger sie über ihre eingebildete Schwester nachdachte, desto deutlicher erinnerte Anka sich an die Gefühle ihrer Kindheit. Ihren Unwillen, teilen zu müssen. Den Wunsch, im Mittelpunkt zu stehen. Die Gewissheit, etwas Besonderes zu sein und von ihrem Vater geliebt zu werden wie niemand sonst. Hätte sie tatsächlich eine Schwester gehabt, hätte sie diese Liebe teilen müssen. Ihr Vater hatte recht, sie war seine Prinzessin gewesen. Da hätte eine andere Prinzessin nur gestört.

Es klopfte. Anka fuhr zusammen. Sie schlüpfte in ihren Morgenmantel und ging zur Tür. »Who is it?«

»It's me, Juan.«

Sie drehte den Schlüssel und öffnete die Tür. »Yes, please?«

»Your ID.« Er reichte ihr mit breitem Lächeln den Personalausweis. »Is everything alright?«

»Yes, thank you.« Sie wollte die Tür wieder schließen, aber er stand schon halb im Zimmer. »You want to take a drink with me?«

Anka lehnte ab, sie sei krank. Er blieb stehen und fing an, auf sie einzureden. Dass er den Türsteher eines bekannten Clubs kenne, in dem Prominente ein und aus gingen, dass dort heute Abend eine Party steige und sie eine Menge Spaß zusammen haben könnten.

»Sorry, but I don't feel good.«

»I make you feel better«, versprach er und rückte näher. Plötzlich war das sympathische Lächeln verschwunden, ein anzügliches Grinsen lag auf seinem Gesicht, und er hatte den unbeirrbaren Erobererblick, den Männer aufsetzten, wenn sie das Nein einer Frau nicht akzeptieren wollten.

Sie bekam Angst. Würde irgendjemand sie hören, wenn sie um Hilfe rief? Sie musste weg hier. Wieso hatte sie bloß schon für drei Nächte bezahlt?

Sie straffte den Rücken und sah ihm direkt ins Gesicht. »I'm sorry, but I have to leave tomorrow early in the morning. Can I get my money back?«

Er rückte noch näher. »You can get your money back if we can have fun together.« Er hob die Hand und wollte sie berühren.

In diesem Moment explodierte etwas in Anka. Sie stieß den Mann von sich weg, riss mit einer schnellen Bewegung die Uhr von der Wand und warf sie auf ihn. Das metallene Gehäuse traf ihn an der Stirn, dann knallte es auf den Boden, der Glasdeckel zerbrach. Schmerzverzerrt hielt der Mann sich den Kopf. Diesen Augenblick nutzte sie, um ihn zur Tür hinauszustoßen. Er stolperte im Flur gegen die Wand und sah sie ungläubig an. Anka schlug die Tür zu und schloss ab. Zitternd und schwer atmend blieb sie stehen.

Der Typ hämmerte von der anderen Seite gegen die Tür und brüllte wie ein Wahnsinniger. »You bitch! I kill you!«

Hektisch raffte sie ihre paar herumliegenden Sachen zusammen und warf sie in den Koffer, den sie zum Glück noch nicht ausgepackt hatte. Sie nahm sich nicht einmal die Zeit, ihr Nachthemd und den Morgenmantel gegen Straßenkleidung zu tauschen.

Sie zog das Fenster auf und zerrte an dem Holzrahmen mit dem Moskitonetz. Als der sich nicht bewegte, riss sie das Netz heraus. Dann stemmte sie ihren Koffer und ihr Beautycase hoch und warf beides durch die Öffnung, bevor sie selbst hinterherkletterte.

Die Stimmung war ausgelassen, als sie aus dem Restaurant zurückkehrten. Die Freude über die zu erwartende Entschädigung und der reichlich konsumierte Alkohol hatten den Ärger der vergangenen Tage vergessen gemacht. Es wurde gescherzt und gelacht, die Teilnehmer lagen sich abwechselnd in den Armen und feierten gemeinsam Jan. Jemand stimmte das unvermeidliche *So ein Tag, so wunderschön wie heute* an, und die meisten fielen ein.

Auch Petra hatte getrunken, gerade so viel, dass sie sich angenehm betäubt fühlte und nicht ständig den bohrenden Schmerz in ihrem Inneren fühlte. Günther bemühte sich rührend um sie, und sie genoss es, die ungeteilte Aufmerksamkeit eines Mannes zu haben. Auch wenn es der falsche war.

Larissa, die im Hotel geblieben war, empfing die weinselige Gruppe im Engelskostüm. Petra hatte aufgehört, sich über Larissa zu wundern, so wie die meisten aus der Gruppe. Alle waren sich darüber einig, dass sie einen Knall hatte, aber einen harmlosen. Also nahmen sie ihre seltsamen Einfälle hin und machten sich weiter keine Gedanken darüber.

Die Männer hatten die Tische auf der Terrasse zusammengerückt, damit alle Platz fanden.

Jemand rief: »Die Bar ist leer. Wo ist eigentlich der Weinkeller?«

Sofort erhoben sich einige, um sich auf die Suche zu machen. Jan protestierte kurz, dann kapitulierte er lachend. Er wirkte erleichtert, aber auch erschöpft.

Es dauerte nicht lange, und der Weinkeller war gefunden. In jeder Hand zwei Flaschen schwenkend, kehrten die Teilnehmer der Suchexpedition zurück.

»Wir haben den guten genommen«, sagte einer grinsend. »Schließlich müssen wir die Großzügigkeit der Geschäftsleitung gebührend begießen!«

»Was ist es denn für einer?«, wollte Günther wissen.

»Valbuena Tempranillo aus dem Duerotal von 2013«, las der Typ vor. »Kostet im Einkauf so um die hundert Euro.«

»Woher weißt du denn das?«, fragte Günther.

»Ich kenn mich eben aus.«

Petra glaubte, dass der Typ schwindelte. Bestimmt war er Weingoogler, wie Matthias. Der überprüfte den Preis jeder Flasche, die sie geschenkt bekamen. Wenn er unter zwölf Euro gekostet hatte, verschenkte er ihn bei der nächsten Gelegenheit weiter. Petra fragte sich, warum ihm nicht in den Sinn kam, dass andere es genauso machen könnten.

Korken ploppten aus Flaschenhälsen, Gläser wurden gefüllt und erhoben.

»Zum Wohl! Prost! Auf euch alle!« So schallte es durcheinander.

Petra nippte an ihrem Glas. Wow! So edlen Wein hatte sie noch nie getrunken. Das war allerdings ein Unterschied zu einer Zwölfeuroflasche.

Sie beobachtete Jenny und Manfred, die etwas abseits standen. Er hatte den Arm um sie gelegt und redete auf sie ein, Jenny wirkte verstockt, aber Petra glaubte noch etwas anderes zu spüren. War es Angst?

Sie glaubte, dass Jenny ein Geheimnis hatte. Ihre Schnoddrigkeit, ihre aufgesetzt wirkende Lebensfreude, all das Übertriebene, das sie ausstrahlte – bestimmt war das nur Fassade, um etwas zu verbergen.

Hatte sie selbst auch etwas zu verbergen? Manchmal wünschte sie, sie hätte etwas Abgründiges in sich, das sie zu einer interessanteren Persönlichkeit machen würde. Sie war so farblos und berechenbar. Aber immerhin hatte sie heute zum ersten Mal mit einem anderen Mann geschlafen! Der Gedanke ließ sie kurz erschauern, so unerhört erschien er ihr.

»Wahrheit oder Pflicht!«, rief jemand. »Los, alle mitmachen!«

Eine leere Flasche wurde auf dem Tisch gedreht, sie zeigte auf Jan. Der stöhnte.

»Wahrheit oder Pflicht?«, fragte die Frau, die die Flasche gedreht hatte.

»Wahrheit«, sagte er.

Die Frau überlegte kurz. »Welcher war der schönste Tag in deinem Leben?«

»Puh«, sagte Jan und überlegte. »Heute war schon mal nicht schlecht. Der schönste Tag? Vielleicht ... der Tag, an dem ich endlich die Schule hinter mir hatte?« Er drehte seinerseits die Flasche, sie zeigte auf Gila, die nervös ihre Hände knetete.

»Wahrheit oder Pflicht?«

Gila überlegte lange. »Wahrheit.«

»Mit wem aus der Runde würdest du gern auf eine einsame Insel fahren?«, fragte Jan.

»Mit dir«, hauchte Gila und errötete.

»Aber du bist doch schon mit mir auf einer einsamen Insel«, sagte er.

Gila lächelte verlegen und drehte die Flasche. Sie zeigte auf einen Typen, der alle, die nicht schnell genug das Weite suchten, mit endlosen Geschichten über sein Golf-Handicap langweilte. Auch er entschied sich für Wahrheit.

»Welche ist deine beste Eigenschaft?«

»Sensibilität«, sagte er.

Gilas Lippen kräuselten sich spöttisch. Petra, die gerade einen Schluck Wein im Mund hatte, bekam einen Lachanfall, bei dem ihr der Wein in die Nase stieg und aus dem Mund lief.

»'tschuldigung«, japste sie und griff nach einer Serviette. Erst nachdem sie mehrere Schluck Wasser getrunken hatte, beruhigte sie sich.

Der Mann drehte die Flasche, und es traf Günther. Er wählte Pflicht.

»Geh doch bitte in den Keller, und hol noch ein paar Flaschen Wein«, trug ihm der sensible Golfer auf. Glück gehabt, dachte Petra. Die gemeinste Aufgabe, die ihr mal gestellt worden war, hatte darin bestanden, dass sie sich zwei Minuten lang wie ein Huhn benehmen sollte. Hinterher hatte Simon behauptet, sie habe sich nicht anders verhalten als sonst.

Es dauerte eine Weile, bis Günther zurück war. Als Nächstes traf es Jenny, die sich inzwischen zur Gruppe gesellt hatte.

»Wahrheit oder Pflicht?«

Petra wettete mit sich selbst, dass Jenny Pflicht wählen würde, und so war es auch. Günther grinste sie provozierend an. »Geh zu demjenigen am Tisch, den du am liebsten magst, und küsse ihn auf den Mund.«

Jenny blieb einen Moment wie erstarrt sitzen, dann erhob sie sich. Aber anstatt zu Manfred zu gehen, wie alle erwartet hatten, verließ sie wortlos die Terrasse. Erstaunte Blicke folgten ihr.

»Was hat sie denn?«, murmelte Günther und sah fragend zu Manfred. Der hielt den Blick gesenkt. Günther drehte die Flasche noch einmal, diesmal traf es Petra.

Ihr wurde heiß. »Wahrheit«, sagte sie. Entschlossen, notfalls zu lügen.

Günther überlegte nicht lange. »Welche Entscheidung deines Lebens bereust du am meisten?«

»Keine«, sagte sie prompt.

»Es gibt keine falschen Entscheidungen, nur Umwege zum Ziel«, ertönte Larissas Stimme. Sie war unbemerkt an den Tisch getreten, immer noch als Engel verkleidet.

»Ja«, sagte Petra. »So sehe ich das auch. Selbst wenn wir uns irren oder einen Fehler machen, bringt uns das am Ende irgendwie weiter.«

Sie wollte gerade die Flasche drehen, da tauchte eine Figur am Rand der Terrasse auf, die einem absurden Theaterstück entsprungen zu sein schien. Eine Frau in Nachthemd und Morgenmantel, das Haar wirr, den Griff ihres Rollkoffers in der einen, ein Beautycase in der anderen Hand.

»Kann mir bitte jemand Geld fürs Taxi geben? Ich wurde ausgeraubt.«

Alle drehten sich zu Anka um, die Gespräche erstarben.

»Ich mach das.« Jan stand auf und ging an ihr vorbei nach draußen zu dem wartenden Taxi.

»Warum bist du denn im Nachthemd?«, fragte Suse erstaunt.

»Ich ... musste aus meinem Hotelzimmer fliehen. Ein Mann wollte mich vergewaltigen. Und umbringen.«

»Was?«

Alle redeten durcheinander. Ausgeraubt! Fast vergewaltigt! Um ein Haar ermordet! Was hatte die Frau aber auch für ein Pech!

Petra konnte ein gewisses Gefühl der Bewunderung nicht unterdrücken. Anka hatte es tatsächlich geschafft, die Aufmerksamkeit der gesamten Gruppe in Sekundenschnelle wieder auf sich zu ziehen. Alle blickten voller Anteilnahme auf sie, die ein überaus attraktives Bild des Jammers abzugeben verstand. Wobei Petra daran zweifelte, dass sich die Ereignisse so abgespielt hatten wie von ihr behauptet. Anka war, wie sie inzwischen wusste, eine Meisterin im Erfinden, Ausschmücken und Weglassen von Wahrheiten.

»Krass«, sagte Suse. »Brauchst du irgendwas?«

Anka stand da und starrte mit waidwundem Blick in die Runde. »Ihr könntet aufhören, mich alle zu hassen«, schniefte sie.

Suse stand auf und legte ihr den Arm um die Schultern. »Niemand hasst dich. Komm, ich bring dich in deinen Bungalow.«

»Schlaf gut, Anka! Erhol dich gut! Bis morgen!« Alle riefen durcheinander.

Die beiden Frauen verschwanden.

Petra seufzte. Sie war so erleichtert gewesen, dass Anka weg war. Durch ihr plötzliches Auftauchen war schlagartig alle Energie aus ihr entwichen, wie Luft aus einem Ballon.

Jemand legte seine Hand auf ihren Arm. Sie blickte hoch. Günther lächelte sie aufmunternd an.

»Cool bleiben!«, flüsterte er.

Dankbar lächelte sie zurück. Es tat gut, einen Verbündeten zu haben.

Jenny hockte zusammengesunken auf ihrem Bett und starrte auf die Vorhangstange, die immer noch am Boden lag. Konnte es wahr sein, dass sie auch nur eine Sekunde lang daran gedacht hatte, sich das Lebenslicht auszupusten? So war sie doch gar nicht! Sie war eine Kämpfernatur! Auch wenn sie in ihrem Leben vieles falsch gemacht hatte, sie hatte immerhin versucht, trotzdem alles so gut wie möglich hinzukriegen. Mehr konnte man doch von niemandem verlangen.

Sie fasste einen Entschluss, setzte sich aufrecht hin, nahm ihr Telefon in die Hand und holte tief Luft. Entschlossen tippte sie aufs Display und startete die Aufnahme einer Sprachnachricht.

Hallo, Tim, hier ist Mama. Ich wollte dir sagen ... ich hab jetzt begriffen, dass du nichts mit mir zu tun haben willst, und ich werde dir nicht länger lästig fallen. Du wolltest ... den Namen deines Vaters wissen. Er heißt Heinz Schneiderhahn und müsste jetzt so Mitte sechzig sein. Vielleicht hast du ja Glück und kannst ihn ausfindig machen. Übers Internet ist so was ja heutzutage möglich. Ich ... du bleibst für immer mein Sohn, Timmi. Aber ich lass dich jetzt los. Mach's gut. Ich liebe dich.

Sie ließ das Handy sinken und blieb ruhig sitzen. Keine Tränen, keine Verzweiflung. In ihr war es ganz still.

Als Jenny auf die Terrasse zurückkehrte, wurde geredet und gelacht. Irgendjemand hatte Musik angemacht. Larissa drehte sich selbstvergessen im Kreis und schlug mit ihren Engelsflügeln. Auf wundersame Weise schienen sich in all der Euphorie und dem Alkohol die Animositäten zwischen den Teilnehmern aufgelöst zu haben.

Lächelnd trat Jenny an den Tisch und tippte Manfred auf die Schulter. Er drehte sich zu ihr um und sprang auf. Sie legte die Arme um ihn, schloss die Augen und küsste ihn.

Es wurde gejohlt und geklatscht, einige verlangten eine Zugabe.

»Das muss gefeiert werden!«, rief Günther und erntete vielfache Zustimmung.

»O ja, lasst uns ein richtiges Fest veranstalten!«

»Ein Abschiedsfest!«

»Wir feiern, dass wir diese Woche überlebt haben!«

Sofort waren sich alle einig. Auch darüber, dass sie nicht einfach im Hotel feiern wollten. Es sollte schon etwas Besonderes sein.

»Gibt's auf der Insel nicht so einen coolen Club?«, schlug Ronnie vor.

»Das ist so unpersönlich«, wandte jemand anders ein.

»Ein Fest am Strand«, rief Larissa. »Unter den Sternen! Und wir ziehen uns alle weiß an!«

Die Idee mit der weißen Kleidung fand Anklang, der Strand weniger. Zu kühl, zu feucht, zu viel Sand. Es wurde weiter beraten.

Jenny und Manfred tauschten einen einvernehmlichen Blick, dann hob Jenny die Hand.

»Wir haben einen fantastischen Platz für ein Fest entdeckt. Stimmt's, Manfred?«

Manfred nickte. »Es ist mit ein bisschen Aufwand verbunden, wenn wir da feiern wollen, aber es würde sich bestimmt lohnen.«

Alle redeten durcheinander, aufgeregt und begeistert.
»Los, Leute«, rief Jenny. »Das muss ein Fest werden, das wir in unserem Leben nicht vergessen werden!« Sie lachte. »Wie die ganze Woche hier!«

Donnerstag

Die Schiffe fuhren wieder. Wenn sie jetzt ein Taxi bestellen würde, überlegte Anka, wäre sie in weniger als einer Stunde auf der Fähre und würde diese beschissene Insel endlich für immer hinter sich lassen können. Andererseits, bis übermorgen ihr Flieger ging, müsste sie sich ein Zimmer suchen, und nach den Erfahrungen der letzten Nacht hatte sie dazu nicht die geringste Lust.

Im Vergleich mit der grässlichen Absteige am Hafen erschien ihr der ruhige Hotelbungalow wie reiner Luxus. Sie nahm den Teller mit ihrem Frühstück und setzte sich auf ihre Terrasse. Der Himmel war blau, die Sonne schien, im Paradies herrschte wieder die schönste Ferienstimmung. Man konnte sich kaum mehr vorstellen, was noch kurz zuvor hier los gewesen war. Die letzten zwei Tage würde sie doch auch noch überstehen.

Jan hatte nach ihrer Rückkehr gestern Abend das Taxi bezahlt und angeboten, ihr so viel Geld auszulegen, wie sie benötigte. Mit seinem intensiven Blick hatte er sie angesehen und mit sanfter Stimme gesäuselt: »Ich freue mich, dass du wieder da bist.« Dann hatte er sie kurz an sich gedrückt. Das sollte wohl seine Entschuldigung für die gemeine Bemerkung über Tantra und Porno sein. War ihr egal, der Typ ging ihr am Arsch vorbei.

Die Teilnehmer, die sie heute Morgen getroffen hatte, waren alle ausgesprochen freundlich zu ihr gewesen. Wahrscheinlich hatten sie ein schlechtes Gewissen. Wie ihre Mitschüler damals, nachdem sie sich die Augen mit Kajalstift dunkel geschminkt und das Gerücht verbreitet hatte, ihre

Mutter hätte Krebs. Eine Weile hatte das super funktioniert, alle waren unheimlich nett und mitfühlend mit ihr umgegangen. Irgendwann war rausgekommen, dass sie gelogen hatte, und danach war es schlimmer gewesen als zuvor. Sie hatte einfach kein Talent für Freundschaften. Viele Menschen mochten sie nicht mehr, sobald sie näher mit ihr in Kontakt kamen. Sei's drum, sie mochte die meisten Menschen auch nicht.

Die Katze, die sie schon mehrfach verjagt hatte, sprang auf das Mäuerchen und sah Anka an, als wäre sie überrascht, sie vorzufinden.

»Damit hast du nicht gerechnet, was?«

Sie warf ein Stück Apfel nach dem Tier und verfehlte es. Die Katze bedachte sie mit einem arroganten Blick und stolzierte mit steil erhobenem Schwanz davon.

»Mistviech«, sagte sie.

Ihr Telefon klingelte. Sie ließ es bewusst ein paarmal klingeln, dann ging sie dran.

»Hallo, Jo.«

»Ich wollte kurz hören, wie es dir geht.«

Sie lächelte. »Danke, lieb von dir. Du glaubst nicht, was gestern noch alles passiert ist!«

Sie erzählte von der Anmache des Vermieters und wie sie sich zur Wehr gesetzt hatte, von ihrer Flucht aus dem Pensionszimmer und ihrer Rückkehr ins Hotel. Sie schmückte die Geschichte ein bisschen aus, sodass es klang, als wäre sie tatsächlich nur knapp einer Vergewaltigung und einem Mordanschlag entgangen. In der Hoffnung, Jo würde endlich ein wenig Mitgefühl zeigen.

»Da bin ich ja froh, dass alles gut ausgegangen ist«, sagte er nur. »Konntest du dein Geldproblem lösen?«

»Der Veranstalter hat mir was geliehen. Bis übermorgen komme ich klar.«

»Dann ist ja alles bestens«, sagte Jo in diesem Businesstonfall, den Anka nicht mehr ertragen konnte. »Sag mal, hast du Petra ausgerichtet, dass sie an ihr Telefon gehen soll? Sie hat es ständig ausgeschaltet.«

Anka nahm irritiert den Apparat vom Ohr. Hatte sie richtig gehört?

»Hast du mich etwa deshalb angerufen?«

»Nein ... natürlich nicht. Aber wenn ich dich sowieso schon dran habe ...«

Wieder kroch diese Wut in ihr hoch, sehr ähnlich der vom Abend zuvor, als sie die Wanduhr nach dem Kerl geschmissen hatte.

»Ich finde das wirklich unglaublich«, sagte sie scharf. »Mich behandelst du, als hätten wir uns mal kurz bei einer Party unterhalten, und deiner Frau läufst du plötzlich hinterher, als würde dein Leben davon abhängen.«

»Ich bin fast fünfundzwanzig Jahre mit meiner Frau verheiratet, sicher hast du Verständnis dafür, dass ich ihr die Situation erklären möchte«, erwiderte er kühl.

»Wie wär's, wenn du *mir* die Situation erklären würdest?«, fauchte sie. »Du hast mir tausendmal gesagt, dass du mich liebst und dass du deine Frau verlassen wirst, wenn der richtige Zeitpunkt gekommen ist. Wann, wenn nicht jetzt, soll dieser Zeitpunkt sein?«

Sie zitterte und zerknüllte vor Wut ihre Serviette, ohne es zu merken.

»Das musst du schon mir überlassen, Anka.« Seine Stimme klang jetzt eisig.

»Ich erwarte ein Kind von dir«, schrie sie. »Steh endlich zu mir! Oder sag mir, dass es vorbei ist, dann hörst du nie wieder ein Wort von mir!«

»Setz mich nicht unter Druck«, sagte er warnend.

Sie schnaubte. »Ich? Dich? Unter Druck setzen? Du machst wohl Witze! Seit Monaten verarschst du mich, und ich dumme Kuh lass es mir auch noch gefallen!«

»Du hast die Wahl.«

»Habe ich eben nicht!«, schrie sie.

»Schrei mich gefälligst nicht an«, brüllte er zurück.

Von einem Moment auf den nächsten war sie ganz ruhig. »Weißt du was, Jo?«, sagte sie in schneidendem Ton. »Du kannst mich mal.«

Sie beendete das Gespräch und warf das Telefon auf das Tischchen vor sich. Ihre Hände zitterten.

»Unser Körper ist viel mehr als unsere sterbliche Hülle«, erklärte Jan. »Er trägt uns durchs Leben und ist Teil unserer Identität. Man kann ihn schick anziehen und ihm leckere Sachen zu essen geben, man kann aber auch Berge mit ihm besteigen, Schlitten fahren, Yoga machen oder ihn entspannt am Strand ablegen. Besonders geeignet ist er dafür, sich mit anderen Körpern zu verbinden. Sex gilt allgemein als angenehmste Form körperlicher Betätigung, er kann der Fortpflanzung dienen, muss aber nicht.«

Jenny hatte vorgehabt, die Körpererfahrungsstunden zu boykottieren. Aber dann war Jan noch einmal eigens zu ihr gekommen, um sich zu entschuldigen. Zuerst war sie zögerlich gewesen, aber dann hatte sie sich von der allgemeinen Versöhnungsstimmung anstecken lassen, in der sich gerade ständig Teilnehmer um den Hals fielen und für irgendwas entschuldigten, was sie in den Tagen zuvor gesagt oder getan hatten. Also war sie bereit gewesen, ihm zu verzeihen, zumal er, wie er sagte, auch Anka um Verzeihung gebeten habe.

»Nicht für alle Menschen ist Sex einfach«, fuhr Jan fort. »Jeder von uns hat Situationen erlebt, in denen er sich geschämt hat und die ihm peinlich waren. Wir erzählen uns jetzt mal gegenseitig von solchen Situationen. Ihr werdet sehen, wie befreiend das ist. Wer fängt an?«

Niemand meldete sich.

Jan lächelte schelmisch. »Dann muss ich also anfangen?« Er überlegte oder tat zumindest so. »Ich glaube ... die peinlichste Situation war, als ich heimlich bei meiner ersten Freundin übernachtet habe. Ich ging nachts ahnungslos aufs Klo und stand auf dem Flur plötzlich ihrem Vater gegenüber. Nackt natürlich. Ich wär am liebsten im Boden versunken!«

»Und dann?«, wollte Günther wissen.

Jan grinste. »Der Vater blieb ziemlich cool. Er sagte nur: *Sie können sich dann morgen früh bei mir vorstellen, junger Mann,* und verschwand in seinem Zimmer. Ich hab den Rest der Nacht vor Aufregung nicht mehr geschlafen.«

»Ick hab auch mal was furchtbar Peinliches erlebt«, begann Günther und schüttelte sich bei der Erinnerung. »Also, ick hatte ewig an eine Frau hingebaggert, in die ich echt verliebt war, und eines Tages nimmt sie mich plötzlich mit zu sich nach Hause! Wir knutschen, alles super, und dann fängt sie an, mich auszuziehen. Ich hatte mir an dem Tag neue Turnschuhe gekauft, und wie ick die abstreife, verbreitet sich ein so schlimmer Geruch, ihr wisst schon, so 'ne Mischung aus Fußschweiß und Plastik, dass ich dachte, die Frau wird mir gleich ohnmächtig. Ick bin bloß noch raus aus der Wohnung ...«

»Und die Frau?«, wollte Jenny wissen.

»Die hab ich nie wieder getroffen. Hab mich zu sehr geschämt.«

»Schade«, sagte Petra.

Nun hatte plötzlich jeder eine Anekdote parat. Es wurde erzählt und gekichert, und tatsächlich verloren die Peinlichkeiten ihren Schrecken, wenn man sie mit anderen teilte.

»Gila, was ist dir Lustiges beim Sex passiert?«, fragte Jan.

Gila zog die Luft ein. »Ich ... hatte noch nie Sex.«

Schweigen breitete sich aus, alle blickten verlegen vor sich auf den Boden.

»Ist dir das peinlich?«, fragte Jan unbefangen weiter.

Gila nickte und senkte die Augen. »Ja, sehr.«

»Was daran ist dir peinlich?«

Sie blickte auf. »Ich ... weiß nicht. Alle haben Sex. Man hat das Gefühl, es gibt nichts Wichtigeres als Sex. Aber ich ... hatte bisher einfach nicht den Wunsch danach.«

»Findet ihr das peinlich?«, fragte Jan in die Runde.

»Nein«, schallte es zurück. »Überhaupt nicht. Wieso denn? Das muss doch jeder für sich selbst entscheiden.«

Jan hielt einen kleinen Vortrag über den menschlichen Sexualtrieb und seine unterschiedlichen Ausprägungen. Dass es Menschen mit starkem, weniger starkem und gar nicht vorhandenem sexuellen Verlangen gebe. Er erklärte, dass neben Hetero-, Homo- und Bisexualität auch die sogenannte Asexualität existiere und diese als eigenständige sexuelle Orientierung betrachtet werden könne.

Gilas Wangen hatten sich gerötet. »Dann ist das also ... normal?«

»Aber so was von«, sagte Jan. »Danke für deinen Mut!«

Sie lächelte und wirkte so erleichtert, als hätte ihr ein Arzt gesagt, dass sie keine tödliche Krankheit habe.

Schon erstaunlich, wie wichtig es den meisten Menschen war, normal zu sein, dachte Jenny. Auch wenn niemand so recht wusste, was das eigentlich sein sollte.

Petra meldete sich. »Ich möchte auch was sagen. Es ist mir peinlich, und es fällt mir schwer. Aber ich will lernen, mutiger zu sein. Ich möchte euch erzählen, dass mein Mann bisher der einzige Mann in meinem Leben war. Aber seit gestern ist das nicht mehr so.«

Die Teilnehmer blickten überrascht und teilweise ein bisschen amüsiert. Manche schienen sich zu fragen, warum Petra ihnen das erzählte.

»Aber das ist dir nicht peinlich, oder?«, fragte Jan.

Sie lächelte. »Nein, im Gegenteil.«

Günther zwinkerte ihr verschwörerisch zu.

»Peinlich ist mir eher, dass ich meinem Mann so lange treu war. Er hat es nämlich überhaupt nicht verdient.«

»Danke für deinen Mut«, sagte Jan. »Manchmal tut es einfach richtig gut, ehrlich zu sein, stimmt's?« Er blickte sich in der Runde um. »Jenny, was ist mit dir? Möchtest du was erzählen?«

Sie hatte gehofft, er würde sie nicht fragen. Ihr Repertoire an peinlichen sexuellen Erlebnissen übertraf mit Sicherheit das aller Anwesenden. Aber um den Druck loszuwerden, der auf ihr lastete, würde es nicht genügen, eine Anekdote zum Besten zu geben.

»Gut«, sagte sie. »Ich werde euch auch was von mir erzählen. Es wird etwas länger dauern, und es ist nicht lustig.«

Bei dieser Ankündigung horchten die Teilnehmer auf. Manfred richtete seinen Blick auf Jenny und rutschte unruhig auf dem Boden hin und her.

»Ich bin aufgewachsen mit der Gewissheit, dass Sex etwas Schmutziges ist. Meine Eltern haben mir das eingebläut, der Pfarrer in unserer Kirche, die Klosterschwestern in meiner Schule. Ich habe mich furchtbar schuldig gefühlt, als ich herausfand, dass mir Sex gefällt. Ich kam aus dem Beichten gar nicht mehr raus und wunderte mich, dass der Pfarrer nicht genug kriegen konnte von meinen Sünden. Als ich älter wurde, merkte ich, dass Sex das Einzige war, was ich besser konnte als die Frauen in meinem Umfeld. Also konzentrierte ich mich darauf. Während die anderen sich in ihrer Ausbildung oder im Studium quälten, verdiente ich schon richtig Geld. Ich ging nur mit Typen ins Bett, die mir gefielen, deshalb kam es mir so vor, als hätte ich den idealen Job gefunden. Aber je älter ich wurde, desto weniger konnte ich mir meine Kunden aussuchen und desto schlechter behandelten sie mich. Ich erspare euch die Details lieber ...«

Jenny schluckte und machte eine kleine Pause. Die Teilnehmer warteten geduldig.

»Dann wurde ich schwanger. Es gab niemanden, der mich unterstützt hätte. Meine Eltern hatten den Kontakt zu mir abgebrochen, als sie herausfanden, womit ich mein Geld verdiene. Ich hab noch den Brief, in dem meine Mutter mir geschrieben hat: *Wir haben keine Tochter mehr*. Eine Ausbildung hatte ich nicht, und allein mit einem kleinen Kind konnte ich nicht ganztags arbeiten, um zu putzen oder sonst irgendwas ›Anständiges‹ zu machen. Also bin ich weiter anschaffen gegangen, das kostete am wenigsten Zeit und brachte genügend ein. Ich habe meinen Jungen groß gekriegt. Aber heute hasst er mich für das, was ich ihm angetan habe.«

Niemand sagte ein Wort.

Nach einer Weile blickte sie auf. »Jetzt könnt ihr mich verachten oder bemitleiden oder lächerlich finden. Bis gestern hätte mir das was ausgemacht. Heute nicht mehr.«

»Vielen Dank, Jenny, dass du uns davon erzählt hast«, sagte Jan nach einer Pause. »Wir alle wissen deinen Mut zu schätzen.«

Zustimmendes Nicken in der Runde.

»So, ihr Lieben, das war's für heute. Morgen gibt's zum letzten Mal Körpererfahrung, deshalb möchte ich euch was Besonderes ankündigen. Wäre übrigens gut, ihr würdet euch heute beim Fest nicht zu sehr betrinken, sonst habt ihr nicht so viel davon!« Er warf einen vielsagenden Blick in die Runde. »Schon mal von Lingam und Yoni gehört?«

Einige blickten wissend, andere erwartungsvoll.

»Lingam und Yoni sind die tantrischen Begriffe fürs männliche und weibliche Geschlechtsorgan. Morgen werde ich euch die Grundlagen für Massagen unter Einbeziehung dieser Körperteile zeigen. Und um gleich alle Missverständnisse auszuräumen: Das hat erst mal nichts mit Sex zu tun!«

Ein paar lachten.

»Na gut, fast nichts«, schränkte er lächelnd ein. »Aber ihr werdet überrascht sein, dass es viel mehr ist als Sex.«

Gila hob schüchtern die Hand. »Meinst du, das könnte mir was bringen?«

»Auf jeden Fall«, sagte Jan. »Es bringt allen was, die bereit sind, sich darauf einzulassen.«

In aufgekratzter Stimmung erhoben sich die Teilnehmer, und die Gruppe ging auseinander.

Petra wunderte sich über sich selbst. Was war plötzlich in sie gefahren? Es war tatsächlich eine Erleichterung gewesen, etwas Intimes von sich preiszugeben und festzustellen, dass die anderen es ungerührt hinnahmen, obwohl es ihr so bedeutend erschienen war. Vielleicht nahm man sich selbst einfach zu wichtig.

Sie setzte sich auf die Terrasse und beobachtete Günther, der mit ein paar anderen Teilnehmern Sachen für die Party in den Kleinbus lud. Er stemmte eine Bierkiste hoch und posierte damit scherzhaft wie ein Gewichtheber, bevor er sie abstellte. Lachend fuhr er sich mit einer Bewegung, die ihr mittlerweile schon vertraut war, durch die Haare.

Und ganz plötzlich wusste sie, an wen er sie erinnerte! Sie sah Ole vor sich, ihren schwedischen Lehrerkollegen an der Schule in Uppsala, wo sie als Teil einer deutschen Delegation drei Tage hospitiert hatte. Auch Ole hatte diese längeren, von grau-blonden Strähnen durchzogenen Haare und die hellen, blauen Augen. Und ein Lächeln, das Steine erweichen konnte. Seine Schüler liebten ihn, und auch Petra hatte sich seinem Charme kaum entziehen können.

Plötzlich kam es ihr vor, als wären diese Tage in Schweden die beste Zeit gewesen, die sie in den letzten Jahren erlebt hatte. Hell und leicht, voller Heiterkeit und neuer Eindrücke. Das Licht dort war anders, die Weite der Natur hatte sie freier atmen lassen. Und die Menschen, die sie getroffen hatte, waren ihr auf seltsame Weise vertraut gewesen, als wären sie vom selben Schlag. Sie war damals nur widerstrebend nach Hause zurückgefahren.

Günther winkte ihr zu, bevor er zu den anderen in den Kleinbus stieg, und sie winkte zurück. Ein fröhliches Hupen erklang, als der Bus losfuhr.

»Kann ich kurz mit dir reden?«, sagte plötzlich jemand hinter ihr.

Bevor sie reagieren konnte, saß Anka bereits am Tisch. Petras Herz krampfte sich zusammen. Anka aus der Ferne zu sehen war eines. Ihr direkt gegenüberzusitzen und ins Gesicht zu blicken war etwas ganz anderes.

Abwehrend verschränkte sie die Arme vor der Brust. »Was willst du von mir?«

»Ich will, dass du mir hilfst, deinen Mann zu verstehen.«
»Wie bitte?«

»Ich muss, wie du weißt, eine schwierige Entscheidung treffen. Von deiner Antwort hängt ab, ob ein Mensch leben oder sterben wird.«

»Spinnst du? Was habe ich denn damit zu tun?«

»Ich mag ein bisschen ungebildet sein, aber ich weiß, dass es in allen Situationen eine bestimmte Anzahl von Handlungsmöglichkeiten und gewisse Einflussfaktoren gibt«, sagte Anka. »Schwierig wird es immer dann, wenn Personen beteiligt sind, deren Verhalten man nicht einschätzen kann. Deshalb meine Frage: Was wird Jo deiner Meinung nach jetzt tun?«

»Woher soll ich das wissen?«

»Ach komm, du kennst ihn so lange. Du weißt, ob er in Entscheidungssituationen mutig oder feige ist. Du weißt, wie es um eure Ehe wirklich steht. Wenn jemand ihn einschätzen kann, dann du.«

Petra schüttelte ungläubig den Kopf. Das musste sie sich nicht anhören. Warum stand sie nicht einfach auf und ging? Etwas hielt sie zurück, eine perverse Neugier darauf, was dieser Frau noch alles einfallen würde. Mit jeder weiteren Ungeheuerlichkeit, die sie von sich gab, wuchs Petras Gewissheit, dass Anka höchstens der Anlass, nicht aber die Ursache für ihre Ehekrise war. Einen so schlechten Geschmack konnte nicht mal Matthias haben.

»Und was ist mit dir?«, fragte Anka weiter. »Was hast du vor? Wirst du ihn verlassen?«

»Was ich vorhabe? Ich wüsste nicht, was dich das angeht.«

»Ganz einfach. Wenn du die Absicht hast, ihn zu verlassen, habe ich eine Chance bei ihm. Männer sind nicht gern allein, und bevor er niemanden hat, wird er bei mir bleiben. Dann kann ich das Kind bekommen. Wenn du um ihn kämpfen willst, ist mir das zu riskant. Dann treibe ich ab.«

Petra konnte nicht glauben, was sie gerade gehört hatte. Anka wollte ihr die Verantwortung für das Leben ihres ungeborenen Kindes zuschieben? Sollte sie den Versuch unternehmen, ihre Ehe zu retten, würde sie das in Ankas Augen zu jemandem machen, der den Tod eines Kindes in Kauf nahm? Das war mit Abstand das Perfideste, was sie je von jemandem gehört hatte. Fassungslos blickte sie in dieses Gesicht, das mit seiner äußeren Schönheit so viel innere Hässlichkeit überdeckte.

»Dir ist schon klar, was du da sagst, oder?«

»Ich will auf keinen Fall mit dem Kind allein bleiben«, sagte Anka energisch. »Dann bekomme ich es lieber nicht.«

Einen kurzen Moment dachte Petra, dass sie das Kind aufnehmen könnten, schließlich wäre es ein Halbgeschwister von Eva, Marie und Simon. Dann besann sie sich.

»Ich hätte nie gedacht, dass ich mal so etwas sagen würde, aber vielleicht sollte das Kind wirklich nicht zur Welt kommen. Das wäre immer noch besser, als mit einer Mutter wie dir aufwachsen zu müssen.«

Sie ließ die perplexe Anka einfach sitzen und ging hinunter zum Strand. Es dauerte eine Weile, bis sie sich etwas beruhigt hatte. Diese Frau war ein Monster. Kalt berechnend, ohne jede Empathie. Wie hatte Günther gesagt? *Die geht über Leichen, um zu kriegen, was sie will.* Er hatte nicht geahnt, wie richtig er gelegen hatte.

Sie schaltete ihr Telefon ein. Elf verpasste Anrufe und vier Nachrichten von Matthias.

Bitte ruf mich an!
Ruf mich doch endlich an!
Warum meldest du dich nicht?
Was muss ich tun, damit du mich endlich anrufst???

Unschlüssig drehte sie das Telefon in den Händen. Sie wusste, dass sie mit ihm sprechen müsste, aber sie hatte Angst. Angst vor den Plattitüden, die sie sich gegenseitig auftischen würden und die alles nur noch schlimmer machten:

Es tut mir so leid.
Du hast mich furchtbar verletzt.
Das wollte ich nicht.
Warum hast du mir nicht gesagt, dass du nicht mehr glücklich bist?
Ich konnte nicht/wollte dich nicht verletzen.
Wie soll es denn jetzt weitergehen?
Ich weiß es nicht.
Wirst du mich verlassen?/Ich werde dich verlassen.
Ich liebe dich/Ich hasse dich.

Sie wählte, und er ging fast sofort dran. »Petra, endlich! Ich hab es schon so oft probiert!«

»Hm.«

»Wie geht's dir?«

»Wie soll's mir gehen?«

Er seufzte tief. »Ich weiß gar nicht, wo ich anfangen soll, es tut mir alles so leid. Ich wollte dich auf keinen Fall verletzen, das musst du mir bitte glauben ...«

Sie unterbrach ihn, bevor er weitersprechen konnte.

»Hör auf, Matthias. Ich will den ganzen Quark nicht hören. Keine Entschuldigungen, keine Erklärungen, keine Rechtfertigungen. Ich will nur eines wissen: Wie viele waren es insgesamt?«

Er schwieg.

»Wie viele?«, wiederholte sie.

»Was spielt das für eine Rolle?«

»Für mich spielt es eine.«

»Egal was ich dir sage, du würdest mir sowieso nicht glauben.«

Vielleicht hatte er damit sogar recht. Sie überlegte. Sollte sie es ihm erzählen? Oder lieber nicht?

»Anka hat versucht, mich zu erpressen«, sagte sie schließlich. »Wenn ich dich nicht verlasse, will sie euer Kind abtreiben.«

»Was?« Er klang geschockt.

»Ehrlich, Matthias, wenn du mich schon betrügen musst, hätte ich mir gewünscht, du hättest mehr Stil bewiesen.«

»Ach, Petra ...« Er klang so traurig, dass sie fast Mitleid mit ihm bekam.

»Lass uns aufhören«, sagte sie und hielt mit aller Kraft die Tränen zurück, die in ihr aufstiegen.

»Mach bitte nichts Unüberlegtes«, bat er. »Lass uns in Ruhe über alles reden! Versprichst du mir das?«

»Ich schalte mein Handy jetzt aus«, sagte sie.

Und das tat sie.

Das Fest

Später konnte keiner aus der Gruppe genau erklären, was an diesem Abend geschehen war. Zu vieles kam zusammen: Euphorie und Leichtsinn, Alkohol und Marihuana und jene Prise Wahnsinn, die über Leben und Tod entscheiden konnte. Als sie wieder zur Besinnung kamen, war es zu spät. Und keiner von ihnen war mehr der Mensch, als der er auf die Insel gekommen war.

Um kurz vor siebzehn Uhr ging es endlich los! Manfred saß am Steuer des Kleinbusses, der vollgepackt war mit Getränkekisten, Kühltaschen voller Essen, Windlichtern und Kerzen, einer mobilen Stereoanlage mit Akkus und Ronnies Laptop, von dem aus die Disco gesteuert werden sollte. Eine lange Leiter, die den Ein- und Ausstieg an der Höhle ermöglichte, war schon seit dem Nachmittag dort.

Die Mitglieder der Paradies-Gruppe fuhren die kurze Distanz zur Höhle mit den Fahrrädern. Alle hatten sich, wie vereinbart, weiße Sachen angezogen, was ihnen ein sommerlich-festliches Aussehen verlieh. Aus großer Höhe betrachtet, hätte man sie für einen Schwarm Möwen halten können. Larissa war überglücklich, dass ihr Vorschlag angenommen worden war, und umkreiste die Gruppe wie ein besorgter Hütehund. Sie trug wieder ihre Engelsflügel, mit denen sie sogar Fahrrad fahren konnte.

Die Stimmung der Teilnehmer war ausgelassen, Scherze flogen hin und her, Komplimente wurden gemacht. Jeder versuchte, sich von seiner besten Seite zu zeigen. Es war fast windstill, eine warme Abendsonne beschien die Szenerie und würde, begleitet von der passenden Musik, gleich malerisch vor der Höhle untergehen. Danach würde gegessen, getrunken und getanzt werden, bis die Akkus den Geist aufgaben.

Die Teilnehmer stiegen einzeln in die Höhle ein, und jeder, der unten ankam, war überwältigt von der erhabenen Felsenkuppel mit ihren schroffen Wänden und dem einzigartigen Ausblick aufs Meer.

Nachdem sie gemeinsam alles aufgebaut hatten, ließ Jan die Korken mehrerer Champagnerflaschen knallen und schenkte die Gläser voll. Alle prosteten einander zu.

»Un brindis por la vida! Auf das Leben!«

Jan hob die Hand und bat um Aufmerksamkeit.

»Es ist zwar erst unser vorletzter Abend, aber ich will die Gelegenheit nutzen und mich schon mal bei euch bedanken. Die letzte Woche war eine Herausforderung für uns alle, und ich bin beeindruckt, wie ihr sie gemeistert habt. Ich wünschte, ich könnte euch jetzt sagen, dass alles nur inszeniert war, ein großes Selbsterfahrungsexperiment. Dann würdet ihr mich jetzt wütend mit euren Sektgläsern bewerfen, und danach würden wir uns alle zusammen den Film ansehen, der heimlich gedreht worden wäre, und uns dabei kaputtlachen. Aber so ist es nicht. Alles, was passiert ist, war real, und ich denke, jeder von uns hat dabei eine Menge über sich und die anderen gelernt. So eine katastrophale Woche kann für einen kleinen Veranstalter wie mich übrigens der Ruin sein. Wenn zwanzig wütende Gäste sich beschweren, schlechte Bewertungen abgeben und gegen mich prozessieren, dann bin ich am Ende. Das alles habt ihr mir erspart. Ihr habt mich unterstützt und alle gemeinsam dazu beigetragen, aus der schwierigen Situation das Beste zu machen. Dafür möchte ich euch sehr herzlich danken!«

Die Gruppe applaudierte, wieder wurde angestoßen.

Jan machte ein Zeichen, dass er noch etwas ergänzen wolle. »Einen besonderen Dank noch an Jenny und Manfred, dass sie diese tolle Location für uns entdeckt haben. Ich glaube, ich habe noch nie an einem schöneren Ort gefeiert. Kleiner Sicherheitshinweis: Da vorne bei der Öffnung geht es sehr tief runter. Seid bitte vorsichtig!«

Dann ergriff Günther das Wort.

»Lieber Jan, liebe Paradiesianer, es war für uns alle eine ereignisreiche Woche. Auf manchet Erlebnis hätte man gerne verzichtet, an andre werden wir uns mit Freude zurückerinnern. Dass wir heut Abend hier alle friedlich zusammen feiern können, das macht mich glücklich und gibt mir Hoffnung. Wenn wir, die wir so verschieden sind, es im Kleinen geschafft haben, dann kann es auch die Welt im Großen schaffen! Dafür können wir alle gemeinsam was tun.« Er hob sein Glas und sagte: »Das war jetzt die längste Rede, die ick in meinem Leben gehalten habe! Auf euch!«

Alle lachten und hoben die Gläser. Günther zwinkerte Suse komplizenhaft zu. Die lächelte zurück.

Dann trat Iris vor. »Ich würde mich gern bei den Yoginis bedanken, die trotz der schwierigen Bedingungen unermüdlich mit mir meditiert und Yoga gemacht haben. Zuerst ist unser Zelt halb weggeflogen, und später dann, im kleinen Saal, hat der Wind so gepfiffen, dass ihr kaum meine Anweisungen verstehen konntet. Und trotzdem seid ihr dabeigeblieben und habt mir dadurch gezeigt, wie wichtig euch die Stunden sind. Dafür danke ich euch. Namaste.« Sie legte die Hände vor die Brust und verbeugte sich leicht. »Und damit ihr übermorgen mit einem richtig guten Gefühl in euren Alltag zurückkehren könnt, möchte ich euch zum Abschied was schenken.«

Erwartungsvolle Blicke richteten sich auf sie.

»Oder eigentlich schenkt ihr euch gegenseitig etwas, nämlich einen *Shower of Love*. Ihr stellt euch in zwei Reihen auf und bildet ein Spalier. Jeder geht einmal mit geschlossenen Augen langsam durch, dabei flüstern ihm die anderen all die netten Dinge zu, die sie ihm immer schon gerne sagen wollten. Ihr werdet euch wundern, wie gut sich das anfühlt!«

Endlich waren alle weg. Erleichtert schlenderte Anka allein durchs Hotel. Sie inspizierte die Bar und die Küche, schließlich bereitete sie sich einen Rohkostteller zu und setzte sich mit einem Glas Wein auf die Terrasse, wo sie die letzten Strahlen der untergehenden Sonne genoss.

Das hätte ihr gerade noch gefehlt, ein Partyabend mit den ganzen Schwachköpfen, die sich irgendwann sentimental in den Armen liegen und sich gegenseitig versichern würden, was für eine tolle Woche sie zusammen verlebt hatten! Was sie betraf, war es so ziemlich die schlimmste Woche ihres Lebens gewesen, von ihrer Hochzeitsreise mal abgesehen. Sie war heilfroh, dass sie übermorgen nach Hause zurückkonnte. Auch wenn sie keinen Schimmer hatte, wie es dort mit ihr weitergehen sollte.

Sie prostete sich selbst zu. »Auf dein Wohl, Prinzessin! Echt toll, wie du das alles hingekriegt hast!«

Sie scrollte durch Stellenanzeigen im Bereich Vertrieb und stellte sich die demütigenden Auswahlverfahren vor, denen sie sich bald wieder aussetzen müsste. Perfekt geschminkt und frisiert, der Ausschnitt sichtbar, aber nicht zu tief, der Rock sexy, aber nicht zu kurz, die Schuhe elegant, aber nicht zu teuer. Was hatte sie gelernt? Die eigene Weiblichkeit geschickt einsetzen, ohne dabei zu provozieren. Die männlichen Instinkte antippen, ohne Ablehnung hervorzurufen.

Es hieß zwar immer, bei diesen Verfahren gehe es nur um Leistung, aber sie war oft genug dabei gewesen, um zu wissen, dass es nicht so war. Die meisten Entscheider waren

Männer, und die reagierten nun mal auf bestimmte Schlüsselreize. Sie dachte an ihr Erlebnis mit Jan zurück. Darin lag die Gefahr: dass die Typen geil wurden und einen dafür bestraften. Deshalb kam es immer auf die richtige Dosierung an.

Und wenn sie dann wieder einen Job hätte? Würde sie sich halb totarbeiten und abends spät nach Hause kommen in ihre einsame Wohnung. Dort würde sie sich, wenn sie noch Energie hatte, einen Salat machen oder, was wahrscheinlicher war, ein Fertiggericht aufwärmen. Sie würde sich die Nachrichten ansehen und von einer Affäre mit Ingo Zamperoni träumen. Und am nächsten Tag würde alles von vorne anfangen. Diese Aussicht deprimierte sie so, dass sie die Flasche holte und sich ein weiteres Glas Wein einschenkte, obwohl sie genau wusste, dass sie keinen Alkohol trinken sollte.

Dann googelte sie *Mutter alleinerziehend*. Drei Millionen dreihunderttausend Ergebnisse. Schon die ersten Überschriften waren alles andere als ermutigend.

Alleinerziehende: Einsam zu zweit
Die Probleme alleinerziehender Mütter
Bist du alleinerziehend und hast eine Depression?
Die Wahrheit über das Leben Alleinerziehender
Finanzielle Hilfen für Alleinerziehende
Die Rechte alleinerziehender Mütter

Sie las ein bisschen in den Artikeln. Offenbar konnte man es alleine gar nicht bewältigen, außer man war reich auf die Welt gekommen oder hatte einen Beruf, mit dem man in sehr wenig Zeit sehr viel Geld verdiente. Nichts davon traf auf sie zu.

Außerdem hätte sie mit einem Kind gute Aussichten, für immer ohne Partner zu bleiben. Offenbar reagierten Männer auf alleinerziehende Mütter mit einem genetisch bedingten Fluchtreflex. Deshalb verbrachten diese Frauen ihre freie Zeit überwiegend in Selbsthilfegruppen und trösteten sich gegenseitig über ihr Schicksal hinweg.

Das war ja ein Albtraum! Gab es denn keine Möglichkeit, ein Kind ohne Vater aufzuziehen, ohne dadurch zu einem depressiven, asozialen Single zu werden?

Plötzlich kam ihr eine geniale Idee. Wieso war sie nicht früher darauf gekommen? Sie trank das Glas aus und schenkte sich zum dritten Mal ein. Dann wählte sie die Nummer ihrer Eltern.

»Ich bin's, Papa. Du ... hast doch gestern gesagt, wenn ich Hilfe brauche, soll ich mich melden.«

»Hm.«

Sie holte tief Luft und bemühte sich, ihrer Stimme so viel Wärme wie möglich zu verleihen. »Ihr wünscht euch doch ein Enkelkind, oder? Aber ihr wisst ja, dass der Vater meines Babys ... na ja, wahrscheinlich nicht zur Verfügung stehen wird. Wie wäre es denn, wenn ich das Kind trotzdem kriegen würde – und es wächst bei euch auf?«

Am anderen Ende blieb es still.

»Natürlich würde ich regelmäßig kommen und es besuchen. Aber dann könnte ich weiter arbeiten gehen und Geld verdienen und ... wieder einen Mann kennenlernen.«

Stille.

»Und wenn es mit dem Mann und mir klappt, dann könnten wir das Kind ja irgendwann zu uns nehmen. So hat man es doch in früheren Generationen oft gemacht, oder? Jedenfalls ... habe ich das mal gelesen.«

Stille.

»Papa, was ist denn? Sag doch was!«

»Das verstehst du also darunter, Verantwortung für dein Leben zu übernehmen?«

Sie hörte es klicken, er hatte aufgelegt. Mechanisch griff sie nach dem Weinglas.

Du siehst super aus für dein Alter.
Ich finde dich sehr mutig.
Du bist eine erotische Frau.
Du hast das Herz auf dem rechten Fleck.
Ich würde jederzeit wieder mit dir in den Urlaub fahren.

Als Jenny durch das Spalier durch war, strahlte sie. »So toll findet ihr mich alle?«, rief sie lachend. »Das hättet ihr mir auch mal früher sagen können!«

Iris legte lächelnd den Finger auf die Lippen und machte ihr ein Zeichen, sich am Ende des Spaliers aufzustellen.

Jenny fühlte sich, als hätte sie ein tonnenschweres Gewicht abgeworfen. Sie hatte es geschafft, das ewige Versteckspiel um ihre Vergangenheit zu beenden. Es war ihr plötzlich egal, was die anderen über sie dachten und welche Bilder sie im Kopf hatten. Vielleicht waren die Bilder sowieso nur in ihrem eigenen Kopf gewesen.

Immer wieder hatte sie sich vorgestellt, wie sie Manfred all das sagen würde, wovor sie sich fürchtete: dass er sie verachten könnte, dass sie zu viel alten Müll mit sich herumschleppte, dass sie vielleicht nie mehr etwas beim Sex empfinden würde.

Sie hatte sich ausgemalt, wie er sie ansehen und sagen würde: »Übrigens könnte morgen einem von uns ein Blumentopf auf den Kopf fallen.« Und wie sie beide lachen und sich um den Hals fallen würden.

»Ich möchte mit dir auf einer Bank am Rhein sitzen«, wollte sie zu ihm sagen.

»Und ich möchte eine Brieftaube nach dir benennen«, sollte er zu ihr sagen.

Und dann würden sie eine ganze Weile lang nicht mehr sprechen, weil sie mit Küssen beschäftigt wären.

Aber dann hatte sie sich doch nicht getraut.

Petra saß mit ihrem Champagnerglas auf einem Felsen im hinteren Teil der Höhle und dachte nach. *Wie viele waren es insgesamt?* Eigentlich spielte es keine Rolle. Es ging um etwas anderes.

Sie sah sich um. Die Wände der Höhle waren feucht und schimmerten im Schein der untergehenden Sonne rötlich. Wie hießen noch diese Tropfsteinformationen, die von der Decke und vom Boden aufeinander zuwuchsen? Sie glaubte sich zu erinnern, dass die von oben nach unten Stalaktiten waren und die anderen Stalagmiten, aber sie war sich nicht sicher. Sie und Matthias waren wie diese Tropfsteine. So lange waren sie aufeinander zugewachsen – und hatten sich am Ende doch verfehlt.

Der coole Sambajazz, der durch die Höhle strömte, wurde ausgeblendet. Die ersten Töne von *My Heart Will Go On* erklangen. Die Sonnenuntergangsmusik.

Petra stand auf und ging zu den anderen, die sich ganz vorne drängten, wo die Grotte sich öffnete wie ein riesiges Maul. Unter ihnen schlug in der Tiefe das Meer gegen die Felsen. Der Himmel hatte sich blutrot gefärbt, fast violett, dazwischen glühte ein orangefarbener Sonnenball. Es war ein überwältigender Anblick.

»Ah!« und »Oh!« riefen die Teilnehmer, Handys wurden gezückt, Bilder geknipst. Céline Dion sang.

Every night in my dreams
I see you, I feel you
That is how I know you go on.

Far across the distance
And spaces between us
You have come to show you go on

Eine seltsame Feierlichkeit hatte sich über die Gruppe gelegt, alle schienen die Erhabenheit des Augenblicks zu spüren. Es war, als würden alle Sorgen, Probleme und Ärgernisse angesichts dieses gewaltigen Naturerlebnisses in den Hintergrund treten. Was sind wir doch alle für lächerliche Wichte, dachte Petra, und dieser Gedanke hatte etwas Tröstliches.

Plötzlich spürte sie eine Hand, die nach ihrer griff. Neben ihr stand Günther und lächelte sie an. Für einen Moment lehnte sie ihren Kopf an seine Schulter. Es war angenehm. Aber es fühlte sich falsch an.

Anka trank ihr drittes Glas Wein aus, dann gab sie *Abtreibung* in die Suchleiste ein. Bei Wikipedia stand unter *Methoden des Schwangerschaftsabbruches:*

Die Absaugmethode ist mit ca. 62 % (Stand 2016) die am häufigsten angewandte Methode des Schwangerschaftsabbruches. Sie kann von der 6. bis ca. zur 14. Schwangerschaftswoche angewendet werden. Der Eingriff wird fast immer ambulant durchgeführt, er ist für erfahrene Ärzte einfach und in wenigen Minuten durchführbar. Die Schmerzen werden entweder örtlich durch Lokalanästhesie oder durch eine kurze Vollnarkose ausgeschaltet. Mittels Ultraschall wird kontrolliert, ob Gewebereste zurückgeblieben sind, die gegebenenfalls mit einer zweiten Absaugung oder einer stumpfen Curette entfernt werden. Eine darüber hinausgehende Nachuntersuchung ist in den meisten Fällen nicht notwendig.

Sie kopierte den Text und setzte ihn in eine Whatsapp-Nachricht an Jo. Kommentarlos schickte sie ihn ab.

Suse fühlte sich berauscht, obwohl sie keinen Alkohol getrunken hatte. Es musste die Wirkung der Liebesdusche sein, dachte sie und lächelte.

Du bist viel sympathischer, als ich dachte.
Ich bewundere dich, weil du ehrlich bist.
Du bist eine Nervensäge, aber ich mag dich.
Ohne Menschen wie dich wäre die Welt dunkel.
Du bist wahrscheinlich der beste Mensch, den ich je getroffen habe.

So viel Nettes hatte sie noch nie über sich gehört. Sie wusste, dass sie den Leuten oft auf den Geist ging, weil Veränderungen nun mal nicht stattfanden, wenn man niemandem auf den Geist ging. Da tat es echt gut, mal so gebauchpinselt zu werden!

Dunkelheit hatte sich übers Meer gelegt, die Kerzen in den Windlichtern brannten, und die Schatten an den Wänden tanzten mit den Menschen auf der Tanzfläche um die Wette. Es lief *Let's Dance*, die Stimme von David Bowie durchdrang die Höhle bis in den letzten Winkel. Suse sah kreisende Hüften, hochgereckte Arme, glückliche Gesichter. Larissa segelte mit ausgebreiteten Engelsflügeln über die Tanzfläche.

Der Duft von Marihuana zog durch die Höhle, ein Joint ging herum. Als er bei ihr angekommen war, gab sie ihn weiter. Kiffen war in ihren Augen nicht besser als Saufen. Sie hatte das Bedürfnis, die Kontrolle zu behalten, auch wenn das vielleicht weniger Spaß bedeutete. Ihr ganzes Leben hatte nur funktioniert, weil sie nie riskiert hatte, außer Kontrolle zu geraten.

Ihr Handy vibrierte, auf dem Display erschien eine kurze Nachricht.

Sie haben ihn aufgeweckt. Alles ist gut. Er wird leben.

Suse schloss die Augen und atmete tief durch. Danke, dachte sie erleichtert, danke! Wer auch immer hier zuständig war. Sie schickte einen kurzen Blick nach oben, dorthin, wo sie die Engel vermutete, an die sie nicht glaubte.

Dann sprang sie auf und mischte sich unter die Tanzenden. Ihr Herz wollte vor Glück bersten.

Es war spät in der Nacht, die Tanzenden verschwammen zu einer wogenden, weißen Wolke. Jenny wogte mit, wolkenleicht und unbeschwert. Alles war so wunderbar! Die Musik, der flackernde Kerzenschein, die Menschen um sie herum, die mit ihr im selben Rhythmus schwangen, als wären sie ein einziges Lebewesen mit vielen lachenden Gesichtern.

Sie warf den Kopf zurück, riss die Arme hoch und sang mit, wie sie es in ihrer Jugend getan hatte: »*Fly, Robin, fly, up, up to the sky ...*« Die Jahrzehnte schmolzen plötzlich ineinander; sie war alt, jung, alterslos, es war egal, sie war da und tanzte, und ihr Körper wurde eins mit der Musik.

»*Fly, Robin, fly, up, up to the sky ...*«

Etwas streifte ihren Arm, die Engelsflügel von Larissa segelten an ihr vorbei, verschwanden in der weißen Wolke, tauchten wieder auf. Larissa lachte vor Glück.

»Ich bin ein Engel«, schrie sie. »Ich kann fliegen!«

Und dann sah Jenny die Engelsflügel ein weiteres Mal an sich vorbeisegeln, immer weiter und weiter, auf die Öffnung der Höhle zu.

»Larissa!«, schrie sie.

Wie in Zeitlupe erhob Larissa sich in die Luft, schlug einmal mit den Flügeln, schien für den Bruchteil einer Sekunde zu fliegen, hinaus aus der Höhle, in den schwarzen Nachthimmel hinein.

Erstarrt stand Jenny da, unfähig, sich zu rühren, umgeben von entsetzten Gesichtern, offenen Mündern, die zum Schrei ansetzten, aber stumm blieben.

In diesem Moment schoss pfeilschnell etwas Weißes von der Seite heran, prallte gegen Larissa und stieß ihren Körper mit aller Kraft von der Öffnung zurück. Larissa knallte hart auf den Boden, die Flügel zerbarsten.

Das Weiße fand keinen Halt ... taumelte ... schlug verzweifelt mit den Armen ... segelte unaufhaltsam weiter ... erreichte die Kante ... und ... verschwand ...

Der Tod ändert alles

In großer Trauer verabschieden wir uns von

Susanne Kübach
»Suse«

* 28. Juli 1989   † 26. Oktober 2017

Sie war ein Engel

Jan, Iris und die ganze Paradies-Gruppe

Einige Tage später

Jenny und Manfred traten auf die Terrasse der kleinen Finca. Vor ihnen erstreckte sich ein weitläufiges Tal, in der Ferne glitzerte das Meer. Das Haus hatte eine offene Küche mit einem kombinierten Wohn-/Essraum, zwei Schlafzimmer, ein Bad und eine Gästetoilette. Es war mit Terrakottafliesen ausgelegt und mit einfachen Möbeln im Landesstil eingerichtet. Die Besitzer nutzten es nur im Sommer, im Winter stand es zur Vermietung.

Jenny sah fragend zu Manfred. »Was meinst du?«

Er nickte.

Sie drehte sich zur Maklerin um, die deutsch sprach. »Wir nehmen es.«

Die Frau lächelte erfreut. »Es ist sehr ruhig hier. Sie werden sich bestimmt wohlfühlen.«

Gleich darauf trugen sie das Gepäck ins Haus, nahmen den Schlüssel und einige Instruktionen zu Gas, Wasser und Heizung entgegen und winkten dem Wagen der Maklerin nach, der die kurvige Bergstraße hinunterfuhr. Dann waren sie allein.

Der Schock über Suses Tod steckte ihnen tief in den Knochen. Nie würde Jenny den Moment vergessen, als der Körper in dem weißen Kleid über die Felskante stürzte und verschwand. Das Entsetzen hatte sie zunächst völlig gelähmt. Dann waren die ersten Teilnehmer auf allen vieren vorsichtig an den Rand der Höhle gerobbt und hatten in die Tiefe geblickt. Dort war nichts zu sehen gewesen als schwarze, tobende Gischt. Die Wellen hatten Suses Körper verschluckt und in den folgenden Stunden ein ganzes Stück weit die

Küste hinabgetrieben. Deshalb war es für die Rettungscrew nicht einfach gewesen, ihn zu finden.

Mit Schaudern dachte Jenny an den frühen Morgen am Strand zurück, als sie alle gemeinsam, verstört und übernächtigt, die Bergungsarbeiten beobachtet hatten. Unruhig war sie auf und ab gegangen, es war immer heißer geworden, die Warterei immer quälender. Plötzlich war Bewegung in die Männer auf dem Boot gekommen. Am Ufer hatten sie sich gegenseitig das Fernglas aus den Händen gerissen. Und schließlich hatten sie gesehen, wie etwas Weißes ins Boot gehoben wurde.

Dann wurde der Motor gestartet, und das Boot hatte bald darauf den Strand erreicht. Zwei der Männer sprangen ins seichte Wasser und schoben es ans Ufer.

Die Teilnehmer der Paradies-Gruppe standen wie zu einem Defilee aufgereiht da. Niemand sprach. Nur das sanfte Plätschern der kleinen Wellen, die ans Ufer rollten, war zu vernehmen. Die zwei Sanitäter brachten im Laufschritt eine Trage, als ginge es darum, keine Zeit zu verlieren. Dabei hatten sie doch jetzt alle Zeit der Welt.

Suses Leiche wurde aus dem Boot gehoben, wenige Schritte durchs Wasser getragen und auf die Trage gelegt. In diesem Moment brach Jenny zusammen und sackte lautlos in den Sand. Die Sanitäter kamen angelaufen. Sie kam gleich wieder zu sich, musste aber im Schatten sitzen bleiben. Manfred kümmerte sich um sie und versorgte sie mit Wasser.

Zögernd näherte sich einer nach dem anderen der toten Suse.

Jan blieb stehen und blickte starr auf sie herab, Iris weinte lautlos, Gila schluchzte laut. Günther ließ sich neben Suse in den Sand fallen. Petra berührte ihre Hand, ihr Gesicht. Manfred, der sich nicht zu weit von ihr entfernen wollte, flüsterte unhörbare Abschiedsworte. Anka nahm einen Kamm aus ihrer Tasche und kämmte langsam Suses kurzes, blondes Haar, das an ihrem Kopf klebte.

Ein junger Polizist mit einem modischen Ziegenbärtchen trat an die Trage heran.

»*Es ella*«, flüsterte er betroffen und bekreuzigte sich.

Jemand legte ein Tuch über Suse. Zuerst verschwanden ihre Füße, dann ihre Beine, dann der Rest ihres Körpers. Zuletzt verschwand ihr Gesicht, in dem sich die blauen Augen, die so seelenvoll, aber auch so herausfordernd hatten blicken können, für immer geschlossen hatten.

Die restliche Erinnerung an den Tag verschwamm in einem Nebel. Ärzte waren gekommen, die Polizei hatte die ganze Gruppe, so gut es ging, verhört. Am Nachmittag war sogar ein Abgesandter der Hotelholding mit dem Hubschrauber gelandet.

Jenny hatte Suses spöttische Stimme im Ohr gehabt: »Da kann der Betrieb zusammenbrechen, und wir können in der Scheiße versinken, und keiner von denen kommt. Aber kaum gebe ich den Löffel ab, sind sie da.«

Jenny brühte zwei Tassen Tee für sich und Manfred auf. Sie setzten sich in die Korbsessel vor dem Haus und hingen ihren Gedanken nach.

Sie hatte Suses Sachen an sich genommen, als sie spätnachts von der Höhle ins Hotel zurückgekehrt waren. Dort hatte sie den Inhalt von Suses Tasche aufs Bett gekippt, als könnte sich darin etwas Wichtiges verbergen. Doch nichts war mehr wichtig. Jeder Besitz von Suse, alle Gegenstände, die vor kurzem noch Bedeutung gehabt hatten, waren schlagartig wertlos geworden.

Zögernd hatte sie Suses Telefon in die Hand genommen und den Home-Button gedrückt. Auf dem Display war eine noch nicht geöffnete Nachricht zu sehen gewesen: *Sie haben ihn aufgeweckt. Alles ist gut. Er wird leben.*

Inständig hoffte sie, dass Suse die Nachricht noch gesehen hatte. Dass sie im Augenblick ihres Todes froh war, weil ihr Vater lebte.

Am Abend hatte Jan alle im kleinen Saal zusammengerufen. Manche hatten geweint, einige hatten diskutiert, ob das Verhalten der Polizei angemessen gewesen sei, andere hatten nur abwesend vor sich hin gestiert. Jeder hatte seine eigene Weise, mit dem tragischen Ereignis umzugehen.

Jans Gesicht war aschfahl gewesen, seine Augen blutunterlaufen. Wie die meisten hatte er seit über vierzig Stunden nicht geschlafen. Er hatte Suse offiziell identifiziert und ihre Großmutter informiert. Dann war er stundenlang von der Polizei verhört worden. Nun drohte ihm ein Verfahren wegen fahrlässiger Tötung. Niemals, so hatte die Polizei ihm erklärt, hätte er das Fest in der Höhle zulassen dürfen, ohne die gefährliche Stelle zu sichern.

Als Ruhe eingekehrt war, begann er zu sprechen.

»Wir alle sind ... unter Schock. Was gestern passiert ist, hätte nicht passieren dürfen. Das Schicksal ist manchmal unfassbar brutal und schlägt auf eine Weise zu, die sich unserem Verstand entzieht.« Er senkte für einen Moment den Kopf, bevor er weitersprach. »Suse war ein ganz besonderer Mensch. Sie hat sich unermüdlich für andere eingesetzt, war streitbar und engagiert. Sie war wie eine Kerze, die an beiden Enden brennt. Manche von uns haben sich Sorgen um sie gemacht und gehofft, dass sie hier zur Ruhe kommt und sich erholt. Sie ist gestorben, wie sie gelebt hat: selbstlos und mutig. Suse, wir werden dich nie vergessen.« Seine Stimme brach, er bekam kein Wort mehr heraus.

Alle weinten, auch Jenny, aber gleichzeitig fühlte sie Zorn in sich aufsteigen.

»Du hast recht, Jan«, sagte sie, so ruhig sie konnte. »Das hätte nie passieren dürfen, und ich fühle mich entsetzlich, weil die Höhle meine Idee war. Aber es war nicht das Schicksal, das hier zugeschlagen hat. Das ganze Unglück wäre nicht passiert, wenn du auf Suses Warnungen gehört hättest.«

Nun hielten alle den Atem an. Jan musterte sie schweigend.

»Suse hat dir gesagt, dass sie Larissa für krank hält. Sie hat dich eindringlich darauf hingewiesen, dass du etwas unternehmen müsstest. Du hast sie nicht ernst genommen und ihr irgendwas von Selbstverantwortung erzählt.«

»Ist das jetzt wirklich der richtige Moment dafür, Jenny?«, sagte Gila. Einige pflichteten ihr bei.

»Wir sind es Suse schuldig, ehrlich zueinander zu sein«, sagte Jenny heftig. »Wir alle haben Larissas Verhalten hingenommen, obwohl uns hätte klar sein müssen, dass etwas mit ihr nicht stimmt. Wir alle wollten keine Verantwortung übernehmen und haben deshalb weggesehen. Wir alle sind mitverantwortlich für Suses Tod.«

Aufruhr entstand. Die Teilnehmer riefen durcheinander, manche griffen Jenny an, andere verteidigten sie.

»Was ist überhaupt mit Larissa, wo ist sie jetzt?«, rief jemand.

Jan hatte sichtlich Mühe zu sprechen. »Sie ist ... in der Klinik. Ihre Angehörigen sind vorhin auf der Insel eingetroffen und werden sie in den nächsten Tagen nach Deutschland mitnehmen.«

»Was hat sie denn nun für eine Störung?«

»Das kann ich euch nicht genau sagen. Von ihren Eltern habe ich nur erfahren, dass schon länger ... eine psychische Erkrankung vorliegt. Larissa hat offenbar heimlich ihre Medikamente abgesetzt, und so hat sich ihr Zustand zunehmend ... verschlechtert.«

»Also hatte Suse recht mit ihrer Warnung«, sagte jemand. »Man hätte was unternehmen müssen.«

Jenny saß da, das Gesicht in den Händen vergraben. Sie schämte sich, weil sie Jan ausgerechnet in diesem Moment angegriffen hatte, aber sie ertrug seine Heuchelei einfach nicht mehr. Wenn es um den Hotelbetrieb und die Abwasserentsorgung ging, kümmerte er sich vorbildlich. Aber im Umgang mit anderen Menschen hatte er sich in ihren Augen als unfähig und selbstgerecht entlarvt. Dass er Suses Tod dem »Schicksal« anlasten und seinen eigenen Anteil daran nicht wahrhaben wollte, war eine weitere Bestätigung dafür.

Günther schlug vor, gemeinsam eine Traueranzeige für Suse zu formulieren und in der Zeitung ihres Heimatortes zu veröffentlichen. Der Vorschlag wurde dankbar aufgegriffen, und er erklärte sich bereit, die Sache in die Hand zu nehmen.

Dann besprach Jan mit ihnen die organisatorischen Details der Abreise am nächsten Tag: Wer flog um welche Uhrzeit, welches Schiff musste dafür erreicht werden, wer fuhr mit dem Kleinbus zum Hafen, wer benötigte ein Taxi.

Danach war die Versammlung zu Ende, und die Gruppe löste sich auf.

Niemand redete mehr mit Jenny. Nur Manfred trat zu ihr und legte den Arm um sie.

Tränen liefen ihr übers Gesicht. »Weißt du, was Suse am ersten Tag hier gesagt hat? Du hast doch damals von deiner Frau erzählt ...«

Manfred nickte.

»... und sie sagte: Warum muss immer erst jemand sterben, bevor uns bewusst wird, wie kostbar das Leben ist. Das hat ausgerechnet sie gesagt, die Jüngste von uns allen, für die der Tod am weitesten entfernt sein sollte. Und sie hatte so verdammt recht.«

Manfred zog Jenny an sich und hielt sie fest.

Sie vergrub ihr Gesicht in seiner Halskuhle. »Ich will keine Zeit mehr verplempern«, schluchzte sie. »Es ist mir egal, wie viel Müll ich mit mir herumschleppe und was du über meine Vergangenheit denkst. Ich weiß, dass Moni zu dir gehört und immer mit dabei sein wird. Aber wenn wir Glück haben, ist uns noch ein kleines bisschen gemeinsame Lebenszeit vergönnt. Lass uns was draus machen!«

Er sagte nichts, sondern drückte sie nur noch ein bisschen fester an sich.

Sie hatten beide das Gefühl gehabt, nicht sofort nach Hause fahren zu können, zurück in den Alltag, als wäre nichts geschehen. So war die Idee mit dem Ferienhaus entstanden. Jenny konnte ihren Kiosk so lange geschlossen halten, wie sie wollte. Manfred hatte fähige Mitarbeiter, die sein Ingenieurbüro eine Weile selbständig führen konnten. Sie hatten das Haus zunächst für einen Monat gemietet. Aber wer wusste schon, was geschehen würde.

Jenny nahm einen Schluck aus ihrer Tasse, griff nach Manfreds Hand und hielt sie fest.

Manfred ist ein guter Typ. Ich an deiner Stelle würde zugreifen.

Suse wäre bestimmt froh, sie so zu sehen.

Sechs Wochen später

Uppsala, 15. Dezember 2017

Lieber Günther,

ich hoffe, es geht dir gut!

Kaum zu glauben, wie viel Zeit vergangen ist. Ich bin schon seit vier Wochen hier in Schweden, und es kommt mir vor, als wäre ich erst vor ein paar Tagen angekommen. Ich wohne in einem weiß gestrichenen Holzhaus mit blauen Fensterläden, das zum Glück eine gute Heizung hat, denn hier liegt schon ganz viel Schnee. Es gehört einem Lehrer meiner Schule, und ich konnte dort ein Zimmer mieten. Wenn ich sage „meine Schule", so meine ich die Schule, an der ich gerade ein Praktikum mache. Klingt komisch, nicht wahr? Normalerweise machen junge Leute ein Praktikum, wenn sie nicht wissen, wie es mit ihnen weitergehen soll. Ich bin eigentlich ein bisschen zu alt dafür, aber ich weiß auch gerade nicht, wie es mit mir weitergehen soll.

Nachdem das mit Suse passiert war, wusste ich zumindest eines: dass ich nicht so weitermachen wollte wie bisher. Ich konnte nicht einfach zu meinem Mann zurückgehen, obwohl er es sich gewünscht hat. Mir ist bewusst geworden, dass unsere Beziehung schon lange in der Krise war. Seine Affäre mit Anka hat mir endlich die Augen geöffnet.

Inzwischen hat er sich übrigens von ihr getrennt. Sie hatte ihm mitgeteilt, dass sie das Kind nicht bekommen wird. Übrigens in der Nacht, in der Suse gestorben ist, per WhatsApp. Passt zu ihr, oder?

Das Komische ist: Wenn Anka sich entschlossen hätte, das Kind auch ohne ihn zu bekommen, wäre ich trotzdem nicht zu ihm zurückgegangen. Wer will schon mit einem Mann zusammen sein, der eine schwangere Frau sitzenlässt?

Jetzt ist also alles offen zwischen uns.

Lieber Günther, du hast mir etwas sehr Wichtiges beigebracht, nämlich wieder „ich" zu sagen, und dafür bin ich dir dankbar! Ich hatte es wirklich völlig verlernt, und das ist sicher einer der Gründe für meine Ehekrise.

Anders als Suse war ich noch nie eine kämpferische und mutige Person. Aber etwas habe ich von ihr gelernt: Man darf sich nicht für andere aufopfern und dabei sich selbst verleugnen. Suse hat das bis zum Exzess betrieben, sie hat sich selbst dabei völlig vergessen. Es ging ihr nur um die anderen, und dafür hat sie mit dem Leben bezahlt. Ich muss immer noch weinen, wenn ich daran denke. Es ist so tragisch.

Ihr Tod hat etwas bei mir verändert.

Auch ich habe mich jahrelang für meine Familie aufgerieben. Das mag nichts Besonderes sein, welche Mutter würde nicht alles für ihre Familie tun? Aber ich habe mich und meine Bedürfnisse dabei völlig aus den Augen verloren. Du hast mir das mal so beschrieben, dass du immer der Günther-für-alle warst und irgendwann nicht mehr wusstest, wer du eigentlich bist. Nun, du hast dich im Bett einer anderen Frau wiedergefunden, ich habe mich mit dir auf einem Handtuch am Strand wiedergefunden, paniert wie ein Wiener Schnitzel. Wir wissen beide, dass mehr nicht sein konnte zwischen uns, aber für mich hat das sehr viel bedeutet.

In ein paar Tagen werde ich nach Hause fahren, um Weihnachten mit meiner Familie zu verbringen. Mein Mann und ich werden ausführlich miteinander sprechen müssen. Wir haben viel zu lange viel zu wenig miteinander geredet.

Ich habe keine Ahnung, wohin das alles führen wird.

Im Januar werde ich nach Schweden zurückkehren und dort so lange bleiben, bis ich das Gefühl habe, alles gelernt zu haben, was ich an dieser Schule lernen kann. Danach mache ich vielleicht eine Fortbildung, die mich zur Schulleiterin qualifiziert. Mein Traum ist, irgendwann eine Schule zu leiten, in der die Menschen im Mittelpunkt stehen und nicht die Noten. In der Kinder Spaß am Lernen haben und all die Fähigkeiten erwerben, die im Leben auch wichtig sind: Empathie, Toleranz, soziale Verantwortung.

Ich weiß, das klingt ganz schön verrückt. Aber Suse hat mir gezeigt, dass man für etwas brennen darf, auch wenn es utopisch ist. Erinnerst du dich an den Abend, als wir über die Flüchtlingspolitik gestritten haben? Suse hat versucht, sich zu beherrschen, aber irgendwann ist es mit ihr durchgegangen, und sie hat leidenschaftlich für ihre Überzeugung gestritten.

Ich fand manches ein bisschen naiv, aber ich war auch beeindruckt, dass sie so gut über das Thema Bescheid wusste. Sogar diesen kleinen Rechtsausleger Ronnie hat sie dazu gebracht einzulenken, erinnerst du dich?

Viele andere hätten Ronnie nachgetragen, was er alles an Blödsinn erzählt hat. Nicht so Suse. Sie war sofort bereit, ihm zu verzeihen. Sie hat an das Gute in den Menschen geglaubt und daran, dass sie lernfähig sind und sich verändern können. Darin ist sie für mich zum Vorbild geworden, obwohl sie so jung war.

Lieber Günther, ich muss Schluss machen, Ole wartet mit dem Essen auf mich. Er ist der Lehrer, bei dem ich wohne, und er erinnert mich an dich. Er hat die Sonne im Haar und den Himmel in den Augen. Und er ist im Moment genau, was ich brauche.

Ich umarme dich und schicke herzliche Weihnachtsgrüße nach Berlin.

Deine Petra

Acht Monate später

»Hallo, Jo, hier spricht Anka. Ich ... ähm, ich hab dir was mitzuteilen. Vor zwei Stunden wurde deine Tochter geboren. Es ist alles gut gegangen, Mutter und Kind sind wohlauf, wie man so sagt. Ich, ähm, ich weiß, das ... ist eine Überraschung für dich. Du hast geglaubt, ich würde abtreiben, und ich habe dich in dem Glauben gelassen. Ich wollte keine Entscheidung von dir erzwingen oder dir das Gefühl geben, dass du dich zu irgendwas verpflichtet fühlen musst. Ich glaube, ich habe schon in dieser Nacht damals begriffen, dass aus uns beiden nichts wird. Und da wollte ich ... also, ich wollte dann auch nicht mehr mit dir diskutieren. Es war höchste Zeit, endlich selbst Verantwortung zu übernehmen, und das hab ich jetzt getan. Meine finanzielle Situation ist nicht so super, deshalb werde ich es dir leider nicht ersparen können, Alimente zu zahlen. Aber sonst lasse ich dich in Ruhe, keine Sorge. Außer, du willst Kontakt zu deiner Tochter, dann melde dich. Ich würde dem nicht im Wege stehen.

Sag bitte Petra viele Grüße von mir. Und dass mir alles sehr leidtut, was passiert ist. Ich fürchte, ich habe von Natur aus keinen so guten Charakter mitbekommen, und dann haben mich meine Eltern auch viel zu sehr verwöhnt. Na ja, die Quittung hab ich bekommen. Ich verspreche dir, ich werde unsere Tochter nicht so verwöhnen! Ach, vielleicht willst du ja wissen, wie die Kleine heißt: Shoshana. Das ist die hebräische Form von Susanne und heißt Lilie. Es gab da eine Susanne, die aus dem Hotel Paraíso, weißt du. Petra hat dir sicher von ihr erzählt. Ich mochte sie nicht besonders, aber dann ist sie ganz plötzlich gestorben, weil sie sich für einen anderen Menschen geopfert hat, und das hat mich wirklich beeindruckt. Sie war das totale Gegenteil von mir – unheimlich sozial, immer für andere da, voller Mitgefühl. Nachdem ich von ihrem Tod erfahren hatte, habe ich mir vorgenommen, ein besserer Mensch zu werden. Und mein Kind doch zu bekommen. Die Kleine verdankt also in gewisser Weise ihr Leben dieser Susanne. So, das war's. Ich dachte, ich sollte dich das wissen lassen. Mach's gut und viele Grüße, Anka.«